Olaf Schulze

GÖTTER HÄMMERUNG

&

WALKÜREN TRITT

Romane

Edition Roter Drache

Copyright © 2014 by Edition Roter Drache.
Edition Roter Drache, Haufeld 1, 07407 Remda-Teichel.
email: edition@roterdrache.org; www.roterdrache.org.
Titelbild: Edition Roter Drache unter der Verwendung des Motivs „Walkürenritt" von Hermann Hendrich.
Gesamtherstellung: Booksfactory, Berlin.

Alle Rechte der Verbreitung in deutscher Sprache und der Übersetzung, auch durch Film, Funk und Fernsehen, fotomechanische Wiedergabe, Ton- und Datenträger jeder Art und auszugsweisen Nachdrucks sind vorbehalten.

ISBN 978-3-939459-79-8

Götterhämmerung

Hammers Fehlen

chon eine ganze Weile schien heute eine angenehm wärmende Frühlingssonne auf die kleine Kreisstadt mitten in Deutschland. Die Menschen gingen gut gelaunt ihren alltäglichen Verrichtungen nach. Jedenfalls die meisten.

‚Unglaublich', dachte die junge Frau, die vor dem Schaukasten des Theaters stand und das Spielplanplakat studierte. Sie presste ihre Finger so fest an die Glasscheibe, dass die Fingerspitzen schmerzten. ‚Sie haben eine Walküre hier, wer hätte das gedacht!' Was auch immer der Begriff ‚Walküre' auf diesem Fetzen Papier zu bedeuten hatte, sie würde es herausfinden. Offenbar handelte es sich um ein öffentliches Haus, vor dem sie da stand. Es gingen Leute hinein und auch wieder heraus. Allerdings schritten sie nicht durch das große Portal, das auf mächtigen Säulen ruhte und über einen, die ganze Breite des Gebäudes einnehmenden Treppengang erreichbar war, sondern sie benutzten einen Nebeneingang auf der rechten Seite. Und es waren merkwürdige Menschenwesen unter den Ankömmlingen. Viel trugen gefährlich aussehende, abgerundete, schwarze Kästen, die dafür geeignet schienen, Neugeborene oder Waffen oder beides zu verbergen. Einige waren in bunte Tücher gehüllt und andere hatten große, geschmacklose Hüte auf dem Kopf. Das alles war für sie sehr aufregend und sie malte sich aus, wie die anderen zu Hause reagieren würden, wenn sie ihnen nach ihrer Rückkehr davon erzählte. Etwas Pelziges strich ihr um die Beine und eine feuchte Hundeschnauze berührte ihre linke Wade. Sie wirbelte herum und sah ein schmutzig-graues Tier, das sie entfernt an einen Hund erinnerte. Der Vierbeiner untersuchte intensiv ihre Bastsandalen. Was, bei allen Göttern, soll das für ein Vieh ein, fragte sich die junge Frau.

Unmittelbar hinter der Kreatur stand ein offenbar männlicher Einwohner dieses merkwürdigen Ortes, wobei sein Geschlecht hauptsächlich an seinem fehlenden Haupthaar erkennbar war, denn er war sehr beleibt und hatte eine so unförmige Figur, dass schlecht zu unterscheiden war, wo die Brust endete und der Bauch begann. Er war über 50 Jahre alt, hatte ein rosiges Gesicht und Wurstfinger, mit denen er eine lächerlich dünne, rote Hundeleine festhielt, die in einer kleinen Plastikbox endete. Hundeexperten warnten beständig vor solch unsinnigen Dingern, weil sich der Hundehalter damit ernstlich verletzen könnte, wenn sein Tier die erworbene Sozialisierung fahren ließ und davon stürzen wollte. Allerdings waren größere Temperamentsausbrüche als ein bettelndes Jaulen bei dieser Art Hund wohl kaum zu befürchten. Der Hundebesitzer schwitzte, als wäre er gerade einem heißen Bade entstiegen.

„Was machst du denn? Wotan, aus!", keuchte er kurzatmig.

„Wie bitte?", fragte die junge Frau entsetzt.

„Oh, ich meine meinen Hund, entschuldigen Sie vielmals", antwortete der Dicke.

„Er heißt Wotan?", wollte die Frau wissen. Ihr Gesicht drückte großes Unverständnis aus.

„Ja, wieso? Das ist doch nicht ungewöhnlich, oder?", fragte der beleibte Mann nun erstaunt zurück. Die junge Frau konnte mit der rhetorischen Rückfrage nichts anfangen und beschloss, die beiden Wichte mit Missachtung zu strafen. Doch das wurde plötzlich schwierig.

„Ich glaube, dieser Hund wird mich gleich anpinkeln", sagte die Frau und betonte das Wort ‚Hund' dabei so, als handele es sich um einen bedauerlichen Fehler der Schöpfung, auf den die Evolution ruhigen Gewissens verzichten hätte können. Im selben Moment hob der Diskutierte das rechte Hinterbein und wollte sich tatsächlich entleeren, als er sich von dem Fuß im Bastschuh plötzlich in die Höhe gehoben und einen knappen Meter entfernt wieder auf den Boden herabgelassen fühlte.

„Wuff?", brachte der Hund erstaunt hervor und vergaß, was er eigentlich vorgehabt hatte.

„Das hat er noch nie gemacht", staunte der dicke Mann, der sich die Stirnglatze mit einem nicht mehr ganz sauberen Taschentuch abwischte.

„Irgendwann ist immer das erste Mal", dozierte die junge Frau und fasste ihr Gegenüber schärfer ins Auge. Der Mann war extrem kurzatmig, roch nach kaltem Zigarettenrauch und hatte mit seinen 60 Pfund Übergewicht höchstens noch zehn Jahre zu leben. Seine Herzkranzgefäße verkalkten unaufhaltsam. Bisher hatte noch kein Arzt diesen Prozess diagnostiziert und sie wusste, dass es auch keiner tun würde, bis es für eine Heilung zu spät sein würde.

„Interessieren Sie sich für das Theater?", fragte der Dicke und entblößte eine Reihe gelbbrauner Zähne.

„Ja, vor allem für diese ‚Walküre' hier." Sie zeigte mit dem Finger auf die Schriftzeichen.

„Oh, das ist eine hervorragende Inszenierung!", wusste der Mann aufgeregt zu berichten. Hektisch rieb er sich die Wange, die sofort rot wie eine Portion Kirschgrütze wurde. „Sie müssen wissen, mein Bruder spielt da mit. Er ist Komparse und steht in der Walhalla-Szene ganz vorne rechts am Bühnenrand. Ich habe die Oper schon dreimal gesehen."

Die Frau merkte, dass ihr der Unterkiefer unkontrolliert heruntergeklappt war, wie bei einem kaputten Nussknacker.

„In der Walhalla-Szene?", echote sie verblüfft.

„Ja, wenn Sie wollen, begleite ich Sie am Mittwochabend und zeige Ihnen die Oper und das ganze Theater und überhaupt."

Sie starrte entgeistert in die wässrigen Augen des Dicken, die vom abgelagerten Fett schon zu Schlitzen verengt waren.

„Das wäre sehr freundlich von Ihnen", stieß sie jedes Wort einzeln heraus.

„Oh, entschuldigen Sie vielmals, ich habe mich Ihnen ja noch gar nicht vorgestellt!", tönte der Dicke entschuldigend. „Mein Name ist Lehmann, Lothar Lehmann."

Steif verbeugte er sich und blickte die schöne, junge Frau erwartungsvoll an. Die begriff erst nicht, was er von ihr wollte und lächelte amüsiert zurück. Dann dämmerte ihr allmählich, worauf der Dicke wartete. Einen Namen, ihren Namen.

„Ach, äh, ja, so, Frieda..." Sie blickte hilfesuchend auf den Theaterspielplan.

„Lusan, Frieda Lusan", sagte sie schließlich.

„Na so ein Zufall!", kreischte Lehmann, „So heißt doch auch eine Sopranistin hier am Theater. Sind Sie mit ihr verwandt? Auf Besuch in der großen Stadt?"

Frieda blickte ihn starr an.

„Ich dachte ja nur, wegen Ihrer Kleidung und der Frisur", stammelte Lehmann, von dem durchdringenden Blick zutiefst verunsichert, der ihn aus den blauen Augen der hochgewachsenen Schönheit wie ein Laserstrahl getroffen hatte. Er merkte instinktiv, dass er etwas Falsches gesagt haben musste, denn die junge Dame zog die Stirn in Falten und schniefte bedrohlich durch die Nase. Ihre Worte schnitten wie frisch ausgepackte Rasierklingen in ein schlaffes Doppelkinn: „Was stimmt nicht mit meiner Kleidung und der Frisur?"

Dem dicken Lothar wurde es extrem heiß und er fühlte, wie sich sein Blutdruck zu ungeahnten Höhen aufschwang. Mühsam versuchte er, seine Gedanken zu ordnen und in brauchbare Worte zu fassen. Letzteres erwies sich allerdings als äußerst schwierig. „Zöpfe... armdick... Nachthemd", murmelte er unverständlich.

„Wie meinen, Lehensmann?", setzte die Frau, die sich Frieda nannte, unerbittlich nach.

„Die Zöpfe sind nicht so ganz, ich meine, das Kleid sieht aus wie...", brabbelte Lehmann nuschelnd. Er wünschte, der gepflasterte Theatervorplatz würde sich öffnen, um ihn vorübergehend aufzunehmen.

"Könnten Sie etwas deutlicher werden!", forderte Frieda ihn in einem Tonfall auf, der geeignet schien, größere Truppenverbände am Persischen Golf zu dirigieren. Der verwirrte Terrier lupfte eines seiner Ohren fragend gen Himmel. Friedas Brustkorb hob sich, ihr Busen ragte herausfordernd unter dem gescholtenen Bekleidungsstück hervor.

„Ach, was soll's." Lehmann gab auf: „Ich meine ja nur, dass ich schon seit ewigen Zeiten niemand mehr mit solch dicken, streng geflochtenen Zöpfen gesehen habe. Und Ihr Kleid, entschuldigen Sie Verehrteste, aber es sieht aus wie ein Nachthemd."

„Es würde mich interessieren, was Sie von der Ewigkeit wissen, Lehensmann?", grollte Frieda und überprüfte den Sitz ihres Kleides.

„Mein Name ist Lehmann und nicht Lehnsmann", versuchte der Gemaßregelte wieder Oberwasser zu erlangen.

„Und wenn schon", polterte die junge Frau. „Haben Sie heute eigentlich schon mal in den Brunnen geschaut?"

„Bitte was?", stotterte Lehmann.

„Ich meine, ob Sie heute schon mal Ihr eigenes Gesicht und Ihren Leib betrachtet haben?", sagte Frieda schnell.

„Ähem, ich verstehe nicht ganz." Fragend blickte Lehmann die seltsame Dame an. Die rüstete sich zu einer geharnischten Antwort, besann sich dann aber anders und zwang sich zur Beherrschung.

„Wie auch immer", Frieda wollte das Gespräch nun beenden. „Wir treffen uns also am Mittwochabend?"

„Pünktlich um sieben Uhr hier vor dem Theater, wenn es Ihnen recht ist, gnädige Frau", rief Lehmann freudig. „Es wäre mir eine große Ehre, wenn ich Sie einladen dürfte", plapperte er aufgeregt weiter.

„Dieser Wunsch sei Ihnen erfüllt. Und nun lassen Sie mich bitte allein."

Lehmann griff nach Friedas Hand, aber die war schon hinter dem ziemlich einfachen und plump nach unten fallenden Kleides verschwunden.

An Lehmanns Leine war nun ein seelenlos vor sich hin starrendes Tier befestigt, das nicht mehr wusste, woran es sein Hundeleben ausrichten sollte.

„Komm", sagte Lehmann und zog an der Leine, die sich nach zehn Metern straffte und den schlaffen Wotan wie ein Plüschtier hinter sich her zerrte.

„Bist du sicher, dass wir hier richtig sind?", fragte der kleinere der beiden Männer und nestelte nervös an seinem Schulterumhang herum, der fast bis auf den Boden reichte.

„Ich habe die Reiseroute nicht bestimmt", antwortete der andere mit einer Stimme, die so gefährlich knarrte wie eine gerade geöffnete Gefängnistür, durch die eine Horde wilder Barbaren ins Freie stürzt. „Ganz im Gegenteil habe ich mich mehrmals erkundigt, ob ihr Hilfe braucht", fügte er hinzu, als sich die Gesprächspause unangenehm auszudehnen begann.

„Wenn du dich freundlichst erinnerst, ich war für die Reisebekleidung zuständig", ergänzte der riesig wirkende Mann, als immer noch keine Antwort kam. Lässig stützte er sich auf sein großes Schwert, das gut geeignet schien, den ganzen sie umgebenden Wald in kürzester Zeit abzuholzen oder wenigstens so weit herunter zu schneiden, dass Fuchs und Hase schutzlos durchs Unterholz hoppeln müssten.

„Das macht mich auch nicht glücklicher", schnappte der Kleinere jetzt zurück. „Dieser dämliche Umhang ist zu lang, das Schwert wiegt schwerer als ein Fass Met und der Helm drückt grausam am Schädel."

Der Große blickte laut schnaubend möglichst weit weg.

„Aber das ist dem hohen Herrn ja egal, wie wir hier rumlaufen!", setzte der Kleine seine Kritik fort. „Sich nach einem Gemälde anzuziehen, das in irgendeiner teutonischen Burg hängt und viel später gemalt worden ist, zeugt nicht gerade von göttlicher Eingebung", schimpfte er. Jetzt reichte es dem Größeren endlich, denn er rammte sein Schwert etwa einen Meter tief in den Boden und donnerte los: „Ach, aber ist es denn nicht völlig egal, wie wir aussehen, wenn uns ohnehin niemand sehen kann? Ganz offensichtlich stehen wir doch hier an einem Weiher, den seit Jahrhunderten kein Mensch mehr betrachtet hat. Seit heute Morgen irren wir durch diesen Urwald und stoßen ab und an auf Ruinen einzelner Behausungen und Reste jämmerlicher Dörfer." Er klatschte eine Mücke auf seinem Brustharnisch breit und fuhr gereizt fort: „Manchmal glaube ich, wir sind vielleicht am richtigen Platz, aber mit dem Zeitpunkt unserer Reise stimmt etwas nicht."

Der Kleine war inzwischen wieder losgegangen und hatte sich das Schwert über die Schulter geworfen. Resigniert schaute der größere der beiden Männer seinem Gefährten nach. Dann rückte er die Streitaxt in seinem Gürtel zurecht, zog das Schwert mit einem einzigen, dynamischen Schwung aus dem lehmigen Erdreich und machte sich ebenfalls auf den Weg. Er glaubte, früher schon einmal an dieser, jetzt so dicht bewaldeten Stelle mit dem winzigen Flüsschen gewesen zu sein, über den immerzu der Nebel waberte. Nur wann das war, wollte ihm einfach nicht einfallen. Seufzend kickte er einen Stein mit seinen Fellstiefeln aus dem Weg. Die nahegelegene Eiche, in die der Stein eindrang, ächzte bedenklich. In ihrem hohlen Inneren klammerte sich ein Eichhörnchen mit seinen Krallen verschreckt an das weiche Holz, als das Geschoss den morschen Stamm durchschlug.

Es war nun schon das dritte Mal, dass er im Schlaf gestört wurde. Langsam bereute er es, hier Platz genommen und nicht einfach zu Hause abgewartet zu haben, bis die erste Wut seines Vaters verraucht war. Allerdings wäre es zu Hause auch nicht wesentlich interessanter und hier konnte er sich wenigstens richtig ausschlafen. Er richtete sich ächzend auf und rieb sich die Augen. Es war erstaunlich, wie viel Staub und Körperschleim sich schon nach wenigen hundert Jahren in den Rändern der Augen ansammelte. Sein Bart war noch halbwegs vorzeigbar, so weit er das auf den ersten Blick beurteilen konnte. Das lange, rote, wallende Haupthaar wollte er am liebsten gar nicht sehen.

Sicherlich hatte es wieder hässliche Liegestellen und die Lockenpracht war an seiner Schlafseite ruiniert. Er musste sich also so setzen, dass die ungebetenen Besucher diese Körperhälfte nicht wahrnahmen. Müde klopfte er seinen Bart aus und stäubte sein Gewand oberflächlich ab. Immer noch schlaftrunken erinnerte er sich an die letzten Besucher, die ihn für nichts und wieder nichts geweckt hatten.

Als Erstes kamen diese abgerissenen Gestalten, die ihn zu einem Kerl namens Thomas Müntzer führen wollten, der einen militärischen Aufstand angezettelt hatte. Es dauerte nicht lange, bis der Rotbart herausgefunden hatte, dass die heroischen Ziele der Besucher Blödsinn waren und undurchführbar obendrein. Leider glaubten ihm die Männer nicht, weshalb er seine Ruhe ernsthaft unterbrechen und nachts mit ihnen ins Feldlager dieses Müntzers schleichen musste. Diesem Herrn und seinem Generalstab hatte er die desaströsen Erfolgsaussichten eines bewaffneten Kampfes aufzeigen wollen. Das Heerlager präsentierte sich in einem erbarmungswürdigen Zustand, die Ausrüstung der unprofessionellen Krieger war katastrophal. Barbarossa teilte Müntzer in dessen Zelt seine Beobachtung unmissverständlich mit.

„Mit diesem Haufen werdet Ihr nichts ausrichten können, egal wie edel eure Ziele auch sein mögen", warnte der Kaiser den kleinen Mann. Doch der wischte diese Bedenken rigoros vom Tisch. „Es geht nicht um den Edelmut unserer Ziele", hatte Müntzer erwidert. „Denn der steht völlig außer Frage. Es geht um den Ausweg, der uns bleibt." Barbarossa starrte ihn erwartungsvoll an.

„Es gibt keinen", schloss der Feldherr mit einem Anflug von Verzweiflung.

„Sagt uns, wie wir unsere Kinder ernähren sollen? Wir brechen zusammen unter der Last der Abgaben, wir hatten jahrelang schlechte Ernten. Frauen und Kinder verhungern zu Hause", schaltete sich einer der Hauptmänner ein.

„Tut mir leid, aber Ernährungsfragen sind nicht mein Fachgebiet", wehrte Barbarossa ab. „Ich kann euch nur als Kriegsexperte den dringenden Rat geben: Geht nach Hause und vergesst die Schlacht. Sollten eure Gegner halbwegs ausgebildete Soldaten sein, dann überlebt ihr den morgigen Tag nicht."

Die versammelten Hauptleute begannen darauf hin, den Kaiser zu verhöhnen und seine Identität ernsthaft in Zweifel zu ziehen. Müntzer war sehr nachdenklich geworden und hielt sich in dieser Auseinandersetzung zurück.

„Auf den weisen Rat eines toten Kaisers scheiße ich", hatte einer der Heerführer aufgeregt gebrüllt.

„Ja, er soll sich wieder in seinen Berg legen und sein adliges Maul halten", pflichtete ihm ein zweiter bei. Kaiser Barbarossa gähnte ausgiebig und blickte von einem zum anderen.

„Dann hättet ihr mich besser nicht wecken sollen", sagte er. Seine Arroganz erregte einen der Bauernführer derart, dass er sich wütend auf den Kaiser stürzte. Er kam bis auf Armeslänge an den rotbärtigen Riesen heran, dann riss der plötzlich seinen Hammer hoch und traf den Bauern damit am Kopf. Zum Entsetzen aller Anwesenden brach der Getroffene nicht nur tot zusammen, sondern sein Körper verfiel in rasender Geschwindigkeit zum Skelett. Von diesem betrauernswerten Zustand wiederum verwandelte sich der eben noch so agile Bauernführer im nächsten Augenblick zu einem Häuflein Asche.

„Der Satan", kreischte der Hauptmann, der gerade noch seine Därme über dem Kaiser Barbarossa entleeren hatte wollen. „Es ist der Beelzebub persönlich, rettet euch!"

Der Kaiser begriff, dass weitere Diskussionen hier zwecklos wären, weil sich eine Massenhysterie ausbreiten wollte. Er hatte sich darauf verlegt, den Anwesenden mit gezieltem Einsatz seines Hammers die Erinnerungen an diese Nacht zu nehmen und schickte sie einen nach dem anderen ins Reich der Träume.

„Lieber sterben wir, als uns dem Teufel oder den Junkern zu ergeben!", rief einer noch heldenmutig, ehe sich auch um ihn die schwarze Dunkelheit des Vergessens ausbreitete.

Was das Sterben betraf, da sollte der Mann absolut recht behalten. Nur einen Tag später waren neben den Erinnerungen auch das Leben all derer ausgelöscht, die in dieser Nacht zugegen waren. Einzig Thomas Müntzer, der Anführer des Aufstandes, musste noch zwei weitere Tage leben und die Qualen der Folter ertragen, ehe er mit einer pompösen Hinrichtung vor den Toren Mühlhausens ins Jenseits befördert und von seinem Erdendasein erlöst wurde. Barbarossa hatte sich kaum wieder in seiner Höhle zur Ruhe gelegt, und nach seiner Schätzung konnten höchstens vierhundert Jahre vergangen sein, als die nächsten Verrückten seinen Schlaf störten. Es waren drei junge Männer, die auf ihn einen durchaus gepflegten Eindruck machten, wenn er vom Staub und Dreck der Höhle absah, der sich auf ihre Kleidung gelegt hatte. Sie sprachen sich untereinander mit ‚Genosse' an und nannten sich stolz Tschekisten. Barbarossa hatte keinen Schimmer, um welche Art von Kisten es sich hierbei handelte. Auch schwadronierten die beiden agilen Wortführer ständig von anderen Genossen, deren Namen slawisch klangen und bei denen sie wohl für alle ihre Unternehmungen Rat einholen mussten. Der dritte, ein riesengroßer Bursche mit weit nach vorn gezogenen Schultern, als wollte er sich für seine Ausmaße entschuldigen und kleiner wirken, sprach überhaupt nicht und grinste nur. Nach einigem Hin und Her erklärten die zwei Redner dem sagenumwobenen Kaiser, dass er eine unerwünschte Person sei und das Land verlassen müsse. Belustigt von diesem Ansinnen fragte Barbarossa nach den Gründen für seine Ausweisung. Er sei ein typischer Vertreter der nun überwundenen Geschichtsphase der Ausbeutung des Menschen durch den Menschen und zudem ein adliger Despot, dessen Herrschaft ein für allemal abgelaufen sei, beschieden ihm die Männer. Zudem wäre es absolut sinnlos, auf eine Wiederauferstehung zur Restauration des Heiligen Römischen Reiches deutscher Nation zu warten, weil Deutschland zu großen Teilen schon von seinesgleichen gesäubert sei und die italienischen Genossen kurz vor einer Übernahme der Macht stünden. Es sei nur eine Frage der Zeit und bei einer der nächsten Wahlen würde der Sozialismus auch in Italien siegen.

Das aufgeregte Palaver der drei Männer ärgerte Kaiser Barbarossa allmählich und er bat seine Besucher, ihm stichhaltig zu erklären, warum er nicht in seiner Höhle bleiben könne. Die Regierung des Volkes ist angebrochen, schwatzten die Tschekisten weiter, und die würde sich nicht auf einen so lächerlichen Zeitraum wie eintausend Jahre beschränken, sondern die Diktatur des Proletariats würde ewig währen. Barbarossa tappte in finsterster Dunkelheit, was die Identität dieses Diktators namens Proletariat betraf, ließ sich aber nichts anmerken. Außerdem war er müde und wollte keine großartig intellektuellen Gespräche mit diesen aufgeregten Wichten führen. Ihm war bei aller Anstrengung seines enormen Geistes kein Unsterblicher dieses Namens bekannt. Das war jedoch nicht weiter verwunderlich, tröstete er sich schließlich, denn immerhin hatte er das gesamte letzte Jahrtausend verschlafen.

Die drei Genossen legten ihm Papiere hin, mit denen er sich von nun an legitimieren könne und die ihm eine Passage an die Staatsgrenze des Arbeiter- und Bauernstaates erlauben würden. Sie erwarteten, dass er ein Papier unterschrieb, in dem er versicherte, das Land in den nächsten 48 Stunden zu verlassen und sich eine neue Bleibe zu suchen. Er könne beispielsweise bei den Revanchisten im Teutoburger Wald weiter schnarchen, schlugen sie ihm vor.

Barbarossa schien es geraten, wenigstens teilweise auf ihre Forderungen einzugehen und unterschrieb das Papier. Vom Stamm der Revanchisten, die da im Teutoburger Wald hausen sollten, hatte er noch nie zuvor gehört. Barbarossa ahnte, dass während seines kurzen Schlafs da draußen eine rasante Entwicklung vonstatten gegangen sein musste und die Menschen vermutlich immer verrückter wurden. Was sollte es sonst mit der ‚internationalen Solidarität' und ‚unverbrüchlichen Freundschaft mit unseren sowjetischen Brüdern' auf sich haben? Er beschloss dennoch, die drei Männer zu verschonen, denn er glaubte, es sei seinem eigenen Seelenheil abträglich, wenn er bei jedem Erwachen Menschenwesen tötete oder ihnen den Verstand raubte. Zumal ihm letzteres bei diesen Wirrköpfen ohnehin überflüssig erschien. Dann manipulierte er die Besucher mit Hilfe seines Hammers so, dass sie ihrem Genossen Oberstleutnant berichteten, er sei unverzüglich nach ihrem Besuch in den Teutoburger Wald zu den Revanchisten und Kriegstreibern im Imperialismus aufgebrochen.

Seitdem war es still geblieben in seiner Höhle und er hatte geschlafen. Nach seinem eigenen Ermessen konnte es nun trotzdem noch nicht Zeit zum Aufstehen sein.

Schon waren die Schritte so laut geworden, dass der ungebetene Gast jeden Moment aus dem dunklen Gang auftauchen konnte, als Barbarossa die dicke, goldene Halskette einfiel. Er legte sich die Insignien der Kaiserwürde schnell um und stülpte sich die imposante Krone auf den Kopf. Während er noch an sich herum zupfte, kam das Licht der Fackeln aus dem Höhleneingang immer näher. Sekunden später trat der Fremdling aus dem Schatten des Ganges.

Barbarossa blinzelte ihm verblüfft entgegen. Wenn ein Chronist zugegen gewesen wäre, hätte er vielleicht blumigere Worte gefunden und geschrieben: Der große Kaiser Barbarossa war sprachlos und erstarrte offenen Mundes vor ungläubigem Erstaunen.

Lothar Lehmann war glücklich. Er hatte eine Frau kennen gelernt. Er hatte schon früher einmal eine Frau kennen gelernt, aber das war sehr lange her. Eigentlich hatte er schon zweimal eine Frau kennen gelernt, wenn er es ganz genau betrachtete. Aber das mit der zweiten Frau war so lange her, dass ihm ihr Name nicht mehr einfallen wollte. ‚Ewig ist das schon her', sinnierte er, während ihn seine Füße automatisch in den Brettel-Fritz trugen.

Dieses alte Gasthaus hatte früher einmal den Namen ‚Zum Alten Fritz' gehabt. Warum die Schenke so hieß, wusste heute keiner mehr mit Bestimmtheit zu sagen. Der Legende nach soll ein Preußenkönig auf seiner Reise durch den Harz einst darin genächtigt haben. Es ist aber ebenso gut möglich, dass diese Geschichte ihre Entstehung einem langen Winterabend ohne Gäste in der Gaststube verdankt. Während der Zeit der kommunistischen Diktatur hatte der Wirt die Insignien des preußischen Imperialismus selbstverständlich ausmerzen müssen, was er dadurch bewerkstelligte, dass er das Wort „Alten" mit einem großen Brett zunagelte. Fortan hieß die Kneipe bei ihren Gästen ‚Zum Brettel-Fritz'. Nach dem Zusammenbruch des sozialistischen Experiments hatte der Wirt das verwitterte Brett sofort wieder abgemacht, aber den Namen Brettel-Fritz wurde er nicht mehr los.

Lothar Lehmann setzte sich auf einen der Barhocker. Um diese Tageszeit war im Brettel-Fritz noch kein Betrieb, der Wirt schlief noch oder machte Einkäufe oder was ein Wirt sonst am Nachmittag um drei Uhr tut. Lothar war das Herz so voll, er musste sich jemandem mitteilen. Außer dem arbeitslosen Horst Kindler war niemand im Gastraum, den er kannte. Der saß allein an einem der Ecktische und betrachtete düster sein Bierglas. Hinter dem Tresen stand Ramona, die Aushilfskellnerin, die am Mittag den Laden aufschloss und den Nachmittag über die wenigen Gäste bediente, die nichts Besseres zu tun hatten als schon am hellerlichten Tag mit dem Trinken zu beginnen.

„Hallo Ramona, mach mir 'n Bier, ich setze mich bei Horst", sagte Lehmann und bemerkte sofort, dass er eine falsche Präposition verwendet hatte. So etwas nervte ihn bei anderen Leuten immer furchtbar, weil Lehmann die Meinung vertrat, es ginge nichts über die exakt angewendete, deutsche Grammatik. Wieso ihm das eben passiert war, konnte er sich nicht erklären. Ramona bemerkte nichts und überprüfte demonstrativ den Glanz ihres Nagellacks im Licht der Tresenbeleuchtung. Lehmann war aufgeregt. Seltsame, ungeahnte Gefühle durchforsteten seine Magengegend, machten am Darm kehrt und fleuchten zurück zum Herzen, woher sie nach Lothar Lehmanns Verständnis auch gekommen sein mussten. ‚Oh, wie wohl ist mir am Morgen', wollte er singen, verwarf den Gedanken aber angesichts der vorgerückten Tageszeit als unsinnig.

„Na, Horst", eröffnete er stattdessen freudig und laut das Gespräch. „Was macht die Kunst? Hast du wieder ein großes Projekt am Laufen?"

Lehmann konnte den Angesprochenen eigentlich nicht leiden, aber er war momentan der einzig verfügbare Bekannte im Brettel-Fritz. Er wusste auch, dass man Horst Kindler erst einmal selbst erzählen lassen musste, ehe man ihm etwas mitteilen konnte. Kindler war von sich sehr überzeugt und meinte, er könne in dieser Stadt vom Bürgermeister über den Theaterintendanten bis hin zum Sparkassendirektor alle ersetzen und würde diese Jobs hundertprozentig besser machen als die Pfeifen, die gerade tatsächlich damit beschäftigt waren. Er würde es nämlich so gut machen, dass für die ganze Welt offensichtlich würde, was er alles drauf hatte. Aber hier waren einfach alle gegen ihn, es lief eine Riesenverschwörung in diesem Kaff, in dem er vor über 44 Jahren geboren worden war. Irgendwann würde er es den ganzen angepassten und faulen Bonzen zeigen, die ihm keine Chance gaben und ständig nur Zeugnisse und Referenzen sehen wollten. Dabei hielt er sich für einen Verfolgten des stalinistisch-kommunistischen Regimes. Schon als Kind in der Schule hatten ihn diese verdammten, bolschewistischen Lehrer betrogen und ihm schlechte Zensuren gegeben. Nur weil er als einziger die Wahrheit gesagt und nicht bei den Genossen gekratzt hatte.

So oder so ähnlich erzählte Horst Kindler seine Lebensgeschichte, der Grad an Ausschmückungen war abhängig vom Alkoholpegel und der Anzahl spendabler Zuhörer. Wenn er keine Lust hatte, über sein erlittenes Ungemach zu lamentieren, brachte er sein Leben kurz und bündig auf den Punkt und benötigte dafür nicht mehr als zwei Worte: „Tolle Wurscht!"

Heute war er von diesem finalen Punkt der Kommunikationsverweigerung nur ein kurzes Stück entfernt und antwortete Lehmann: „Ach, lass mich in Ruhe, alter Sacktreter."

Lothar schielte auf Kindlers Zettel und erkannte drei Striche. Also, so schätzte er, saß Kindler seit gut einer Stunde hier. Da hätte er die Frau ja fast sehen können, von seinem Platz am Fenster aus.

„Hast du die Frau mit dem komischen Kleid und den dicken, blonden Zöpfen auf dem Theatervorplatz gesehen?", fragte er Kindler aufgeregt.

„Meinst du diese Ausgeflippte mit den zwei dicken, blonden Zöpfen und dem komischen Kleid?", fragte der zurück und als Lehmann heftig mit dem Kopf nickte, sagte Horst Kindler: „Nee, die hab ich nicht gesehen."

Er lachte laut meckernd über seinen tollen Witz, als er Lehmanns hoffnungsvolles Gesicht sich in eine enttäuschte Grimasse verwandeln sah. Lehmann hasste diesen primitiven Humor, der immer wieder bezeugte, was für ein niveauloser Einfaltspinsel dieser Kindler war. Keine Bildung, kein Benehmen, kein Esprit. Vermutlich hätte sich die geheimnisvolle Fremde mit so einem wie Kindler überhaupt nicht eingelassen und wenn Kindler sie nach der Uhrzeit gefragt hätte, dann hätte sie ihn vorsichtshalber belogen, damit er sich keine falschen Hoffnungen machte.

„Tja, mein lieber Kindler", grinste Lehmann angestrengt. „Da hast du was verpasst."

„Ach, verpiss dich", brummelte Kindler, trank einen Schluck Bier und beobachtete Lehmann aus den Augenwinkeln.

„Na, nun sag schon was mit der Alten war", ermunterte er Lehmann schließlich.

Aber Lehmann schwieg und tat so, als wäre er beleidigt. Er spielte das nicht gut, denn obwohl er so gern ein Schauspieler geworden wäre, hatte er stets ein sehr mangelhaftes Talent bewiesen. Er war ein Übertreiber, der immer gleich ins Melodramatische abrutschte und den Anschein erweckte, als wäre er eben einem Courts-Mahler-Roman entsprungen.

‚Edel sei der Mensch, hilfreich und gut', musste Kindler auf einmal denken und wusste überhaupt nicht, warum. Wahrscheinlich aber, weil dieser Lehmann wieder große Oper spielte. Und als hätte der seine Gedanken gelesen, platzte Lehmann heraus: „Ich gehe jedenfalls am Mittwoch mit ihr in die Oper. Und überhaupt ist sie die interessanteste und spannendste Frau, die mir je begegnet ist."

Kindler machte sich auf einen langen Nachmittag gefasst und wog die Chancen ab, das eine oder andere Bier spendiert zu bekommen, wenn er nur so tat, als höre er diesem dicken Spinner geduldig zu.

Unter dem Tisch träumte ein kleiner Hund von einem großen, weißen, mehrere Zentimeter langen, röhrenförmigen Teil mit Verdickungen an beiden Enden. Im Traum versuchte er sich zu erinnern, was er damit anfangen könnte. Warum er es vergraben und nach einer Woche wieder ausbuddeln würde. Es wollte ihm einfach nicht einfallen.

Das Eichhörnchen hatte sich von dem Schock erholt und schaute jetzt neugierig durch das Loch, das der Stein in den morschen Stamm geschlagen hatte. Wer hatte ihm diesen Schrecken eingejagt? Es waren Zweibeiner! So, wie sie die Alten manchmal noch beschrieben hatten. Zweibeiner, die früher hier alles umgekrempelt hatten, die Wälder abgeholzt, die Auen trockengelegt, die Wiesen mit hartem, stinkenden Zeug zugeschmiert hatten. Nun waren also zwei von denen, die seit vielen Generationen nicht mehr gesichtet worden waren, wieder da. In der letzten Zeit hatten die Erinnerungen an ihre Gräueltaten nur den Jungtieren als schreckliche Drohung bei ungebührliches Verhalten gedient. Der eine der beiden Aufrechten war riesengroß. Er hatte einen mächtigen, metallischen Kopf mit zwei Hörnern dran, aus seinem Gesicht ragten lange, gelbe Haare, die ihm bis auf die Brust reichten, die auch aus Metall war. Vom Hals her breitete sich über den ganzen Rücken ein flügelähnlicher Körperteil aus, der fast bis auf den Boden reichte. Beim kleineren der beiden, dem rote Haare aus dem Gesicht wuchsen und wallendes Kopfhaar unter dem Metall hervorquoll, reichte der weiche Körperteil wirklich bis auf den Boden. Das schien ihm nicht zu gefallen, denn mit einer Vorderpfote versuchte er es immer wieder anzuheben. Die andere Vorderpfote hielt einen großen, länglichen Gegenstand, der in der Sonne silbern glitzerte. Der große Mensch hatte ein ganz ähnliches Ding in der Pfote, aber das war noch gewaltiger, als der Stock vom Rothaarigen. Der besaß auch zwei Hinterpfoten aus dickem Fell, das aussah, als sei es ihm gar nicht selbst gewachsen. Jähes Entsetzen durchzuckte das Eichhorn, als es begriff: Die Zweibeiner hatten Vierbeiner getötet und gehäutet. Oder hatten sie die Tiere vielleicht gar nicht getötet und gleich gehäutet? Ein eiskalter Schauer ließ den Leib und vor allem den buschigen Schwanz des Nagers vibrieren. Um die Mitte ihres Körpers hatten die schauderhaften Wesen ein schlangenartiges Ding gewunden. Dort hinein hatten sie ihre schrecklichen, spitzen Totschläger gesteckt. Der obere Teil ihrer Hinterpfoten steckte in irgendetwas, was bei genauerer Betrachtung auch ein ehemaliges Tier sein konnte. Alles, was die Alten erzählt hatten, stimmte also. Bis auf den Geruch, der war anders, als das kleine Nagetier es gelernt hatte. Das kalte Grauen kletterte zum Eichhörnchen in den Baum, packte es am Hals und überredete es, sich nicht weiter um die Zweibeiner zu kümmern und stattdessen einen längeren Waldlauf im gestreckten Galopp zu unternehmen. Und zwar entgegengesetzt der Richtung, die von den Zweibeinern eingeschlagen worden war.

‚Die wollen auch nicht weiter auf der Evolutionsleiter hochklettern', dachte der kleine Krieger, der die Gedanken des Eichhorns belauscht hatte. Es war müßig, sich um die spirituelle Vervollkommnung der Tiere zu kümmern. Sie waren einfach nicht entwicklungsfähig oder sie stellten sich bewusst blöd. Vermutlich letzteres, das war schön bequem und man musste sich nicht für den Weltenlauf verantwortlich fühlen, dachte er und stapfte betrübt über so viel mangelndes Pflichtbewusstsein hinter dem Großen her. Sie hatten eine Lichtung erreicht und beide untersuchten den Erdboden mit ihren Schwertern nach Spuren menschlicher Siedlungen.

„Heiliger Donner aller Götter!", brüllte der Große plötzlich. „Es ödet mich an, wie ein tumber Bauer durch den Wald zu latschen und jeden Meter baumlosen Bodens umzuwühlen wie ein wildes Schwein. Wo bei Wotan sind wir hier gelandet?"

„Ich denke mich an diese Stelle zu erinnern", warf der Kleine beschwichtigend ein.

„Hier war die Thingstelle in früheren Zeiten, ich spüre es bis in die Knochen, dass hier die Götter angebetet wurden."

„Bei aller Hochachtung für deinen außergewöhnlichen Spürsinn", sagte der große Krieger sichtlich um Fassung ringend, „sag mir doch einfach, *wann* hier eine Thingplatz war. Dann können wir uns gemütlich ausrechnen, in welchem Jahr wir gelandet sind. Wenn wir wenigstens ein paar Spuren von Steinkreisen gefunden hätten, aber hier erinnert nichts mehr an uns und kaum etwas an das ganze Menschengeschlecht. Also Bruder, befleißige dich doch gefälligst mir zu verraten, wann und wo wir sind."

„Wie ich dir sage, an das *wo* habe ich deutliche Erinnerungen. Einstens war hier ein Thing, später kamen die Slawen, noch später die Franken und Sachsen. Die Götter wissen, was noch für Horden hier durch sind, schlussendlich kamen die Christen vom anderen Rand dieser Berge und bauten in der Nähe eine Burg. Dann entstand eine Stadt, von hier aus wurden deutsche Könige berufen, sogar Kaiser. Ein gewisser Barbarossa hatte ganz in der Nähe eine Pfalz und soll der Sage nach in einem Berg liegen und schlafen", erklärte der rothaarige Kämpfer jetzt.

„Was heißt hier der Sage nach!", brauste der große Krieger auf und sein blonder Bart wehte im aufkommenden Lüftchen. „Wir sind hier der Mythos.

Wir machen ihn und wir sind er. Wer hat diese Sage von dem schlafenden Kaiser erfunden?"

„Das ist eine lange Geschichte", seufzte der andere abwehrend.

„Gut, dann erzähl sie mir", knarrte der Große und setzte sich auf einem Mooskissen zurecht.

„Was, jetzt? Muss das sein?", nörgelte der Rotschopf.

„Wir haben ja sonst nichts Besseres vor", erwiderte der große, blonde Recke. „Und verlaufen haben wir uns auch, machen wir eben eine Pause."

„Na schön", seufzte sein Begleiter und fing an, die ganze lange Geschichte des Stauffenkaisers zu erzählen, von seiner Jugend, seiner Heirat, seinen Feldzügen, seiner Diplomatie in Italien und anderswo und schließlich von seinem Auszug nach Jerusalem zum dritten Kreuzzug.

„Wir hatten damals große Hoffnungen in den Kaiser gesetzt", fuhr der Erzähler fort. „Er schien uns die letzte Möglichkeit zu sein, das ganze germanische Göttergeschlecht in den Herzen der Menschen am Leben zu erhalten. Nur wenn es uns gelungen wäre, ihn vom Christentum abzubringen, dann hätte Walhalla eine Chance als Weltreligion gehabt. Unsere Sache stand auch nicht schlecht, denn der Kaiser hatte andauernden Streit mit den Vertretern der christlichen Kirche. Mehrere Päpste hätte er am liebsten auf sein langes Schwert gespießt, aber letztendlich war er doch zu festgelegt in seinem Glauben. Odin persönlich leitete damals die Operation und hatte seinen Sohn Thor ausgeschickt, den Kaiser mit dem roten Bart zu bekehren. Leider war der große Donnerer wenig erfolgreich und Friedrich I., wie der Barbarossa in Wahrheit hieß, hing nach wie vor an diesem jammervollen Gott, dessen Sohn sich kampflos ans Kreuz nageln hatte lassen. Er glaubte uns nicht und hielt uns für Scharlatane und so schlug ihm Thor schließlich einen Wettkampf auf neutralem Boden vor, nämlich im Wasser."

„Im Wasser?", schnappte der Zuhörer jetzt wie ein Fisch auf dem Trockenen.

„Der Kaiser liebte das Schwimmen. Ja, ich kann sagen, er konnte vorzüglich schwimmen. So verabredete er also mit Thor ein Wettschwimmen. Gewänne der Kaiser, so hätte Thor ihm göttliche Macht verleihen müssen und bei einem Sieg Thors wollte der Kaiser den alten Göttern wieder huldigen. Beim ersten Hahnenschrei stürzten sie aus der Burg, in der sie auf der Reise genächtigt hatten, und begaben sich zum nahe gelegenen Fluss. Thor war damals als Getreuer des Kaisers unterwegs und niemand weiter begleitete die beiden. Und sie warfen sich in die wilden Fluten des reißenden Stroms, dessen Name mir momentan entfallen ist – warte, ich komm gleich drauf...", grübelte der Rotbärtige.

„Es ist mir sehr egal, wie diese verwunschene Brühe geheißen wird!", fauchte sein Zuhörer.

„Na gut, wie du meinst", beschwichtigte der kleinere Recke, „Sie hatten sich also einen bestimmten Punkt ausgemacht, den es zu erreichen galt. Wer als Erster einen rauen Felsvorsprung erklomm, der deutlich sichtbar aus dem brodelnden Fluss ragte, der sollte der Sieger sein. Odin hatte getobt, als er von dieser Wette hörte, aber da war es schon zu spät. Und es war auch nicht die befürchtete Blamage eines Göttersprosses gegenüber einem sterblichen Menschen die eintrat, sondern das Ende aller religiösen Hoffnungen. Kaiser Barbarossa erlitt einen Herzanfall und ertrank in den Wellen. Salef!"

Der Erzähler machte eine Pause und schaute den anderen triumphierend an.

„Was, Salef?", fragte der große Kämpfer verständnislos, „Was soll das heißen?"

„Der Fluss. Er heißt Salef und liegt in Kleinasien", memorierte jetzt der Erzähler.

„Aha", brummte der Große, ohne sonderliche Begeisterung.

„Thor gewann das Rennen locker und zieht heute noch den rotbärtigen Kaiser mit seinem Sieg auf. Der staunte anschließend nicht schlecht, als er nach seinem Tode nicht bei seinem Wüstengott landete, sondern direkt in Walhalla, wie all die anderen germanischen Fürsten auch. Um aber die Hoffnung nicht vollends aufzugeben, dass die alten Götter eines Tages zurückkehren würden, schuf Odin den Mythos vom schlafenden Kaiser, der einstmals erwachen wird, wenn das Reich ihn braucht. Mit Reich meint Odin aber nichts anderes als Walhalla. Thor sollte diese Rolle spielen und als Barbarossa in einer Höhle liegen. Das war Odins harte Strafe für seinen albernen Schwimmwettkampf. Und deshalb sind wir wahrscheinlich auch hierher geschickt worden, um zu sehen, ob die Zeit nun reif ist."

„Ja, nur *wann* sind wir hergeschickt worden?", knurrte der blonde Riese wieder. Der rothaarige Kämpfer gewann langsam den Eindruck, dass sie sich im Kreis zu drehen begannen. Und das nicht unbedingt räumlich.

Frieda, wie sie sich nun selbst nannte, lief anfangs ziellos durch die alten Straßen der merkwürdigen Stadt und dachte über die Worte des dicken Mannes nach. Von streng geflochtenen Zöpfen hatte er gesprochen und dass ihr Kleid wie ein Nachthemd aussähe. Nun ja, es war schlicht, das stimmte, aber Nachthemd, das ging ihr entschieden zu weit. Die Frauen, die ihr begegneten, hatten nicht solche Kleider an. Einige trugen sogar zerrissene Obergewänder und andere hatten Beinkleider wie Männer an. Dann gab es noch welche, die außer einem breiten Gürtel gar nichts an den Beinen trugen. Und die Haarfrisuren waren ganz anders, das stimmte. Doch Frieda hatte auch schon Mädchen mit Zöpfen gesehen. Die waren nicht so dick wie ihre, aber immerhin. Sie suchte nach einem Marktstand, an dem sie eventuell etwas anderes zum Anziehen bekommen konnte, als ihr Blick durch ein Fenster fiel und sie mehrere Frauen sah, die auf Stühlen saßen und sich offenbar von anderen Frauen die Haare schneiden ließen. Spontan betrat sie das Haus. Im Eingangsbereich erwartete sie eine junge Frau mit hellblauen Haaren.

„Hallo", flötete sie. „Was kann ich für Sie tun?"

Frieda schaute sich nur um und schwieg, denn sie hatte keine Ahnung was diese Person für sie tun konnte.

„Waschen, fönen, legen?", fragte die Empfangsdame jetzt erneut und lächelte Frieda an.

„Sie haben ja tolles Haar. Ist das alles echt?", plapperte sie weiter. Frieda verstand nicht, was die junge Frau meinte und schluckte verwirrt.

„Verstehen Sie unsere Sprache nicht?", plauderte die andere fröhlich. „Leider beherrsche ich nicht allzu viele ausländische Worte. Du juh spick inglisch?"

„Ich verstehe Sie sehr gut", sagte Frieda. „Ich war nur in Gedanken. Empfehlen Sie mir eine andere Frisur?"

Die Haarschenlderin konnte ihr Glück kaum fassen, an dieser prächtigen Mähne herumschnipseln zu dürfen und antwortete angesichts der sehr hohen Rechnung, die sie dafür zu stellen gedachte, freudig erregt: „Ich kann Ihnen ja mal einige Varianten vorstellen."

„Gut", sagte Frieda und nahm vor einem der Bildschirme in einem bequemen Sessel Platz.

Zwei Stunden und vier Computeranimationen später stand ihr Entschluss fest. Sie würde sich von einem Teil ihres Haupthaares verabschieden. Nebenbei bekam sie von der geschwätzigen Haarschneiderin viele Tipps, wie sie sich anziehen könnte. Auch was eine Dame im Theater tragen sollte, wusste die redselige Frau bis ins kleinste Detail zu beschreiben. Obwohl sie nach eigenen Angaben schon seit mehreren Jahren nicht mehr dort gewesen sei, kannte sie sich immer noch gut aus. Vor allem deshalb, weil sie eine Menge Kundinnen hatte, die regelmäßig die Premieren besuchten und dafür ständig auf der Suche nach neuer Garderobe und unbekannten Frisuren waren. Premieren waren Zusammenkünfte in diesem Haus, das sie hier Theater nannten, bei denen es darauf ankam, ein teureres Kleid als die Frau vom Chef ihres Mannes zu tragen und natürlich eine auffälligere Frisur. Die Frauen hüllten sich in Samt und Seide, ließen sich aufwendig frisieren und benötigten vor einem Besuch des Theaters mehr Zeit für die Pflege ihrer Fingernägel, als sie im letzten Jahr für die Erziehung ihrer Kinder aufgewendet hatten. Wenn das alles zu ihrer Zufriedenheit erledigt war, hüllten sie sich zusätzlich in eine wohlriechende Wolke feinster Düfte und gingen ins Theater. Hier gab es drei Möglichkeiten, den Abend zu genießen. Erstens bei der Ankunft, dem rituellen Ablegen des Mantels und der ersten Präsentation der Garderobe. Zweitens in der sogenannten Pause, in der sie durch das gesamte Gebäude defilierten, sich möglichst oft vor Spiegeln drehten und an einem übertreuerten Glas ‚Schampanja' nippten und drittens nach der Aufführung, wenn der Mantel zeremoniell wieder übergestreift wurde und man im Triumphzug das Theater verließ, um beim Italiener um die Ecke zu dinieren. Verschönern konnte dieses Erlebnis noch ein gut bekleideter, sauber rasierter Mann an der Seite dieser Frauen, aber das wäre nicht zwingend erforderlich, sagte die Haarschneiderin. Frieda dachte an Lehmann und überlegte, ob seine Begleitung ein Gewinn wäre. Sie könnte ja Geschichten erzählen, beteuerte die unablässig schwatzende Frau aus dem Frisiersalon und fing sofort an, ihre Versprechung in die Tat umzusetzen, während sie das dicke, blonde Haar unter einer Brause mit lauwarmem Wasser einweichte. Frieda war es recht, dass sie nicht viel reden musste und binnen kürzester Zeit eine unglaubliche Menge wichtigster, fraulicher Informationen erhielt. Ihre Laune besserte sich von Minute zu Minute. Allmählich machte ihr dieser Ausflug Spaß. Und bei den Göttern, das war es genau, was sie haben wollte – viel Spaß.

„Kindler, schwanke nicht so herum!", forderte Horst Kindler sich selbst auf. Nach etlichen Stunden im Brettel-Fritz machte er sich auf den Heimweg zu seiner bestimmt schon ungeduldig wartenden Frau. Eigentlich hatte er nur am Mittag die Schuhe zum Schuster schaffen sollen. Das hatte er gemacht. Und Geld hatte er auch kaum ausgegeben. Schlimmstenfalls würde er ihr erzählen, er habe in der Kneipe Fußball geguckt. Er war stark angetrunken und allerbester Laune, denn während der diversen Gläser Bier, die der dicke Lehmann ihm spendiert hatte, war ihm eine prima Idee gekommen. Er würde seine überragenden Fähigkeiten als Hobbyfilmer dazu benutzen, ein Video der aktuellen Götterdämmerungs-Inszenierung des Stadttheaters zu drehen. Das ließe sich dann zweifellos an die Stadtverwaltung verkaufen oder ans Tourismus-Amt oder irgendwen sonst, den er überzeugen würde. Und dass er die Leute überzeugen würde, daran bestand für Horst Kindler überhaupt kein Zweifel. Schließlich wusste er mit Qualität zu begeistern, das war allgemein bekannt. Und er war in diesem Provinzkaff hier mit Sicherheit der beste Filmemacher.

Jedenfalls der beste, den er kannte.

Einen Haufen Geld würde er damit verdienen, jawohl, einen schönen Batzen rabenschwarzen Geldes, denn Kindler plante die immensen Einnahmen weder dem Finanzamt noch dem Arbeitsamt mitzuteilen. Seine finanziellen Sorgen hätten ein Ende, seine Frau brauchte nicht mehr herumzujammern und dürfte ihm das Geld für die Kneipe nicht mehr vorzählen, nur weil sie noch eine Stelle als Verkäuferin im Supermarkt hatte und er nichts.

Und dieses Weibsstück, von dem Lehmann dauernd gefaselt hatte, sollte angeblich genauso aussehen wie eine echte Walküre. Lehmann hatte sich ausgeschüttet vor Lachen und immer wieder gerufen: „Sieht aus wie eine echte Walküre und läuft hier so einfach durch die Stadt. Einfach so!"

Mehr fiel ihm nicht ein, dem Spinner. Aber ihm, Horst Kindler, war etwas eingefallen. Etwas Geniales war ihm eingefallen. Man müsste die Geschichte weiterspielen, die germanischen Götter durch die Altstadt laufen lassen und dann filmen. Eine so tolle Idee ließe sich bestimmt an RTL oder SAT1 verkaufen. Und er würde Regie führen und die Stadt käme wieder zu Ansehen und landesweiter Geltung und aller Dank gebührte ihm, Horst Kindler. Jawohl, genauso würde es sein. Und dann würden sie ihn bitten, ob er nicht

Bürgermeister werden wollte. Aber er würde es nicht machen. Er würde sie erst zappeln lassen und ihnen Hoffnung machen und dann würde er sagen: „Nein, ich mache euch nicht die Drecksarbeit. Lange genug habt ihr auf mir herum getrampelt, ihr alle, ihr verschlagenen Opportunisten, Weicheier, Feiglinge. Ihr könnt mich alle mal, jawohl. Horst Kindler macht euch nicht den Dummen!"

Und dann würde er gehen, einfach so, seine Sachen packen und nach Hollywood auswandern und dort sein Glück als Filmemacher finden. Er rechnete sich in der Traumfabrik gute Chancen aus, wobei ihm die zwölf Bier kräftig halfen, die er intus hatte. Seine Hauptsorge war nur, ob er all die klugen Gedanken, die er gerade hatte, nicht morgen schon wieder vergessen hätte. Das war ihm leider schon einige Male passiert.

„Videofilm Walküre!", lallte er deshalb auf dem Heimweg immer wieder vor sich hin. Wer ihm so begegnet wäre an diesem Frühlingsabend, der hätte es bei seinem Anblick nicht für möglich gehalten, dass da eben ein künftiger Erfolgsregisseur an ihm vorbeigetorkelt war. Eher hätte der gewöhnliche Betrachter auf einen armen Irren getippt, der neben offensichtlich schweren Gleichgewichtsstörungen auch einen Großteil seiner Zehen durch Amputation eingebüßt hatte.

Er schwankte wirklich sehr, der Herr Kindler.

„Ich weiß immer noch nicht, was das alles soll. Schleppen wir die Steine hier her, nur weil dort ein früher ein Steinbruch war oder...", der große Krieger ließ den enormen Hinkelstein zu Boden krachen und wischte sich plötzlich begreifend den Schweiß von der Nase, „Oder willst du allen Ernstes einen Steinkreis errichten?"

„Früher oder später würdest du darauf kommen. Ich habe fest darauf vertraut", antwortete der Rotbart und Stolz schwang in seiner Stimme. „Mein Bruder ist eben kein Dummkopf, auch wenn er sich für die astromysterischen Fragen nicht sonderlich interessiert", sagte er zufrieden.

„Du willst mir nur schmeicheln, damit ich die Brocken allein weiter schleppe. Daraus wird nichts, Herr Bruder. Du kommst schön mit zum Steinbruch." Der Große packte den Stein etwa in der Mitte mit beiden Händen, hob ihn scheinbar mühelos hoch und wuchtete ihn dann auf die Stelle, an die der Kleinere mit seinem Schwert ein Kreuz geritzt hatte.

„Übrigens habe ich am Steinbruch ein bemaltes Schild gefunden", fügte der große Recke betont beiläufig hinzu.

„Ach!", sagte der kleinere Bruder erstaunt und als er sich von der Nachricht erholt hatte, säuselte er zuckersüß: „Und das beliebst du mir erst jetzt zu sagen, wo wir den Steinkreis so gut wie fertig haben. Vielleicht könnte uns das Schild ja Auskunft darüber geben, wo und *wann* wir hier sind. Oder glaubst du, es macht mir Vergnügen, mich an die ganzen komplizierten Anweisungen zu erinnern, wie ich diesen Steinkreis zum Arbeiten bringen kann, Bruder Magni?"

„Ha, jetzt hast du meinen Namen gesagt, Modi. Die Götter werden uns strafen, wenn sie erfahren, dass wir unsere Namen genannt haben. Odin hat ausdrücklich darauf bestanden, dass wir dem Ingo Knito huldigen", erwiderte der Magni genannte Riese.

„Wem sollen wir huldigen?", wollte Modi wissen. „Mir ist kein Mann dieses Namens bekannt." „Ich weiß auch nicht, wer dieser Ingo Knito ist, aber Odin hat ihn mehrfach erwähnt", bellte Magni zurück.

„Letzten Endes spielt das auch keine Rolle. Zürnen werden die Götter so oder so, wenn sie erfahren, dass wir unsere Namen genannt haben", versuchte Modi seinem verwirrten Bruder eine sprachliche Brücke zu bauen.

„Aber bloß dann, wenn sie überhaupt erfahren, wo und vor allem *wann* wir hier sind", brummte Magni. Modi rollte mit den Augen und bemerkte, dass sein linkes Augenlid zu zucken begann. Das war ein schlechtes Zeichen, denn er war nervös und konnte sich nur noch schlecht konzentrieren, wenn er dieses Zucken bekam. Er bemühte sich um Fassung und schlug einen freundlichen Ton an, in dem ein gerüttelt Maß an Resignation mitschwang. „Lass uns einfach weitermachen und zusehen, dass wir hier fortkommen. Was steht denn auf dem Schild?", begehrte er zu wissen.

„Keine Ahnung", antwortete Magni. „Ich konnte die Runen nicht lesen. Habe nie zuvor so entstellte Schriftzeichen gesehen."

„Gut, lass uns nachschauen", schlug Modi vor und beide stiefelten in Richtung Steinbruch, weg von der Lichtung, auf der schon eine beträchtliche Anzahl gigantischer Steine einen soliden Kreis bildeten, der an die weltberühmte Anlage in Stonehenge erinnerte.

Bald waren die beiden Brüder am Steinbruch angelangt und Magni deutete mit der Schwertspitze auf ein verwittertes, halb von Moos bewachsenes Schild.

rztba YR RTT

stand darauf und Modi musste seinem kräftigen Bruder zähneknirschend zustimmen, dass es keinen Sinn ergab. Immerhin erkannte er die Buchstaben, offensichtlich waren sie nicht in China oder Persien gelandet. Die Landschaft deutete allerdings auch nicht darauf hin, sondern eher auf Ausläufer eines kleineren, mitteleuropäischen Gebirges. Während er das Moos von dem rechteckigen Schild kratzte, sinnierte er über die Variante nach, dass sie in China gelandet wären und fand den Gedanken nicht erheiternd. Als er alle Buchstaben freigekratzt hatte las er

Freizeitbad THYRA GROTTE

und war beruhigt. Er stieß einen wohligen Seufzer aus, der einen mittleren Windstoß entfachte und um ein Haar einen Specht aus einem nahestehenden Baum schüttelte. Magni erkundigte sich neugierig: „Na und, was hast du herausgefunden?"

„Wir sind entweder in der Nähe eines Bades oder irgendwer hat das Schild hier weit mit sich herumgeschleppt. Dann sind wir nicht in der Nähe dieses Bades. Ich gehe aber davon aus, dass niemand zum Spaß ein Schild mit sich herumträgt, auf dem steht, wie ein Bad heißt. Das ergibt ja keinen Sinn."

„Wie heißt denn das Bad?", wollte Magni wissen.

„Thyra Grotte", antwortete Modi und nun war es an Magni tief zu seufzen.

„Willst du damit andeuten, es hätte irgendwann Leute gegeben oder würde sie später geben, die nach dem dreimal verfluchten Thrym ein Bad benannt hätten oder noch benennen wollen?", donnerte er los und weil sich Modi sehr viel Zeit mit der Antwort ließ, fügte er an: „Und es könnte sein, die lebten hier? So wünsche ich ihnen, dass sie schon vor langer Zeit ausgestorben wären, denn andernfalls werde ich das Ende ihres Stammes in kurzer Zeit besiegeln und zwar gründlich!"

Sein lautstarker Zorn hatte den ganzen Waldabschnitt erbeben lassen und rund um den Steinbruch stürzten vereinzelt Steine und tote Vögel zu Boden. Der eine oder andere Hase brach auf, sein Heil in einer mehrtägigen Flucht zu suchen um diese Gewitterstimme nie wieder hören zu müssen. Ein verzweifelter Maulwurf stellte einen neuen Tiefen- und Geschwindigkeitsrekord im senkrechten Buddeln nach unten auf und stieß, als er sich so weit unten wähnte wie vor ihm noch kein Tier gewesen wäre, auf mehrere verängstigte Mäuse und Hamster, die sich aneinander klammerten.

„Was du dich nur so aufregst", beschwichtigte Modi nun Magni. „ Wir wissen doch überhaupt nicht, ob der Eisriese damit gemeint ist. Und außerdem: Thrym hat längst sein armseliges Leben unter Vaters Hammer ausgehaucht. Erinnerst du dich nicht mehr daran?"

„An die Geschichte, wie unser Vater Thor sich mit einer List den von Thrym gestohlenen Hammer zurückgeholt hat, erinnere ich mich sehr wohl. Ich weiß nur nicht, woher du die Sicherheit nimmst, dass dieses Ereignis in der Vergangenheit liegt, denn wir wissen ja nicht, *wann* wir gerade sind", fauchte Magni seinen Bruder an.

„Das ist wirklich ein Problem", erwiderte Modi geduldig und bemerkte, dass es äußerst langweilig war, immer wieder auf dieses eine Thema zurückkommen zu müssen.

„Jedoch besagt das Schild eindeutig, dass wir auf germanischem Boden stehen und diese Gewissheit erfreut mich ungemein. Wenn wir den Steinkreis benutzen können, werden wir auch wissen, *wann* wir sind. Dann können wir geeignete Schritte einleiten und entweder die hier lebende Bevölkerung massakrieren, weil sie Thrym anbetet oder, was wesentlich wahrscheinlicher ist, in die Zeit gehen, in welche Odin uns geschickt hat. Im Übrigen sollten wir uns beeilen fertig zu werden ehe die Sterne aufgehen, sonst sitzen wir morgen immer noch hier und fragen uns, *wann* wir sind."

Magni hievte sich wortlos einen riesigen, langen Stein auf den Rücken, der glänzend als Querstein geeignet war, und stapfte zurück zur Lichtung. Modi nahm sich ein ähnliches Exemplar vor und folgte keuchend seinem Bruder. Als sie wenig später den Bau vollendet hatten, begann Modi mit den Feinabstimmungen und kramte nach seinen Erinnerungen an die geheimen Worte, indem er mit den einfacheren Dingen begann. Er murmelte unablässig Sprüche und

Reime, die ihre Existenz der Beschäftigung von Göttern und Menschen mit der Astronomie und verwandten Wissenschaften verdankten:

„Eber, Riese, Himmelskuh zählen wir dem Winter zu.
Hase, Wolf und Menschenpaar stellen uns den Frühling dar.
In Hahn und Hengst und Ährenfrau
die Sommersonne steht genau.
Schwalbe, Hirsch und Bogenschütze
sind des Herbstes feste Stütze."

war nur ein Beispiel der großen Gelehrsamkeit, die Modi nun an den Tag legte.

Magni hatte ein Feuer entfacht und suchte nach den passenden und für die Rituale geeigneten Holzscheiten. Beziehungsweise half er einigen jungen Bäumchen dabei, sich mittels seines gigantischen Schwertes in bestens geeignete Holzscheite zu verwandeln. Modi brabbelte immer noch vor sich hin und vervollkommnete die Ausrichtung des Kreises. Er peilte mit Daumen und zugekniffenem Auge die oberen Spitzen der Felsbrocken an. Hin und wieder nickte er zufrieden oder strich sich über den Bart. Er prüfte die Abstände der Steine voneinander und verglich ihre Höhe. Er änderte gegebenenfalls, wo es noch nicht so richtig passte, und frohlockte endlich: „Nun brauchen wir nur noch auf die Dunkelheit warten". In einem didaktischen Duktus begann er seinen, an einen Baumstamm gelehnten Bruder Magni aufzuklären: „Bei der Betrachtung des Sternenhimmels sehen wir, dass die Sterne im Laufe der Nacht zu wandern scheinen. Am Abend sieht man andere Sterne als am frühen Morgen, im Winter andere als im Sommer. Die Sterne aber, welche sich in der Nähe des Himmelspols befinden, gehen niemals hinter den Horizont und sind somit das ganze Jahr sichtbar. Der Kreis, der diese Sterne umschließt und scheinbar von anderen trennt, ist der innere Himmelskreis. Das sind diese Steine hier, siehst du?" Modi zeigte mit dem Schwert auf die betreffenden Felsbrocken. „Diesen Bereich nannten die Menschen dann Asgard, die Götterheimat."

„Wieso nannten?", unterbrach ihn Magni, „Vielleicht werden sie es erst in ein paar tausend Jahren so nennen, schließlich wissen wir nicht, *wann* wir sind."

Modi hasste seinen Bruder manchmal für seine schreckliche Sturheit, aber er wusste wohl, dass es das Beste war, solche Sticheleien einfach zu ignorieren.

„Der Sommerhimmel bedeutete ihnen Midgard oder er bedeutet es ihnen heute noch oder er wird es ihnen einst bedeuten, nämlich ihren eigenen Wohnsitz." Modi richtete sein Schwert auf die besagten Steine und funkelte Magni an. Der hatte sich hingesetzt, reinigte sein Schwert mit einem Batzen Moos und machte den arglosesten Eindruck, den dieser Wald jemals gesehen hatte und noch sehen würde.

„Der Winterhimmel ist ihnen ein Gleichnis für Utgrad, das Reich der Riesen. Der helle Stern, den man später als den Polarstern bezeichnen wird, nannten sie in früheren Zeiten Wotans Auge. Getrennt werden die Reiche der Menschen und der Riesen durch den Weltenreif Draupner, den sie heute die Milchstraße nennen und den wir hier mit den Querverbindungen dargestellt haben. Alles, was wir nun tun müssen, ist warten, dass es dunkel wird. Dann bestimme ich schnell den Stand der Sterne und leite mit Hilfe des Steinkreises die Konstellationen ab, errechne den ewigen Wert und beziehe ihn auf die Helligkeit unserer Fackeln dort hinten und schon wissen wir, *wann* wir sind."

„Hm", brummte Magni und das Zwiegespräch war jäh beendet.

Eine knappe Stunde später war es stockdunkel. Der Himmel über den Hügeln und Wiesen des südlichen Vorharzes war mit dicken Wolken verhangen. Und so blieb er auch, bis ein neuer Morgen graute.

Es war nicht ganz einfach, den geheimen Eingang zur wahren Schlafstätte des Kaisers Rotbart im Kyffhäusergebirge zu finden und er befand sich nicht in der Höhle nahe Bad Frankenhausen, durch die täglich Touristenströme zogen, um den in Stein gehauenen Thron des sagenhaften Herrschers zu sehen. Die Besucher wären verwundert gewesen, wenn sie gewusst hätten, dass sie dem wirklichen Schlafplatz sehr nahe waren. Die echte Barbarossa-Höhle befand sich 30 Meter unter dem steinernen Sitz, war aber nicht mit der darüber liegenden Höhle verbunden. Ein langer, schmaler, dunkler Gang führte dort hinein. Es bedurfte vieler Anläufe, einer soliden weidmännischen Ausbildung und eines guten Auges oder einer gehörigen Portion Glück, wollte ein Mensch das Eingangsloch aufspüren. Knochen und Skelette von Menschen und Tieren säumten den Weg im Eingangsbereich, denn eine Umkehr war nicht möglich. Ein uralter Fluch war dafür verantwortlich, dass man diesen Weg nur in eine Richtung beschreiten konnte. Wer es dennoch versuchte, kam nicht weit und blieb gelähmt im Höhlengang kleben, bis zum bitteren Ende. Das war der Hauptgrund, warum der Kaiser nicht viele Besucher empfangen musste. Eigentlich waren bis heute überhaupt nur die Bauern Müntzers und diese Tschekisten zu ihm vorgedrungen. Bis jetzt.

Im Eingangsrahmen stand ein großer, sehr herrisch wirkender Mann in einem weiten, blauen Mantel. Er trug einen breitkrempigen Hut, den er tief ins Gesicht gezogen hatte und der voller Spinnweben und staubbedeckt war. Auf jeder seiner Schultern saß ein unnatürlich großer und tiefschwarzer Rabe. Neben seinen Beinen standen links und rechts zwei furchterregend große Wölfe, welche die Lefzen hochzogen und bedrohlich knurrten. Der Mann hob den Kopf und sah aus seinem einen noch intakten Auge in den Saal.

„Oh Gott! Oh Vater! Oh Gottvater!", stammelte der Kaiser Barbarossa und rutschte auf seinem Empfangssessel zusammen wie ein Ballon, der ein Stachelschwein gestreift hat.

„Es ist schmutzig hier!", grollte der einäugige Odin wie eine, in sicherer Entfernung zu Tale stürzende, Geröllawine. „Deinen Gruß hatte ich mir nach über tausend Jahren enthusiastischer vorgestellt. Aber ich kann damit leben, mein Sohn."

Der so angesprochene Barbarossa, der in Wirklichkeit Odins Sohn und der Donnergott Thor war, zappelte auf seinem Stuhl herum, als gelte es einer Hundertschaft von Skorpionen auszuweichen.

„Bist du gekommen, mich von dieser Maskerade zu erlösen?", fragte er vorsichtig. Thor wusste sehr genau, dass dies mit Sicherheit nicht der Grund war, weshalb sein Vater aus Walhalla herabgestiegen war. Wenn ihm der Alte eine Nachricht hätte schicken wollen, so wäre einer seiner Wölfe oder Raben ausreichend gewesen, dachte Thor. Nun hatte der oberste aller Götter aber gleich alle vier Tiere mit in diese Höhle gebracht und trug in seiner Rechten zu allem Überfluss den Speer Grungnir, der sein Ziel niemals verfehlte. Thor schwante nichts Gutes. Wenn sein Vater in vollem Ornat anrückte, dann musste etwas Bedeutendes und sehr Beunruhigendes vorgefallen sein. Huginn, derjenige der Raben, der die Gedanken verkörperte, funkelte Thor aus seinen pechschwarzen Augen feindselig an und Munnin hackte sich gerade genüsslich eine große Spinne von seinem Federkleid, um sie kurz darauf seelenruhig zu verzehren. Der Rabe Munnin wirkte alles in allem eher unbeteiligt. Er stand für die Erinnerung und Thor dämmerte es, dass Erinnerungen wohl nicht das Thema der nächsten Minuten wäre. Aber er brauchte Zeit, sich vom ersten Schock zu erholen und seine grauen Zellen wieder neu zu postieren, auf dass er der Auseinandersetzung mit seinem Erzeuger gewachsen wäre.

„Natürlich nicht!", brüllte Odin. „Und du weißt das ganz genau!"

„Ähem, ich freue mich immer, dich zu sehen, mein Vater, äh, Gott, ich meine – Gottvater", ruderte Thor hilflos durch das ihm momentan zur Verfügung stehende Vokabular.

„Lass uns die Sache verkürzen", schaltete sich Odin wieder ein und Thor stellte für sich fest, dass sein Vater noch immer kein Freund der großen Worte und des langen Herumredens war und deshalb gleich auf den Punkt kommen würde.

„Du weißt", sagte Odin, „dass ich noch nie ein Freund der großen Worte und des langen Herumredens war und deshalb immer gleich auf den Punkt komme."

„Ja, ich weiß", sagte Thor wahrheitsgemäß.

„Ich habe nur eine einzige Frage, mein Sohn."

„Und die wäre, ich meine, bitte, ähem, frag ruhig", versuchte Thor seinen Vater nur sehr halbherzig zu animieren.

„WO IST DEIN HAMMER?", schrie der mächtigste aller Götter und betonte die Vokale überaus lange und schrill.

Thor schaute erschreckt an seiner Bettstatt hinunter und stellte fest, dass Mjöllnir, sein alles zerschmetternder Donnerhammer, nicht mehr an der Stelle lag, wo er hätte sein sollen. Thor registrierte mit einem leichten Anflug von Panik, wie sich seine eben neu formierten grauen Zellen schnell wieder hinwarfen und Deckung hinter den Schädelknochen suchten.

Sabrina saß an ihrem Arbeitsplatz vor dem PC mit der Layout-Software, in der sie ihre Artikel gleich in der richtigen Länge einfügen konnte. Eine Tasse kalten Kaffees stand neben ihr und der tägliche, obligatorische Polizeibericht flimmerte grünlich auf ihrem Bildschirm, als fürchte er seine eigene Veröffentlichung. Wenn es wenigstens ein ordentliches Zeilenhonorar dafür gegeben hätte.

Sie hatte aber als fest eingestellte Redakteurin kein Zeilenhonorar als Berechnungsgrundlage ihrer journalistischen Arbeit. Und ihre Bezahlung hatte sie sich während des Studiums auch anders vorgestellt. Mit diesen paar Euro konnte sie jedenfalls noch keine Familie gründen. Ihren Eltern gefiel es überhaupt nicht, dass sie mit 28 Jahren noch keine feste Beziehung eingegangen war und wie Sabrina ihre Mutter kannte, machte die sich bestimmt große Sorgen um den Fortbestand der Familie. Doch Sabrina hatte sich erst einmal andere Prioritäten gesetzt und wollte in der Lokalredaktion der Kreisstadt weiterkommen und Karriere machen. Dann, später einmal, wenn sie bei einem renommierten Blatt beschäftigt war, würde sie eine eigene Familie planen. Je mehr sie aber über diesen, ihren Lebensplan nachdachte, desto unsicherer wurde sie, ob er tatsächlich so perfekt war, wie er ihr noch vor wenigen Jahren beim Studium erschienen war. Inzwischen entließen die großen Verlage und Zeitungen reihenweise ihre Redakteure. Und das waren keine schlechten Vertreter ihrer Zunft, die sich nun um die verbliebenen Plätze an der printmedialen Futterkrippe balgten. Manchmal dachte sie, es wäre besser gewesen, sie hätte damals zur Paläographie gewechselt und würde nun in einer heimeligen Forscherstube eines renommierten Museums sitzen und alte Schriftzeichen des Mittelalters entziffern. Stattdessen lief sie jeden Tag in die langweilige Redaktion der einzigen Tageszeitung vor Ort und wertete Polizei- und Feuerwehrberichte aus. Die Masse der Nachrichten beinhaltete Pressemeldung der Stadtverwaltung mit dem Inhalt, wann welche Straße voraussichtlich für wie lange wegen Bauarbeiten vom Straßenverkehr ausgeschlossen sein würde. Die von ihr zu erfassenden Leserbriefe drehten sich inhaltlich um Hundekot auf öffentlichen Plätzen oder Beschwerden darüber, dass die Sperrung einzelner Straßen nicht pünktlich genug in der Zeitung angekündigt worden war.

Ihr gegenüber saßen ihre Kollegin Henriette Wildt und der junge Fotograf Enrico Neumeister, ebenfalls auf ihren Drehstühlen, und versuchten die morgige Lokalausgabe mit brauchbaren Beiträgen und Fotos zu füllen. Henriette hatte gerade einen Leser am Telefon, der sich offenbar über die schlechte kulturelle Grundversorgung im gesamten Landkreis unter besonderer Berücksichtigung der viel zu dünn gesäten Volksmusikveranstaltungen im Gegensatz zum ewigen Bumbum-Geratter der jungen Generation in diesen grässlich lauten

Diskotheken erregte. Am Beginn des Anrufes, der schon einige Minuten zurücklag, hatte Henriette immer laut die wilden Anschuldigungen des Anrufers wiederholt, damit die beiden anderen in der engen Redaktionsstube auch etwas zu lachen hatten. Aber solcherlei Scherze sind kurzlebig und auch Henriettes Gesicht deutete inzwischen nicht mehr auf irgendeine Form von Vergnügen hin. Sabrina sah zum Fenster hinaus, genauer gesagt spähte sie durch einen Schlitz der fast geschlossenen Jalousie und dachte an gar nichts. Ein Zustand, der sich immer dann bei ihr einstellte, wenn sie den Polizeibericht bearbeiten musste. Wie aus weiter Ferne hörte sie Henriette sagen: „Ich bin ganz Ihrer Meinung, das ist wirklich bedauerlich. Ich werde Ihre Anregungen mit in die Redaktionskonferenz nehmen und ganz bestimmt darüber schreiben. Ja, wenn ich es Ihnen doch sage. Verlassen Sie sich auf mich. Nichts zu danken. Wiederhören. Idiot."

Sie hatte den Hörer auf die Gabel geknallt und stand ruckartig auf.

„Was man sich hier alles bieten lassen muss! Was denkt sich denn dieser Blödmann, was wir hier den ganzen Tag über machen? Er hat doch allen Ernstes behauptet, wir würden absichtlich nichts über Volksmusik bringen, weil wir Absprachen mit den örtlichen Diskotheken hätten und uns von denen bezahlen ließen."

Henriette war richtiggehend aufgebracht, was ihr nicht oft passierte, denn sie hatte einen eher ausgeglichenen Charakter. Böse Zungen bezeichneten sie als phlegmatisch, ein noch geringerer Teil der Einwohnerschaft hielt sie für schlichtweg faul und desinteressiert. Diese wenigen Leute unterstellten ihr, sie würde in den Redaktionsstuben des Kreisanzeigers nur auf die nahende Rente warten, die in überschaubarer Zeit ihrem journalistischen Treiben ein Ende setzen sollte. So drückte es jedenfalls Henriette selbst aus und wurde nicht müde, ihren baldigen Ruhestand immer wieder ins Gespräch zu bringen. Das hatte zur Folge, dass sie auch in der Redaktion mit keinen großen Sonderaufgaben mehr betraut wurde. Denn sie ging ja ohnehin bald in Rente. Wann genau das war, wusste außer ihr kaum jemand.

Sabrina konnte Henriette gut leiden, ihr gefiel die bedachte, nichts überstürzende Art der älteren Kollegin und ihr Scharfsinn, wenn es um Falschmeldungen ging. Henriette Wildt ließ sich so leicht nichts vormachen. Sie konnte wunderbar im Stile der Yellow-Press schwadronieren und sich über Nebensächlichkeiten unendlich ausbreiten. Sie sagte dann für gewöhnlich: „Nur immer her mit der Nachricht, auch wenn sie noch so unbedeutend ist. Ich blase sie auf, bis sie platzt."

Aber sie setzte keine Falschmeldungen in die Welt. Für Sabrina war sie eine Arbeitskollegin, von der sie etwas lernen konnte. Und viel konnte sie bei diesem kleinen Wurstblatt nicht lernen. Henriette streifte sich ihren Mantel über und verabschiedete sich zu einer Pressekonferenz im Landratsamt. Auch Enrico nutzte diesen Termin, um aus dem muffigen Büro zu entkommen.

Sabrina hatte den Aufbruch der beiden kaum registriert und starrte immer noch aus dem Fenster, als ihr Telefon klingelte. „Kreisanzeiger, Donath, guten Tag", sagte sie freundlich. „Was kann ich für Sie tun?"

„Mein Name ist Häusler und ich bin Mitarbeiter der unteren Denkmalbehörde im Landratsamt Nordhausen. Wir sind gerade bei einer hobbymäßigen, archäologischen Untersuchung im Kyffhäuser und haben dort eine bemerkenswerte, offensichtlich sehr alte Streitaxt gefunden. Genauer gesagt sieht das Ding aus wie ein Hammer. Sind Sie daran interessiert?"

Sabrina war auf dem besten Weg in die Hörmuschel zu kriechen, sie hegte mehr Interesse an dieser möglichen Story, als sie für einen Sechser im Lotto gezeigt hätte. Dennoch bemühte sie sich eine routinierte Professionalität auszustrahlen und antwortete so kühl und nüchtern sie nur konnte: „Das klingt interessant. Wann und wo kann ich den Fund sehen?"

„Wie wäre es mit sofort?", fragte der Denkmalpfleger Häusler zurück.

„Das passt mir prächtig", sprudelte Sabrina viel zu schnell hervor. „Ich bin auf dem Weg. Wo finde ich Sie?"

Am anderen Ende entstand eine Pause, die Sabrina im Bereich einer jungen Unendlichkeit ansiedelte, aber in Wahrheit nicht länger als fünf Sekunden währte. Dann hörte sie klare, detaillierte Instruktionen, wo sie sich einfinden sollte.

Gernot Hübner schaltete sein Handy aus. Er war zufrieden. Schon viele Jahre hatte er seit dem Umsturz der Konterrevolution und dem damit verbundenen Untergang der DDR mit sich gerungen, was er mit dieser merkwürdigen Axt anfangen sollte. Seitdem er sie Anfang der Achtzigerjahre von dem Spezialauftrag aus der Höhle im Kyffhäusergebirge mitgebracht hatte, drängte es ihn

Götterhämmerung – 37

regelrecht physisch, sie wieder los zu werden. Dabei würde er immer noch seine gesamte Ordensammlung hergeben, wenn er erfahren könnte, was damals in dieser stürmischen Oktobernacht eigentlich passiert war. Gemeinsam mit zwei anderen Genossen hatte er einem anonymen Hinweis aus der Bevölkerung nachgehen sollen, nachdem sich in den Bergen ein Mann verbarg, der wie der rotbärtige Kaiser Barbarossa aussah und sich verdächtig benahm. Sie hatten tatsächlich einen versteckten Höhleneingang gefunden und waren hinein gegangen. Seine nächste Erinnerung war, wie er wieder in der Einsatzzentrale stand und sein höchst zufriedener Oberstleutnant ihn auszeichnete für die ehrenhafte Ausführung seines Auftrages. Als er schließlich nach Hause gekommen war, hatte er diese riesige Axt auf dem Rücksitz seines Moskwitschs gefunden. Er hatte sie in einem alten Öllappen im Garten vergraben, doch über die Jahre wurde um diese Stelle das Terrain immer größer, auf dem einfach nichts wachsen wollte. So hatte er das Ding schließlich an einem alten, stillgelegten Kiesschacht nahe der Kreisstadt Nordhausen vergraben, wo ohnehin nichts wuchs.

Als die Westdeutschen dann wie die Vandalen über seine sozialistische Heimat herfielen, begann sein eigentlicher, innerer Kampf. Gernot wusste wohl, dass er das Gerät gewinnbringend verkaufen könnte. Nein, nicht an die Holländer, die alles mit sich schleppten, was über dreißig Jahre alt war und dafür nur ein Spottgeld bezahlen wollten. Er würde auf die passende Gelegenheit warten, beschloss er. Lieber schlug er sich noch einige Jahre so schlecht und recht durch. Dieses garantiert sehr wertvolle, alte Stück sollte seine Rentenversicherung sein. Schließlich hatte er seine Knochen immer hingehalten zu DDR-Zeiten und niemand hatte es ihm gedankt.

Aber die Gelegenheit kam nicht und die Jahre vergingen. Gernot wurde immer verbitterter. Sozialhilfeempfänger war er und seine geheimen Reserven neigten sich schon bedrohlich dem Ende entgegen. Da war ihm die Idee gekommen, so zu tun, als hätte er die Axt eben erst gefunden. Dann würde sich herausstellen, wer sich mit wie viel Geld dafür interessierte. Die kleine Redakteurin, die er da gerade an der Strippe hatte, war sofort auf seine Geschichte angesprungen und nun musste er sie nur überreden, das wahrscheinlich frühmittelalterliche Teil zu fotografieren. Er würde ganz ruhig abwarten, welche Reaktionen die Veröffentlichung auslösen würde. Notfalls wäre er gezwungen, die Journalistin rund um die Uhr zu beschatten, aber darin hatte er ja Erfahrung.

In der Ferne hörte er einen Motor brummen und sah auf seine Uhr. Das konnte sie schon sein, wenn sie sich beeilt hätte. Er kletterte vorsichtig von seinem präparierten Fundort hinauf auf den kleinen Felsvorsprung, von dem aus man die Straße überschauen konnte. Ein Kleinwagen näherte sich der Haarnadelkurve und Gernot Hübner, der sich am Telefon als Häusler vorgestellt hatte, griff in seine Jackentasche. Hier befand sich ein Opernglas, womit er das ankommende Auto unter die Lupe nehmen wollte. Das Opernglas hatte sich in der engen Tasche verklemmt und Gernot zerrte wütend und ruckartig daran herum. Zu ruckartig für den vorgeschobenen, Jahrtausende alten Teil der Felsplatte, wie sich unmittelbar darauf herausstellte.

„Verdammt", fluchte der ehemalige Stasi-Offizier und polterte zusammen mit mehreren Zentnern lockeren Gesteins den Steilhang hinunter. Es war der letzte Fluch, der ihm in seinem siebenundvierzigjährigen Leben vergönnt war.

Sabrina erreichte keuchend vom steilen Aufstieg den Punkt, den ihr der Anrufer beschrieben hatte. In einer kleinen Mulde lag tatsächlich ein großer Hammer oder ein Beil. Es war alles so, wie es der Mann am Telefon beschrieben hatte. Nur von dem Anrufer selbst war weit und breit nichts zu sehen. Sie hatte ihren Elektroschocker in der Hand, die in der rechten Manteltasche steckte. Wenn sie hier einer austricksen wollte oder noch Schlimmeres mit ihr vorhätte, dann würde er sich wundern.

Nach einer Stunde Wartens war Sabrina dann klar, dass der mysteriöse Anrufer nicht nur mal eben für kleine Jungs hinter die Büsche gegangen war. Sie nahm ihr Handy und rief in der Redaktion an.

„Wo bist du, Schätzchen?", fragte Henriette gelassen. „Wir haben uns schon Sorgen um dich gemacht."

Sabrina erzählte ihr die ganze Geschichte und Henriette fing an zu lachen.

„Da hat dich aber einer hochleben lassen, Sabrina", prustete sie in den Hörer. „Die untere Denkmalschutzbehörde macht doch nie und nimmer hobbymäßige Ausgrabungen. Und selbst wenn, dann würden sie bei einem interessanten Fund sonst wen anrufen, aber nicht uns."

„Ich verstehe nicht", sagte Sabrina, die sich darüber ärgerte, dass sie von Henriette ausgelacht wurde. „Der Hammer liegt aber hier vor mir, das wenigstens wirst du mir doch glauben?", schimpfte sie in ihr Mobiltelefon.

„Sei nicht sauer, Schätzchen", sagte Henriette jetzt aus Sabrinas Hörer. „Ich will dich nicht beleidigen. Wenn ich es mir recht überlege, ist es das Beste, wenn du sofort von dort verschwindest. Wer weiß, was für ein Verrückter dir da einen Streich spielen will."

Henriette klang plötzlich wirklich besorgt und Sabrina wurde mit einem Schlag ihre heikle Situation bewusst. Ganz allein stand sie auf einem einsamen Felsvorsprung in menschenverlassener Gegend. Ein kalter Schauer lief ihr über den Rücken und sie beeilte sich zu sagen: „Du hast völlig recht, Henriette, ich haue hier ab. Bis gleich!"

„Bring die Axt mit, Sabrina!"

„Wir haben es eben erst erfahren, dass der Donnerhammer verschwunden ist, während du hier schliefst. Huginn sah ihn, als er das Kyffhäusergebirge überflog. Und wie du weißt, irrt er sich nie. Ich glaube aber, Mjöllnir ist diesmal in nicht so großer Gefahr wie damals bei Thrym, dem Eisriesen. Vermutlich hat ihn ein Sterblicher, der doch ohnehin nichts mit ihm beginnen kann und sehr wahrscheinlich einer von denen, die du hier empfangen hast."

Odin saß auf einem Felsvorsprung und Huginn flatterte aufgeregt mit den Flügeln. Thor war die ganze Geschichte sichtlich peinlich und er dachte angestrengt nach, was zu tun sei, ohne allerdings dabei irgendein brauchbares Ergebnis zu erzielen.

„Dann werde ich ausziehen und ihn zurückholen wie einstens, da ich als junges Weib verkleidet den Riesen narrte", warf er sich schließlich in die Brust, weil er fest daran glaubte, dass Angriff die beste Verteidigung sei. „Wie ein Sturmwind werde ich über die Sterblichen hinwegfegen und alle töten, die sich mir entgegenstellen", legte er in heroischem Tonfall nach, als er sah, dass sein Vater nicht reagierte und angestrengt schwieg.

„Und was wirst du tun, wenn sich dir gar kein Sterblicher entgegenstellt?", hakte Odin ein. Thor meinte, einen leicht aggressiven Unterton aus der Replik seines Vaters herausgehört zu haben und beschloss, lieber nicht nach Widerworten zu suchen.

„Es hat keinen Sinn, wild um sich zu schlagen und Wut bringt uns hier nicht weiter", fuhr der Göttervater unbeirrt fort. „Ganz im Gegenteil müssen wir listig vorgehen. Ich habe schon deine Söhne Magni und Modi in Bewegung gesetzt und unweit der Stelle, an der wir hier sprechen, operiert Freya inkognito."

„Sie tut was?", fragte Thor bestürzt.

„Sie ermittelt im Verborgenen!"

„Oh, da bin ich aber beruhigt", atmete Thor auf.

„Du wirst dich ebenfalls in diese Stadt Nordhausen begeben, wo wir den großen Donnerhammer vermuten. Ihr holt ihn auf die gleiche Weise wie damals zurück. Verkleidet euch und erregt möglichst wenig Aufsehen. Das können wir momentan nicht gebrauchen und es darf aus dieser Aktion nicht das Ragnarök, die Götterdämmerung, entstehen."

Thor stand da wie ein mit verdorbenem Met begossener Bär und brummte zustimmend.

„Du weißt, dass der Zeitfaden an einem Spinnrad der drei Nornen entsteht. Manchmal kann er sich verhaken und dann kann es passieren, dass sich bereits geschehene Ereignisse wiederholen. So ist es nun mit dem Raub Mjöllnirs passiert. Ich hoffe nur, die Heimholung Mjöllnirs gehörte nicht zu den ewig zyklisch wiederkehrenden Dingen", seufzte der oberste Gott.

Der tiefschwarze Rabe Huginn setzte sich wieder auf Odins rechte Schulter und steckte den Kopf ins Gefieder, wie es sein Artgenosse Munnin schon seit einer ganzen Weile auf der linken tat. Thor erahnte, dass ihr Gespräch damit beendet war und ihm eine anstrengende und aufregende Zeit bevorstand. Er griff sich seine eisernen Handschuhe und beeilte sich, seinem Vater aus der Höhle zu folgen.

Frieda glaubte anfänglich, das Gewand sei nicht in ihrer Größe vorrätig gewesen und sie müsse deshalb ein so kurzes Teil anziehen. Die Haarschneiderin nannte es erst Minikleid und später, recht anzüglich grinsend, „das kleine Schwarze". So konnte Frieda nun nicht nur ihre eigenen Knie sehen, sondern auch einen Großteil ihrer Oberschenkel. Aber, so stellte sie wohlwollend fest, die konnten es mit allen anderen Frauenbeinen, die hier in der Vorhalle des Theaters herumliefen, ohne weiteres aufnehmen. Ihr blieben die bewundernden Blicke vieler Männer nicht verborgen. Auch nicht die neidvollen und hasserfüllten von deren Eheweibern. Neben ihr schwitzte Lothar Lehmann in einem hochgeschlossenen, schwarzen Zweireiher. Er hatte eine rote Fliege um seinen fetten Hals gewürgt und trug ein schneeweißes Oberhemd. Allerdings roch er schon jetzt entsetzlich nach Schweiß und Frieda mochte nicht daran denken, wie das später im prall gefüllten Zuschauerraum sein würde. Die Friseurin hatte ihr den ganzen Ablauf und alle Räume wahrhaft haarklein beschrieben, sodass Frieda sich nur wundern konnte, wie exakt alles stimmte. Jetzt bogen sie in den Saal ein und hier staunte Frieda über die imposante Bühne, die von einem schweren, samtroten Vorhang verhüllt war, auf dem verschiedenfarbige Scheinwerfer faszinierende Lichtspiele zauberten. Die Bühnenportale waren in schlichtem Grau gehalten und ragten hoch in den Raum. Zwei Ränge überdachten das Parkett zur Hälfte und in der Mitte der Saaldecke prangte ein beeindruckender, gläserner Kronleuchter. Die Sitzreihen waren mit ebenfalls samtigen, in bordeauxrot gehaltenen Sesseln versehen, die man nach unten klappen musste, wenn man darauf sitzen wollte. Von allen Seiten strömten Menschen in festlicher Garderobe zu ihren Plätzen. Der Raum war erfüllt von Getuschel und Gewisper, hin und wieder erklang ein lautes Lachen.

„Im ersten Teil kann sich Wotan also am Ende dank Loges Hilfe gegen Alberich durchsetzen und sie kehren mit ihm zurück auf ihre Burg. Hier nehmen sie Alberich alles wieder ab; den Nibelungenhort, den Tarnhelm und am Ende den Ring. Jetzt verflucht Alberich den Ring und steigt hinab nach Nibelheim", dozierte Lehmann mit feuerrotem Kopf und steifbeinig stolzierend wie ein Torero, der eben eine Wagenladung wilder Stiere in Hackfleisch verwandelt hatte. Er ging an Friedas linker Seite und war fast einen Kopf kleiner als sie, was auch an Friedas sehr hochhackigen Schuhen lag.

„Und das kann man alles singen?", staunte Frieda und schüttelte ihre aufwendig toupierte Löwenmähne nach hinten.

„Nun, nicht jeder. Oder genauer gesagt: Nur gut ausgebildete Sänger vermögen Wagners genialer Musik gerecht zu werden. Wagner ist sehr schwer zu singen und für das Orchester nicht leicht zu musizieren", antwortete Lehmann und schielte aus den Augenwinkeln selbstgefällig nach zwei jungen Männern, die ihn neidisch anstierten. Ja, so ein Superweib hatte hier niemand an seiner Seite. Lehmann war absolut glücklich.

„Wann hat die Oh-pär denn angefangen?", wollte Frieda wissen.

„Angefangen, wieso angefangen?" Lehmann war verwirrt.

„Na, die Musiker spielen doch schon und im Übrigen nicht sehr schön, muss ich sagen", warf Frieda ein.

„Aber nein", lachte Lothar Lehmann. „Die spielen noch nicht, die stimmen nur ihre Instrumente."

„Warum können sie das nicht in ihrer Garderobe machen, wo sie niemanden stören mit ihrem Gequietsche?", wollte Frieda wissen.

„Ja, nun, äh...", machte Lehmann und bemerkte, dass er keine Antwort geben konnte. „Ich habe keine Ahnung!", sagte er schließlich überrascht.

Sie hatten ihre Plätze erreicht und setzten sich. Friedas Kleidchen rutschte an den Beinen hoch. Lehmann wurde es bei diesem Anblick heiß und kalt, doch gnädigerweise verdunkelte sich der Zuschauerraum kurz darauf. Das Gezischel und Gemurmel der Operngäste erstarb so allmählich, wie sich der Saal verfinsterte. Ein Mann im schwarzen Anzug rumorte im Orchestergraben herum und bahnte sich einen Weg an den Bühnenrand. Die Zuschauer klatschten und der Mann verbeugte sich in Richtung des tiefschwarzen Saals. Er wandte sich dem Orchester zu und bedrohte es mit einem kleinen Stöckchen. Bald schon fuchtelte er ausgelassen mit den Armen in der Luft und schwenkte den kleinen Stab fröhlich hin und her, während das Orchester sich tapfer durch die komplizierten Wagnerschen Noten manövrierte.

„Der Dirigent", hatte Lehmann Frieda zugeflüstert und sie hatte stumm genickt.

Einige Reihen dahinter stand ein Mann von seinem Klappsessel auf und stellte sich an einen der seitlichen Ausgänge. Er hielt eine Videokamera vor seinem Gesicht. Es war Horst Kindler, der seinen hervorragenden Plan aus der letzten Nacht in die Tat umsetzen wollte. Er hatte keine Drehgenehmigung von der Theaterleitung eingeholt und sich schon vorsichtshalber zurechtgelegt, was er denen erzählen würde, die ihn blöd anmachen wollten. Er war schließlich der Einzige, der überhaupt etwas unternahm. Ohne ihn würde die Stadt und ihr komisches Theater nie in die überregionalen Schlagzeilen kommen. Und da wäre es ja wohl eine Frechheit, wenn er sich noch aufwendig vorher seine

Arbeit genehmigen lassen müsste, die er unentgeltlich und aus lauter Enthusiasmus hier leistete.

Im verantwortlichen Musikverlag und auch in der örtlichen Theaterleitung hätten die Verantwortlichen eventuell eine, in einigen Punkten differierende Haltung zu Kindlers Überlegungen eingenommen, aber der Zuschauerraum war dunkel und von beiden Institutionen niemand anwesend. Während das Orchester sich bravourös durch die Ouvertüre tastete, dachte der filmende Kindler mit erheblichem Respekt an die unglaubliche, blonde Sexbombe, die mit dem dicken Lehmann gekommen war. Hatte der alte Halunke also doch nicht zu dick aufgetragen. Kindler verstand nur überhaupt nicht, was eine solche Frau mit einem Typen wie Lehmann anfing.

Noch einige Reihen dahinter massierte sich Sabrina Donath die Schläfen. Sie hatte Kopfschmerzen von der ganzen Aufregung im Kyffhäusergebirge. Körperlich erschöpft war sie auch, denn die Streitaxt hatte ein beträchtliches Gewicht und es waren gut und gerne zwei Kilometer vom Plateau bis zu ihrem kleinen Renault gewesen. Sie merkte schon in den Unterarmen, was sie da morgen für ein prächtiger Muskelkater erwartete. Die alte Axt hatte sie erst einmal in der Redaktion gelassen. Henriette wusste auch nicht zu sagen, ob das Ding wertvoll war oder nicht. So blieb ihr nichts anderes übrig, als in den nächsten Tagen den Direktor des städtischen Heimatmuseums darüber zu befragen. Eigentlich war sie ziemlich kaputt und hatte keine Lust gehabt, sich einen tonnenschweren, stundenlangen Wagner anzutun. Aber in der Wochenendausgabe war ihre Kunstkolumne fällig und andere kulturelle Ereignisse hatte es in dieser Woche einfach nicht gegeben. Neben ihr saß Enrico mit schussbereiter Kamera und großem, aufgeschraubtem Objektiv. Er selbst machte auch nicht den frischesten Eindruck, sein Kopf prallte in unregelmäßigen Abständen gegen ihre Schulter, um dann erschreckt zurückzuschnellen. Hoffentlich fängt er nicht an zu schnarchen, dachte Sabrina.

Frieda versuchte der Handlung auf der Bühne zu folgen, was durch mehrere Aspekte erschwert wurde.

Die Musik war zu laut.

Die Texte der Sänger waren unverständlich.

Sie spielten keine Geschichte, sondern standen steif herum, klopften sich hin und wieder auf die Brust und rollten furchterregend mit den Augen.

Bisher hatte Frieda folgendes gesehen:

Ein Mann kam schwankend auf die Bühne und sang auf eine Frau ein, die dort schon wartete. Dann erschien ein weiterer Mann, der viel tiefer sang und scheinbar den ersten nicht leiden konnte. Der wiederum zog, als er allein auf der Bühne war, eine Schwerterattrappe aus einer Baumattrappe und anschließend, als hätte sie darauf gewartet, kam die Frau wieder und die beiden fassten sich beim Singen an den Händen. Den weiteren Verlauf der Handlung hätte Frieda auf Nachfrage nicht mehr exakt wiedergeben können, denn ihr waren die Augen zugefallen und sie schlummerte selig.

Ihre nächste Erinnerung war eine wohltönende und sogar verständliche Baritonstimme, die gerade sang:

„not tut ein Held,
der, ledig göttlichen Schutzes,
sich löse vom Göttergesetz.
So nur taugt er zu wirken die Tat,
die, wie not sie den Göttern,
dem Gott doch zu wirken verwehrt."

Langsam sickerte das Gehörte in Friedas Bewusstsein, ohne dass sie einen Zusammenhang zwischen den einzelnen Worten herstellen konnte. Sie dachte eine Weile nach und kam zu dem Schluss, dass der Sänger gemeint haben musste, er suche einen Helden, der irgendeinen Auftrag ausführen sollte, den die Götter nicht selbst erledigen wollten. Das erinnerte sie an ihren eigenen Auftrag, den sie hier erfüllen musste, und sie schlug vorsichtig ein Auge auf und blinzelte ins grelle Bühnenlicht. Dort standen jetzt andere Sänger und ... bei Odin, das sollte der Göttervater selbst sein! Und das Weib an seiner Seite sollte wohl ihre Schwester Fricka darstellen. Frieda, die eigentlich die Fruchtbarkeitsgöttin Freya war, erschauerte. Das war Blasphemie, das war ganz eindeutig Blasphemie!

„Oh, ihr Götter!", stöhnte sie und rutschte auf ihrem Sitz herum. Ihr Kleid zog sich noch weiter in Richtung Bauchnabel zurück und Lehmann, von ihren Worten aus dem pompösen Kunstgenuss gerissen, war es plötzlich unmöglich, den Blick von Friedas Schoß zu wenden.

„Jetzt reicht es aber!", schrie Freya, die auch als Kriegsgöttin einen wohlklingenden Namen hatte. „Das brauche ich mir nicht gefallen zu lassen!"

Als sie jetzt sah, wohin Lehmann unverwandt starrte, sprang sie auf und versetzte ihm eine schallende Ohrfeige mit ihrer kleinen, schwarzen Lederhandtasche. Ein Raunen ging durch das Publikum, der Dirigent wandte den Kopf mit verstörtem Blick.

„Schauen Sie mich nicht so an!", brüllte die erzürnte Göttin und zwängte sich aus ihrer Sitzreihe heraus. Kaum hatte sie das geschafft, bückte sie sich, ergriff ihren hochhackigen linken Pumps wie eine Schlachtaxt und schleuderte ihn dem verdutzten Orchesterleiter mit voller Wucht ins Gesicht. Es war ein Volltreffer. Dem Musikdirektor wurde plötzlich schwarz vor Augen. Eine Reihe goldener, ausgestanzter Weihnachtssterne drehten sich in dieser Finsternis kurzzeitig vor seinem geistigen Auge im Kreise und dann wurde es Nacht. Der Obermusiker plumpste wie ein prall gefüllter Kartoffelsack kopfüber in Richtung erste Geigen, wo er krachend auf seiner japanischen Konzertmeisterin zu liegen kam. Pling, schnarrte deren Violine und die Seelen mehrerer tausend Euro machten sich auf die Reise in das wunderbare Nirwana des Mammons. Die letzten Instrumente, die bisher tapfer den Anschein einer geordneten Wagneraufführung aufrecht erhalten hatte wollen, brachen jämmerlich mitten im Ton ab. Auf der Bühne glotzte das Sängerpärchen verdutzt in das große, schwarze Loch, aus dem jetzt ein kleiner Gegenstand herangepfiffen kam und den Wotan-Darsteller an der Schulter traf. Es war Freyas rechter Schuh. Wenig später hatte die aufgebrachte Blondine die Bühne erklettert und wäre fast in den Orchestergraben gestürzt, wo eine weinende Japanerin die Reste ihres italienischen Streichinstrumentes wie ein Baby im Arm hielt. Bei den beiden Bühnensolisten angelangt rief Freya: „Ihr jammervollen Gestalten wollt doch nicht die obersten Götter vorstellen?"

Die beiden Gesangssolisten hatten schon eine längere Bühnenlaufbahn in der Provinz hinter sich, in deren Verlauf sie einigen unbegreiflichen Situationen ausgesetzt waren, allerdings konnten sie sich an keinen vergleichbaren Vorfall in ihrer Karriere erinnern. Völlig verunsichert wussten sie nicht, ob die Dame im schwarzen Minikleid eine wirkliche Konversation führen wollte oder die Frage rein rhetorischer Natur war. Die Antwort ließ nicht lange auf sich warten und war eine schmetternde Breitseite mit der Handtasche der aufgeregten Besucherin, die den verdutzten Wotan voll auf die Nase traf. Letztere rettete sich vor weiteren Angriffen durch sofortiges, heftiges Bluten. Und wirklich schien das, aus dem Riecher des Sängers schießende Blut, Freyas Angriffslust abrupt zu bremsen.

„Und du willst meine Schwester Fricka sein?", höhnte sie bedrohlich laut schnaubend. Die Fricka-Darstellerin war vor Entsetzen erstarrt und wimmerte leise vor sich hin: „Tun Sie mir nichts, um Gottes willen, tun Sie mir nichts."

„Und um wessen Willen?", wollte Freya wissen. Die Fricka-Frau glotzte sie verständnislos an. Mit weit geöffnetem Mund hörte sie aus der Gasse den verzweifelten Inspizienten kreischen: „Vorhang, Technik, Vorhang!"

Freya wurde sich langsam ihrer Situation bewusst und es tröpfelte die Erkenntnis in ihren Verstand, dass sie gerade einen großen Fehler beging. Sie schaute sich verwirrt auf der Bühne um. Was hatte sie geritten und wie kam sie hierher? Da erblickte sie plötzlich am Kostüm Wotans ein Detail, das ihr bisher nicht ins Auge gefallen war. Sie fürchtete ernsthaft um ihren Verstand. Dort hing im Gürtel des schmerbäuchigen Götterdarstellers nichts anderes als Mjöllnir. Es war nicht zu fassen, Thors furcht- und segenspendender Hammer baumelte von dieser Witzfigur herab, die sich immer noch laut jammernd die Nase hielt. Freya schrie schrill auf: „Wie kommst du zu Thors Hammer, du ekle Missgeburt?"

Sie schickte sich an, das blutverschmierte Gesicht des Sängers mit Kratzspuren ihrer frisch manikürten Fingernägel zu versehen. Seine Kollegin knickte theatralisch in die Knie und ließ sich sachte in eine rettende Ohnmacht gleiten.

Freya zerrte den Hammer aus dem Gürtel.
Der Vorhang fiel.
Sabrina staunte.
Lehmann rieb sich die Wange.
Horst Kindler filmte.
Enrico drückte auf den Auslöser.
Der Dirigent träumte von der Mailänder Scala.
Die japanische Geigerin verwünschte Europa.
Der Inspizient plumpste auf seinen Stuhl.
Das Publikum klatschte.
Erst verhalten, dann immer stürmischer.

Hammers Suche

Nordhausen (dpa) Eine scheinbar geistig verwirrte Theaterbesucherin sorgte im Stadttheater der Harzgemeinde Nordhausen für einen handfesten Skandal. Sie stürmte während einer Opernaufführung auf die Bühne und schlug auf mehrere Darsteller ein, denen sie unterstellte, den sagenhaften Hammer Mjöllnir des germanischen Gottes Thor gestohlen zu haben. Der entstandene Sachschaden beträgt nach ersten Angaben der Theaterleitung mehrere tausend Euro. Durch das brutale Vorgehen der Randaliererin im Orchestergraben gingen eine ganze Reihe teurer Instrumente zu Bruch. Die Frau konnte mit dem wertlosen Theaterrequisit unerkannt entkommen.

Sabrina war verärgert über die Nachricht, die schon am nächsten Morgen auf der überregionalen Klatsch- und Tratschseite ihrer Zeitung unter ‚mixed pickles' stand. Der Stil war ihr zu reißerisch und die ganze Nachricht so endgültig und rechthaberisch abgefasst. Wieso eine ganze Reihe teurer Instrumente? Da war doch lediglich die Geige der kleinen Japanerin, oder? Und es klang arrogant. ‚Harzgemeinde' für eine Kreisstadt mit fast fünfzigtausend Einwohnern war frech. Und überhaupt: Diese Geschichte hatte sie bringen wollen, verflixt noch mal!

„Da war einer sehr schnell, was Schätzchen?", lachte Henriette, die Sabrina beim Lesen beobachtet hatte und ihre Gedanken erriet.

„Wie konnte das schon in die heutige Ausgabe kommen?", wunderte sich Sabrina.

„Ich schätze, da war gestern abend jemand in der Vorstellung, der einen extrem guten Draht zur Nachrichtenagentur hat. Pech für dich, das hätte deine Supermeldung sein können. Aber du weißt ja, der Markt ist hart umkämpft, die Leser wollen Sensationen. Und ob es stimmt spielt eine untergeordnete Rolle. Es will auch keiner mehr lesen, wenn es sich schließlich als Falschmeldung entpuppt."

Sabrina brummte nur etwas Unverständliches von wegen, dass es ja leider keine Ente wäre.

„Ach Schätzchen, nun sei nicht traurig, du kannst doch noch etwas richtig Großes daraus machen. Finde die Frau und frage sie, was das sollte, dann bist du voll im Geschäft. Oder du knöpfst dir ihren Begleiter vor, der gestern Abend so herumlamentiert hat", tröstete Henriette ihre junge Kollegin.

„Das gibt es doch nicht", polterte Enrico hinter seinem Rechner. „Ich glaube, ich werde verrückt."

„Zu dieser letzten Bemerkung möchte ich keinen Kommentar abgeben", frotzelte Henriette.

„Spar dir bitte deine Sprüche", rief Enrico aggressiv. „Sie ist weg."

„Wer oder was ist weg?", mischte sich Sabrina ein.

„Die Frau von gestern abend aus dem Theater", brüllte Enrico verzweifelt.

„Das wissen wir auch, du Bunte-Bilder-Knipser", schnappte Sabrina wütend zurück.

„Sie ist vom Foto verschwunden", heulte Enrico auf, ohne auf die verbale Attacke einzugehen, die für einen Fotografen als schlimmste Beleidigung gilt.

„Sie ist auf keinem Einzigen der Fotos zu sehen, die ich gestern im Theater geschossen habe", jammerte er.

„Das zeugt nicht von deiner Professionalität, mein Lieber." Sabrina war stocksauer. Auch das noch. Jetzt konnte sie ihre Exklusivgeschichte nicht mal bebildern. Es war wirklich zum Heulen.

„Du verstehst nicht, was ich meine", sagte Enrico. „Sie müsste hier drauf sein, die anderen beteiligten Leute aus dem Theater sind ja alle drauf. Ich habe sie immer im Bildmittelpunkt gehabt, das könnt ihr ruhig glauben. Und nun ist sie einfach verschwunden."

„Das klingt ja wie in einem schlechten Horrorfilm", schaltete sich Henriette wieder ein.

„Komm her", forderte Enrico Sabrina auf. „Schau dir die Abzüge an, dann kapierst du, was ich meine. Als wäre sie gar nicht da gewesen."

Sabrina und Henriette flitzten um den Tisch.

„Ich glaub es nicht", hauchte Sabrina, während sie die einzelnen Fotos durchklickte. „Sie ist tatsächlich nicht zu sehen. Aber wie kann das sein?"

„Wenn ich das wüsste, wäre mir wohler", sagte Enrico.
„Oder auch nicht!", ergänzte Henriette in einem unheimlichen Tonfall.

Knapp achtzig Kilometer von Nordhausen entfernt las ein drahtiger, sportlich wirkender Mann mit einem gepflegten Kurzhaarschnitt und einem von Pockennarben übersätem Gesicht beim Frühstück seine Zeitung und vergaß plötzlich das Kauen. Nach einer kurzen Weile angestrengten Nachdenkens schien er sich wieder gefasst zu haben und lächelte schief. Bedächtig ging der Mann zum Telefon, wählte eine Nummer und sagte: „Ich bin's. Komm bitte sofort rüber. Es geht los." Dann legte er wieder auf und schritt zurück zu seinem Frühstückstisch.

In einer schmucken, kleinen Villa in Berlin-Willmersdorf stand der junge und dynamische CIA-Mitarbeiter David Cordner in seinem seidenen Morgenmantel mit dem „Tagesspiegel" in der Hand an der Eingangstür und deutete auf eine kleine Notiz, die auf der Magazinseite stand. Sein treuer, seit Jahren vertrauter Mitarbeiter William Banfield überflog die Nachricht und erblasste.

„Ich werde sofort in Langley anrufen", sagte er in fast akzentfreiem Deutsch. „Operation Donnerschlag läuft unverzüglich an." Cordner nickte knapp und schloss die Tür wieder.

In Tel Aviv stutze Josip Ben Goldman in seinem Mossad-Büro beim flüchtigen Blick auf sein Notebook. Wie jeden Morgen kontrollierte er die Online-Ausgaben deutscher Tageszeitungen auf verwertbare Hinweise oder verschlüsselte Botschaften palästinensischer Extremisten. Eine dpa-Meldung in der FAZ ließ ihn innehalten. Ben markierte sich den Ausschnitt, den er vergrößern wollte. „Thors Hammer", murmelte er überrascht. „Sieh an, sieh an."

Er druckte die Nachricht aus.

In London ließ sich ein distinguierter Gentleman in einem kleinen Zimmer einer unscheinbaren Wohnung in einem völlig unauffälligen Haus nahe des Towers eine Verbindung mit Deutschland herstellen.

„Was heißt, es geht niemand ran!", schnauzte er die Telefonistin an. „Dann probieren Sie es weiter, bis er rangeht und stellen Sie ihn unverzüglich durch." Der Mann war ganz offensichtlich nicht amüsiert.

Horst Kindler setzte sich bequem zurecht. Selten hatte er so gelacht wie in der letzten Nacht. Dieses herrliche Chaos im Theater war wirklich einmalig gewesen und er hatte die Exklusivbilder. Nur noch schnell die entscheidenden Stellen ranspulen, dann kopieren und ab damit an RTL, SAT 1 und die BILD-Zeitung. Das war der Durchbruch, Kindler konnte es spüren. Er zitterte regelrecht vor Aufregung.

Diese Stelle war es noch nicht. Das Bild wackelte auch ein bisschen. Ach, kackegal. Noch eine Minute vorspulen und dann hätte er die perfekten Bilder. So, stopp, Wiedergabe; ab geht er, der Peter. Nee, das war nicht die richtige Stelle, da war dieses scharfe Weib ja gar nicht mit drauf. Musste es doch weiter vorn gewesen sein, dachte Horst und spulte erneut.

Zwei Stunden und eine Schachtel Zigaretten später dämmerte ihm die Gewissheit, dass er nicht ein einziges Bild mit der verrückten Frau gefilmt hatte. Aber wie war das möglich? Die anderen Heinis waren doch auch im Bild und reagierten auf ihre Aktionen. Er hatte den ganzen unglaublichen Auftritt gewissenhaft mitgedreht, daran bestand nicht der geringste Zweifel. Er war doch nicht total verblödet.

Oder?

‚Tolle Wurscht!', dachte Kindler und machte sich eine neue Bierdose auf.

„Sollten Sie sich nicht kooperativ zeigen, so könnte es schon in kurzer Zeit möglich sein, dass Sie in den richtigen Umgang mit einer Schnabeltasse eingewiesen werden müssen", sprach der vornehm gekleidete junge Mann langsam und deutlich. Er war Anfang dreißig, hatte einen gepflegten Kurzhaarschnitt und war ordentlich rasiert. Er trug einen maßgeschneiderten Anzug in einem gedeckten Blauton und ein sichtbar teures Hemd mit moderner Krawatte. Lehmann wand sich unter dem Würgegriff, mit dem ihn der unbekannte Angreifer aus dem Hinterhalt gepackt hatte. Sein Peiniger versprühte einen sehr angenehmen Duft, der nach Lehmanns Einschätzung von einem Rasierwasser herrühren musste, für das er einen nicht unbeträchtlichen Teil seines Arbeitslosengeldes hätte hinlegen müssen.

„Und Sie können mir glauben, dass es absolut nicht in unserem Interesse liegt, erfahren zu müssen, dass Sie Ihre Wohnung letztmalig mit den Füßen voran verlassen hätten", formulierte der andere Eindringling etwas blumig und mit einem leichten englischen Akzent seine mörderischen Drohungen. Was Lehmann am meisten erschreckte, war die Tatsache, dass der Hinterhalt in seinen eigenen vier Wänden stattgefunden hatte. Als er in seine Wohnung gekommen war, hatte nichts darauf hingedeutet, dass er nicht alleine war. Und auf einmal schleuderte ihn irgend so ein Brutalinski gegen die Wand und drehte ihm den Arm auf den Rücken in Richtung Schulterblatt. Im ersten Moment hatte er an einen Raubüberfall von Pennern oder Junkies gedacht, doch dann war dieser adrette, junge Mann in seinem Gesichtsfeld erschienen und hatte sich förmlich für das unerlaubte Eindringen und den Schreck, den sie ihm versetzt hatten, entschuldigt. Es ging um Frieda Lusan, über die seine Besucher alles wissen wollten, was auch er wusste. Wahrheitsgemäß hatte er ihnen von seinen beiden Begegnungen mit der Lusan erzählt. Unglauben und spöttischer Hohn war die Ernte, die er für seine offenherzige Ehrlichkeit einfuhr.

„Sagen Sie uns einfach alles, was Sie über diese Dame wissen und Sie sehen uns nie wieder." Der Herr überprüfte freundlich lächelnd den tadellosen Sitz seiner Krawatte.

„Andernfalls sehen Sie uns zwar auch nicht wieder –", David Cordner legte eine kleine Pause in seiner im harmlosesten Plauderton geführten Konversation ein, „– aber wir sind dann nicht die einzigen, die Sie nie mehr sehen werden, falls Sie verstehen, was ich meine."

„Hmpf", sagte der halb erstickte Lothar Lehmann, was dem sportliche,n jungen Mann als Antwort vorläufig genügen musste.

„Wann haben Sie die Frau zuerst gesehen? Wo war das? Was hat sie gesagt?"

Lothar hatte auch einige Fragen an die Frau, die er gern losgeworden wäre, doch er befürchtete, dass seine Neugier den beiden Besuchern relativ egal war.

„Sehe ich so aus, als könnte eine superhübsche Blondine mit einer Figur wie die Schiffer ernsthaft an mir interessiert sein?", trat Lehmann ächzend die Flucht nach vorn an.

„Welchen Grund sollte ich haben, Ihnen etwas zu verheimlichen?"

„Oh, da fiele mir eine ganze Menge ein", sagte sein freundlicher Foltermeister und faltete seine sauber manikürten Hände zusammen. „Und Sie dürfen mir ruhig glauben, Herr Lehmann, mir fällt auch eine ganze Menge ein, um Ihrem Gedächtnis wieder auf die Sprünge zu helfen. Wir wollen aber nichts überstürzen. Deshalb verlassen wir Sie jetzt", fügte Cordner süffisant hinzu. Lehmann atmete innerlich auf und begann seine verkrampften Muskeln langsam zu entspannen. Er konnte sein Glück kaum fassen.

„Allerdings muss ich Sie eindringlich davor warnen, dritten Personen von unserer kleinen Zusammenkunft heute Bericht zu erstatten. Andernfalls können Sie mit Sicherheit davon ausgehen, dass über die Hälfte Ihres Jahresloses bei der Fernsehlotterie verfällt. Habe ich mich deutlich genug ausgedrückt?", wollte der junge Mann lächelnd wissen.

„Ja", krächzte Lothar Lehmann und flog mit dem Kopf voran auf seinen Kleiderschrank aus massiver Kiefer zu. Das war für den Moment die letzte Erinnerung, die er hatte.

Er erwachte mit dem Gefühl kalt abgeduscht worden zu sein und stellte zu seinem Entsetzen fest, dass er klitschnass war und gefesselt in einer Pfütze an seinem Kleiderschrank lehnte. Vor ihm standen zwei Männer, die sich von seinen vorherigen Besuchern grundlegender kaum unterscheiden konnten. Vier Springerstiefel mit weißen Schnürsenkeln in denen zwei Drillichhosen in Tarnfarben steckten, darüber kamen zwei schwarze Bomberjacken, aus deren oberen Enden zwei stämmige Hälse ragten, die jeweils mit einer dunklen Wollmaske bedeckte Köpfe trugen. Selbstverständlich kahle Köpfe, durchfuhr es Lehmann, der sich fatalistisch in sein Schicksal fügte, auch weil seine Widerstandskräfte stark nachließen. Nicht einmal die gigantischen Baseballschläger, die ihm drohend entgegengereckt wurden, konnten größere Schrecken bei ihm auslösen. Sein Schädel brummte wie ein alter Dieselgenerator und er wollte nur noch schlafen. Dagegen sprach sich ein dritter Neonazi aus, der hinter seinem Rücken stand und ihm jetzt einen Tritt in die Seite versetzte.

„So, Lehmann, genug gepennt!", knarrte eine unangenehme Stimme im Befehlston. „Nun pack mal aus, wo ihr den Hammer versteckt habt."

‚Oh Gott', dachte Lehmann. ‚Was sind denn das für Spinner?' Er schwieg.

„Ich will wissen, wo du mit deiner Gespielin den Hammer versteckt hast!", bellte die Stimme gebieterisch.

„Ich habe keine Ahnung, wovon Sie sprechen", antwortete Lothar Lehmann, „empfehle Ihnen aber dringend, sich mit meinen letzten Besuchern kurzzuschließen. Vielleicht seid ihr ja erfolgreicher, wenn ihr gemeinsam sucht", schlug er vor.

„Werde nicht unverschämt, du miese, kleine Ratte, sonst zermatschen dir meine beiden Kameraden deine hohle Birne!", drohte die Knarzstimme. Lehmann glaubte, eine gewisse Unsicherheit in der Stimme seines Peinigers erkannt zu haben und hakte schnell nach: „Der Hammer hat absolut nichts Mystisches und ist ein Theaterrequisit, das eigens für diese Inszenierung angefertigt wurde. Da könnt ihr den Requisiteur selbst fragen. Das hat die Polizei heute Nacht schon gemacht. Warum die durchgeknallte Frau ihn mitgenommen hat, ist allen ein Rätsel. Vielleicht wollte sie sich nur den Weg freihämmern, bei ihrem Amoklauf gegen die Kunst", mutmaßte Lehmann. „Oder sie ist eine Fetischistin und sammelt ausgefallene Souvenirs. Oder sie hat nicht mehr alle Latten am Zaun, was weiß ich." Die Angreifer schwiegen und Lehmann plapperte weiter. „Glaubt ihr eigentlich, ich springe oft mit dem Kopf gegen meinen Schrank?", fragte er. „Da waren gerade schon zwei Kerle hier, die mir die gleichen Fragen gestellt haben. Allerdings etwas höflicher, das muss ich schon sagen."

Ein brennender Schmerz durchzuckte seine linke Schulter, auf die soeben ein Baseballschläger herabgesaust war. Lothar Lehmann schrie laut auf. Das war ja ein Albtraum aller erster Güte. Erst traktierten ihn diese beiden vornehmen Sadisten und erwürgten ihn fast und nun wollte ihm ein Sturmkommando aus der rechten Szene offenbar alle Knochen zerschmettern. Das reizende Fräulein Frieda hatte eine ganze Masse Verdruss über ihn gebracht. Sein Entschluss stand fest: Er würde kooperieren und bei der Suche nach ihr helfen. Das sagte er dann auch den vier Springerstiefeln in seinem Gesichtsfeld.

Unter dem Sofa leckte sich eine kleine Promenadenmischung intensiv die Pfote und dachte gar nichts, als sie die folgenden Worte eines der Fremden vernahm: „Mich interessiert nur eines: Der Hammer Thors. Und zwar der richtige. Wer immer ihn in seine Gewalt bringt, der ist in der Lage, unendliche Macht auszuüben. Man muss nur wissen wie. Also noch einmal: Wo ist der Hammer?"

„Da ist das Hackebeilchen", sagte Sabrina gutgelaunt und wuchtete das schwere Teil auf den Schreibtisch im Büro des Museumsdirektors. Hier sah es aus, als hätte in den letzten Wochen eine Ausgrabung in den Schreibtischschubladen stattgefunden oder ein Überfallkommando der Drogenmafia habe nach verräterischen Tütchen gesucht. An der Wand hing reichlich schief ein gerahmtes Foto, welches einen sehr hageren Mann mit Tropenhelm und im unvermeidlichen khakifarbenen Safarianzug gemeinsam mit einigen Ägyptern vor der Gizeh-Pyramide zeigte. Der dünne Mann hatte eine große Schaufel in der Hand. Die Fotografie sollte wohl den Anschein erwecken, er habe diesen riesigen Steinhaufen eben erst eigenhändig ausgegraben. Der Weiße lächelte verklärt in die Kamera. Die Ägypter lächelten nicht.

Dr. Markus Meier-Püttenhausen, ein blasser, schmächtiger Mann mit schütterem Haar und um die 50 Jahre alt, zog die Augenbrauen hoch. Er holte sein Lorgnon aus der Westentasche und setzte es sich umständlich auf den Nasenrücken. ‚Das Hackebeilchen', dachte er verzweifelt. ‚Sollte das jetzt ein Witz von diesem aufgeblasenen, jungen Ding sein? Die Leute hier sind so laut und ordinär', sinnierte er weiter und verzog die Mundwinkel. Er hatte es, nach den vielen Jahren der Entbehrung, endlich verdientermaßen zum Museumsdirektor gebracht. Das war schon ein sehr erfreulicher Umstand. Aber musste das Schicksal ihn hierher verschlagen, in dieses ostdeutsche Provinzkaff? Er wurde den Verdacht nicht los, dass diese Ossis sich heimlich ihren Honecker und seine Verbrecherbande zurückwünschten. Keine Dankbarkeit war zu spüren, nur immer der Geist der Unzufriedenheit und der Rebellion. Und was hatten sie nicht alles für Segnungen empfangen! Und die Opfer, welche die deutsche Bevölkerung nach dem Anschluss erbracht hatte, um den Ostdeutschen aus ihrem, zu großen Teilen selbstverschuldeten, Chaos herauszuhelfen! Kein Wort des Dankes, nur diese ewigen Forderungen. Außerdem schienen sie alle unter einer Decke zu stecken. Das hatte Dr. Meier-Püttenhausen am ersten Tag seiner Anwesenheit gemerkt und es war in den letzten beiden Jahren nicht besser geworden. Die Meier-Püttenhausens hatten ein schönes Häuschen im reizenden Walkenried gefunden, einem durch sein historisches Klostergebäude sehr geschichtsträchtiges Örtchen gleich an der ehemaligen Grenze, aber bis heute hatte er seine Frau nicht zu einem Besuch der Ostzone überreden können. Sie stammte aus Kreisen der besseren Gesellschaft und lehnte es kategorisch ab, ihren Fuß in diesen heidnischen Landesteil mit seinen Millionen Kommunisten und PDS-Wählern zu setzen. Meier-Püttenhausen hatte einige Male versucht, sie wenigstens bei größeren gesellschaftlichen Anlässen ausnahmsweise von ihren Grundsätzen abzubringen, aber vergebens. Sie blieb konsequent. Seine Mitarbeiter wunderten sich darüber, dass er ständig von seiner Frau und ihrer blaublütigen Familie sprach, aber niemals eine Frau Meier-Püttenhausen auftauchte. In ihrer proletarisch direkten Art stellten sie dieses Unverständnis auch offen zur Schau. Für die meisten von ihnen wäre es allerdings geratener gewesen, sie hätten sich um sich selbst gekümmert und beispielsweise ihre beruflichen Abschlüsse zum Anlass genommen, sich Sorgen zu machen. Jeder konnte hier scheinbar alles werden, es war die reinste Anarchie. Er hatte in Hamburg und München zwanzig Jahre hart gearbeitet, mehrere ausgedehnte Studienreisen in ferne Länder unternommen, an weltberühmten Museen hospitiert und sich unzählige Male beworben, bis er ein eigenes Museum leiten durfte. Hier aber konnte jeder Krethi und Plethi alles Mögliche werden. So wie sich diese Person hier vor ihm Journalistin nannte, obwohl sie doch sicherlich gar nicht die Ausbildung dafür hatte und für diese unsägliche Gazette arbeitete, die hier dem Volk als einzige Informationsquelle genügen musste. Jetzt donnerte sie ihm dieses dreckige Fundstück auf seinen neoklassizistischen Schreibtisch und wollte eine Expertise von ihm. Als könne man zwischen Tür und Angel eine Expertise anfertigen. Frühzeitliche Streitäxte aus der Bronzezeit waren auch absolut nicht sein Fachgebiet. Er konnte ja schließlich nicht alles wissen. Meier-Püttenhausen fuhr mit den Fingern über den hölzernen Stiel.

„Es ist nicht so leicht zu bestimmen, welcher Epoche und welchem Volk wir diese Streitaxt zurechen müssen. Möglicherweise der frühen Bronzezeit. Da wäre es hilfreich, wir wüssten, wo sich der tatsächliche Fundort befindet. Möglicherweise stieße man bei exakter Untersuchung des uns ja wohl verborgenen Ortes", er machte eine demonstrative Pause und sah Sabrina erwartungsvoll an, die sich in dem chaotischen Raum umsah und nicht auf die unausgesprochen Frage antworten wollte, „auf weitere Gegenstände, die uns ein genaueres Bild von dieser, nun ja, Axt, oder sollte ich sie besser als einen Hammer bezeichnen, verschaffen können", fuhr der Doktor der Museologie enttäuscht fort. „In der frühen Bronzezeit waren solcherart Äxte weit verbreitet und wir können sie wohl ebenso den slawischen Stämmen, als beispielsweise auch den germanischen oder keltischen Volksgruppen zurechnen. Es kann aber auch eine erbärmliche Fälschung sein, meine Liebe", belehrte er die Journalistin.

„Leider kommt es heute oft genug vor, dass sich geschickte Fälscher einen Spaß daraus machen, seriöse Wissenschaftler an der Nase herumzuführen. Wir müssen das Fundstück deshalb in ein Labor für eine gründlichen Untersuchung geben. Das Alter des Holzes sollte sich mit labortechnischen Methoden ebenso gut bestimmen lassen wie das des metallischen Kopfes der Axt. Ich schlage vor, Sie lassen das Stück hier und ich kümmere mich persönlich darum, Gnädigste." Sabrina bemerkte zum wiederholten Male, dass der Kerl wie ein übergeschnappter Professor aus dem 19. Jahrhundert wirkte. Sie filterte den tieferen Sinn aus seiner Rede und kam zu dem Schluss, dass er offenbar keine Ahnung hatte, worum es sich bei dem Fundobjekt handelte und Zeit gewinnen wollte. Sabrina war egal was mit der Axt geschah, sie war nur froh, sie endlich los zu werden und verabschiedete sich schnell von diesem realitätsfremden Intellektuellen, der so gestelzt daherreden konnte.

,Adieu, kleines Fräulein', dachte Meier-Püttenhausen selbstgefällig. ,Deine Axt werde ich meiner frühgeschichtlichen Sammlung hinzufügen, die ich hier habe. Oder meinst du wirklich, ich würde meinen mickrigen Etat mit Expertisen derart gewöhnlicher Objekte belasten?', schloss er seine Überlegungen zufrieden mit sich und der Welt ab.

Sabrina waren solche Gedanken völlig egal. Sie war froh, dass sie diese unheimliche Waffe losgeworden war. Draußen im Wagen erwartete sie schon Alfred, der sich überraschend als Chauffeur angeboten hatte und ihr irgendwas erzählen wollte. Was wichtiges. Das hatte er noch nie gemacht und Sabrina fragte sich, was das bedeuten könnte. Er würde sich doch nicht etwa in sie verguckt haben? Anzeichen dafür hatten ihre feinfühligen Sensoren bisher nicht empfangen, aber bei Männern wusste man nie so recht, was sie wirklich wollten. Seit mehr als zwei Jahren wohnte sie mit dem jungen Mann Tür an Tür in ihrer kleinen Mietwohnung in der Oberstadt. Alfred arbeitete als Techniker in einem Hausmeisterservice und war immer freundlich. Annäherungsversuche hatte er noch nie gestartet und Sabrina wusste auch gar nicht, wie sie darauf reagieren würde. ,Vielleicht sollte ich ihn einfach mal fragen', dachte sie und Alfred sagte: „Du wirst dich sicherlich schon fragen, warum ich dich sprechen will und so herumdruckse."

Sabrina fragte nicht.

„Es ist sehr verrückt und ich weiß nicht, wie ich es dir sagen soll."
Pause.

„Ich denke, du glaubst mir kein Wort von dem, was ich dir erzählen will", sagte Alfred.

„Fang doch erst mal an!", ermunterte ihn Sabrina und schnallte sich an.

„Dieser Barbarossa", fragte Alfred, „war doch ein deutscher Kaiser, oder nicht?"

Sabrina hasste es, wenn er sinnlose Füllworte an die eigentliche Frage anhängte. Als Journalistin tat es ihr geradezu weh, wenn sie sinnentleerte Wörter in Texten bemerkte. Sie litt in letzter Zeit leider immer öfter an diesen Schmerzen. Sie betrachtete Alfred aus den Augenwinkeln und stellte fest, dass sie keine Ahnung hatte, wer dieser Mensch da neben ihr war.

„Sabrina?", ließ sich Alfred wieder vernehmen. „Ich würde mich freuen, wenn du mir eine Antwort geben könntest. Das ist doch nicht zu viel verlangt, stimmt's?"

Da war es schon wieder. Sabrina seufzte: „Entschuldige, ich war in Gedanken. Was wolltest du wissen?", antwortete sie gereizt.

„Ob dieser Barbarossa ein deutscher Kaiser war oder nicht."

„Ja."

„Was ja, war er oder war er nicht?"

„War er", sagte Sabrina.

Männer konnten so nervend sein, dass sie wirklich froh war, keinen Vertreter dieser Spezies tagtäglich um sich ertragen zu müssen. Wollte er nicht langsam losfahren?

„Sabrina, was ist denn mit dir los?", schimpfte Alfred. „Hat Madam heute keine Muße mit einem einfachen Vertreter der arbeitnehmenden Bevölkerung zu sprechen?"

„Entschuldige", sagte sie, „Das ist irgendwie nicht mein Tag heute. Also dieser Barbarossa hieß eigentlich Friedrich I. Die Italiener haben ihm den Namen wegen seines roten Bartes verpasst. Er war einer der ersten Hohenstaufferkönige, der zum deutschen Kaiser gewählt wurde und hier ganz in der Nähe, nämlich in Tilleda, unterhielt er eine Kaiserpfalz. Er war an den Kreuzzügen beteiligt und hat sein Leben damit verbracht, mal hier und mal da seine Macht zu sichern. Meist aber in Italien, wenn mich mein Gedächtnis nicht im Stich lässt. Als Kaiser des Heiligen Römischen Reiches deutscher Nation war er naturgemäß viel in Italien unterwegs. Er hatte mit mehreren Päpsten viel Ärger. Damals gab es Päpste und Gegenpäpste und die haben sich dann gegenseitig exkommuniziert. Muss im Mittelalter ganz schön chaotisch gewesen sein. Eine zweite Kaiserpfalz war übrigens in Goslar. Die kann man heute noch besichtigen. Ist ganz interessant, könntest du dir ruhig mal anschauen. Aber so genau weiß ich das mit dem Barbarossa auch nicht mehr. Ist alles schon ein paar Tage her, dass ich das lernen musste."

„Machst du Scherze? Du weißt es nicht genau? Ich habe mir den Namen von dem Typen kaum merken können", staunte Alfred.

„Am Ende ist er dann beim Baden in einem Fluss irgendwo in Arabien ertrunken, wenn ich mich recht erinnere", redete Sabrina weiter.

„Um Gottes Willen, woher weißt du das nur alles?" Alfred starrte Sabrina ungläubig an.

„Es heißt, er würde in einem Felsen im Kyffhäuser so lange schlafen, bis das Heilige Römische Reich deutscher Nation wieder hergestellt wäre. Da kann er allerdings warten, bis er schwarz wird, glaube ich."

Alfred schwieg und drehte den Zündschlüssel gedankenverloren in den Händen.

„Warum interessiert dich das eigentlich so plötzlich?", wollte Sabrina wissen.

„Naja, es ist so", stammelte Alfred. „Mich hat da vorgestern ein komischer Typ besucht und mir ein merkwürdiges Angebot gemacht."

Sabrina blickte Alfred erwartungsvoll an. „Ja, und?"

„Naja", sagte Alfred, „Er hat mir einen Job angeboten."

„Das ist doch erst einmal nicht schlecht", meinte Sabrina. „War es denn ein lukratives Angebot?"

„Teils, teils, würde ich sagen", antwortete Alfred.

„Ach, nun lass dir doch nicht jedes Wort aus der Nase ziehen!", riss Sabrina der Geduldsfaden. „Was hat er denn von dir gewollt?"

„Ich soll den Barbarossa machen", hauchte Alfred.

„Was sollst du?", fragte Sabrina nach.

„Den Barbarossa. Ich soll mich in eine Höhle legen und den Mythos vom schlafenden Kaiser aufrecht erhalten oder so ähnlich."

Alfred schaute Sabrina an.

Sabrina schaute Alfred an und sagte tonlos: „Und was verdienst du dabei?"

„Kein Geld", murmelte Alfred und verstummte.

„Sondern?", wollte Sabrina jetzt endlich wissen.

„Ich würde unsterblich werden und könnte nach dreihundert Jahren wieder raus aus der Höhle und so lange leben, wie ich will", sprach Alfred wie ein gescholtener Chorknabe, dem das hohe C für immer abhanden gekommen ist.

„Ich weiß ja, wie albern das klingt, aber der Typ war sehr überzeugend, das kann ich dir sagen. Er war groß und sah furchterregend aus. Einen langen, roten Bart und sehr lange, feuerrote Haare hatte er."

Sabrina schwieg ihn verblüfft an.

„Und Handschuhe aus Eisen, wie sie die Ritter früher angehabt haben müssen", fuhr Alfred fort. „Ich habe ihn ja auch ausgelacht, jedenfalls innerlich. Doch der Kerl kann Gedanken lesen und hat mir bewiesen, was er alles drauf hat. Er hat mein Meerschwein in eine Schlange verwandelt, in den Fernseher einen komischen Film gezaubert, der in keinem Programm kam, und lauter solche Sachen."

„Und hat er sich auch vorgestellt?", wollte Sabrina wissen, die nicht recht wusste, ob sie Alfred auslachen oder sich vor ihm fürchten sollte. „Er nannte sich Thor und sagte, er sei auf der Suche nach seinem Hammer, deshalb müsse er seine Rolle als Barbarossa aufgeben und brauche einen geeigneten Vertreter." Sabrinas entschied sich jetzt doch für Furcht und verbannte das Lachen in den hintersten Winkel ihrer Magengrube. „Thor?", brachte sie mühsam hervor. Alfred nickte. „Das hat er gesagt: Thor!"

Das waren eindeutig menschliche Behausungen, die sich da links und rechts des breiten, staubigen und ausgefahrenen Weges an den Hang schmiegten. In Modi breitete sich ein Gefühl tiefer Zufriedenheit aus, wie es immer dann der Fall war, wenn er eine besonders komplizierte Aufgabe souverän gelöst hatte. Sein Vater würde stolz auf ihn sein sein und seine Mutter und natürlich sein Großvater Odin, der Einäugige. Sein Bruder Magni hingegen würde wohl nie stolz auf ihn sein, grübelte er enttäuscht, weil der stets dachte, er hätte einen entscheidenden Anteil an Modis Verdiensten.

Das sah Modi grundlegend anders. Bei diesem letzten kleinen Versehen, als sie knapp eintausend Jahre zu weit gekommen waren, hätten sie ohne Modis tiefe Kenntnisse der Astromystik niemals diesen Ort verlassen können und würden wer weiß *wann* noch in dieser menschenleeren Zeit herumirren.

Beide Göttersöhne konnten nicht wissen, dass im Jahre 3012 nach christlicher Zählart der südliche Harz schon längst von seinen Bewohnern verlassen und nicht mehr besiedelt war. Um diese Zeit hatte die Ökologische Einheitspartei Europas das ganze Gebiet als großen Nationalpark ausgewiesen. Das bedeutete nichts anderes, als dass es bei Strafe verboten war, irgendetwas im Wald zu tun. Weder für den Wald noch gegen ihn.

Magni hatte die Hütten zuerst gesehen und seinen Bruder darauf aufmerksam gemacht. Er wollte die Taktik bei einem möglichen Kontakt mit den Bewohnern durchbesprechen, die sich in seinen Augen darauf konzentrieren sollte, so lange auf die anzutreffenden Menschen einzuprügeln, bis sie den Raub von Thors Hammer gestanden.

Modi bevorzugte eine feinfühligere und schmerzfreiere Vorgehensweise, was zu leichten Verstimmungen unter den Brüdern geführt hatte. Modi wollte erst Fragen stellen, ehe Magnis Überredungskünste ins Spiel kämen. Modi war auch der Meinung, es bestünde die Möglichkeit, die Menschen in diesem Tale wüssten wirklich nichts vom Diebstahl des Hammers. Diese Theorie erschien Magni sehr unwahrscheinlich, wenn sie in der richtigen Zeit wären. Den Rest des Tages hatten sie damit verbracht, einige Vermutungen darüber anzustellen, *wann* sie gerade wären. Im Schutz der Dunkelheit wollten sie die menschlichen Behausungen unter die Lupe nehmen. Das Zwielicht warf diffuse Schatten durch die Wipfel der großen Kiefern, als die beiden Göttersöhne sich auf den Weg machten und nicht eben vorsichtig durch das Unterholz brachen. Bald schon konnten sie die kleinen Häuschen besser erkennen, die hangseitig einen Hof hatten, wo sich die letzten Hühner eben zur Ruhe begaben. Eine Hütte, aus der ein heller Lichtstrahl drang, erregte ihr besonderes Interesse, weil sie eine der wenigen war, in denen überhaupt Leben zu sein schien. Langsam schlichen sie sich an die Rückseite des Hauses an. Dort angelangt stimmten die Brüder ihr Vorgehen mit einem Kopfnicken ab. Magni holte seinen Hammer aus dem Gürtel und verstaute dafür sein großes Schwert. Modi stand bereits angriffsbereit neben dem rückwärtigen Verschlag und gab Magni ein Handzeichen.

‚Rums', machte die Tür und hörte splitternd auf, als solche zu existieren. In den Angeln hingen zerfaserte Überreste der einstmals massiven Füllung, der Rahmen hing bedrohlich in den Raum hinein. Drei Männer in einfacher Kleidung sprangen erschrocken auf und griffen nach ihren bereitliegenden Waffen. Einer wollte einen Morgenstern an einem dicken Holzprügel ergreifen, kam jedoch nicht dazu, ihn in die Höhe zu heben. Modis Schwert hatte den Stiel blitzschnell zerschmettert. Ein zweiter grabschte nach seinem Schwert, fasste aber nur schmerzhaft in die Schneide von Magnis Dolch, der soeben das Schwert vom Tisch gefegt hatte. Der dritte Mann war schnell aufgesprungen, wobei sein Kopf heftig mit Magnis Hammer kollidiert war, den der Göttersproß noch in seiner rechten Pranke hielt. Daraufhin hatte sich der so Angegriffene neben dem Tisch zu einer kurzen, aber intensiven Ruhepause hingelegt und nahm am folgenden Disput nicht aktiv teil.

Das alles ging rasend schnell und keiner der drei angegriffenen Bauern konnte sich später daran erinnern, was zuerst passiert war: Ihre Entwaffnung oder die Zerstörung der Tür. Die beiden Brüder richteten ihre Waffen drohend auf die vernehmungsfähigen Kämpen, die keinen sehr professionellen Eindruck machten und deutliche Anzeichen von lähmendem Entsetzen aufwiesen.

„Was begehrt Ihr, Herr?", fragte der eine von ihnen mit zittriger Stimme. Er war wohl auch deshalb eingeschüchtert, weil er Modis Schwertspitze an seinem ungewaschenen Hals spürte. Modi zog die Waffe zurück und steckte sie wieder in den Gürtel. Er öffnete in der festen Absicht den Mund, nun mit dem Verhör zu beginnen.

„Wir wollen nur wissen, *wann* wir sind?", fragte Magni dazwischen und Modi dachte: ‚Oh nein, nicht schon wieder.'

„Ich verstehe Euch nicht, Herr", antwortete der Mutigere der beiden Überfallenen ehrlich. „Was meint Ihr mit: *Wann* wir sind?"

„Vergiss es", sagte Modi grollend, „und stell hier keine Fragen, das ist unser Part. Sag uns, welches Jahr wir schreiben."

„Welches Jahr?", echote der aufständische Bauer, denn um niemand anderes handelte es sich bei den hier Versammelten. Er blickte verblüfft vom einen zum anderen der beiden Eindringlinge.

„Es ist das Jahr des Herrn 1525", sagte der Mann betont langsam, als spräche er mit einem besonders dämlichen Stadtbewohner.

„Welches Herrn?", donnerte Modi jetzt, obwohl er die kommende Antwort schon zu kennen befürchtete.

„Unseres Herrn Jesus Christus", erwiderte der Bauer ungläubig über so viel Blödheit.

„Ich habe es gewusst", brüllte Magni und zerteilte den massiven Eichentisch in der Mitte des Raumes mit einem einzigen, wütenden Hieb seines Riesenschwertes.

Modi sagte etwas kleinlaut: „Lass uns bitte einfach gehen, ja?"

„Wollen wir große Steine suchen?", höhnte sein Bruder und verließ die Hütte.

„Nichts für ungut", entschuldigte sich Modi bei den beiden Bauern, die ihn ungläubig anglotzten, und folgte Magni ins Freie.

Es war eine wundervolle, sternenklare Nacht über dem kleinen Örtchen Stolberg im südlichen Vorharz. ‚Zu schade, dass wir keinen Steinkreis in der Nähe haben', dachte Modi und seufzte.

Friedhelm Fürchtegott litt unter seinem Namen, seit er ein kleines Kind war. Jetzt war er schon lange kein Kind mehr, aber zu seinem Bedauern immer noch klein. Sein Körper hatte bei einer lichten Höhe von 1, 63 m das Wachstum eingestellt und ließ sich weder mit chemischen Mittelchen noch Dehn- oder Streckübungen zu einer weiteren Längenausdehnung überreden. Durch die moderne Schusterkunst konnte sich Friedhelm um knapp zehn Zentimeter erhöhen. Das war wenigstens etwas, doch eine Frau kennen zu lernen, war nach wie vor schwierig. Ein kleiner Trost war für Friedhelm, dass er wenigstens nicht kugelrund geworden war. Sport bestimmte sein Leben, so lange er denken konnte. Er war ein exzellenter Läufer über längere Strecken und im Fliegengewicht, seiner Gewichtsklasse, ein durchaus passabler Boxer. In seiner Jugend hatte er mehrmals Kreismeistertitel errungen, sowohl im Langlauf als auch im Faustkampf. Intensiv hatte er sich mit asiatischen Kampfsportarten auseinandergesetzt, was ihn wenigstens teilweise die Mängel seiner Körpergröße kompensieren ließ, wenn es gegen Kanaken, Türken oder Jugos zur Sache ging. Seit seiner Realschulzeit war Friedhelm Fürchtegott Mitglied verschiedenster Parteien und Aktionsbündnisse der nationalen Bewegung. Hin und wieder verbot der feige deutsche Verräterstaat eine dieser politischen Gruppierungen, aber wenn es etwas Brauchbares an der Demokratie gab, so war es die Tatsache, dass sich die aufgelösten nationalen Vereinigungen sofort wieder unter einem anderen Namen reorganisieren konnten. Friedhelm hatte den Beruf eines Wirtschaftskaufmannes erlernt, weil er glaubte, man müsse in die Strukturen des desolaten Staates eindringen, um den Feind von innen her, praktisch aus seinen Eingeweiden heraus, zu besiegen. Bald schon stellte er fest, dass eine neue Ordnung in Deutschland nicht so einfach herzustellen war, wie er in seiner jugendlichen, idealisierenden Jahren gehofft hatte. Selbst die langhaarigen, arbeitsscheuen, ständig bekifften Achtundsechziger hatten es in diesem Land zu Karrieren gebracht. Und er, Friedhelm Fürchtegott, vegetierte als Versicherungsvertreter dahin und schwatzte den Leuten nutzlose Policen auf. Durch seine hohe Stellung in der Hierarchie der nationalen Bewegung konnte er immerhin auf seine Kameraden als Kunden zurückgreifen und hatte ein relativ gesichertes Einkommen. Im Laufe der Zeit gewöhnte er sich daran, alles und jeden aus seiner Froschperspektive ansehen zu müssen. Entscheidend war, dass seine Kameraden ihm Achtung und Respekt entgegenbrachten. Sie akzeptierten ihn als Volksgenossen, so wie er war. Und dafür war ihnen Friedhelm dankbar. Seit mehreren Jahren lebte er unabhängig und von der verlogenen, bürgerliche Scheindemokratie zurückgezogen in einem kleinen Häuschen am Rande Südniedersachsens. Eben dort, wo bis vor wenigen Jahren noch der Schutzwall gegen die slawischen Bolschewistenhorden gestanden hatte. Doch das Ende der DDR hatte auch gute Seiten gehabt, denn viele wahre Freunde der Bewegung konnten endlich aus ihrem Kerker heraus und stärkten nun die nationale Sache. Friedhelm Fürchtegott hatte eine zahlenmäßig beeindruckende Gruppe junger Kämpfer um sich versammelt, die weit verstreut in den umliegenden Bundesländern der Gemeinschaft dienten und die echten deutschen Werte hochhielten.

Einer seiner besten Informanten, der als Polizist in Sachsen-Anhalt seinen Dienst versah, hatte ihn gerade angerufen. Im Kyffhäuser war ein Toter gefunden worden, der offenbar vor ein bis zwei Tagen von einem Felsen gefallen oder gestürzt worden war. Er hatte nichts weiter bei sich gehabt, als ein Opernglas, ein Handy und einen Zettel mit der ausführlichen Beschreibung einer Streitaxt. Der Informant dachte, es könnte seinen Gruppenführer Fürchtegott vielleicht interessieren.

„Das ist wirklich sehr interessant, Rainer. Ich danke dir für diese Nachricht", sagte Friedhelm und zündete sich mit der freien Hand eine Zigarette an. Er blies den Rauch stoßweise durch die Nase aus. „Aber sag mir noch eins. Wen hat der Tote zuletzt angerufen?"

Auf der anderen Seite der Leitung trat ein beredtes Schweigen ein.

„Rainer, bist du noch da?", setzte Friedhelm nach.

„Ja", sagte Rainer kleinlaut. „Natürlich bin ich noch da."

„Und?", bohrte der Gruppenführer weiter.

„Ich weiß es momentan nicht. Ich rufe dich gleich zurück, okay?"

Friedhelm Fürchtegott legte auf. ‚Idioten', dachte er, ‚Das ist doch das Erste, das man überprüft.' Langsam fügte sich ein Steinchen des Mosaiks an den anderen: Erst terrorisierte diese Verrückte im Theater die Sänger und klaute einen wertlosen Hammer, dann war bei ihrem dicken Begleiter die CIA oder MI-5 zu Gast und nun tauchte eine Leiche mit der Beschreibung eines alten Streithammers auf. Fürchtegott dachte so intensiv nach, dass es ihm physisch anzusehen war. „Thors Hammer", murmelte er immer wieder vor sich hin. Das wäre zu schön, um wahr zu sein. Ein Kultobjekt der alten Götter, ach was, *das* Kultobjekt schlechthin! Damit hatte der große Donnergott über das Wetter geboten, Blitz und Donner erzeugt und unzählige Feinde des göttlichen Asengeschlechts waren dem Hammer unerbittlich zum Opfer gefallen. Einmal war er sogar von einem Riesen gestohlen worden, glaubte sich Friedhelm zu erinnern, aber Thor hatte ihn sich zurückgeholt und den feigen Dieb niedergestreckt. Wer diesen Hammer in seinen Besitz brächte, würde früher oder später auch herausfinden, wie er benutzt werden konnte. Macht würde der Hammer seinem Besitzer verleihen, undenkbare, gewaltige Macht. In den richtigen Händen könnte der Hammer den Beginn eines neuen, von der nordischen Heldenrasse geprägten, Zeitalters bedeuten. Und es würde endlich beweisen, dass es andere Götter neben diesem jüdischen Hänfling aus Arabien gab. ‚Das ganze verlogene Christentum würde ins Wanken geraten und unsere nordischen Menschen hätten ihre guten, alten Götter wieder', dachte er. Aufgeregt lief Friedhelm mit kräftigen, großen Schritten in seinem Wohnzimmer auf und ab, die Hände hatte er hinter dem Rücken verschränkt, den Kopf mit dem kurzgehaltenen Igelschnitt und den Pockennarben im Gesicht weit nach oben gereckt, wie er es sich schon vor langer Zeit angewöhnt hatte. In diesem Moment und mit diesen Posen gab er das klassische Klischee eines großen Strategen oder Heerführers ab, der einstmals ganz Europa unterjochen wollte. ‚Und wenn ich den Hammer finde', überlegte Friedhelm weiter, ‚dann bin ich auch der legitime Vertreter der Götter auf Erden. Sozusagen der nordische Papst', schoss es ihm durch den Kopf, aber er verwarf den Gedanken gleich wieder. Schließlich war der Papst auch doof und ein Ausländer.

Das Telefon klingelte. Friedhelm ging schnell zum Schreibtisch und nahm nach dem dritten Klingelzeichen ab.

„Ja", sagte er langgezogen.

„Ich bin es, Rainer", antwortete sein Polizeispitzel. „Wir haben die Nummer gecheckt. Es ist der Kreisanzeiger in Nordhausen, Apparat Donath. Dort hat der Tote vorgestern Nachmittag angerufen."

„Wer ist Donath?", wollte Friedhelm gereizt wissen, der sich über Anglismen wie ‚gecheckt' schwarz ärgern konnte.

„Eine junge Redakteurin, wir überprüfen sie gerade. Soll ich später die Jungs zu ihr schicken?", erkundigte sich Rainer.

„Um Gottes willen, nein", brüllte Friedhelm jetzt fast in den Hörer. „Wir beobachten die Sache von hier aus. Ich habe vor, die Geschichte mit Verstand anzugehen. Eine halbtote Journalistin nützt uns dabei nichts. Wir werden warten. Auf Wiedersehen, mein Freund."

Jetzt hatte er schon so lange auf seine Chance gewartet, da kam es auf ein paar Tage mehr oder weniger nicht an. Er musste nur alles genau im Auge behalten. Vorerst zufrieden mit dem Verlauf der Dinge setzte er sich in seinen Schreibtischsessel. ‚Eine junge Redakteurin namens Donath', dachte er, ‚Sehr interessant.'

Sabrina saß wie vom Donner gerührt und las den Polizeibericht immer wieder, den sie vor fünf Minuten in ihrem E-Mail Postfach gefunden hatte:

Der leblose Körper einer nicht näher identifizierten, männlichen Person wurde am Fuße eines Abhangs im Kyffhäusergebirge festgestellt. Scheinbares Alter der Person 45 – 50 Jahre. Die tote Person führte einen Feldstecher, ein Mobiltelefon der Marke Panasonic und einen Zettel mit Angaben über eine alten Streitaxt mit sich. Nach ersten Untersuchungen ist die Person seit etwa zwei Tagen tot. Vermutlich stürzte der Mann beim Klettern von einem Felsvorsprung. Die Ermittlungen laufen. Sachdienliche Hinweise zum Tathergang können unter (034652) 88 12 88 oder bei der zuständigen PI gemeldet werden.

Sabrina wusste sofort, dass der Tote der Kerl war, der sie zu dem Treffen bestellt hatte. Sie war sich absolut sicher. Todsicher, wie sie mit einem Anflug von verzweifeltem Galgenhumor dachte. Die Zeit stimmte, der Ort stimmte, er hatte ein Handy, er hatte die Beschreibung einer Axt in der Tasche. Es war entsetzlich.

„Sabrina, Telefon für dich", rief Enrico aus dem Büro und sie setzte sich mit dem Fax in der Hand wie in Trance in Bewegung. Im Büro schaute sie Enrico an, deutete auf den Hörer und verzog fragend den ganzen Körper. Enrico zuckte mit den Schultern und flüsterte: „Hab's nicht genau verstanden, Treitmann oder so."

Sabrina setzte sich steif auf ihren Stuhl und nahm den Hörer zitternd zwischen Daumen und Zeigefinger, den kleinen Finger spreizte sie weit nach außen ab.

„Ja, Donath", hauchte sie in den Hörer.

„Guten Tag, Frau Donath, mein Name ist Zeitzmann", ließ sich eine volltönende Stimme am anderen Ende vernehmen, „Kripo Sangerhausen."

Sabrina erblasste in Rekordzeit und hätte fast den Hörer fallen gelassen.

„Ich möchte Sie nicht lange aufhalten und Ihnen nur einige Fragen stellen", sagte der Kriminalbeamte freundlich.

„Wir untersuchen einen Todesfall, vermutlich ein Unfall. Beim Opfer fanden wir ein Mobiltelefon. Die letzte gewählte Nummer war Ihre Büronummer. Können Sie sich an einen Anruf erinnern, der Sie vorgestern Nachmittag um 14:36 Uhr in Ihrem Büro erreicht hat?"

Sabrina riss kleine Fetzen von ihrer Schreibtischunterlage ab. Wenn sie zugäbe, sich mit dem Mann getroffen zu haben, würden sie ihr vielleicht einen Mord in die Schuhe schieben. Andererseits wusste sie nicht, was die Polizei schon herausgefunden hatte. Sie hatten ein Handy gefunden und ihre Nummer entdeckt. Was war das für ein Handy und konnten die Polizisten erkennen, ob sie den Anruf entgegengenommen hatte? Vermutlich ja, sonst würde dieser Zeitzmann nicht so scheinheilig fragen. Sie entschloss sich, es mit einer teilweisen Wahrheit zu versuchen und genau darauf zu achten, dass sie die Fragen so kurz wie möglich beantwortete.

„Ja, wissen Sie, bei uns rufen täglich eine Menge Leute an und wollen alles Mögliche wissen oder uns melden oder sich beschweren. Haha, ja meistens beschweren sich die Leute über irgendetwas, was wir sowieso nicht ändern können", hörte sich Sabrina schwatzen und merkte, wie ihr Blut wieder in den Kopf zurückkehrte. Offensichtlich im Eiltempo und alle acht Liter auf einmal, denn sie meinte, ihr müsse jeden Moment der Schädel zerspringen. Sie schielte zu Enrico hinüber, aber der war eingetaucht in die virtuelle Welt des Internets und kümmerte er sich nicht um ihr Gespräch.

„Kurz und gut", sagte Sabrina mit trockenem Mund, „ich kann mich an keinen speziellen Anrufer erinnern."

„Er könnte Ihnen eventuell eine Mitteilung über eine Art Axt gemacht haben", half der Polizist am Telefon mit freundlicher Stimme weiter.

„Ein seltenes Stück vielleicht, das er Ihnen zeigen wollte?", fragte er nach.

‚Oh Gott', dachte Sabrina mit einem Anflug von Panik, ‚Die wissen alles. Ich komme ins Gefängnis für eine Tat, die ich gar nicht begangen habe. Die verurteilen mich wegen Mord und Raub und Raubmord.'

Eine andere Stimme kämpfte sich aus ihrem Unterbewusstsein nach oben und rief: ‚Bleib ganz ruhig, Schätzchen, die wissen gar nichts und du hast nichts getan. Also hast du auch nichts zu befürchten. Wimmle den Bullen jetzt freundlich ab und die Sache ist ausgestanden. Er hat doch selbst gesagt, es wäre nur Routine. Also los!'

Sabrina straffte sich und packte den Hörer fest in ihrer schweißnassen Hand.

„Jetzt, wo Sie es sagen, fällt mir ein, da war tatsächlich ein Anruf", sprach sie mit gefasster Stimme. „Ein Mann, der sich Hauser oder Häuser oder so ähnlich nannte, rief mich an und fragte, ob sich jemand bei uns gemeldet hätte, der eine alte Kampfaxt oder so etwas gefunden hat. Ihm sei eine gestohlen worden. Natürlich hatte niemand bei uns so einen Fund gemeldet und ich sagte ihm das auch. Solche Spinner haben wir immer wieder an der Strippe. Andere fragen uns dauernd, wann denn das regionale Fernsehen wieder sendet. Dabei ist das doch schon vor Jahren Pleite gegangen."

Sabrina staunte über die Dreistigkeit, mit der ihr die Lügen über die Lippen kamen.

„Dann hat er wieder aufgelegt und nichts weiter gesagt", sagte Sabrina und überlegte, ob sie die Vermutung laut äußern sollte, dass er sich wahrscheinlich anschließend aus Verzweiflung das Leben genommen hatte und von der Klippe gesprungen war. Sie entschied sich im letzten Moment dagegen.

„Häuser, sagten Sie?", übernahm der Polizist wieder die Dialogführung.

„Ja, oder Häusler oder Hauser, irgendetwas in der Art", antwortete Sabrina schnell.

„Vielen Dank, Frau Donath, Sie haben uns sehr geholfen."
„Nichts zu danken, auf Wiederhören."

Sabrina legte den Hörer hin und pustete laut die angestaute Luft aus. Ihr war unendlich heiß und ihre Kehle fühlte sich wie ein Reibeisen an. Die Tür flog auf und Henriette Wildt kam hereingestürzt.

„Puh, das war anstrengend!", rief sie aufgeräumt in den Raum und nahm sich die Tasche mit dem Aufnahmegerät von der Schulter.

„Sag mal Enrico, von diesem Meier-Püttenhausen haben wir doch noch Fotos im Archiv?"

„Und wenn nicht?", fragte Enrico zurück.

„Dann müsste ich dich bitten, den eitlen Fatzke in seinem Museum aufzusuchen, um uns ein wunderschönes Foto zu dem Interview zu schießen, das ich gerade geführt habe", säuselte Henriette in freudiger Erwartung auf Enricos Reaktion.

„Nur das nicht!", stöhnte der Fotograf. „Und wenn ich ein Bild von ihm malen müsste, aber kein Shooting mit diesem Oberlehrertyp."

„Ich wusste, du kannst mir helfen", lachte Henriette und machte sich daran, ihren Rekorder auszupacken.

„Dann können wir ja schon in der Wochenendausgabe die weisen Sprüche unseres Museumsdirektors bewundern und haben sogar ein Bild von ihm vor Augen. Der Chef hat mich zu drei Spalten á 120 mm verdonnert. Wir können das Foto also schön groß machen", grinste sie.

„Sabrina-Schätzchen, du siehst blass aus", flötete Henriette gut gelaunt weiter. „Was machen deine Ermittlungen wegen der Hammerdiebin?"

Sabrina wurde schlecht. Sie schätzte ihre Chancen ab, die nächste Toilette zu ersprinten oder sich gleich hier auf den Tisch übergeben zu müssen. Wenig später hatte ihr Reinlichkeitssinn gesiegt und sie kniete vor der Kloschüssel, um einen Chicken-Döner mit Kräutersaucen-Dressing erleichtert. Die ganze Aufregung der letzten beiden Tage war etwas zu viel für ihr zartes Gemüt. Und für ihren Magen.

Alles lief wie geschmiert. Friedhelm Fürchtegott war froh darüber, dass er einer Eingebung folgend am Mittag nach Nordhausen gekommen war. Er kaufte sich den Kreisanzeiger im Bahnhofskiosk und Bingo, gleich auf der zweiten Seite der Lokalausgabe war ein Interview mit dem Museumsdirektor Meier-Püttenhausen, dem er erst kürzlich eine Hochwasserversicherung für sein Haus in Walkenried verkauft hatte. Dabei hatten sie auch über das Museum gesprochen und Meier-Püttenhausen hatte ihm in Aussicht gestellt, demnächst eine Einbruchsversicherung für die Immobilie bei ihm abschließen zu wollen.

Im Interview erwähnte der überkandidelte Einfaltspinsel Beispiele seiner ständigen Bemühungen die Exposition zu erweitern. Unter anderem war von einer Streitaxt die Rede, die er erst dieser Tage erworben hätte und ab kommender Woche in der frühgeschichtlichen Abteilung zeigen wollte.

‚Daraus wird nichts', dachte Friedhelm sofort und hätte fast laut losgeschrien vor Freude. Dieser Holzkopf stieß ihn ja geradezu mit der Nase auf Thors Hammer. Es wunderte Friedhelm nicht, dass der verrückte Museums-Doktor keine Ahnung hatte, was er da für einen Schatz gehoben hatte. Dennoch erschien es ihm voller Wunder, wie zielgerichtet das Schicksal ihn zu Thors Hammer führte. Oder waren es gar die Götter selbst, die ihm halfen? War er der Auserwählte, dem es beschieden sein sollte, hienieden die göttliche Macht zu verwalten und das Instrumentarium des großen Donnerers zu erlernen?

Zwei kurze Anrufe und drei Stunden später saß Gruppenführer Friedhelm Fürchtegott mit zwei seiner Gesinnungsgenossen, die sich in der Vergangenheit schon häufig als fähige Einbrecher erwiesen hatten, im Freisitz eines Cafés in der Nordhäuser Altstadt und wartete auf die Nacht. Das Schwierigste war die beiden Skinheads davon abzuhalten sich schon am helllichten Nachmittag hemmungslos alkoholischen Betäubungsmitteln hinzugeben. Doch daran sollte es nicht scheitern, frohlockte Fürchtegott und grinste über das ganze pockennarbige Gesicht, als er der Bedienung winkte, bei der er drei weitere Tassen Kaffee bestellen wollte.

Freya war frustriert. Und sie schämte sich. Sie hatte sich aufgeführt wie eine pubertäre Walküre in der Grundausbildung und nicht wie eine der angesehensten und beliebtesten Göttinnen Asgards. Eine so große Faszination hatte sie dem Theater nach den Erzählungen ihrer Haarschneiderin gar nicht zugetraut. Umso erstaunter war sie gewesen, dass sie trotz ihrer anfänglich freudigen Erwartung auf das Geschehen so zügig eingeschlafen war. Was sie eigentlich in der Aufführung wieder geweckt hatte, wusste sie nicht mehr. Aber dass die Situation so eskalieren würde, war nicht zu erwarten gewesen. Sie hatte völlig die Kontrolle über die Dinge verloren, als die beiden Witzfiguren auf der Theaterbühne ihren obersten Gott Odin und ihre Schwester Fricka so frevlerisch beleidigten. Der Hammer hatte sich natürlich als eine plumpe Fälschung herausgestellt. Sie hatte ihn im Stadtpark, wo sie wieder zum Stehen und zu Verstand gekommen war, in ein Tiergehege geschleudert, den verdutzt wiederkäuenden Rehbock jedoch um einige Meter verfehlt. Das Ding war auch viel zu leicht gewesen. ‚So eine Blamage', dachte sie. Wenn sich diese Aktion in Walhalla herumsprach, wäre sie die nächsten tausend Jahre das Gespött aller Götter, versammelter Könige und Helden. Natürlich zusammen mit Thor, der sich schon wieder seinen Hammer hatte stehlen lassen.

Und überhaupt war Thor schuld! Wenn sein Hammer noch da wäre, dann bräuchte sie nicht hier in diesem halbseidenen Wirtshaus sitzen und sich mit diesem schmierigen Menschen treffen, der sie beim Garderobe kaufen am Vormittag in der Stadt so laut und auffällig angepöbelt hatte. Freya seufzte tief. Angeblich hätte er wichtige Informationen für sie und könnte ihr interessante Dinge mitbringen, wenn sie sich nur mit ihm treffen wollte. Freya wollte absolut nicht. Aber der Kerl ließ sich nicht abwimmeln. Andernfalls müsse er die Polizei rufen, weil sie ja als Diebin gesucht würde. Es war zum Verzweifeln, dachte Freya. Wenigstens klappte die Tarnung bestens und die blonde Frau, die sie im Theater noch gewesen war, gab es nicht mehr. Wieder hatte ihr die freundliche Haarschneiderin geholfen. Sie hatte mit einem Zaubermittel Freyas Haarfarbe vom hellen Gelb in seidig schimmerndes Ziegelrot verwandelt. Nun trug sie auch Beinkleider wie so viele Frauen und Mädchen hier. ‚Dschiens' nannten die Menschen diese Anziehsachen, die es in verschiedenen Farbschattierungen gab. Freya hatte bei der Auswahl sorgsam darauf geachtet, dass ihre vorteilhafte Figur gut zur Geltung käme. Ausführlich hatte sie sich in mehreren dieser ‚Dschiens' vor dem Spiegel in der winzigen Ankleidekammer gedreht und sich den Hals verrenkt, um den Sitz der Hose auf den Pobacken einzuschätzen. Sie hatte sich schließlich für eine knallenge ‚stont woschd' Hose entschieden und ein unauffällig blaues, bequemes und weites Sweatshirt dazu ausgewählt. Es war mit einem relativ kleinen, auf Brusthöhe befindlichen Schriftzug versehen, dessen vier Buchstaben das Wort Nike bildeten. Die junge Verkäuferin konnte Freya auf ihre Nachfrage hin nicht erklären, was das für eine tiefere Bedeutung hatte. „Nur so, das ist eben die Marke", hatte das junge Mädchen nicht sehr ausführlich geantwortet und Freya begriff, dass weitere Erkundigungen bei dieser Person sinnlos waren. An den Füßen trug die Göttin weiße Stoffturnschuhe. Mit denen konnte sie wesentlich besser laufen, als mit den hammerförmigen Schuhen, auf denen sie im Theater herumbalanciert war und die sie letztendlich als Wurfgeschosse zweckentfremdet hatte. Ihre knallroten Haare hatte sie mit einem schwarzen Band im Nacken zusammengefasst und von ihrer Haarschneiderin hatte sie eine sogenannte Sonnenbrille bekommen, die ihre Augen verdeckte. Das war eine gute Erfindung, sagte sich Freya, denn sie konnte die Menschen ungestört beobachten, während die nicht wussten, wo sie gerade hinschaute. Und absolut unauffällig kam sich die Göttin auch vor. So schlicht wie sie nun aussah. Merkwürdigerweise stierten sie die Männer immer noch an, aber das war ihr ja auch nicht wirklich unangenehm. ‚Als Göttin ist man ja schließlich auch eine Frau', dachte sie geschmeichelt von der Beachtung, die sie von der Männerwelt erfuhr und wünschte sich, dass es in Asgard ähnlich wäre. Der Nachteil der Sonnbrille war lediglich, dass sie die ganze Welt wesentlich verfinsterte und Freya schon sehr genau hinschauen musste, wenn sie etwas erkennen wollte.

Vor ihr auf dem Tisch im Brettel-Fritz stand ein Glas mit einer Flüssigkeit, die ein bisschen wie Met aussah, aber Mehr-Mut hieß und süß schmeckte. Das hatte ihr der Wirt empfohlen, nachdem sie den Geschmack von Met ausführlich beschrieben hatte.

Die verabredete Zeit des Treffens war bereits überschritten und der schreckliche Mensch mit der unangenehmen Stimme hatte sich bisher nicht blicken lassen. Freya bestellte gerade noch einen Mehr-Mut, als Horst Kindler den Brettel-Fritz betrat und sich suchend nach ihr umschaute. Fast hätte er sie nicht erkannt mit den roten Haaren und der Sonnenbrille. Aber wer, außer einer so durchgeknallten Ortsfremden, die ein ganzes Theater aufmischt und dann nicht mehr auf dem Film zu sehen ist, trug schon eine Sonnenbrille in dieser verräucherten Lasterhöhle?

„'n Abend", eröffnete Kindler und nahm ihr gegenüber Platz. Freya blickte suchend über den Tisch und schob sich die Sonnenbrille nach oben auf die Stirn. Es wurde um einiges heller im Raum, wodurch die Einrichtung aber nicht gewann.

Kindler wäre fast gar nicht zu diesem Treffen hier gegangen. Diese aufreizende Blondine war auch als Rothaarige noch umwerfend und verunsicherte ihn stark. Andererseits spürte er, dass er hier einer ganz großen Sache auf der Spur war. Seitdem er die Frau am Vormittag zufällig im Einkaufscenter gesehen hatte, überlegte er angestrengt, wie er am besten vorgehen sollte. In der kurzen Zeit von nur acht Stunden war ihm leider nichts Gescheites eingefallen. Eine feine rhetorische Klinge zu schlagen war nicht Kindlers Stärke. Das wussten alle, die ihn kannten, nur er selbst sah das etwas anders. Er bestellte Bier. Bier beruhigte, glaubte er. Dann plauderte er über das schöne Frühlingswetter und dass es schon recht warm sei für die Jahreszeit und als sein erstes Bier vor ihm abgestellt wurde, stürzte er es in einem Zug herunter.

Freya meinte nun lange genug gewartet zu haben und fragte ihr Gegenüber: „Sie wollten mir etwas zeigen, was für mich nützlich sein soll. Was ist es?"

„Nur immer schön langsam", sagte Horst Kindler und grinste schief. „Erst einmal möchte ich was wissen."

Er wand sich innerlich wie ein Aal, den man achtlos auf die Schiffsplanken geworfen hatte. Irgendwas hatte diese Frau, was die anderen Weiber nicht hatten, dachte er.

Freya schwieg demonstrativ. Sie würde diesem armseligen Wurm keine weiteren Stichworte liefern. Sollte er sich abstrampeln. Sie bestellte sich inzwischen noch ein Glas von diesem Mehr-Mut-Zeugs. Obwohl sie den wohl weniger brauchte, als ihr linkischer Gegenüber, dachte sie leicht beschwipst.

Kindler erzählte lang und umständlich von seiner Filmerei und dass er darin ein Meister sei. Natürlich hatte er auch von allen anderen Medien die volle Kennung, ergänzte er unaufgefordert. Er hatte schon Rundfunksendungen produziert, berühmte Promis interviewt und kannte sich in der Musikszene absolut aus. Einen Haufen bekannter Schriftsteller zählte er zum engsten Freundeskreis und die fragten ihn immer nach seiner Meinung und was sie als Nächstes schreiben sollten. Nach einigen Minuten kam er auf den Punkt und sagte der gelangweilt dasitzenden, rothaarigen Frau, die einen Wermut nach dem anderen schüttete, dass sie auf keinem der Bilder zu sehen sei und er diesen Umstand verdammt noch mal von ihr erklärt haben wollte.

„Ach so", sagte Freya, „wenn es weiter nichts ist. Das ist doch ganz klar. Schließlich lebe ich in einer ganz anderen spirituellen...hups, wie war Ihre Frage?"

Freya riss die Augen weit auf und schüttelte sich kurz. Jetzt wäre es fast passiert, dachte sie bestürzt. Das Zeug war doch so wirksam wie Met, auch wenn es nicht so gut schmeckte.

„Kommen Sie mir nicht mit spirituellem Zeugs", bellte Kindler sie an. „So 'nen Mist glaube ich eh nicht. Das zieht bei mir nicht. Ich will wissen, warum Sie nicht auf dem Film sind. Ob Sie einen speziellen Filter benutzen oder was hier eigentlich los ist!"

„Nun regen Sie sich mal nicht so auf, Männchen", fauchte die Göttin jetzt wie eine Wildkatze. „Und mäßigen Sie Ihren Ton! Sonst hopsen Sie heute abend als Frosch aus diesem Laden." Freya fühlte, wie der Alkohol losgelöst durch ihren Körper rauschte und sich lustige Dinge mit ihr ausdachte.

„Wollen Sie mir etwa drohen?", schnappte Kindler frech zurück. Freya begriff, dass er im Grunde genommen erbärmliche Angst vor ihr hatte. Vermutlich hatte er vor vielen Frauen Angst und überspielte das nur notdürftig mit seiner unverschämten Art. Horst Kindler sprang plötzlich von seinem Stuhl auf. Freya stand langsam auf und spürte den Mehr-Mut in ihren Gliedern pulsieren.

„Ich will gar nichts von Ihnen", sagte Freya sehr ruhig und gefasst. „Sie haben mich herbestellt, um mir etwas zu geben und ich rate Ihnen, dies auch zu tun, denn anderenfalls..."

„Sie drohen mir ja schon wieder!", blaffte Kindler sie an.

Die anderen Gäste im Brettel-Fritz waren aufmerksam geworden und verfolgten interessiert das Duell, als plötzlich ein Mann an den Tisch trat und beschwichtigend sagte: „Na, nun beruhigen Sie sich mal beide und setzen sich wieder hin."

Kindler fuhr herum und wollte den Fremden für seine Einmischung abstrafen. Als er aber einen Blick auf den Neuankömmling geworfen hatte, überlegte er es sich anders. Der Mann sah aus, als würde es ihm wenig Mühe bereiten, die Abrissarbeiten größerer Wohnkomplexe allein zu bewerkstelligen. Er hatte einen blauen Mantel an, der geöffnet war. Darunter trug er einen dunklen Pullover und schwarze Lederhosen mit ebenfalls schwarzen Stiefeln. Einen breitkrempigen Hut hatte er weit ins Gesicht gezogen, aus dem ein Auge bedrohlich funkelte. Dort wo das zweite Auge hätte sein müssen, klaffte ein dunkles, furchterregendes Loch. Kindler glaubte, in ein sehr weit entferntes Universum geschaut zu haben, als er auf seinen Stuhl plumpste.

„Odin", rief Freya erfreut und korrigierte sich sofort. „Oh Dings, ich meine, äh, hallo, kann ich noch so einen Mehr-Mut bekommen", beeilte sie sich ihren Fehler auszubügeln und schwenkte dem Wirt ihr leeres Glas entgegen.

„Setz dich", zischte Odin wie eine ganze Schlangenfarm und schickte ihr einen Blick, bei dem Freya froh war, dass er nur aus einem Auge kam. Kindler stürzte zur eigenen Beruhigung schnell sein Bier herunter. Er fummelte eine Zigarette aus der Schachtel und suchte mit zittrigen Fingern nach seinem Feuerzeug. Der mysteriöse Mann reckte seine Hand über den Tisch und hielt ihm eine lodernde Flamme entgegen. Horst entzündete dankbar seine Kippe daran und begann erleichtert den Rauch auszupusten. Doch irgendetwas stimmte nicht an dieser eigentlich harmlosen Geste. Kindlers graue Zellen rotierten eine kurze, angestrengte Sekunde im Schleudergang und endlich wurde ihm bewusst, was passiert war. Der Fremde hatte ihm Feuer gegeben – mit seinem Daumen. Der Daumen des unheimlichen Riesen hatte gebrannt und er hatte seine Zigarette daran angemacht. Anschließend hatte der furchteinflößende Hüne seine rechte Hand kurz geschüttelt und die Flamme war erloschen.

Horst Kindler bekam einen langen und sehr gründlichen Hustenanfall.

„Was treibst du hier Weib, bist du denn von Sinnen?", fauchte Odin jetzt Freya an. „Und wie siehst du überhaupt aus? Wir sind doch hier nicht auf einem Kostümfest."

„Ich ermittle", flüsterte Freya kleinlaut.

„Momentan scheinst du zu ermitteln, wie viele von diesen Getränken in dich hineinpassen", grummelte der Gott. „Wir haben inzwischen herausgefunden, dass eine junge Frau namens Sabrina Donath der Schlüssel zum Hammer Mjöllnir und seiner Heimholung ist. Sie hat den Hammer definitiv gehabt, so viel steht fest. Thor wird sie morgen besuchen und du schaltest dich mit ein. Ist das klar?"

Odin schob ihr einen Zettel mit Sabrinas Adresse zu und Freya steckte ihn umgehend in ihre Hosentasche.

„Ja, klar", kam es schuldbewusst von Freya.

„Und hör auf zu trinken, du musst dein Inkognito wahren." „Was muss ich?"

„Du sollst im Verborgenen agieren und dein Name soll nicht bekannt werden bei den Sterblichen." Odin stöhnte den Muss-ich-denn-nur-alles-selbstmachen-Seufzer und fasste Freya scharf ins Auge. „Hast du im Übrigen Magni und Modi hier irgendwo gesehen? Die müssten schon längst da sein."

„Bedaure, nein", erwiderte Freya, die feststellte, dass sie einen Schluckauf bekam. Odin war enttäuscht von seiner Lieblingsschwägerin und Nebenfrau. Jetzt musste er einen klaren Kopf bewahren und mittels seiner unfehlbaren Intelligenz die peinliche Geschichte hier in Midgard zu Ende führen. Wofür hatte er sonst eines seiner Augen geopfert?

„Nun sieh zu, dass du diesen Trottel hier abwimmelst. Dann mach dich an die Arbeit", ordnete der Gott unmissverständlich an. Freya glaubte für den Bruchteil einer Sekunde, seine leere Augenhöhle habe ihr zugezwinkert. Dann entfernte sich der Göttervater grußlos aus der Kneipe.

Horst Kindler war immer noch dabei, einen nicht unerheblichen Teil seiner verkleisterten Lungenbläschen ins Taschentuch zu spucken. Freya zog sich einen Geldschein zwischen den Fingern hervor und winkte nach dem Wirt. Als sie aufgestanden war, beugte sich zum immer noch keuchenden Kindler herab und sagte sehr langsam und betont: „Ich möchte, dass Sie mir jetzt sehr genau zuhören. Wenn Sie nach Hause kommen, werden Sie auf Ihrem Film eine hervorragende und störungsfreie Aufführung der ‚Walküre' vom Mittwochabend finden. Machen Sie damit, was Sie wollen und belästigen Sie mich nie wieder."

Sie machte eine kleine Pause und hickste.

„Weil Sie andernfalls den Rest Ihres Daseins als Küchenschabe verbringen werden. Und bei Odin, ich scherze nicht."

Es war gar keine Kirchturmglocke in einem lauschigen, spanischen Fischerdörfchen. Es war das Telefon, das er schon eine ganze Weile gehört und harmonisch in seinen Traum vom sonnenüberfluteten Urlaubsparadies integriert hatte. Douglas Fenton tastete mit der linken Hand in Richtung Nachttisch. Er warf eine Whiskyflasche um, die polternd zu Boden ging. Bushmills Black

Label. Der bescheidene Rest, der noch in der Flasche gewesen war, schien ihm heute Nacht als Schlummertrunk gedient zu haben. Weiter pirschte sich die Hand nach vorn, hin zum Telefon. Etwas Klebriges bildete eine Barriere. Hand drüber und weiter.

Da war der Hörer. Jetzt nur noch abnehmen und zurück zum Kopf ans Ohr. ‚Bloß nicht den Kopf bewegen', warnte ihn eine, äußerst besorgt klingende, innere Stimme. Dabei hatte er doch erst nach zehn mit dem Trinken begonnen und sich anfangs ewig an seinem ersten Tequila Sunrise festgehalten. Doch dann kamen die anderen Engländer in die brasilianische Bar und es begann eine wilde, verwegene Jagd durch die Getränkekarte. Cuba Libre, Caipirinha, Mescalera und wieder Tequila im Mix. Douglas versuchte sich daran zu erinnern, wie er nach Hause gekommen war und langsam viel ihm eine Taxifahrt durch halb Berlin ein. Er wusste weder wie lange ihn der Chauffeur durch die deutsche Hauptstadt spazieren gefahren hatte noch wie oft sie am Ku'damm vorbeigekommen waren oder gar, was er bezahlt hatte. Schließlich musste er es aber doch mit dem Umweg über den Kühlschrank bis in sein Bett geschafft haben.

Langsam bugsierte er den Telefonhörer über die diversen, auf dem Nachttisch versammelten Hindernisse, und legte ihn sich ans Ohr.

„Yeah?", röchelte er in die Sprechmuschel und war sofort dem Wortschwall einer fiepsenden Falsettstimme ausgesetzt. Er riss den Hörer vom Ohr und, au, er hatte den Kopf bewegt. Es war schrecklich, noch viel schrecklicher als alles, was London bewegen konnte, ihn Sonntag morgens um neun in seinem Berliner Hotelbett wach zu klingeln.

„Whitepowder", stöhnte Douglas in den Hörer. „Halten Sie Ihre Klappe und fangen Sie ganz langsam und um Himmels Willen leise von vorn an."

„Mein Gott, Fenton, wir versuchen Sie seit einem Tag zu erreichen. Wo waren Sie denn? Was ist mit Ihrem Mobiltelefon? Warum rufen Sie nicht wie vereinbart zurück?", schnatterte die Sekretärin in London wieder drauf los.

„Worum geht es?", fragte Douglas gequält. „Machen Sie es kurz, Whitepowder, ich glaube, ich muss mich gleich gepflegt übergeben."

„Sehr witzig, wirklich. Wenn ich frei habe am nächsten Wochenende, werde ich mich gebührend über diesen Scherz amüsieren", blaffte Miss Whitepowder im Londoner MI5-Headquarter.

„Fahren Sie in Richtung Halle auf der Bundesautobahn 9. An der Abfahrt Dessau Ost steht ein grüner Lieferwagen, dort erhalten Sie weiterer Instruktionen. Und, Fenton, fahren Sie *jetzt* los. Ihr Informant steht schon seit gestern Vormittag da."

Emily Whitepowder hatte grußlos aufgelegt. Douglas wäre auch kaum in der Lage gewesen zurück zu grüßen, denn sein Hals war völlig ausgetrocknet und seinen Stimmbändern nur ein schwaches Krächzen möglich. Nun hustete er rachitisch und war froh, dass ihn niemand so sehen konnte. Vorsichtig richtete er sich im Bett auf und spähte aus dem Fenster. Draußen regnete es. ‚Very british', dachte Douglas, bemerkte aber, dass nichts und niemand in seinem Körper darüber lachen wollte. Wie ein Eleve nach einem Fünfsatz-Tennismatch schlich er ins Badezimmer, vermied den Blick in den Spiegel und warf zwei Alka Seltzer in sein Zahnputzglas. Das füllte er mit Wasser auf und stürzte das Gebräu in einem Zug herunter. Er musste würgen und dachte kurzzeitig, dass er die aufgeblasene Whitepowder doch nicht belogen hatte. Doch sein Magen entschied sich freundlicherweise anders und beschloss, die ihm dargereichte, flüssige Hilfestellung grollend anzunehmen. MI-5 am Wochenende, dachte der Meisterdetektiv Fenton, das konnte unmöglich etwas Angenehmes oder leicht Auszuführendes bedeuten. Jetzt wagte er doch den Blick in den Spiegel und sah dort einen Mann in den Dreißigern mit einem rötlichen Dreitagebart und zwei, tief in ihren Höhlen liegenden, blauen Augen, die zu riefen schienen: „Lass uns ja in Ruhe und sieh uns nicht an!"

Die Lippen sahen rau und aufgesprungen aus, die längliche Nase war reichlich blass. Douglas Fenton entschied sich dafür, das ganze versammelte Elend unter die Dusche zu führen und der heilsame Wirkung des Berliner Wassers zu vertrauen.

Eine Stunde später saß ein frisch gestylter, wohl duftender Gentleman in einem grünen Ford Mondeo und rollte auf der Avus der Sachsen-Anhaltinischen Metropole Halle an der Saale entgegen. Aus den Lautsprecherboxen dröhnten auf einer solchen Fahrt normalerweise die Sixty Watt Shamans in einer Lautstärke, die vieler Leute Schmerzgrenzen überschritt. Diesmal aber sangen sie ‚Fear death by water' regelrecht im Flüsterton.

Etwa zur gleichen Zeit erwachte mitten im Harz, dem deutschesten aller deutschen Mittelgebirge in greifbarer Nähe des Brockens, der wiederum als der Vater aller deutschen Mittelgebirgsberge bezeichnet werden kann, ein bestens gelaunter, kleiner Mann. Er sprang dynamisch aus dem Doppelstockbett, was den schlichten Metallrahmen mit seiner abgeplatzten Farbe erzittern ließ. In dem kleinen Raum standen noch drei weitere Doppelstockbetten, zwei kleine, hässliche Tische mit einer Sprelacartplatte und acht Kinderstühle mit plastikverkleideten Metallbeinen und zum Teil zerbrochenen, hölzernen Sitzflächen und Lehnen.

Bis vor fünfzehn Jahren hatten hier Kinder aus der gesamten Arbeiter- und Bauernrepublik die Betten vollgepupst und fröhliche Ferienzeiten aus dem Koffer verbracht. Schränke gab es hier nicht. Ferienobjekte im Harz waren beliebt wegen der schönen landschaftlichen Umgebung und vielleicht erhaschte man ja auch mal einen Blick auf den Brocken. Der war schon im Westen, sagten die Erwachsenen. Und oben drauf saßen die Russen und spitzelten den Westen aus. Und die Amis saßen auf dem anderen, dem Wurmberg, und spionierten die Russen aus. Und wenn man Radio hörte, kam in regelmäßigen Abständen ein kurzes kratzendes Störgeräusch. Das war der Radar von den Russen, mit dem sie den sozialistischen Luftraum überwachten. Die Amis, munkelte man, hätten aber schon Bomber, die mit herkömmlichem Radar gar nicht mehr zu orten waren. Die hatten auch schon Fernrohre und anderes ‚Hei-Teck-Zeugs', mit dem sie im Dunkeln Lebewesen aufspüren konnten, nur aufgrund der Körperwärme. Aber ob das wirklich stimmte, wusste keiner so genau. Aufregend war es immerhin. Genauso aufregend wie die Tatsache, dass es an der Grenze Orte gab, die noch auf DDR-Seite lagen, aber in die man nicht hinein durfte. Und die dort wohnten, die durften nicht hinaus. Oder höchstens zwei Mal im Jahr.

Doch das alles war lange her. In den letzten Jahren der sozialistischen deutschen Republik ging es dann nicht mehr ganz so zügig voran auf dem Wege zum Kommunismus. Das ließ sich unter anderem am äußeren und inneren Zustand der Ferienbaracken hier im Hochharz erkennen, die seit über dreißig Jahren keine auch noch so kleine Erneuerung oder Ausbesserung erfahren hatten.

Für solche Betrachtungen hatte Friedhelm Fürchtegott momentan überhaupt keinen Sinn. Einerseits, weil er die schönen Ferienlager nicht von früher kannte und andererseits, weil er viel zu beschäftigt war mit seinen eigenen Gedanken, die sich um die Vorbereitung einer großen, rituellen Zeremonie drehten. Er musste sich mehrmals in die Wange kneifen, um sich zu versichern, dass er nicht träumte.

Er hatte den Hammer. Er hatte Thors Mjöllnir aus dem Museum in Nordhausen geholt. Es war ein Kinderspiel gewesen. Sie hatten nur die äußere Eingangstür öffnen müssen; innen war alles unverschlossen gewesen und der Hammer war auf dem unordentlichen Schreibtisch von Meier-Püttenhausen gelegen, als hätte er ihn dort zur Abholung bereit gelegt. Es war ein kolossaler Hammer. Im Mondlicht, das durch die Bürofenster drang, hatte er auf dem Schreibtisch gefunkelt wie ein Stern und Friedhelm hatte geglaubt, eine bedrohliche Stimme zu hören, die flüsternd gerufen hatte: „Nimm mich!"

Vermutlich war seine Fantasie mit ihm durchgegangen. Ohne Zweifel handelte es sich aber um Thors Hammer, da war sich Friedhelm hundertprozentig sicher. Jetzt gehörten die Insignien der Macht ihm. Ruhm und Ehre standen ihm bevor und hoffentlich seinem ganzen Vaterland eine bessere Ära. Endlich war seine Zeit angebrochen, Friedhelm schwelgte in siegessicherer Vorfreude. Sollte er sein Leben und Wirken für die nationale Bewegung niederschreiben? Welchen erhabenen Namen würde er dem Werk geben? Vielleicht: ‚Mein Hammer'? Oder war das einen Schuss zu pathetisch? Nun, darüber konnte er sich später noch Gedanken machen, im Moment galt es erst einmal, seine Getreuen und die anderen wertvollen Volksgenossen um sich zu scharen und die frohe Kunde zu verbreiten.

Friedhelm ging in den Gemeinschaftswaschraum mit den kleinen, niedrig angebrachten Waschbecken und spritzte sich eine Handvoll kaltes Wasser ins Gesicht. Die Spiegel waren genau auf seiner Augenhöhe angebracht, das liebte er an diesem Quartier im Harz. Es war irgendwie alles nicht so überdimensioniert. Andere Männer hätten den Raum für ein Kinderbadezimmer gehalten, aber für Friedhelm war es perfekt. Mit der rechten Hand fuhr er sich kurz über seinen Bürstenhaarschnitt und schon standen die Stoppeln ordentlich auf dem Schädel. Das musste genügen. Wo waren eigentlich seine beiden Helfer? Sicherlich hatten sie in der Nacht noch die Palette Büchsenbier niedergemacht, die er ihnen nach dem superleichten Bruch als Belohnung in der Tankstelle gekauft hatte. Aber sollten sie ruhig ihren Rausch ausschlafen, er war ohnehin beschäftigt. In der nächsten Woche würde dieses alte Lager wieder zu neuem

Leben erwachen und ein frischer Geist einziehen. ‚Die grundlegende Erneuerung Deutschlands wird beginnen und sie nimmt ihren Ausgangspunkt hier im wunderschönen, sagenumwobenen Harz', dachte er. Sanft streichelte er über den mächtigen Hammerkopf, der auf einer der durchgelegenen Matratzen in seinem Zimmer lag. Ein Lächeln umspielte sein vernarbtes Gesicht.

Thor war ebenfalls sehr gut gelaunt. Er hatte die bezeichnete Straße und die richtige Hausnummer gefunden und war hoch erfreut, dass es das gleiche Haus war, in dem Alfred wohnte, sein potentieller Nachfolger in der Barbarossa-Höhle. Es war ein warmer und sonniger Morgen, wenngleich von Norden, vom Harz her, drohende, dunkle Wolken heranzogen. Der Donnergott empfand es als einen Schicksalswink, dass Alfred und diese Sabrina Donath im selben Haus wohnten. Die Asen hatten ihn also doch nicht vergessen. Thor spürte innerlich, dass alles wieder gut würde, er seinen Hammer zurückbekommen würde und im Triumphmarsch in Walhalla einziehen könnte. Sein Vater bemühte sich ausgesprochen aktiv um den glücklichen Ausgang der Affäre und das gab Thor zusätzlichen Auftrieb. Freya, seine allerliebste Mitgöttin, war schon unterwegs und würde ihn hier bei der Redakteurin treffen. Die sagte ihnen schnell noch, wo sie den Hammer aufbewahrte und er würde ihn holen gehen und alles wäre wieder in göttlicher Ordnung.

Thor betrat die Stufen zu dem schmucken Mehrfamilienhaus in der Oberstadt und betätigte den Klingelknopf. Freilich hätte er die Tür auch selbst aufbekommen, doch Odin hatte ihm noch einmal eingeschärft, möglichst kein Aufsehen zu erregen und sein kämpferisches Temperament im Zaume zu halten. Der Gott, der sich als der nette junge Mann von nebenan ausgab, wartete vor der Tür auf eine Reaktion. Er wusste, dass er sich sehr klug getarnt hatte. Thor war jetzt ein Typ, wie ihn sich alle Mütter zum Schwiegersohn wünschten. Dachte er zumindest. Er war in eine braune Lederhose mit einem schwarzen Gürtel, der eine breite Schnalle besaß, geschlüpft. Auf der Schnalle stand ‚Harley Davidson' und ein kriegerisch dreinblickender Steinadler breitete seine Schwingen majestätisch hinter dem Schriftzug aus. Er schien sich in die Höhen nach Asgard zu erheben. Das gefiel Thor gut, so wie er überhaupt einige Sachen hier unten in Midgard mochte. Seinen athletischen Oberkörper bedeckte recht spärlich ein ärmelloses Muskelshirt, das sehr kurz war. Wenn er so durch die Straßen lief, konnten seine Betrachter den durchtrainierten Waschbrettbauch sehen. Das wusste Thor – und das wollte er auch so. Seinen roten Bart hatte er ordentlich gekämmt und geflochten. Er reichte ihm fast bis auf die Brust. Die Haupthaare hatte er zu einem strengen Zopf geflochten, der ihm nun auf dem Rücken hin und her baumelte.

„Ja, was 's' denn los?", plärrte eine blecherne Stimme durch die Wechselsprechanlage.

„Ich bin es", donnerte Thor in volltönendem Bass in den kleinen Sprechschlitz.

„Was wollen Sie denn heute schon hier?", winselte Alfred. „Sie wollten doch erst am Montag wiederkommen."

„Hab es mir anders überlegt", rief der Gott fröhlich gegen die Hauswand, sodass die ganze Straße bequem zuhören konnte. „Nun mach schon auf, mein Junge."

Alfred drückte schnell auf den Knopf neben seinem Sprechgerät und öffnete die Wohnungstür. Er war noch nicht richtig aufgestanden und hasste es, wenn er sonntags am Vormittag gestört wurde. Der Sonntag war ihm heilig und Heiligtümer genoss er am liebsten allein. Thor polterte die Treppe hinauf, nahm immer gleich zwei Stufen und stand schon wenig später vor Alfred.

„Willst du mich nicht hereinbitten?", fragte er aufgeräumt. ‚Wieso ist der Kerl so gut drauf mitten in der Nacht', fragte sich Alfred verzweifelt und trat zur Seite. Sie gingen ins Wohnzimmer, wo es sich Thor im einzigen Sessel gemütlich machte.

„Ich wollte mich erkundigen, ob du inzwischen von der Ernsthaftigkeit meines Angebotes überzeugt bist?"

Da Alfred keine Anstalten traf eine Antwort zu geben, fuhr Thor ausgelassen fort: „Ich könnte dir ja noch einige Beweise meiner göttlichen Fähigkeiten demonstrieren oder vielleicht hier in deinem ärmlichen Haushalt etwas zum Besseren verändern. Vielleicht sollten wir einen schönen Kamin in dieser Ecke da einfügen, was meinst du?"

„Bloß nicht!", jammerte Alfred los. „Mir reicht es noch vom letzten Mal. Meine Warwara ist immer noch ganz verstört und zischt manchmal so komisch, was sie vorher nie getan hat."

„Wer ist Warwara?", wollte Thor wissen.

„Mein Meerschwein", erklärte Alfred.

„Ach so", rief der Donnergott plötzlich verstehend.

„Und die Kaffeekanne, die Sie in einen Federhelm verwandelt haben, ist völlig undicht geworden. Die konnte ich nur noch wegschmeißen", fuhr Alfred fort. Thor blickte den jungen Mann unverwandt an, als ginge ihn das nichts an.

„Der Fernseher spinnt auch rum, seitdem Sie mir Ihr komisches Astwerk darin gezeigt haben."

„Asgard, es heißt Asgard", belehrte Thor seinen Gastgeber.

„Die Programmplätze sind total durcheinander geraten und ich suche ewig rum, wenn ich mal was sehen will", fuhr Alfred unbeirrt fort.

„Und was heißt hier ‚komisches Asgard'?", grollte der Gott. „Es ist alles wahr, was ich dir gezeigt habe. Auch die Walküren. Und die haben dir doch gefallen, wenn ich mich recht erinnere", lockte er den verschlafenen, jungen Mann.

„Ja, schon", druckste Alfred. „Aber ich brauche Zeit für die Entscheidung. Ich weiß einfach noch nicht, ob ich mich in dreihundert Jahren wieder zurechtfinde auf der Welt und wie dann hier alle drauf sein werden." Alfred seufzte resigniert.

„ Ich meine, es ist ja heute schon eine Katastrophe, wenn man zwei Wochen im Urlaub war und wieder zurückkommt und all so was. Ach, ich weiß doch auch nicht. Lassen Sie uns morgen darüber reden, wenn ich ausgeschlafen habe, okay?"

Alfred war aufgestanden und hoffte, sein geheimnisvoller Gast würde seinem Beispiel folgen und ihn dann endlich in Ruhe lassen. Thor verstand die Signale sehr wohl, die ihm da mit großer Deutlichkeit gesendet wurden, aber er blieb seelenruhig in seinem Sessel sitzen.

„Sag mal, Alfred, kennst du diese Sabrina Donath, die hier in deinem Haus wohnt?"

Alfred sah verblüfft aus.

„Sabrina? Ja, wieso?", erkundigte er sich neugierig geworden.

„Nun, ich muss sie etwas fragen und ich befürchte, sie wird mich für einen Spinner halten und dann müsste ich ihr womöglich weh tun damit sie redet. Und weil ich das nicht will, könntest du doch vermitteln", grinste er so verschmitzt, als wäre Alfred sein langjähriger Komplize bei illegalen Waffenhandelsgeschäften.

„Ich verstehe", sagte Alfred und seine Körpersprache drückte das genaue Gegenteil aus.

„Warten Sie hier, ich zieh mich nur schnell an und dann gehen wir zu ihr hoch."

„Ist mir recht", brüllte Thor und griff sich ein farbiges Magazin vom Couchtisch. Alfred ging in den Flur und nahm sich im Vorbeigehen das Telefon von der Kommode mit. In seinem Schlafzimmer wählte er Sabrinas Nummer.

„Hey, ich bin's, Alfred", flüsterte er in den Hörer. „Ich komme jetzt gleich zu dir rauf und bringe den Donnergott mit."

„Hast du schon wieder getrunken?", wollte Sabrina wissen. „Warum flüsterst du so?"

„Wegen Thor, er sitzt im Wohnzimmer und wartet auf mich", antwortete Alfred.

„Du spinnst ja!", sagte Sabrina.

„Ich wünschte, du hättest recht", sagte Alfred frustriert.

Fünf Minuten später saß Thor in Sabrinas Sessel und stellte fest, dass er wesentlich bequemer als Alfreds war.

„Kurz und gut", hub er an. „Ich weiß, dass es Ihnen schwer fallen muss mir zu glauben, mein Fräulein, aber es ist die lautere Wahrheit. Wie all die anderen Menschen, die hier wohnen, glaubten sicherlich auch Sie, es gäbe Asgard gar nicht oder bestenfalls: Es wäre ein öder Ort über dem die Geier kreisten und Walhalla läge voller Skelette von toten Göttern. Nun, dem ist nicht so, wie Sie sehen können. Ich bin gern bereit, Ihnen die Wahrheit meiner Worte durch Taten zu beweisen."

„Das musst du verhindern Sabrina, der demoliert dir deine ganze Einrichtung", rief Alfred schnell dazwischen, ehe Thor weitersprechen konnte.

„Mir geht es nur um eines", fuhr der Gott fort und bedachte Alfred mit einem strafenden Blick. „Ich will meinen Hammer Mjöllnir wiederhaben." Sabrina musste an das Ding denken, dass sie im Museum abgegeben hatte und fragte misstrauisch: „Wie sieht der aus? Bitte beschreiben Sie ihn mir, so gut es geht."

Und der Mann, der sich Thor nannte, konnte ihn wirklich sehr gut beschreiben. Der verrückte Fremde, der aussah wie ein Rocker und sich für einen germanischen Gott hielt, beschrieb Sabrina in allen Einzelteilen die Axt, die sie im Kyffhäusergebirge gefunden hatte. Dann erzählte er den beiden eine wilde Geschichte von der Macht des Hammers und warum er ihn unbedingt wieder brauchte.

„Sehen Sie, es ist doch so: Wenn Sie irgendjemandem erzählen wollten oder gar in Ihrer Zeitung schrieben, Sie hätten einen germanischen Gott getroffen, dann wäre das doch eine Erste-Klasse-Eintrittskarte in die nächste Irrenanstalt", argumentierte Thor ganz ruhig. „Also können Sie mir doch genauso gut helfen, oder?"

„Na klar", dachte Sabrina. „Oder ich rufe die Polizei." Entweder war dieser Biker irre oder er war in einer Kunsträuberbande aktiv. Wahrscheinlich sogar beides. Und vermutlich vertickte er auch noch Drogen, die bei Alfred eine verheerende Wirkung zeigten. Stattdessen sagte sie: „Und wer sagt mir, dass die Axt nicht gestohlen und ein Kunstgegenstand von unermesslichem Wert ist?"

„Niemand", fiel Thor ein. „Weil es genauso ist. Sie ist gestohlen, sie ist ein Kunstgegenstand und sie ist von unermesslichem Wert. Genau das sage ich doch die ganze Zeit. Nur dass es keine ‚sie' ist, sondern ein ‚er', nämlich ein Hamm-er."

Alle drei schwiegen und grübelten vor sich hin.

„Wenn Mjöllnir in die falschen Hände gerät, kommt es zum Ragnarök", sagte Thor reichlich fatalistisch.

„Wozu kommt es?", fragte Alfred dazwischen.

„Es kann in einer großen Katastrophe enden, die das Ende von Menschen und Göttern besiegelt. Riesen und Dämonen lauern seit vielen tausend Jahren auf die Chance, über uns herzufallen. Deshalb versammelt mein Vater Odin ja auch seit vielen Generationen Helden und Könige in Walhalla. Damit wir vorbereitet sind, wenn das Ragnarök naht. Wir hofften nur inständig, dass es nicht so schnell geschähe. Leider haben wir jetzt nicht die Zeit, dass ich euch die ganze Weltengeschichte erläutere. Nur so viel: Es kommt zu einer Katastrophe. Und wenn ich sage Katastrophe, dann meine ich Katastrophe. Immerhin sind wir Götter die Erfinder von Katastrophen", drohte Thor.

„Also gut", sagte Sabrina. „Ich bringe Sie zu der..., ich meine zu dem Hammer. Gleich morgen früh." Sie musste Zeit gewinnen und diesen Wahnsinnigen aus ihrer Wohnung komplimentieren, ehe der anfing, Amok zu laufen.

„Das ist schön", sagte Thor. „Nur werden wir nicht so lange warten können. Wir gehen noch heute zu dem Platz."

„Das ist unmöglich", antwortete Sabrina, „Der Hammer liegt im Museum und das ist heute geschlossen."

„Was, am Sonntag?", fragte der Gott mistrauisch.

„Ja, äh, wegen Personalmangel", versuchte Sabrina zu erklären.

„Unter der Woche wird das Museum vom Direktor Dr. Meier-Püttenhausen geleitet, aber am Sonntag hat der frei, so viel ich weiß."

„Wir werden trotzdem hingehen", widersprach der Gott vergnügt und schlug leger die Beine übereinander. Er machte keine Anstalten sich zu bewegen. Sabrina und Alfred wechselten einen hilfesuchenden Blick.

Es klingelte an der Tür.

„Oh, das wird Freya sein", freute sich Thor.

Lothar Lehmann konnte nicht mehr. Und er wollte auch nicht mehr. Die ganze Welt hatte sich gegen ihn verschworen. Nach den Ausländern, die Engländer oder Amerikaner gewesen sein mussten und ihn wenigstens anfänglich noch freundlich behandelt hatten, kamen diese Nazitypen. Als die dann endlich aus der Wohnung waren, klingelte es schon wieder und zwei südländische Typen warfen ihn brutal wie einen Pingpongball durch seine Wohnung. Die fragten schon gar nicht mehr nach der Frau, sondern wollten nur noch wissen, was er über den Hammer wusste. Lothar Lehmann hatte keine Ahnung, was die alle von ihm wollten. Und Frieda Lusan war verschwunden nach ihrem Auftritt im Stadttheater, an dessen Anfang seine Demütigung stand. Die halbe Nacht hatte er auf dem Polizeirevier verbracht und dann kamen die Besucher, hübsch der Reihe nach, wie Patronen in eine Revolvertrommel geschoben werden. Wer nun die letzten waren, vermochte er beim besten Willen nicht zu sagen. Es konnten Araber gewesen sein. Sie blickten so finster aus ihren dunklen Augen. Oder vielleicht waren es Israelis, die sollten ja auch so einen vitalen und unternehmungslustigen Geheimdienst haben. Was könnte nur dran sein an dem Hammer, hinter dem alle her waren? Und als ob all diese Sorgen und der Spott von solchen Typen wie Kindler nicht schon ausreichten, verhielt sich auch Wotan, sein Hund, in letzter Zeit so komisch. Er war immer der einzige gewesen, der zu Lothar Lehmann hielt und sich freute, wenn er ihn sah. Nun saß er apathisch unter dem Sofa und neuerdings war er auch nicht mehr stubenrein. ‚Womit habe ich das nur verdient', bemitleidete sich Lehmann selbst und überlegte, ob er seine stark schmerzende Schulter nicht einem Arzt zeigen müsste. Aber es war Sonntagnachmittag und er beschloss, es sich lieber vor dem Fernseher gemütlich zu machen und nicht mehrere Stunden in der Notaufnahme des Krankenhauses zu verbringen, um dann zu erfahren, dass er morgen wieder kommen sollte. Wotan schien eingeschlafen zu sein und er humpelte in die Küche um nach den Kühlschrankvorräten zu schauen, als er fast mit einem Mann im Flur zusammengestoßen wäre.

„Oh, sorry", sagte Douglas Fenton und schickte Lehmann mit einem gezielten Faustschlag ins Traumland. Aber irgendwo musste er schließlich mit seinen Recherchen anfangen. Dieser dicke Typ war also der Begleiter der Frau, die sich im Theater den falschen Hammer geklaut und für diese ganzen Aufregungen gesorgt hatte. Sehr ungewöhnlich war allerdings die Tatsache, dass sie auf Fotos und einem Videoband nicht auftauchte, obwohl sie es nach allen bisher bekannten und gültigen optischen Gesetzen hätte tun müssen. Das war auch für seinen Auftraggeber der auslösende Moment gewesen, in diese Geschichte hier einzusteigen. Douglas sollte erst die Frau finden und dann den Hammer. Was von beiden unbrauchbar war, sollte er eliminieren und das Nützliche erst einmal nach Berlin ins Secret Service Office bringen. Über diesen Lehmann wollte er erste Kontakte knüpfen. Leider lag der nun bewusstlos auf dem Boden. ‚Okay, dann wollen wir mal', dachte Douglas Fenton und wollte sich gerade daran machen, seinen Gastgeber wieder zu beleben, als es an der Eingangstür rumorte. Offensichtlich wollte jemand, ohne anzuklopfen oder länger auf eine freundliche Einladung zu warten, dem armen Lehmann seine Aufwartung machen. Douglas Fenton schätzte diese Entwicklung als eine hervorragende Chance ein herauszufinden, wie andere über seinen Fall dachten. Er musste sich nur hier irgendwo verstecken. In der Eile blieb ihm nichts übrig als ein Hechtsprung unter die hochbeinige Couch im Wohnzimmer. ‚Sehr professionell', überlegte er sarkastisch. ‚Hier habe ich ja tolle Fluchtmöglichkeiten.' Zu allem Überfluss lag jetzt auch noch ein Hund neben ihm. Wotan schnupperte kurz an Fentons Jackettärmel und wandte sich enttäuscht wieder von dem Eindringling ab.

Die Wohnungstür war inzwischen geöffnet worden und Douglas hörte eine Frauenstimme leise wispern: „Ich bitte Sie eindringlich, lassen Sie uns wieder gehen. Wir können doch nicht binnen einer Stunde zwei Einbrüche begehen."

„Können wir doch", knurrte eine sehr tiefe Männerstimme und fügte an: „Hören Sie endlich auf, herumzujammern. Ich kann doch nichts dafür, dass wir im Museum nicht gefunden haben, was ich brauche."

„Ja, aber das ist noch lange kein Grund..." Sabrina unterbrach ihre Entrüstung und schrie plötzlich schrill: „Um Gottes willen, was ist denn hier passiert!" Sie kniete sich zu Lehmann hinunter und fühlte seinen Puls. „Er ist nur ohnmächtig, Gott sei Dank!"

„Welchem?" fragte Thor, erhielt aber als Antwort nur einen bitterböse funkelnden Blick aus leuchtend grünen Augen.

„Wir müssen ihn hochlegen", sagte Sabrina. Gemeinsam mit Alfred bemühte sie sich, den schweren Lehmann anzuheben. „Können Sie uns nicht helfen und mit anfassen?", fragte Sabrina verärgert. „Sie wollen uns doch durch Ihr Outfit glauben machen, dass Sie ein superstarker Bursche sind."

„Nein, ich glaube, er würde es nicht wollen, von mir angefasst zu werden", ging Thor auf ihre Provokation nicht ein und blickte sich interessiert in Lehmanns Wohnstube um. Sabrina und Alfred schleppten den leblosen Körper zum Sofa und ließen ihn darauf krachen. Jaulend sprang Wotan aus seinem Versteck heraus und flüchtete Richtung Küche.

„Huch!", entfuhr es Sabrina. „Was war denn das?"

„Nur ein räudiger Köter", beschwichtigte Thor. „Keine Panik."

‚Don't panic', dachte auch Douglas unter dem Sofa, aus dem eine Sprungfeder geschnipst war und sich um ein Haar in seinen Hals gebohrt hätte. Der Jackettkragen hatte glücklicherweise den Aufprall abgefangen und für Douglas Fenton etwas gedämpft.

„Wir brauchen Wasser", meinte Alfred mit selbstsicherer Bestimmtheit. „In Filmen gießen sie ihnen immer Wasser ins Gesicht."

„Oder du gibst ihm einen kleinen Klaps auf die Wangen. Aber nur einen kleinen", schlug Thor jetzt vor.

Während die beiden Männer debattierten, hatte Sabrina den leblosen Körper schon heftig gerüttelt und wenig später schlug Lehmann die Augen auf. Und machte sie sofort wieder zu.

„Wer sind Sie denn und was wollen Sie noch von mir? Ich habe doch allen schon alles gesagt, was ich weiß. Ich will nicht mehr", jammerte er.

„Bitte lassen Sie mich doch in Ruhe, das kann doch nicht ewig so weitergehen. Es können doch nicht alle immer nur auf mir herumhauen wie auf einem Punchingball, ich bin doch schon grün und blau", fuhr er fort.

„Aber wir haben Ihnen doch gar nichts getan", beruhigte ihn Sabrina. „Sie sind bewusstlos gewesen und wir haben Sie nur hier auf die Couch gelegt."

„Ach ja, ich kann mich nicht erinnern, Sie darum gebeten zu haben. Vielleicht wäre es ja nicht nötig gewesen, mich im Flur erst niederzuschlagen?", ereiferte sich Lothar Lehmann und rieb sich das gerötete Kinn.

„Wir haben Sie doch nicht niedergeschlagen", mischte sich jetzt Alfred ein. Lothar Lehmann bedachte ihn mit einem Blick, der auszudrücken schien, dass er es hier entweder mit schizophrenen Schlägern oder verlogenen Alzheimerpatienten zu tun hatte. Oder mit einer Mischung aus beidem.

„Dann habe ich mir vermutlich selbst einen Kinnhaken versetzt", schlussfolgerte Lehmann.

„Ich habe mit mir gekämpft und offenbar bin ich dabei k.o. gegangen. Das bedeutet, ich bin R.S.C.-Sieger. Mir ist leider entfallen, in welcher Runde ich war, als ich mit diesem Superschlag die Entscheidung herbeiführte."

„Schluss jetzt mit dem Unsinn!", donnerte Thor.

„Lasst uns zur Sache kommen. Wo hast du den Hammer versteckt, du Unseliger?"

„Ich dachte mir, dass Sie früher oder später auf diesen dreimal verfluchten Hammer zu sprechen kommen würden," erwiderte Lehmann, der sich fragte, wann dieser Albtraum eine Ende finden würde. „Nachdem ich es jetzt schon mehreren, an diesem Ding interessierten Herrschaften erläutert habe, will ich bei Ihnen keine Ausnahme machen. Ich nehme an, anderenfalls drohen Sie mir mit Gewaltanwendung?"

„Du bist ein schlaues Kerlchen", sagte Thor ruhig. „Und nun komm auf den Punkt!"

„Der Punkt ist der", sagte Lehmann und machte eine Pause, „dass ich keinen blassen Schimmer habe, wo sich dieser Scheißhammer befindet."

„Werd nicht frech, Lehnsmann, und beleidige meinen Hammer nicht", fauchte der Gott und ging drohend auf Lehmann zu.

„Eine Berührung von mir genügt und du läufst den Rest deines Lebens sabbernd und Unfug erzählend herum."

Lothar Lehmann horchte auf. Der große Verrückte hatte ihn Lehnsmann genannt. Wo hatte er das vor kurzer Zeit gehört? Sein Gedächtnis arbeitete, als gälte es, einen neuen Atomwaffensperrvertrag aufzusetzen. Und dann fiel es ihm ein: Die genauso gut aussehende wie geistig verwirrte Frau, diese Frieda Lusan, hatte ihn auch so genannt: Lehnsmann. Komisch aufgeführt hatte sie sich schon vor ihrem Ausraster im Theater, genau wie der Hüne hier. Sicher steckten sie unter einer Decke. Vielleicht waren sie von einem geheimen Orden, mutmaßte er. Irgendwelche religiösen Eiferer. Oder Terroristen. In dem Hammer ist vielleicht spaltbares Material versteckt, mit dem sie schmutzige Atombomben basteln wollen. Oder sie sind Götter, die aus Walhalla herabgestiegen sind. Dieser letzte Gedanke erheiterte ihn und er konnte trotz seiner fatalen Situation ein Grinsen nicht unterdrücken.

„Was gibt es denn da zu feixen?!", brüllte der Rothaarige mit dem Zopf im Bart. „Ich meine es sehr ernst." „Entschuldigen Sie", beeilte sich Lehmann, der nun plötzlich angestrengt bemüht war, den Zorn des bärenstark wirkenden Mannes zu besänftigen. Prügel hatte er wahrlich genug bekommen in der letzten Zeit, da musste er nicht um Extraschläge von diesem Bodybuilder betteln. „Ich weiß nichts von dem Hammer, aber ich will Ihnen auf all Ihre Fragen nach bestem Wissen und Gewissen antworten".

„Herr Lehmann", begann Sabrina, „wir wollen Ihnen wirklich nichts tun. Den Hammer, um den es hier geht, habe ich vor wenigen Tagen erst bekommen und im Museum abgegeben. Dort ist er inzwischen gestohlen worden, wie wir soeben erfuhren. Können Sie sich vorstellen, wer versucht haben könnte, den Hammer in seine Gewalt zu bringen?", fragte sie.

Lehmann schöpfte wieder Hoffnung, einen Großteil seines Gebisses behalten zu können und dachte verzweifelt nach. Es war ihm vermutlich kaum bewusst, dass er gleich laut dachte, damit es alle hören konnten: „Da kommen ja nun leider mehrere Fraktionen in Frage. Da ist zuerst diese Frau, diese Frieda Lusan, die schien ein riesiges Interesse am Theater zu haben und plötzlich..."

„Diese Person können wir ausklammern", unterbrach ihn Thor. „Wer sind die anderen Fraktionen?"

„Erst waren zwei sehr distinguiert wirkende Herren hier, die mich fast erwürgten und dann gegen den Schrank warfen. Ich vermute Engländer oder Amerikaner, die hatten nämlich so einen Akzent wie die Mormonen, die seit Jahren in unserer Stadt unterwegs sind. Und dann kamen die Neonazis, drei

Kerle, von denen ich den eigentlich Wichtigen nicht sehen konnte, weil er immer in meinem Rücken stand. Die anderen beiden hatten Masken auf, aber auch ohne Masken würde ich sie aus einem Haufen von denen nicht heraushalten können. Die sehen ja alle gleich aus, diese Glatzen", berichtete Lothar Lehmann weiter.

Thor wurde ungeduldig und fragte dazwischen: „Und die haben nach der Frau gefragt?"

„Anfänglich ja", sagte Lehmann. „Später aber fragte der Kerl mit so einer knarrenden Stimme auch nach dem Hammer."

„Ich habe ihnen in meiner Angst meine Mitarbeit zugesagt und er sagte, er würde mir eine SMS schicken, wenn er mich braucht."

Lehmann machte eine kleine Pause.

„Woher wussten die von dem Hammer?", wollte Alfred wissen.

„Es stand in der Zeitung", erklärte Sabrina. „Und weil es eine DPA-Meldung war, hat sie möglicherweise in sehr vielen verschiedenen Zeitungen gestanden. Wer weiß, wer das noch alles gelesen und sich auf den Weg nach Nordhausen gemacht hat?"

Unterm Sofa war ein höchst aufmerksamer Douglas Fenton ebenfalls angestrengt bemüht, diese Frage für sich zufriedenstellend zu beantworten.

„Gut!", schnitt ihr Thor das Wort ab und wandte sich wieder Lehmann zu: „Wer war noch da?"

„Zwei irgendwie südländische Typen, vielleicht Araber", antwortete Lehmann mutmaßend. „Es können aber auch Israelis gewesen sein oder Schweden, die sich als Mauretanier verkleidet haben oder was weiß ich. Sie sprachen jedenfalls auch kein besonders gebrochenes Deutsch und waren reichlich brutal. Ich glaube, die haben mir die meisten blauen Flecke zugefügt."

„Was wollten die wissen?", schnappte Thor, dem das ausschweifende Erzählen Lehmanns langsam auf die Nerven ging.

„Das gleiche wie die anderen. Wer die Frau ist und wo ich den Hammer versteckt habe. Wer ist übrigens die Frau?", interessierte sich Lehmann.

Thor seufzte: „Ich könnte dir sonst etwas erzählen und du würdest es mir ja doch nicht glauben. Die Wahrheit ist aber, dass sie die Göttin Freya ist. Oder Freija oder Frowe, wie ihr Menschen sie früher genannt habt. Sie ist eine Wanin, im Gegensatz zu mir, der ich aus dem Geschlecht der Asen stamme. Freya ist die Tochter Njörds, des Stammvaters der Wanen. Sie ist eine

Fruchtbarkeitsgöttin und eine Kriegsgöttin, wovon ihr euch ja schon überzeugen konntet. Sie ist auch die Göttin der Liebenden und vor allem der jungen Frauen. Deshalb versteht sie sich auf Anhieb so gut mit Ihnen, Sabrina." Verständnisloses Schweigen quittierte seine Worte. Thor blickte von einem zum anderen und ergänzte: „Sie ist eine große Expertin im Seidh-Zauber. Sie besitzt einen Wagen, der von Katzen gezogen wird. Und das sagt ja wohl alles, denn wer von euch hat je eine Katze gesehen, die einer geregelten Arbeit nachgeht oder auch nur ein brauchbares Dressurstück ausführen kann. Bei Freya spuren sie wie bei uns anderen die Hunde."

„Und wer sind Sie, ich meine, seid Ihr?", krächzte der völlig überwältigte Lehmann.

„Ich bin Thor, der Sohn Odins, der Donnergott", sagte Thor etwas kokett.

„Ach so", quietschte es aus Lehmann heraus und er dachte: ‚Erst hauen sie mich um, wie die Blechdosen in einem Rummelstand und jetzt versuchen sie, meinen armen Geist mit unglaublichen Lügengeschichten zu zerstören.'

„Ich glaube, ich drehe durch", hauchte Lothar Lehmann und wandte sein schweißüberströmtes Gesicht hilfesuchend zu Sabrina. Die sah reichlich genervt aus, so als wäre sie von einem vollbesetzten Ausflugsdampfer auf einem Berggipfel überholt worden.

„Ich kann Ihnen gern einige kleine Proben meiner göttlichen Fähigkeiten vorführen", bot sich Thor an.

„Verzichten Sie unbedingt auf dieses Vergnügen, Herr Lehmann", warnte Alfred den gepeinigten kleinen Mann, der nicht mehr weit von einem ernsten physischen und psychischen Kollaps entfernt war.

„Warum?", krähte Lehmann angsterfüllt und schien die letzten Repliken überhaupt nicht verstanden zu haben.

„So, nun bin ich wieder mit Fragen dran", schaltete sich Thor wieder ein. „Diese Südländer, haben sie sonst noch etwas gesagt, was von Interesse gewesen wäre?"

Lehmann schüttelte den Kopf.

„Und dann?"

Thor war ungeduldig.

„Weiter, Mann. Lass dir nicht jedes Wort einzeln entreißen."

„Nichts weiter", sagte Lehmann. „So lange bis ihr kamt und mir einen Kinnhaken verpasst habt."

„Wir haben Ihnen keinen Kinnhaken verpasst", versicherte Alfred Lehmann.

„Dann ist wahrscheinlich noch ein anderer Gangster da", sagte der Hausherr und stutzte verschreckt. „Äh, ich wollte sagen, ähem, also..."

Kalter Schweiß war ihm blitzschnell auf die Stirn getreten, als er seine Fauxpas bemerkte.

„Da ist dann überhaupt nur ein einziger Gangster in meiner Wohnung", beeilte er sich zu sagen, als er Thors Blick spürte und sah, wie der Recke demonstrativ die Luft durch die Nase einsog.

„Vermutlich liegt er unter dem Sofa und belauscht uns die ganze Zeit schon."

‚Das muss doch jetzt nicht sein', dachte Douglas Fenton unter der Couch. Bisher war es hier so informativ gewesen, dass er wenigstens einen Tag unsicheren Herumfragens einsparen konnte.

„Rede kein wirres Zeug", schnauzte Thor Lothar Lehmann an.

„Wer von denen kommt nun als Hammerdieb in Frage? Dieser holzköpfige Museumswärter hatte keine Ahnung, wer bei ihm eingebrochen war", sinnierte er vor sich hin.

„Es war der Direktor, mit dem wir telefonierten", korrigierte Sabrina.

„Das ändert nichts an der Sachlage", knurrte Thor und plötzlich hellte sich seine Miene auf.

„Lehnsmann", brüllte er. „Als dieser Nazi dir sagte, er würde dir ein Was-weiß-ich-wie-das-heißt schicken, habt ihr da eure Telefonnummern ausgetauscht?"

„Nein", sagte Lehmann.

„Aber halt, da fällt mir etwas ein", strahlte er plötzlich. „Er hat den anderen aufgetragen, alle Kameraden in Nordhausen zu mobilisieren. Darauf hat der eine gesagt, das wäre kein Problem, die hingen immer alle im Brettel-Fritz am Billardtisch rum."

„Häh?", wunderte sich Thor und Alfred beeilte sich zu erklären: „Eine Kneipe hier in der Stadt, nicht weit entfernt vom Theater."

„Na, das ist doch mal was", sagte Sabrina.

„Ich schlage vor, dort greifen Sie sich einen von den Helden und kriegen aus ihm raus, wo deren Anführer wohnt oder wenigstens seine Telefonnummer. Dann können Sie ja Ihre Götternummer abziehen", wandte sie sich an Thor.

„Was meinen Sie mit Nummer abziehen, Sabrina?", fragte er drohend und die Journalistin verzichtete auf eine Antwort.

„Sie können jetzt mit Alfred nach Hause gehen", ordnete der Gott sichtlich angefressen an. „Den Rest erledige ich selbst."

Und zu Lehmann gewandt schrie er warnend: „Ihnen empfehle ich, dieses Gespräch heute Abend zu vergessen und nicht in der Weltgeschichte herum zu posaunen. Es würde Ihnen ja doch niemand glauben."

Er setzte eine grimmige Miene auf und fügte drohend hinzu: „Aber ich würde es erfahren."

„Ich habe schon jetzt das meiste vergessen", hauchte der von den letzten Stunden schwer gezeichnete Lehmann.

„Dann wird alles gut!", rief der germanische Gott mit seiner besten Donnerstimme. Im gleichen Augenblick stolzierte der als Motorradfreak verkleidete Thor gemessenen Schrittes aus der Wohnung und ließ alle stehen, als wären sie Luft.

‚So ein arroganter Fatzke', dachte Sabrina und sagte, als sie die Tür ins Schloss fallen hörte: „So ein arroganter Fatzke!"

Kurz darauf war Lothar Lehmann wieder alleine. Er ließ sich auf die Couch plumpsen, die heute nicht so federte wie sonst, und er pustete viel Luft aus. Er suchte die Fernbedienung für den Fernseher und fand sie nicht. Lothar Lehmann schaute sich suchend im Zimmer um und sagte dann halblaut: „Wotan, du Früchtchen."

Er beugte sich keuchend vor Anstrengung nach unten, um unter dem Sofa nachzusehen. ‚Boing', hatte er eine geballte Faust im Gesicht und führte seinen vorhin unterbrochenen Knockout-Schlaf fort.

Douglas Fenton schob sich unter dem Liegemöbel hervor und stand auf. Er hielt sich die Schulter und sagte: „Tut mir leid, old fellow, nimm es nicht persönlich."

„Ich habe es doch nicht persönlich gemeint", bettelte Magni um Beachtung.
„Du bist doch mein Bruder. Modi! Du kannst doch nicht tagelang einfach nicht mit mir reden. Das geht doch nicht. Noch dazu in so einer Zeit."

Magni machte eine Pause und hoffte auf eine Reaktion. Doch Modi war unbarmherzig.

„Immerhin sind wir fast am richtigen Ort. Vielleicht versuchst du es einfach noch einmal mit deinen Berechnungen. Ich werde auch nichts sagen, wenn wir das nächste Mal auf römische Legionäre stoßen sollten."

Wieder keine Reaktion. Magni war der Verzweiflung nahe. Früh aufstehen und schweigen. Den ganzen Tag durch den Wald laufen, sich vor den Menschen verstecken und schweigen. Abends auf den Sternenhimmel warten und schweigen. Und der verdammte Sternenhimmel kam nicht. Es war dauernd bewölkt, ja oft regnete es die ganze Nacht. Ihre Vorfahren ließen sie im Stich und weder ihr Vater Thor, noch ihr Großvater Odin waren zu erreichen. Odin, der Große, würde außerdem fürchterlich wütend auf sie sein, wenn sie es nicht schafften, in der richtigen Zeit anzukommen. Modi hatte gesagt, sie könnten keinen Steinkreis mehr bauen, sonst bestünde die Gefahr, dass der Faden der Zeit reiße. Wenn das geschehen würde, dann würde die ganze Welt ins Chaos gestürzt und die Existenz Asgards, des Göttersitzes, wäre genauso gefährdet wie das Bestehen Midgards, der Menschenwelt. Modi meinte, wenn ein Steinkreis aus Versehen dahin gebaut würde, wo früher schon einmal einer stand, so entstünde ein Weltenloch, durch das die Zeit versickern könnte. Das wäre das Ende der Menschheit, denn durch das Weltenloch könnten alle Dämonen, Riesen und sonstige Garstlinge aus Utland die Erde bevölkern. Darauf lauerten die ja nur.

Andererseits gäbe es dann endlich mal wieder spannende Kämpfe, spekulierte Magni. Asgard und die über die Jahrtausende versammelten Helden in Walhalla wären momentan zu schwach, sagte Modi, einen Kampf gegen die geballte Ladung an Finsterlingen zu führen. Wie auch immer, Modi war nach den beiden Fehlschlägen ängstlich geworden und seitdem Magni ihn einen zeitreisenden Scharlatan und ewigen Zuspätkommer genannt hatte, war aus Modis Mund kein Wort mehr gekommen. Magni bereute zutiefst, seinen Bruder beleidigt zu haben und stiefelte lustlos durch den Wald in Richtung der Stadt Northusia, wie sie von den Menschen hier genannt wurde.

Modi hatte seinem Bruder längst vergeben. Er hatte ja recht. Das war nun schon die zweite Pleite und er selbst hatte dabei die Gefahr eines Weltenloches heraufbeschworen, indem er diesen Steinkreis in der Zukunft errichtet hatte, ohne genau zu wissen, ob jemals an dieser Stelle ein anderer gestanden hatte. Er war sich relativ sicher, dass es ein jungfräulicher Platz war. Aber was hatte das schon zu bedeuten? Er war sich auch sicher gewesen, dass er die Zeit richtig berechnen konnte. Aber hatte es funktioniert? Nein.

Nun würde er jedenfalls kein weiteres Risiko eingehen und warten, bis drei Tage des Schweigens vergangen wären.

Mit dem schlauen Riesen Loki, dem Blutsbruder Odins und treuen Freund der Familie, hatte Modi ausgemacht, dass er sie beide abholen sollte, wenn er drei Tage kein Wort von Modi spürte. Seinem Bruder hatte er das nicht gesagt, aber der musste auch nicht alles wissen. Und eine Strafe für seine vorlauten Worte war gerechtfertigt. Es hatte ihn schon tief getroffen, als zeitreisender Scharlatan bezeichnet zu werden. Das schmerzte. Andererseits tat ihm Magni schon seit gestern leid, als sein erster Zorn verraucht war. Magni bemühte sich so sehr um ihn. Vielleicht sollte er ihm eine Botschaft in den Sand ritzen? Modi schaute zu Magni, aber der hatte den Kopf gesenkt und trottete still vor sich hin. Noch sieben Stunden, dachte Modi, das wird er schon aushalten.

Im Brettel-Fritz herrschte eine angespannte Stimmung. Die Stammgäste waren die gleichen wie immer, Horst Kindler war auch da und am Billardtisch drängten sich die Jugendlichen in Bomberjacken mit Springerstiefeln und ohne Haare. Alles wie gehabt, aber sieben Fremde hingen hier rum. Zwei Typen, die aussahen wie diese Mormonen, genauso gestriegelt und gebügelt und die miteinander ausländisch sprachen. Vermutlich Englisch, sagten sich die Jungs am Billardtisch und griffen den Queu schon mal vorsichtshalber etwas fester. Dann saß ein Einzelner mit einem Dreitagebart rum, der gar nicht sprach und schon stundenlang lustlos an einem einzigen Bier rumnuckelte. Und da waren die beiden Kanaken. Waren einfach durch die Tür stolziert und hatten sich an einen Tisch am Fenster gesetzt. So, als wäre es nicht klar, dass im Brettel-Fritz keine Ausländer erwünscht waren. Das wusste doch jeder. Hier kamen doch auch keine Vietnamesen oder Türken einfach so rein. Die beiden tranken Wasser und sprachen auch nicht miteinander. Die Luft knisterte schon vor aufgeladener Spannung und spürbarem Fremdenhass, als noch zwei Fremde kamen. Einer sah aus wie ein Rocker, so ein langhaariger, der sich sogar in seinen Bart einen Zopf geflochten hatte und ein älterer, einäugiger Kerl in einem blauen Mantel und mit einem altmodischen Hut. Die zwei waren gleich an den Tresen gegangen und schütteten zügig ein Bier nach dem anderen. Der ältere Typ war gestern schon hier gewesen, wusste einer der Jungs denen zu erzählen, die am Vorabend nicht im Brettel-Fritz gewesen waren. Er hatte irgendetwas mit Kindler geredet, worauf der ganz still geworden war. Erst hatte Kindler aber einen Hustenanfall gekriegt, vom Feinsten, erläuterte der Junge seinen Kumpanen.

Horst Kindler erblasste auch gleich wie auf Kommando, als Odin und Thor die Gastwirtschaft betraten. Er hatte heute eigentlich zu Hause bleiben wollen, aber gehofft, dass vielleicht dieses rassige Weib noch mal käme. Sie musste eine Hexe sein oder so was. Sie hatte ihm eine Superaufnahme der gesamten Walküre-Inszenierung auf den Film gezaubert, wie er es selbst nicht viel besser hingekriegt hätte. Keine Wackler, saubere Kameraschwenks, als hätte er die Kiste auf einem Stativ gehabt. Und das Orchester hatte viel besser gespielt als in Wirklichkeit und der Gesang der Solisten kam ihm auch wesentlich wohlklingender und kräftiger vor.

Das Weib faszinierte Kindler zunehmend und sicherlich hatte er auch einen tollen Eindruck auf sie gemacht. Sonst wäre sie ja gestern Abend nicht gekommen und hätte ihm auch nicht den Film repariert. Bestimmt war sie verschossen in ihn. Das konnte er gut nachvollziehen. Schließlich gab es für eine Fremde hier keine riesengroße Auswahl an brauchbaren Männern. Und er war mit seinen knapp 1, 90 und kaum Bierbauch nicht schlechter als andere. Seine Haare wurden schon etwas dünner, aber er kämmte sie ganz geschickt von der linken über das nicht mehr so dicht bewachsene Haupt auf die rechte Seite. Sah ganz lässig aus, fand er und die Farbe war mit aschblond auch okay. Er musste bisher nicht färben und hatte kein graues Haar. Jedenfalls nicht lange. Die paar grauen Haare, die ihm schon gewachsen waren, hatte er ausgerissen. Waren wahrscheinlich wegen dem Stress mit seiner Alten zu Hause grau geworden. Alles in allem sah er glänzend aus im Vergleich zu anderen Kerlen, dachte Horst. Er verstand nicht, was die Weiber an den jungen Angebern mit ihren Tattoos und Muskelpaketen fanden. Aber diese hochnäsige Frau von gestern Abend, die hatte eine ganz eigene Art ihm mitzuteilen, dass sie ihn toll fand. Das fand er wiederum toll.

Aber wie machte sie das bloß, wie ließ sich aus der Entfernung eine Camcorder-Kassette manipulieren? So grübelte Horst vor sich hin und wartete auf ihr baldiges Erscheinen, als plötzlich der alte, einäugige Sack im blauen Mantel wieder kam. Horst tat gleich wieder der Hals weh, als er an den schrecklichen Hustenanfall dachte, der ihn gestern eine halbe Stunde in Atem gehalten hatte. Oder besser gesagt, der ihm den Atem genommen hatte. Der Alte hatte ihn im Vorbeigehen mit seinem einen Auge starr angestiert, so als würde er durch ihn hindurchsehen. Das war schon gruselig, fand Kindler.

Am Billardtisch kam jetzt langsam Bewegung in die Meute, die immer größer wurde. Eben waren noch drei große, stiernackige Burschen eingetroffen, die sofort die Aufmerksamkeit auf sich zogen.

„Ey, habt ihr auch von Friedhelm 'ne SMS gekriegt?", fragte jetzt einer der drei die anderen am Tisch. Und während die einen zustimmend nickten und andere „Nö" sagten, spitzte Thor die Ohren. Da war wieder das Kürzel, das der Lehnsmann verwendet hatte, SMS. Die anderen auswärtigen Besucher schienen ebenfalls alle ihre Ohren in Richtung Billardtisch aufgestellt zu haben.

„Wir sollen alle hochkomm' in Harz. Der hat da hinterm Braunsteinhaus in 'nem vergammelten DDR-Ferienlager irgendein großes Ding vor. Kalle sagt, der olle Friedhelm hätte irgendein' besonderen Hammer oder so 'nen Scheiß", bellte einer der Skins gerade.

Durch sieben Gehirne raste zeitgleich ein einziges Wort: BINGO.

„Eh, wann denn, Harz ist doch voll krass", lachte ein anderer.

„Weiß nich', Mittwoch oder so", meinte einer der drei neu Angekommenen.

„Dann guck doch mal auf deine Mässätsch", schlug ein hageres Bürschlein vor. Er hatte ein T-Shirt an, auf dem für eine Band namens PANZER in einer den altdeutschen Runen nachempfundenen Schrift geworben wurde.

„Genau, eh", krähte ein anderer. „Da muss es doch draufstehen."

„Donnerstag", bellte der Wortführer von vorhin wieder.

„Donnerstag im Lager hat er gesimst."

Thor blickte schon etwas stolz, als er das hörte. Der Donnerstag, benannt nach ihm. Auch wenn kaum ein Mensch in den Nordlanden noch an ihn glaubte, jede Woche einmal kam sein Tag. In den englischsprachigen Gebieten war es der Thursday. ‚Thors Day' hätten sie es richtigerweise nennen müssen, aber er wollte nicht kleinlich sein.

„Sage jetzt nichts", warnte ihn sein Vater böse brummend, der in der deutschen Sprache keinen Tag mehr hatte, aber wenigstens im Englischen noch den Wednesday, Wodans Tag.

„Ich halte das lediglich für ein gutes Omen für das Gelingen der Aktion: Hammers Heimholung", beeilte sich Thor seinem Vater zu versichern.

„Dann ist es ja gut", antwortete der Göttervater, aber es klang nicht so, als meinte er es.

„Wollen wir noch einen von den Kerlen ausschütteln?", fragte Thor hoffnungsvoll.

„Nein, wir schauen uns lieber an, wer von den anderen hier Versammelten einen der kleinen Wichtigtuer ausschüttelt", erwiderte Odin.

„Ich denke eher, die kleinen Wichtigtuer wollen zwei von den Gästen ausschütteln", sprach der Donnergott, von einer gewissen Vorfreude erfüllt.

„Das glaube ich auch", sagte Odin und stürzte sein Bier hinunter. „Nur denke ich, es wird ihnen nicht gelingen."

Am Billardtisch war es unterdessen immer lauter geworden. Deutlich konnte ein halbwegs gut hörender Beobachter die Worte „Kanaken", „Kameltreiber" und „Dromedarficker" vernehmen, wenn er es hören wollte. Der Wirt jedenfalls wollte nicht und da er ein Mann von imposanter Statur war, machte er sich mit aufgekrempelten Hemdsärmeln daran, den jungen Wilden begreiflich zu machen, dass es für heute genug sei. Sie sollten sich noch ein paar Dosen mitnehmen und abhauen. Das taten die jungen Leute kleinlaut.

Thor bedauerte ein klein wenig, dass es nicht handfester zugegangen war.

Horst Kindler bedauerte, dass die Frau nicht kam.

David Cordner bedauerte, nicht daheim in Alabama zu sein.

Douglas Fenton bedauerte, dass ihm heute kein alkoholisches Getränk schmecken würde.

Die beiden Mossad-Agenten bedauerten, dass sie hier kein koscheres Essen bekommen konnten.

Aber alle freuten sich, dass sie wussten, wo sie nach dem Hammer suchen mussten.

Hammers Heimholung

reya stand in einer Telefonzelle und freute sich darauf, mit Sabrina zu sprechen. Sabrina verkörperte all das, wofür Freya als Göttin stand. Eine junge Frau, die souverän mit dem Leben umging und neben den typisch weiblichen Instinkten einen geschärften Verstand besaß. Diese Instinkte waren es, welche die Frauen den Männern überlegen machten, wusste Freya schon seit Tausenden von Jahren. Aber es war nicht immer angebracht, diese Überlegenheit den Mannsbildern anzuzeigen. Da unterschieden sich die Götter letztendlich nicht von den Sterblichen. Und sterbliche Frauen unterschieden sich nicht wesentlich von Göttinnen, hatte Freya bemerkt. Es hatte am Vorabend nur weniger Sätze bedurft, damit Sabrina ihr berechtigtes Misstrauen ablegte. Freya hatte ihr sensibel die Mysterien erklärt, denen Götter und Menschen seit Generationen ausgesetzt waren und sie hatte die, bis dahin streng atheistische Frau gebeten, sich unvoreingenommen den Ereignissen zu stellen, die da kommen würden.

Sabrina wiederum faszinierte die offene und vertrauensvolle Art Freyas und sie beschloss, sich auf das Abenteuer einzulassen. Sie wusste auch, dass sie schon viel zu tief darin steckte, als dass sie jetzt noch einen Rückzieher hätte machen können. Und wer weiß, vielleicht war ja doch irgendwas dran. ‚Was wissen wir schon vom Universum?', fragte sie sich schon länger. ‚Die unfehlbare Wissenschaft kann uns ja nicht mal das Wetter von morgen halbwegs glaubhaft prophezeien und viele Dinge sind einfach unerklärlich.' Da war es doch einen Versuch wert mit dieser beeindruckenden Frau, die sich für eine germanische Göttin hielt, nach einem sagenhaften Artefakt der nordischen Mythologie zu suchen.

Freya presste Daumen und Mittelfinger der linken Hand aneinander und ließ den mittleren Finger hart nach unten auf die Daumenwurzel knallen. ‚Schnipsen' nannten das die Menschen und Freya fand das Wort lustig. Anders als bei den Menschen gab es bei ihr aber kein hohles ‚Plopp' zu hören, wenn die Luft verdrängt wurde, sondern es purzelten Eurostücke aus dem luftleeren

Raum. Freya hielt die Handfläche ihrer rechten unter die schnipsende linke Hand und sammelte die Geldstücke auf.

Als sie die Münzen in den Apparat einstecken wollte, musste sie feststellen, dass sie in einer Zelle für Telefonkarten war.

Freya hatte keine Karte.

Sie konnte auch keine zwischen den Fingern hervorschnipsen. ‚Sehr ärgerlich', dachte die Göttin, nahm den Hörer ab und legte ihre Handinnenfläche gegen den Schlitz für die Telefonkarte. ‚Dann muss es eben so gehen', grummelte sie. Mit der anderen Hand wählte sie, den Hörer hatte sie zwischen Kopf und Schulter geklemmt. ‚Wenn mich hier einer so sieht', durchfuhr es sie. ‚Das ist ja peinlich.' Aber es funktionierte. Sie hörte das Freizeichen und nahm schnell den Hörer wieder in die Hand.

„Kreisanzeiger, Donath", meldete sich Sabrina pflichtbewusst. „Wie kann ich Ihnen helfen?"

„Hallo, ich bin es, Freya", sagte die Göttin. „Für unsere Suche hätte ich dich gern die nächsten Tage bei mir."

„Ich weiß nicht", antwortete Sabrina wahrheitsgemäß. „Ich muss meinen Chefredakteur fragen, ob ich Überstunden abbummeln kann."

„Dann tu das mal schnell!", kommandierte die Göttin fröhlich. „Du wirst eine Geschichte wie die kommende so schnell nicht wieder erleben."

„Das glaube ich dir sofort", lachte Sabrina. „Warte einen Moment, ich frage ihn gleich."

Freya hielt den Hörer weiter ans Ohr und wartete eine ganze Weile.

„Freya?", fragte Sabrinas Stimme endlich aus dem Hörer. „Ich kann mir von morgen bis Donnerstag frei nehmen, Henriette vertritt mich. Wenn ich mit dem Polizeibericht fertig bin, könnten wir uns treffen. Im Café gleich am Anfang der Altstadt. Sagen wir in einer Stunde?"

Wenig später konnte Freya Sabrina erklären, worum es ging. „Also die Männer, ich meine die Götter Odin und Thor, haben herausgefunden, wer den Hammer hat", eröffnete sie.

„Wer denn?", wollte Sabrina wissen.

„Es ist ein kleiner Mann, der in einer nationalen Widerstandsbewegung oder so etwas ähnlichem eine führende Rolle spielt. Er hat es per Telefon seinen Freunden hier vor Ort mitgeteilt und die haben es gestern Abend im

Brettel-Fritz herausposaunt. Er heißt Friedhelm und hat sich in ein ehemaliges Ferienobjekt im Harz, in der Nähe eines Braunsteinhauses, zurückgezogen. "

„Oh Gott, doch nicht dieser Fürchtegott?", fürchtete Sabrina.

„Kennst du den schon?" Freya schien enttäuscht zu sein.

„Nicht persönlich, aber ich habe schon viel von ihm gehört. Nichts Gutes leider. Er ist so ein regionaler Guru der rechten Szene und hat immer wieder Zulauf von ganz jungen Leuten", erläuterte Sabrina der Göttin.

„Genau der Kerl ist es", sagte Freya. „Jetzt soll ich mich an ihn ranmachen und von ihm erfahren, was er plant, beziehungsweise wo der Hammer verborgen wurde. Dabei muss ich aber unbedingt mein In Kong Dito bewahren, sagt Odin."

„Du meinst dein Inkognito", half Sabrina.

„Genau. Ich denke, es wäre ein schöner Spaß, wenn wir beide zu diesem Friedhelm gingen und uns als Reporterinnen ausgäben. Er liest gern eine Zeitung, die ‚Volksblatt' heißt und bei denen sind auch junge Frauen als Redakteurinnen aktiv. Wir sagen diesem Fürchtegott, dass wir als Vertreterinnen dieses Blattes ein Interview mit ihm führen wollen und quetschen ihn dabei richtig aus."

„Aber woher weißt du ...?"

„Internet!", strahlte die Göttin. „Eine tolle Sache, brauche ich keine göttliche Energie verschwenden, da steht alles und jeder drin. Und scheinbar sogar freiwillig."

„Und du glaubst, das funktioniert?"

„Schließlich bin ich ja auch eine Liebesgöttin", wischte Freya alle Zweifel beiseite.

„Du bist eine richtige Journalistin und mit deiner Hilfe führen wir diesen Widerling prächtig hinters Licht und holen Mjöllnir heim nach Asgard", frohlockte die Göttin.

Sabrina wollte fragen, ob das nicht gefährlich sei, aber eine innere Stimme befahl ihr, jetzt einfach die Klappe zu halten.

„Am wichtigsten ist jetzt, dass wir besprechen, was wir anziehen", rief die Göttin in Vorfreude auf eine stundenlange Einkaufstour durch alle Nordhäuser Boutiquen. „Und", ihr Gesicht erstrahlte, „wie wir uns schminken und die Haare machen!"

Sabrina ließ sich von diesem Eifer sehr gern anstecken und versicherte Freya: „Du hast völlig recht, das muss alles genau bedacht sein."

Die beiden Mossad-Agenten waren sich nicht mehr sicher, ob ihre Anwesenheit hier wirklich von Bedeutung war oder ob Tel Aviv einmal mehr die berühmten Flöhe hatte husten hören. Ihnen erschien jedenfalls der ganze Aufwand ungerechtfertigt, denn so weit sie bisher ermitteln hatten können, waren hier nur Spinner am Werke. Die zwei schlecht getarnten CIA-Leute hatten sie anfänglich noch erheitert. Das Lachen blieb ihnen im Halse stecken, als sie deren unprofessionelles und arrogantes Auftreten sahen und daran dachten, mit diesen unfähigen Amateuren verbündet zu sein. Die zwei Männer und die Frau unbestimmbarer Nation waren sehr merkwürdig und es lag absolut nichts über sie vor. Weder in Tel Aviv noch in Berlin kannte man sie und entweder waren sie gut getarnte Kriminelle oder einer Anstalt entsprungene Irre. So auffällig, wie sich gerade die Frau bewegte, zeugte es von absoluter Unbekümmertheit oder weit fortgeschrittenem Wahnsinn. Und die beiden Männer spielten die Obermachos. Komisch war, dass sie während einer Beschattung einfach verschwunden waren. Das war den beiden Spezialagenten in ihrer langjährigen Tätigkeit noch nie passiert und sie mussten sich geschlagen geben. Es flößte den beiden Israelis Respekt vor den Fremden ein, änderte aber nichts daran, dass sie ihrer Meinung nach Spinner waren. Und Friedhelm Fürchtegott, der momentan den angeblichen Wunderhammer des germanischen Donnergottes haben sollte, war ein bekannter Volksverhetzer. Doch das war Angelegenheit des BND und nicht des Mossads. Überhaupt wunderten sich die beiden, dass vom BND keiner aufgetaucht war. Kurze Zeit glaubten sie, dieser Kindler sei ein BND-Mann, aber das entpuppte sich schnell als Fehler. Der war mit Sicherheit ein Idiot. Einer von der Sorte, die laut herumschreien und Leute beleidigen, aber selbst nicht die geringsten Fähigkeiten aufweisen konnten. Er war nach ihrer Einschätzung einer von den Menschen, die wirklich verrückt waren, insofern, dass ihre eigene Wahrnehmung der Welt nicht mit der Wahrnehmung des überwältigend großen Teiles der Erdbevölkerung übereinstimmte. Nicht so schlimm, dass er derzeit eine Bedrohung dargestellt hätte, aber in Behandlung gehörte er ihrer Meinung nach allemal. Wenn er seine jämmerliche Feigheit irgendwann überwinden würde, könnte er in seinen Wahnvorstellungen schnell zu einer Bedrohung für die Allgemeinheit werden. Als Amokläufer, Attentäter oder Bombenleger. Beispiele gab es leider genug in der Geschichte. Aber auch Kindler war nicht ihr Problem. Sie hatten in Israel genügend eigene Verrückte, die sie im Zaum halten mussten.

Interessant war der Engländer, der als letzter aufgetauch war. Er hieß Douglas Fenton, sie hatten ihn schnell und mühelos identifiziert. Er galt als Einzelgänger und bereitete seinem Arbeitgeber mehr Verdruss als Freude. Aber die Engländer hatten wohl kaum einen besseren Mann als ihn. Fenton bemühte sich auch nicht großartig um Tarnung oder eine ausgefeilte Legende. Dafür war er immer für einen überraschenden Coup gegen Ende eines Spionagefalls gut. Erst letztens hatte er auf spektakuläre Art zwei chinesische Spione in London hochgehen lassen, die in Schlüsselpositionen bei der Navy saßen und kurz davor den russischen Kulturattaché in Brüssel als Drahtzieher tschetschenischer Terroranschläge entlarvt. Der Mann war gut und wenn der MI-5 ihn schickte, dann musste den Briten viel daran gelegen sein, die Angelegenheit unter Kontrolle zu bekommen. Schließlich, so sagten sich die beiden Spitzel, ist die Geschichte mit Thors Hammer auch eine englische. Der Glaube der früheren Engländer, eine Religion, die einstmals auch Britannien beherrschte. Bis ins 10. Jahrhundert kamen die Vikinger regelmäßig ins längst christianisierte London und erinnerten unmissverständlich an die alte Religion. Kaum waren die Londoner damit fertig, ihre Stadt von den Spuren des letzten Überfalls zu beräumen, kamen die Piratenboote wieder die Themse hoch, um die Stadt erneut zu brandschatzen und neues Menschenmaterial zu holen, mit dem sie Island und sonst was für raue und kalte Inseln bevölkern konnten. Vielleicht glaubte der MI-5, wenn sie den Hammer des schlimmsten Gottes der alten Feinde erwischten, drohte ihnen wenigstens aus dem Norden keine Gefahr mehr. So scherzten die beiden jüdischen Soldaten und hatten nach kurzen Absprachen mit dem Headquarter in Frankfurt/Main beschlossen, noch einige Befragungen bei den Neonazis durchzuführen und dann ihren Bericht zu schreiben. Man könnte die Sache ja aus der Ferne im Auge behalten, dachten sie. Vermutlich würden die Fronten demnächst so hart aufeinanderprallen, dass es nicht verborgen bliebe. Dann könnten sie anhand des Resultats abschätzen, was weiter zu tun war. Die witzigste Vorstellung, die sie entwickelten, war die, dass die drei Undefinierbaren wirklich germanische Götter wären und Thor tatsächlich seinen Hammer verbummelt hätte. Jetzt betrieben sie hier eine regelrechte Götterhämmerung. Über diese Variante lachten sie sehr lange und ausgelassen.

Ihren Mietwagen hatten sie vorsorglich am Braunsteinhaus abgestellt und sich dort höflich nach interessanten Wanderwegen erkundigt. Wo es alte, verlassene Objekte zu besichtigen gab, hatten sie auch schnell noch erfragt. Sie wären als angehende Landschaftsarchitekten, die in Weimar Architektur studierten, an jeder Form von älterer, deutscher Architektur interessiert. Bereitwillig hatten die freundlichen Wirtsleute ihnen Auskunft erteilt.

Schon nach wenigen Kilometern im Harz konnten sie das Lager riechen, bevor sie es dann hörten und schließlich sahen. Offensichtlich befürchtete hier keiner der Anwesenden, belauscht zu werden. Das verwunderte die beiden Agenten, denn entweder nahmen die jungen Männer in ihrer Einheitskluft mit den hässlichen Glatzen ihre eigene patriotische Sache nicht sehr ernst oder aber sie hatten keine Ahnung, warum sie eigentlich hier waren. Vielleicht gab es auch keinen Fall und was hier ablief, war der normale Alltag einiger gelangweilter, arbeitsloser Jugendlicher, die mit ihrer Freizeit nichts anzufangen wussten. Einer der Kerle hatte unten in Nordhausen den Hammer erwähnt und seine Kumpel hatten ihn Kalle genannt, den wollten sie nach Möglichkeit finden.

Oder war das Ganze nur ein geschicktes Ablenkungsmanöver gewesen? Vielleicht war doch mehr dran an der Geschichte und jemand wollte ein großes Geheimprojekt durchziehen? Waren mit den dubiosen Presseveröffentlichungen vielleicht Schläfer aktiviert worden? Diese Fragen wollten sie beantworten. Schlecht war, dass sich alle hier im Lager sehr ähnlich sahen. Die beiden Kundschafter mussten schon verdammt genau hinsehen. Es dauerte bis zum frühen Abend, bis sie von ihrem Beobachtungsposten aus Kalle auszumachen glaubten. Sie schlichen sich näher ans Lager heran.

Dort fand eine große Party statt. Die jungen Rekruten der nationalen Widerstandsbewegung übten sich im Biertrinken. Sie mussten massenhaft Dosenbier herangekarrt haben, überall lagen leere Büchsen. Aus der großen Baracke dröhnte eine monotone, rhythmisch hämmernde Musik mit einem Gesang wie von heiseren Dämonen. Die meisten der Skins lagen draußen vor den Baracken auf der Wiese und rauchten oder fummelten an ihren Mobiltelefonen rum und tranken. Es war sehr laut, sodass die Mossad-Männer sich nicht sonderlich beim Anschleichen anstrengen mussten. Nach stundenlangem, geduldigem Warten bekamen die Mossadmänner ihre Chance und griffen zu. Kalle brüllte die anderen an, er würde noch mal nach Nordhausen fahren und fragte, ob er noch ein Rohr Doppelkorn mitbringen sollte.

Wenig später wollte er in seinen schwarzen, tiefer gelegten VW Golf 3 mit den getönten Scheiben einsteigen, als er einen heftigen Schmerz im Genick verspürte und sich prompt in seinem Wagen befand. Er war mit dem Kopf voran eingestiegen oder besser gesagt, wie ein Sack Mehl auf die Rückbank geschmissen worden. Einer der Israelis nahm hinten bei ihm Platz, der andere betätigte mit Kalles Schlüssel die Zündung und fuhr los. Nach wenigen Kilometern bog er von der Straße ab und fuhr in einen Forstweg. Hier kippten sie ihren Gefangenen, der inzwischen an Händen und Füßen verschnürt war, auf eine kleinen Lichtung.

„So, Freundchen", begann der arabisch Aussehende der beiden Entführer das Verhör. „Nun erzähle uns alles, was du über die Geschichte mit dem Hammer weißt."

„Ich sage überhaupt nichts", schnauzte Kalle und versuchte, seiner Stimme einen festen Klang zu geben.

„Gib dir keine Mühe, Bursche," sagte der andere Agent ebenfalls in bestem Deutsch und packte die Bomberjacke von Kalle mit eisernem Griff. „Wir haben schon andere Kaliber als dich verhört und bisher immer erfahren, was wir wissen wollten." Kalle tat alles weh. Sein Herz raste und Adrenalin schwappte durch seinen Körper wie ein reißender Fluss einen Abhang hinunterstürzt. Todesangst lähmte ihn. ‚Wer sind diese Vögel und was wollen die ausgerechnet von mir?' Hatte er die nicht gestern Abend im Brettel-Fritz gesehen? Kalle beschloss, keinesfalls den Helden zu spielen und denen alles zu erzählen, was sie hören wollten. Es hatte ja keinen Sinn, sich wegen dem ollen Friedhelm hier auf der Wiese abschlachten zu lassen. Wenn ihn seine armen, tränenden Augen nicht täuschten, lugte bei dem einen eine kleine MP unterm Hemd hervor. Könnte eine Uzi sein, mutmaßte Kalle und stellte plötzlich fest, dass er sich eingenässt hatte.

„Okay, was wollt ihr wissen?", fragte er und versuchte sich auf dem Waldboden halbwegs bequem zurecht zu setzen und vor allem so, dass die Kerle den Fleck im Schritt seiner Jeans nicht sehen konnten.

„Schon besser", knurrte der erste Agent wieder. „Erzähl uns alles, was du von Thors Hammer weißt, wer ihn hat und was er damit tun möchte. Falls uns deine

Antworten gefallen, kannst du dir morgen Abend vorm Brettel-Fritz dein Auto wieder abholen, falls du uns Märchen erzählen willst, stirbst du hier an dieser Stelle." Kalle registrierte, dass der Kerl keinen Sinn für Humor hatte und dass er es mit Profis zu tun haben musste. Er hatte ‚Brettel-Fritz' gesagt und das stand ja nun wirklich nicht an dem Laden dran und dem Wirt war es auch nicht auf die Stirn tätowiert. Kalle begann alles zu erzählen, was er wusste und das war wenig genug. Wie sein Kumpel Klaus mit dem ollen Friedhelm den Bruch im Museum gemacht und sie diesen Hammer hierher gebracht hätten und wie sich Friedhelm aufplusterte und von einem Zeichen und einem Segen für die Bewegung faselte. Er wollte das Teil festlich weihen, an einem Donnerstag. Das hatte er ihnen gesimst und mehr hätte er auch nicht gesagt, als sie heute hier ankamen. Weiter wüsste er aber nichts und der olle Friedhelm sei am Mittag mit dem Hammer abgefahren und hatte ihnen aufgetragen, hier zu warten, bis er wiederkäme. Er persönlich glaube nicht, dass er irgendwas tolles oder besonderes sei, dieser alte Hammer. Auch sein Kumpel Klaus fand ihn voll uncool und Friedhelm wüsste selbst nicht, was er eigentlich damit anfangen könnte.

Erst dachten die Mossad-Männer, er wollte sie an der Nase herumführen, aber je länger der junge Mann erzählte, desto bereitwilliger glaubten sie ihm. Es deckte sich auch weitgehend mit ihren eigenen Erkenntnissen, was sie da hörten. Und dass dieser Hammer ein wirkliches Gotteswerkzeug war, das konnten und wollten sie nicht glauben. Spätestens als der Skinhead den Hammer so beschrieb, wie ihn sein Freund Klaus gesehen hatte, wussten sie, dass ihre Mission hier beendet war. Sollten sich die Deutschen hier um ein albernes Hackebeil zanken, das war deren Sache. Vermutlich war es eine plumpe Fälschung und irgendjemand versuchte, aus einem getürkten Fundstück einen Haufen Geld herauszuschlagen. Das erinnerte sie an die vielen Fälschungen von alten Steintafeln, die in ihrer Heimat immer wieder kursierten und dieses und jenes aus der biblischen Geschichte beweisen sollten. Meist waren es Erfindungen, die Touristen nach Jerusalem oder anderswohin locken sollten und letztendlich wurden die Fälschungen immer aufgedeckt. Hier war es offensichtlich ähnlich. Sie selbst würden zurückfahren und in ihrem Bericht schreiben, dass die ganze Aufregung nicht gerechtfertigt war und es sich bei dem Hammer weder um ein Geheimprojekt noch eine verdeckte Aktion und noch nicht einmal um einen Nachrichtentransfer handelte.

„Lass dir deine Haare wieder wachsen und such dir neue Freunde", empfahl der Dunkelhaarige abschließend. Sie lösten ihm die Fesseln.

„Das, was du da gerade treibst, ist Unsinn. Wie mit diesen angeblichen Göttern. Die germanischen Götter hat es sie nie gegeben", belehrte ihn der andere.

„Ach ja?", traute sich Kalle vorsichtig aus der Deckung. „Aber euren Judengott, den gibt es als Einzigen oder was?"

„Was weißt du denn von unserem Judengott?", fragte der erste Agent ihn sichtlich amüsiert und scheinbar ganz interessiert.

„Na, dass er grausam ist und so, und dass er unsere Götter vertrieben hat. Und dass ihr uns alle zwangsweise christianisiert habt", blaffte Kalle.

„Unser Gott hat keinen eurer Götter vertrieben", sagte der Agent nun sehr ruhig.

„Was du meinst, ist der Missionierungswahn der Christenheit mit dem angeblichen Sohn Gottes, Jesus von Nazareth. Dessen Anhänger haben euch christianisiert, obwohl ich den Eindruck nicht los werde, sie sind dabei nicht sehr gründlich gewesen."

„Der ist doch Jude gewesen, dieser Jesus, oder etwa nicht?", provozierte Kalle weiter. „Ja, Jude ist er gewesen, aber nicht der Messias der Juden. Das macht einen entscheidenden Unterschied. Wir warten nämlich noch auf unseren Messias, musst du wissen. Und wir werden sehr genau prüfen, ob es der richtige ist. Inzwischen haben sich schon zu viele Scharlatane für Götter ausgegeben. Dein falscher Freund Friedhelm gehört dazu und wir können dir nur raten, suche nach einem anderen Gott."

Sie drehten sich um, stiegen in Kalles Golf und fuhren davon. Der junge Rechtsradikale saß noch eine Weile im Gras und versuchte zu verstehen, was er eben gehört hatte. Natürlich ließ er sich von Juden und Kanaken überhaupt nichts sagen, aber was sie da über Friedhelm gesagt hatten, das war gar nicht so falsch, dachte er.

Horst Kindler war schon etwas enttäuscht von der Frau. Er hatte damit gerechnet, dass sie noch einmal in den Brettel-Fritz kommen würde. Die halbe Nacht hatte er gewartet und dann noch mit seiner Ollen Zoff gekriegt, weil er sich angeblich rumtreiben würde. Was wusste die denn? Die hatte doch keine Ahnung. Er war hier an einer ganz großen Sache dran. Da rannten irgendwelche Zauberer durch Nordhausen und natürlich merkte es keiner, außer ihm. Das war mal wieder typisch. Penner, alle zusammen, dachte Horst und überprüfte seine Akkus für die Kamera. Da waren schon ein Haufen Fremde plötzlich da, als wären sie vom Himmel gefallen und was machte die Stadtverwaltung? Nichts. Kriegten es gar nicht mit, diese Sesselfurzer! Aber er würde es schon enthüllen. Ans Licht bringen mit seiner Kamera. Der eine Fremde mit dem Dreitagebart schien ganz vernünftig zu sein. Er hatte sich in der Kneipe mit ihm unterhalten. Wahrscheinlich Engländer, vermutete Kindler. Hat gesagt in der Türkei gäbe es eine Reihe privater Fernsehsender, die Urlauberprogramme im Sommer anbieten wollten. In einem Nest am Mittelmeerstrand, dessen Namen er nicht behalten hatte, suchten sie noch fähige Leute.

Er würde also in die Türkei gehen. Kindlers Urlauber-TV, das war echt der Hammer. Wollte er schon immer mal hin, in die Türkei. Und der Fremde würde ihm dabei helfen. Dann könnten sie ihn hier alle mal an der Pupe schmatzen, diese elenden Schwätzer und Nichtstuer, jawoll. Und die komische Tussi aus dem Theater auch.

Als Gegenleistung für seine Vermittlung wollte der Engländer lediglich, dass Horst in den nächsten Tagen mal ein paar Aufnahmen für ihn machen sollte. Genaueres hatte er nicht gesagt, aber Geld wollte er ihm auch noch dafür geben. War schon ganz schön bescheuert, der Tommy. Erst besorgte er ihm diesen Superjob bei den Kümmeltürken und dann wollte er ihm auch noch fürs Filmen Geld geben. ‚Na, das kann mir ja nur recht sein', dachte Horst Kindler und packte alle Utensilien in seine große, lederne Tragetasche. In einer Stunde sollte er den Engländer vom Hotel abholen. Der wollte in den Harz und dort den Brocken gefilmt kriegen. Konnte er haben, da hatte Horst doch schon ganz andere Sachen abgezogen. Kindler verließ zufrieden und ausgeglichen wie lange nicht mehr seine Wohnung.

Thor hatte sich erkundigt. Der Schriftzug ‚Harley Davidson' mit dem aufstrebenden Adler stand für eine amerikanische Motorradmarke. Ein Kultobjekt, wie ihm der örtliche Händler für solche Geräte versicherte, den der Gott umgehend aufgesucht hatte. Thor wollte sofort eine solche Harley Davidson mitnehmen. Leider habe er keine Maschine vorrätig, sagte ihm der Verkäufer. Doch er selbst besäße eine, die draußen im Hof stünde und er könne darauf gern mal eine Probefahrt machen, bot er Thor an. Der schwang sich auf den Feuerstuhl und war sofort begeistert, als er das Geräusch hörte, das vom Herumspielen am Gaspedal erzeugt wurde. Wahrhaft göttlich! Mit Wehmut dachte er daran, dass es teilweise dem wunderbaren Grollen und Donnern glich, welches er früher mit seinem geliebten Mjöllnir erzeugt hatte. Den hatte nun dieser elende Wurm in seinem Besitz, der wie zum Hohn den Namen Fürchtegott trug. Dafür würde Odins Sohn schon sorgen, dass er in Zukunft seinem Namen mehr Ehre machte. Und er würde die Götter fürchten bis an sein jämmerliches Ende. Leider hatte sein Vater, der in seiner Weisheit alles überschattende Odin, angeordnet, dass Freya ihn zuerst aufsuchen sollte. Sie wollten es wie damals mit Thrym machen: Verkleiden, den Feind in Sicherheit wiegen und dann zuschlagen. Doch die Zeiten hatten sich geändert. Ein ganzes Geschlecht von Riesen hatte er damals zermalmt und heute war sein Widersacher ein kleiner Hutzelmann, von dem Thor befürchtete ihn zu übersehen, wenn er vor ihm stand.

Aber dieses Motorrad besserte seine Laune zusehends auf. Er hatte keine Ahnung, wie man damit umging, aber was machte das schon. Schließlich war er ein Gott und konnte, wenn er nur wollte, belebter und unbelebter Materie gebieten. Dieses Ding hier war offenbar ein Zwitter, erst stand es wie tot herum und wenn man den kleinen Schlüssel im Schloss drehte, erwachte es fauchend und schnaufend und Feuer spuckend wie ein siebenköpfiger Drache. Wenn er dem Verkäufer trauen konnte, dann würde so eine Harley Davidson auch noch eine Spitzengeschwindigkeit von 200 Kilometern pro Stunde erreichen. Thor wusste nicht, was das bedeuten sollte, aber es klang beeindruckend.

„So wie die früheren V-Twins und die legendären Knucklehead-Konstruktionen, die dem Revolution Motor dieser 100th Anniversary VRSCA V-ROD vorausgingen, entstand auch dieser völlig überarbeitete Motor aus der Suche nach Leistung. Dieses neue, flüssigkeitsgekühlte Triebwerk mit 86 KW haucht einer neuen Idee die Leistung ein: dem Performance Custom Motorrad", zitierte der Verkäufer den Harley-Davidson-Prospekt wie ein Kleinkind ein Weihnachtsgedicht. Regelrecht religiös wirkte die Verehrung, die der Mann für Harley Davidson empfand, bemerkte Thor. Morgen würde er seine eigene

Harley Davidson haben. Mit 1130 ccm, einem Drehmoment von 105 Nm bei 6600 Umdrehungen pro Minute, in two-tone Sterling-Silber und vivid black. Alles ordentlich verchromt natürlich, wie ihm der Verkäufer versprach. Dann fragte Thor, was die Maschine kosten sollte und der Händler druckste herum. Er erzählte von weiten Wegen, Spezialanfertigungen, Büffeledersitzen, beheizbaren Spiegeln, einem 40 mm-Gleichdruckvergaser, Importschwierigkeiten, blank gebürsteten Kühlrippenkanten, hohen Einfuhrzöllen, der momentanen Konjunkturschwäche, der Überbewertung des Euro im internationalen Handel und ähnlich uninteressanten Dingen. Weil Thor meinte, der Mann habe seine Frage nicht verstanden, wiederholte er sie brüllend. Der eingeschüchtert wirkende Händler sagte einen Preis und wies Thor noch einmal auf die vier Ventile pro Zylinder, die gummigelagerte Ausgleichswelle und den Tageskilometerzähler hin.

Er solle doch mal eine Spritztour machen, da würde er verstehen, dass der Preis durchaus gerechtfertigt sei. Thor war der Preis egal, er war nur verwundert über das Gebarme nach der anfänglichen Begeisterung des Mannes. Odin könnte hinten auf dem Sozius Platz nehmen und sie würden sich unauffällig wie richtige Menschen bewegen können. Mit diesem zeitgemäßen Gefährt ginge es dann ab in den Harz und Hammers Heimholung war nur noch ein Kinderspiel. Odin konnte stolz darauf sein, wie gut er mitarbeitete.

Unter ‚guter Arbeit' würden sich seine Chefs in Langley bestimmt etwas anderes vorstellen, dachte David Cordner verstört. Seit mehr als drei Stunden waren sie jetzt schon an zwei Bäume gebunden und wurden von ihren Bezwingern einfach ignoriert. Ganz am Anfang, nachdem sie der Trupp rechtsradikaler Schläger in ihrem Wagen überwältigt hatte, war einer gekommen und hatte befohlen, sie anzubinden und auf Friedhelm zu warten. Der solle entscheiden, was mit ihnen passiert.

Es war aber auch zu blöd. Verdammt, sie hatten sich angestellt wie Amateure. Und sein 800-Dollar-Anzug war ruiniert, so fest hatten sie die Stricke über seine Brust und seinen Bauch gezogen.

Erst war ja alles ganz gut verlaufen. Sie hatten in diesem Braunsteinhaus nach dem Camp gefragt, aber als sie sich im Wald verfahren und in die Landkarte schauen hatten wollen, waren diese Barbaren über sie hergefallen. Wie damals die Cherusker über die Römer hereingebrochen im Teutoburger Wald waren, ging es David noch durch den Kopf. Vielleicht kam sein überraschtes Hirn auch auf diesen Vergleich, weil die Glatzköpfe brüllten, als gälte es einer ganzen Armee Angst zu machen. Aber all sein Geschichtswissen nützte David momentan nichts und er bereute es bitterlich, dass er statt dieser historischen Abhandlungen nicht lieber einige Bücher über Houdini und andere Entfesselungskünstler gelesen hatte.

Obwohl die Situation etwas von einem billigen Western hatte, sinnierte er. Die grausamen Indianer hatten die guten Siedler, die in allerfriedlichster Absicht um das Lager geschlichen waren, hinterrücks überfallen und unter Missachtung aller Genfer Konventionen über den Umgang mit Kriegsgefangenen wie Wilde an einen Baum gebunden.

So konnte er nicht arbeiten und diese rüde Vorgehensweise fand David Cordner völlig unverhältnismäßig gegenüber einem Vertreter der einzigen wahren Weltmacht. Das sind ja Methoden wie bei uns zu Hause in Alabama, wenn sich der Ku Klux Clan trifft, dachte er kurz und erschrak über diesen Gedanken. Oh Bullenscheiße, diese verrückten Deutschen waren doch so verfickt rassistisch wie ein Eisbär weiß war. Was, wenn die Krauts auf die Idee kämen, er und sein Kollege am Nachbarbaum gehörten nicht ihrer Scheiß-Arierrasse an? Cordner fühlte kalten Schweiß im Nacken und sah zu seinem Mitgefangenen hinüber. Sein Kollege war mexikanischer Abstammung. Deutlich waren die indianischen, breiten Backenknochen zu sehen und auch die Nase war viel breiter als bei ihm. Außerdem hatte er dunkle, stechende Augen, die leicht geschlitzt waren, wenn man genau hinsah. Und pechschwarze Haare. Das würde denen doch wohl auffallen. Ob das reichte, dass sie den armen Kerl in der Nacht grillten, wenn sie alle besoffen wären? Sich zu betrinken schien jedenfalls ihr erklärtes Ziel zu sein, denn er sah keinen im Lager, der nicht eine Büchse Bier in der Hand hatte. Scheinbar wuchsen den Kerlen die Bierdosen aus den Ärmeln immer wieder nach. Und ob sie ihn verschonen würden, wenn sie den Latino schlachten konnten?

Sabrinas Perücke drückte über dem Ohr. Genauer gesagt war es die Haarnadel, mit der sie das sündhaft teure Haarteil an ihrem Haupthaar befestigt hatte. Statt ihrer schulterlangen, dunkelblonden Haare, die sie meist offen trug, hatte sie jetzt eine schwarze Langhaarperücke auf. Die Haare waren zu einem altmodischen langen Zopf auf dem Rücken geflochten. So mochten kleine Mädchen in den dreißiger Jahren des vergangenen Jahrhunderts in Deutschland herumgelaufen sein, vermutete sie. Aber diese Zeit war es ja wohl auch, welche Friedhelm Fürchtegott wieder auferstehen lassen wollte. Freya war begeistert und fand, es sähe sehr heroisch aus und die nationale Bewegung würde wahnsinnig stolz auf ein Mitglied wie Sabrina sein. Freya selbst hatte sich von ‚ihrer Haarschneiderin', wie sie die Friseuse nannte, bei der sie seit ihrer Ankunft in Midgard immer gewesen war, eine fesche, rothaarige Kurzhaarfrisur zaubern lassen. Ebenfalls mit einer Perücke und es war relativ schwierig, ihre üppige Mähne darunter zu bringen. Sabrinas Einwände, dass es doch gar nicht nötig sei, sich dermaßen zu kostümieren, hatte Freya ignoriert und zurück gefragt: „Weißt du, wann ich einmal Gelegenheit hatte, so lustige Dinge mit meinen Haren zu tun?" Und als Sabrina verneint hatte, hatte die Göttin geantwortet: „Eben, ich kann mich auch nicht erinnern." Damit war das Thema ein für allemal durch. Die Hairstylistin ließ sich ihre Mühen um die beiden Damen schließlich auch fürstlich vergüten. Sabrina rechnete sich aus, dass die Frau einen Kurzurlaub für vier Personen auf den Malediven locker bezahlen könnte, wenn nur eine einzige Kundin noch so eine Rechnung begleichen würde, wie Freya das fröhlich lächelnd tat. Geld schien bei den Göttern wirklich keine Rolle zu spielen und Sabrina hatte beobachtet, wie sich Freya einen Hundereuroschein einfach zwischen den Fingern hervorzog. Das würde sie auch mal probieren, wenn das hier alles vorbei wäre. Allerdings schätzte sie ihre Erfolgsaussichten eher gering ein. Ihre Garderobe hatten sie eher schlicht gewählt, was zu heftigen Diskussionen zwischen den beiden Frauen geführt hatte. Sabrina musste all ihre Überzeugungskunst aufwenden. Die Legende von den beiden Redakteurinnen einer rechten Zeitung ließe sich nicht aufrecht erhalten, wenn sie im exklusivsten Fummel, den die teuersten Läden zu bieten hatten, auftauchen würden.

Sie müssten aber auch alle weiblichen Reize ungehindert einsetzen können, bockte Freya. Es wäre aber zu unglaubhaft für ihre Rollen, widersprach Sabrina diesem Argument, und Fürchtegott könnte Verdacht schöpfen. Außerdem lege sie, Sabrina, keinen gesteigerten Wert darauf, von diesem Fiesling angemacht zu werden.

Das hatte Freya schließlich zähneknirschend eingesehen, bestand aber darauf, bei der Reizwäsche an nichts zu sparen. Diesen Kompromiss war Sabrina eingegangen, auch wenn sie sich mit den Strümpfen und Strapsen eher unwohl fühlte. Aber das sieht ja niemand unter den schlichten, altmodischen Röcken tröstete sie sich. Als sie alle Vorbereitungen abgeschlossen hatten, waren sie in Sabrinas kleinen Renault Clio gestiegen und in den Westharz losgefahren. Fürchtegotts Adresse hatten sie aus dem Telefonbuch erfahren und ihm inzwischen auch ihr Kommen per Handy angekündigt. Er freute sich und war hörbar geschmeichelt, als er von dem Interview erfuhr. Eine Doppelseite in der nächsten Ausgabe hatte ihm Freya großspurig zugesagt und lasziv hinzugefügt, er solle schon einmal ein paar schöne Fotos von sich heraussuchen, auf denen seine arische Männlichkeit gut zum Ausdruck kommen würde. Sabrina hatte fast ins Lenkrad gebissen, um nicht laut loszubrüllen vor Lachen. Das holten sie aber am Straßenrand nach, als Freya aufgelegt hatte. Sabrina war fast die Böschung runtergefahren und wieherte immer wieder los, wenn sie an die ‚arische Männlichkeit' denken musste. Freya lachte auch bis ihr göttliche Tränen in die Augen traten, allerdings weniger über die ‚arische Männlichkeit' als vielmehr, weil sie sich von Sabrinas unbeschwerter Art anstecken ließ.

Je näher sie Fürchtegotts Behausung kamen, desto ernster wurden die beiden Frauen. Sie legten sich die Fragen für das Interview zurecht und versuchten, indem sie ein mögliches Gespräch schon einmal im Kopf durchspielten, die richtigen Reaktionen und zielgerichteten Fragen nach dem Hammer zu finden. Angst hatte Sabrina keine, denn sie wusste Freya an ihrer Seite. Und Freya wusste nicht, was Angst war.

Friedhelm Fürchtegott lebte in einem kleinen Fachwerkhaus am Rande einer, vom Tourismus geprägten Vorharzgemeinde, mit vielen Pensionen und Gaststuben, Skiverleihs und Hotels und wieder Gaststuben und Cafés. Das Haus war mit reichlich hölzerner Ornamentik versehen und besaß eine eigene Zufahrt von der Dorfstraße her. Besonders am Dach hatte ein fleißiger Schnitzer Proben seiner Kunst hinterlassen und den Dachfirst verschönt. Das Haus war nicht im allerbesten baulichen Zustand, hier und da löste sich der Putz, aber es war auch keine Ruine. Der kleine Garten um das Haus machte jedenfalls einen gepflegten Eindruck und rein äußerlich deutete nichts auf die politische Gesinnung des Bewohners hin. Die beiden Frauen parkten ihren Wagen neben dem Haus und traten vor die Tür. Ein altmodischer Klingelton und kein verrücktes Tuten oder ähnliches erklang, als Sabrina den Klingelknopf betätigte. ‚Was hast du denn erwartet?', fragte sich die Journalistin und wischte mit ihren Händen über den Rock. Fürchtegott öffnete die Tür und begrüßte die jungen Damen mit artigem Diener. Sabrina knickste beim Händeschütteln und stellte sich als Frieda Weber und Freya als Fräulein Schuster vor. Sie hatten vergessen sich Namen auszudenken, durchzuckte es sie heiß wie siedendes Öl. Wie sie jetzt auf diese beiden Berufsnamen gekommen war, wusste sie später auch nicht zu sagen, aber Fürchtegott zuckte nicht mit der Wimper und schluckte die etwas plumpe Kröte.

Freya war fasziniert, dass Sabrina den selben Vornamen ausgesucht hatte wie sie, als sie sich dem dicken Lothar Lehmann vorgestellt hatte. Da war eindeutig eine Seelenverwandtschaft zwischen der Göttin und dieser sterblichen Frau, dachte sie amüsiert.

Fürchtegott hielt sie kokett ihre Hand zum Kusse hin, was der aber ignorierte. Oder er begriff nicht, wozu er gebeten war. Als er sich umdrehte und in den Hausflur trat zuckte die Göttin resignierend mit den Schultern und sah Sabrina mit einem Blick an, der zu besagen schien: ‚Keine Manieren dieser Mann'. Sabrina musste grinsen.

Friedhelm Fürchtegott bat sie freundlich „in die gute Stube", die etwas muffig roch, wie Sabrinas Nase sofort empört registrierte. Es war ein relativ sauberes Zimmer und die Einrichtung war einfach und ein bisschen antiquiert. Es machte den Eindruck, als wohne sein Besitzer nur sehr vorsichtig darin oder aber sehr wenig.

Freya stolzierte mit erhobenem Haupt wie eine Königin hinein, ganz Würde und majestätische Ausstrahlung. Sabrina knuffte sie in die Seite, als ihnen Fürchtegott den Rücken zuwandte und gab ihr mit Grimassen und Gesten zu verstehen, sie solle sich nicht so hochnäsig geben. Eine von Sabrinas körpersprachlichen Erläuterungen musste der Göttin sehr gut gefallen haben. Sie quietschte laut los und verfiel in einen nicht enden wollende Lachanfall. Fürchtegott, der schon zum Tee kochen vorausgeeilt war, hätte in der Küche vor

Schreck fast die Kanne durch den Warmwasserspeicher geboxt. Unsicher grinsend drehte er sich um und wartete auf eine Erklärung, die ihm Sabrina laut lachend gab: „Entschuldigen Sie bitte, Herr Fürchtegott, aber meine Freundin Grethchen kann manchmal sehr albern sein," bekam sie mühsam heraus.

„Grethchen", schrie die Göttin und sackte lachend auf Friedhelms Ohrensessel mit den kleinen, weißen, handgehäkelten Schonbezügen, die in Taschentuchgröße die Ohren verdeckten.

„Sie heißt in Wahrheit Margarethe und lacht sich immer kaputt, wenn ich sie Grethchen nenne", versuchte sich Sabrina wieder zu sammeln. „Verzeihen Sie zwei albernen, deutschen Mädchen. Es wird gleich wieder gehen."

„Ich freue mich, wenn es Ihnen bei mir gefällt", sagte Fürchtegott, was Sabrinas Eindruck, einen total verklemmten Aufschneider vor sich zu habe, nur noch verfestigte. „Schließlich empfängt man ja nicht all zu oft so reizende Volksgenossinnen", fügte Fürchtegott überflüssigerweise grinsend hinzu. Freya hörte das holprige Kompliment und versuchte, ihr Lachen in den Griff zu bekommen. Sie stand aus dem Sessel auf und zog sich ihren gestrickten, grauen Pullover wieder zurecht.

„Ich bedaure meinen kleinen Ausbruch", sagte sie mit einer so aufreizenden Stimme, dass es im Zimmer prickelte, als wäre eine Stiege Sekt verschüttet worden.

„Bitte verzeihen Sie mir", fuhr die Göttin fort und fummelte sich an ihrem Rocksaum herum, wobei sie den knielangen Rock, den sie zu flachen und □ wie Freya fand – bedauerlich unauffälligen Pumps trug, sehr weit nach oben gezogen hatte. Fürchtegott sah ihr Bein fast bis zum Beckenknochen und glaubte ein Strumpfband oder eine Strapshalterung oder etwas in der Art gesehen zu haben. Das hatte er bei zwei so feschen Mädels der Bewegung gar nicht vermutet. Vielleicht erlag er aber auch einer optischen Täuschung, die ihm sein Gehirn vorgaukelte. Diese hübschen Mädchen brachten ihn aus dem Konzept und er stand unsicher am Herd herum, während er vorsichtig ins Wohnzimmer schielte. Freya wandte sich zu Sabrina und zwinkerte ihr grinsend zu.

„Lassen Sie uns mit dem Interview beginnen!", ergriff Sabrina die Initiative.

Loki hatte Modi und Magni sehr schnell ausfindig gemacht. Die beiden Brüder irrten an die fünfhundert Jahre zu früh, aber wenigstens in der richtigen Gegend herum. Er seufzte. Manchmal fragte er sich, was die Asen und Wanen ohne ihn machen würden. Er zog bei fast jeder bedeutenden Verrichtung in Asgard mal mehr und mal weniger heimlich die Fäden. Dabei war er nicht einmal ein richtiger Gott, sondern entstammte einem Geschlecht von Riesen. Dennoch hätte er sie alle in die Tasche stecken können, wenn er gewollt hätte. Doch der Riese Loki hatte ein gutes Herz, auch wenn die Menschen ihn in ihren Liedern und Sagen als den Unheilsbringer über Asgard besangen. Aber was wussten die schon?

Er war Odins Blutsbruder und Odin vertraute ihm blindlings. Dieses Vertrauen wollte Loki um nichts in allen Welten zerstören. Wenn er gemeinsam mit Odin auf den Zinnen von Hlidskjalf saß und mit dem Göttervater über alle neun Welten gleichzeitig blicken konnte, dann waren das Momente, wie sie diese neidischen und missgünstigen Sterblichen nie haben würden.

Ursprünglich hatte er geglaubt, Magni und Modi würden gut zurecht kommen mit der kleinen Aufgabe, die Odin ihnen gestellt hatte. Doch er hatte Modis schamanische Fähigkeiten überschätzt. Baute einen Steinkreis, der am Ende nicht funktionierte. Und das an einer Stelle, von der er nicht wusste, ob schon einmal ein Steinkreis drauf gestanden hatte. Unverantwortlich!

Und Magni? Ja, der war seinem Bruder hinterhergelaufen und sicher keine große Hilfe gewesen, so wie Loki das einschätzte.

Loki hatte nicht begriffen, warum Odin seine Enkelsöhne ausgeschickt hatte. Vermutlich, damit sie Erfahrungen sammelten im Kampf. Etwas beleidigt war der Riese schon, dass er selbst nicht mitdurfte in die Menschenwelt. Odin hatte gesagt, er sei zu groß und könne daher keinen ‚Im Kongi Tor' bewahren. Das hatte er nicht ganz verstanden, denn er kannte kein Tor, das so hieß. Und notfalls hätte er sich ja bücken können. Er wollte sich aber auch keine Blöße geben und nachfragen. Das mochte Odin nicht sonderlich. Loki glaubte vielmehr, der oberste Gott habe ihn nur deshalb nicht mitgenommen, weil er befurchtete, der Riese würde die Menschen zusammenstauchen, die solche Lügen über ihn erzählten und schrieben. Dabei waren die längst alle tot. Das wusste Loki, denn diese Menschen hatten kein sehr langes Leben. Genaugenommen lohnte es sich kaum, einen von ihnen zu erschlagen, denn sie waren ja ohnehin kurz darauf mit Sterben beschäftigt. Und er war auch nicht gewalttätig.

Dann hatte Loki tatsächlich drei Nächte lang Modi nicht mehr gespürt und war zum großen Steinkreis gegangen. Er hatte die Zeit bestimmt, in der die Brüder waren. Und nun war er hier im Wald und wartete auf Modi und Magni, die nur wenige Kilometer von ihm entfernt in Richtung Harzkuppe marschierten. Dies war die exakte Richtung, wusste der Riese Loki, und strich sich grübelnd durch den Bart. Warum hatte Odin das Ende der Affäre dorthin verlegt, auf die andere Seite des Harzes? Oder hatte sich die Geschichte selbstständig gemacht, weil Mjöllnir weg war? Sollte das Ragnarök bevorstehen und in Kürze der alles entscheidende Kampf beginnen? Dann musste er alles tun, um es zu verhindern. Er würde nicht dafür verantwortlich sein, wenn es käme. Da irrten sich die Menschen, die meinten, ihm die Schuld in die Schuhe schieben zu können. Er würde es allen beweisen, dachte Loki.

Sie hatten den Hammer schon einmal heimgeholt und das würden sie auch wieder tun. Und Modi und Magni würden auch zur rechten Zeit an der richtigen Stelle sein. Dafür würde er sorgen!

Douglas Fenton hatte sich einen großen Stapel touristischer Broschüren und Reiseführer mit in sein Hotelzimmer genommen, die den Harz und sein Umland vorstellten. Er hatte sich auf eine längere und mühselige Suche eingestellt und vorsorglich eine Flasche vorzüglichen Whisky besorgt, die ihm Trost spenden sollte, wenn er nicht fände, was er suchte. Es war erstaunlich, dass so eine kleine Stadt wie Nordhausen einen so gut bestückten Laden hatte, mit einem derart ausgewählten Sortiment. Douglas nippte an dem vollmundigen, nussig riechenden, irischen Tröpfchen. Diese Methode hatte sich schon mehrfach bewährt und immer Erfolge gebracht: Er überprüfte ein Gebiet anhand seiner Sehenswürdigkeiten und dachte dabei nach. Gemeinsam mit dem Whisky kam er stets auf die richtigen Gedanken. Er nahm sich gerade ein kleines Heftchen von einem der hier offenbar reichlich vorhandenen Fremdenverkehrsverbände zur Hand. Es sollte dem unbeleckten Touristen in farbigen Bildern und mit großen Buchstaben einen Ort namens Hexentanzplatz schmackhaft machen. Das kam Douglas bekannt vor. Er wusste, dass er dieses Wort schon gehört oder gelesen hatte, auch wenn es schon lange her war. Er kramte in den hintersten Winkeln seiner Erinnerungen nach den abgelegten Überresten seiner

Schulbildung. Woher war ihm der Begriff geläufig? Irgendetwas hatte es doch mit dem Hexentanzplatz auf sich. Er las weiter und stieß auf ein Foto von einer sogenannten Walpurgishalle. Natürlich, Walpurgis. Da fiel es ihm wieder ein. Goethes „Faust", der Deutschen größte literarische Hassliebe unter ihren Klassikern. In einer Szene zog der Doktor Faust mit dem Teufel auf den Brocken zur Walpurgisnacht. Dort hatten sich die Hexen versammelt und Mephisto führte den staunenden Faust in die Welt der Geister ein.

Der Brocken wäre ein ideales Aufmarschgebiet für den Neonazi-Führer, überlegte Douglas weiter. Denn dass Fürchtegott mit seiner Truppe in dem alten Ferienlager blieb, um den Hammer zu weihen, glaubte er nicht. Das passte nicht zum latenten Größenwahn und der melodramatischen Theatralik eines Kerls wie Fürchtegott. Es war bei diesem selbsternannten Führer wieder einmal ein typischer Fall des Zwergensyndroms. Ein sehr kleiner Mann versuchte sich über die anderen zu erheben und die Froschperspektive zu kompensieren, aus der er seine Zeitgenossen betrachten musste. Konnte es diesen Fürchtegott auf den Brocken ziehen?, überlegte Douglas Fenton. Er war so etwas wie der heilige Berg der Deutschen und die heidnischen, germanischen Rituale besagten, dass Weihestätten in Wäldern, an Flüssen oder noch besser an Flussquellen lagen. Oder eben auf Bergen. So beschrieb es schon der Römer Tacitus und die Revivalbewegung nationalistischer deutscher Heiden machte es genauso. In der freien Natur wurden die Gottesdienste zelebriert, Kirchengebäude oder ähnliche Räume für religiöse Zeremonien kannten die alten Germanen nicht. Wäre es möglich, dass Fürchtegott den Brocken als Ort der Hammerweihe wählte? Denn um nichts anderes ginge es ihm, da war sich Douglas sicher. Und er hatte den Donnerstag, Thors Tag gewählt, ganz bewusst. Das bewies, dass er von den alten Bräuchen und dem dazu gehörenden Kult wusste. Douglas blätterte in Gedanken in der Broschüre herum und blieb plötzlich an dem Foto der Walpurgishalle hängen. Oben auf dem Dach war ein menschlicher Kopf zu erkennen, vermutlich aus Holz wie das ganze Gebäude. Dieser Kopf stellte einen Krieger dar, vermutete Douglas Fenton und zog sicherheitshalber seine Lupe zu Rate, die er immer eingesteckt hatte. Nein, das war kein Krieger, das sollte Wotan sein oder Odin oder Woden. Der oberste der Götter in Asgard, der Götterburg. Der Kopf hatte nur ein sichtbares Auge, das andere war von einer tief ins Gesicht hängenden Haarsträhne verdeckt. Das war das Erkennungszeichen für Odin, der einstmals ein Auge für die Erlangung noch größerer Weisheit geopfert hatte. Douglas Fentons Geist arbeitete angestrengt und reproduzierte das Wissen, das er schon vor vielen Jahren während der Ausbildung gespeichert hatte. Wotan war der Gott des Krieges und der Toten. Aber er war auch für die Wissenschaften zuständig, für die Magie und für die Poesie. Er hatte eines seiner Augen eingetauscht, um alle nur mögliche Weisheit zu erfahren. Seine Hauptaufgabe aber war es, das Ragnarök, die große und endgültige Katastrophe, so lange wie möglich hinauszuzögern. Das Ragnarök war der Untergang der Welt und der Götter und es wurde prophezeit, dass es eines Tages unausweichlich eintreten würde.

Walpurgishalle. Natürlich, in diesem Wort steckte ‚Walhalla' förmlich drin. An der Wand dieser Walpurgishalle waren noch andere Schnitzereien und die zeigten eindeutig zwei Raben. Das waren Huginn und Munnin, einer stand für die Gedanken und einer für das Gedächtnis. Sie begleiteten Wotan ebenso wie seine beiden Wölfe Geri und Freki, Gierig und Gefräßig, erinnerte sich Douglas. Und die waren auch in die Hauswand geschnitzt. Und da stand es auch in der Broschüre: „Die Walpurgishalle ist ein etwa 100 Jahre alter Museumsbau. Sie wurde von dem Berliner Architekten Bernhard Sehring entworfen. Am Giebel der Halle ist Wotan mit seinen Begleitern, den Raben Huginn und Munnin, den Wölfen Freki und Geri und seinem Ross Sleipnir abgebildet."

‚Lesen bildet, ich habe es immer schon gewusst', dachte der Spitzel Seiner Majestät und genehmigte sich einen großen Schluck Whisky.

Douglas Fentons Suche war beendet. Es gab nur eine einzige Stelle, an der Fürchtegott am Donnerstagabend seinen Zirkus vollführen würde. Jeder Zweifel war ausgeschlossen. An der Walpurgishalle und nirgendwo anders würden sie den Hammer weihen.

„Ich will den Hammer an der Walpurgishalle weihen", sagte Friedhelm Fürchtegott mit vor Stolz geschwellter Brust.

„Wo ist das?", fragte Freya fröhlich. Sie war äußerst vergnügt über den Verlauf der letzten beiden Tage. Fast bedauerte sie es, dass sie heute Nacht den Hammer zurückbekommen und zurück nach Asgard reisen würden. Besonders wegen Sabrina wäre sie gern länger in Midgard geblieben. Seit gestern waren sie aus dem Lachen kaum herausgekommen. Dieser Friedhelm war so humorlos, dass er zum Lachen nicht nur in den Keller, sondern in ein tiefes Bergwerk untertage ging, hatte Sabrina vermutet. Sie hatten ein kurzweiliges Interview mit ihm geführt und er hatte geeifert und gegeifert, sich in Rage geredet, bis er vor lauter Aufregung ins Stottern kam. Sabrina, die sich nun Frieda nannte, hatte fleißig mitgeschrieben und so getan, als wäre sie begeistert von dem primitiven und hasserfüllten Gerede Fürchtegotts. Er war ein Demagoge durch und durch und drehte jedes nur mögliche Ereignis so lange hin und her, bis es in sein Weltbild passte. Und dort war nur Platz für reine, nordische Menschen. Es war der selbe Quatsch, der Deutschland vor gar nicht langer Zeit ins Verderben geführt hatte, dachte Freya. Und dieser kleine Mistkerl hier wollte offenbar eine Wiederholung dieser Tragödie. Das konnte Freya nicht verstehen und sie hatte beschlossen, alle Gedanken in dieser Richtung zu verdrängen und lieber mit Sabrina so viel Spaß wie möglich zu haben. Sabrina spielte ihre Rolle als glühende Verehrerin der Deutschtümelei hervorragend und Freya war dabei die Idee gekommen, noch eine weitere Verkleidung anzufügen.

„Ganz in der Nähe des Hexentanzplatzes, oberhalb der Stadt Thale und unmittelbar vor dem berühmten Bergtheater, steht die Walpurgishalle", antwortete Friedhelm auf ihre Frage.

„Ein aufrechter Deutscher mit dem Namen Ernst Wachler hatte hier einst die Vision, ein Amphitheater in den Felsen zu hauen und das nordische Kulturgut an einer so urdeutschen Stelle dem ganzen Volke zugänglich zu machen. In Sichtweite der Stadt Quedlinburg, wo der Sachsenfürst Heinrich I. zum ersten deutschen König ernannt wurde, aus dessen Geschlecht dann die Ottonen hervorgingen. Sein Sohn war der erste deutsche Kaiser, Otto I."

„Das wissen wir doch alles schon, lieber Friedhelm", unterbrach ihn Sabrina, der das pathetische Geschwafel Fürchtegotts auf die Nerven ging. Sie hatten ihm das ‚du' schon gestern bei ihrer ersten Begegnung angeboten und schnell festgestellt, dass ihnen Fürchtegott alles sagen würde, was sie hören wollten. Die Kehrseite der Medaille war, dass er leider die Angewohnheit hatte, auch vieles zu erzählen, was sie nicht hören wollten. Jetzt war Sabrina überrascht, dass der Neonazi die Hammerweihe nicht in dem alten Ferienlager abhalten wollte und sie fragte nach: „Aber wissen denn die anderen, ich meine, die Kameraden, Bescheid, wo sie hinkommen sollen?"

„Ich habe heute morgen schon den Scharführern eine SMS geschickt." Friedhelm sah auf seine Armbanduhr und ergänzte: „Sie müssten schon unterwegs sein. Und wir sollten auch langsam aufbrechen, meine Damen."

„Ja, aber wird uns da oben denn niemand bemerken? Ich meine, da laufen doch viele Touristen und Theatergäste herum", warf Sabrina mit einem Anflug von Verzweiflung ein. Sie konnten doch jetzt nicht mit dem Kerl nach Thale fahren. Wie sollten sie denn Odin und Thor noch erreichen? Die würden doch bei Einbruch der Dunkelheit in das Lager kommen. Hilfesuchend sah sie zu Freya hinüber. Die saß bequem auf dem Sessel und machte einen völlig entspannten und vergnügten Eindruck.

„Heute Abend ist dort kein Mensch", erläuterte Fürchtegott.

„Am Nachmittag war die Premiere des Märchenstückes, das über den Sommer gezeigt wird. Die Schauspieler und Techniker und der ganze Tross feiern die ganze Nacht unten in Thale in einem Garten."

„Aber da ist ein festes Haus, das bewohnt wird, denke ich mich zu erinnern", hakte Sabrina nach.

„Dort wohnt im Sommer der Direktor des Bergtheaters", fuhr Fürchtegott unbekümmert fort. „Er ist auch eingeladen und hat sein Kommen zur Feier zugesagt."

„Ja, na gut." Sabrina suchte nach Gründen, Fürchtegott umzustimmen.

„Aber wenn andere Leute noch spazieren gehen, auf dem Hexentanzplatz?", wollte sie wissen.

„Da kann ich dich beruhigen, Frieda", sprach Fürchtegott in einem schulmeisterlichen Tonfall. „Um sechs Uhr nachmittags fährt die letzte Seilbahn vom Hexentanzplatz zur Talstation und nur die wenigsten Touristen haben heute noch den Mumm, einen Berg selbst zu besteigen, wie es unsere Väter taten", führte Friedhelm aus.

‚Der macht auch aus jeder Sache gleich eine große Oper', stöhnte Sabrina innerlich und unterbrach ihn abrupt: „Woher weißt du das überhaupt, vielleicht machen die Schauspieler ja gar keine Feier."

„Doch, machen sie." Fürchtegott war sich sicher. Er grinste überheblich.

„Ich habe meine Erkundigungen eingezogen", sagte er salbungsvoll.

Sabrina gab es auf. Sie schaute flehend zu Freya. Die lächelte nur und sagte forsch: „Na, dann wollen wir mal. Fahren wir mit unserem Wagen und du mit deinem. Frieda, kennst du den Weg, du warst doch schon öfter im Harz?", fragte sie scheinheilig und lächelte immer noch. „Oder soll es Friedhelm dir noch einmal erklären?"

„Nein, ich habe ein Navi", sagte Sabrina und funkelte Freya zornig an. Lachte die sie etwa aus?

Draußen im Wagen wollte sie den Grund für Freyas Heiterkeit wissen.

„Du bist so süß, wenn du unsicher wirkst", sagte die Göttin, „Und du brauchst keine Angst haben."

„Wieso Angst?", fragte Sabrina steif.

„Wegen Odin und Thor", antwortete Freya. „Schau mal zurück zu Fürchtegotts Haus", forderte sie ihre Freundin auf.

Sabrina guckte zum Haus. Erst fiel ihr nichts besonderes auf, dann sah sie es. Auf dem Dach saß ein sehr großer Rabe neben dem Schornstein.

„Darf ich vorstellen, Munnin", lachte Freya. „Odins Gedächtnis in Form eines Raben. Er wird wissen, wo er seinen Herrn findet und die beiden Männer werden heute abend rechtzeitig da sein. Mach dir keine Sorgen."

„Da bin ich aber beruhigt", sagte Sabrina pikiert und startete den Wagen. Fürchtegott war mit seinem Jeep schon vorausgefahren.

„Komm, nun sei nicht sauer", entschuldigte sich Freya. „Ich wollte dich nicht ärgern. Mir kam vorhin ein lustiger Gedanke für heute Abend."

Sie machte eine kleine Pause. „Möchtest du ihn hören?"

„Schieß schon los", sagte Sabrina und ihre Stimme grollte nur noch ein ganz kleines bisschen.

Über den Hexentanzplatz schlenderte ein hochgewachsener Mann. Er trug einen teuer aussehenden, schwarzen Frühlingsmantel, dessen Kragen hochgestellt war. Auf dem Kopf hatte er einen schicken, grauen Hut mit einer imposanten Krempe. Er schien ziellos hin und her zu gehen, so als sei er hier mit jemandem verabredet. Seine rechte Hand hielt eine Zigarre, an der er von Zeit zu Zeit lässig paffte. Die Finger seiner linken Hand spielten in der Manteltasche mit seinem Parkschein, den er bei seiner Ankunft vor einer Stunde bekommen hatte. Inzwischen war er schon im Tierpark auf dem Hexentanzplatz gewesen, wo sie zwei auffallend große Wölfe in einem Gehege hatten, an dem ein Schild versicherte, es würde einen Fuchs beherbergen. Die Wölfe lagen faul ausgestreckt und guckten ihn hungrig aus ihren feurig gelben Augen an. Um sie herum hüpfte ein pechschwarzer Rabe. Er war so groß, dass Dr. Bernhardt Bönisch erst dachte, es wäre gar kein Rabe. Das fand Bönisch alles sehr merkwürdig und er hatte am Ausgang dem Personal eine diesbezüglich spitze Bemerkung nicht ersparen wollen. Doch er hatte es vergessen.

Dann hatte er diverse Aussichtspunkte bestiegen und den herrlichen Blick über das Bodetal und hinein ins weite Land bis hinüber nach Quedlinburg genossen. Die direkt unter ihm liegende Stadt Thale sah von hier oben auch interessant aus. Man müsste viel öfter mal aus Hamburg rauskommen, dachte der Anwalt und richtete den Blick wieder auf die Straße, die in den Hexentanzplatz mündete. ‚So langsam könnte sich der saubere Herr Fürchtegott mal herbemühen', dachte er. Der hatte ja wohl einen wesentlich kürzeren Weg als er. Bernhardt Bönisch merkte, dass er langsam wütend wurde. Er hatte eigentlich gar nicht herkommen wollen, aber die anderen Parteikameraden hatten gesagt, es wäre schon wichtig, diesen Fürchtegott ernst zu nehmen. Er leistete im Harz hervorragende Aufbauarbeit und wenn er weiter so erfolgreich junge Menschen für den nationalen Widerstand gewänne, könnten sie schon bei einer der nächsten Wahlen antreten und möglicherweise in einen Kreistag einziehen.

Und Bönisch wäre ja wohl einer, der am meisten davon profitierte, sagten sie in Hamburg. Das war nicht falsch, musste er zugeben. Der Grossteil seiner Mandanten waren Nationalisten und Volksgenossen, die mit der weichlichen Demokratie in Konflikte gekommen waren und für ihn stellte es immer wieder ein besonderes Fest dar, wenn er sah, wie sich die Staatsanwälte wanden und bogen. Meist konnten sie seinen Klienten aber nichts nachweisen und die einzigen Prozesse, die Bernhardt Bönisch mit seinen rechtsgerichteten Schutzbefohlenen verlor, waren Körperverletzungsdelikte. Doch auch hier half in der Regel die Einführung von viel Alkohol in die Beweiskette. Verminderte Zurechnungsfähigkeit hatte schon viele seiner Täter zu Opfern ihrer Alkoholsucht gemacht. Bönisch musste grinsen, wenn er daran dachte, was für schönes Geld sich mit der nationalen Bewegung verdienen ließ und es wäre ihm gar nicht recht gewesen, wenn diese Leute an die Macht kämen. So wie es war gefiel es ihm viel besser. Hin und wieder musste er eben Leute wie diesen aufgeblasenen Fürchtegott ertragen. Es gab Schlimmeres.

Wenig später begrüßte er Friedhelm Fürchtegott ausnehmend freundlich und beglückwünschte ihn zu der geplanten Aktion ‚Hammerweihe'. Die beiden Männer schritten die Orte ab, die in der kommenden Nacht von Bedeutung sein sollten. Friedhelm erläuterte seinem Gast die kultische Bedeutung des Sachsenwalls, einer mehr als 1500 Jahre alten Granitmauer, die sich quer über das Gelände des Hexentanzplatzes vom Steinbachtal bis hin zum Bodetal erstreckt.

„Wir stehen hier auf geheiligtem Boden", sagte er voller Pathos.

„Vermutlich ist der Granitwall, der einst Teil einer Befestigungsanlage unserer Väter gegen die slawischen Horden war, aber noch viel älter als nur 1500 Jahre", ergänzte Fürchtegott seine Ausführungen. Dr. Bönisch erkannte neidlos an, dass der kleine Mann seine Hausaufgaben gemacht und einen würdigen Platz ausgewählt hatte.

„Hier wurden auch der Opferstein und die bronzene Keule gefunden, die heute Hauptbestandteile der Exposition in der Walpurgishalle sind", belehrte Friedhelm den Hamburger weiter.

„Mein lieber Fürchtegott", sagte der Anwalt in bewunderndem Ton, „an Ihnen ist ja ein Museumsdirektor verloren gegangen."

Friedhelm Fürchtegott grinste und antwortete vieldeutig: „Museumsdirektor ist nicht die Profession, die mir in nächster Zeit vorschwebt."

Dann drehte er sich um und schritt würdevoll und gemessenen Schrittes auf die Walpurgishalle zu. Bönisch war bei der letzten Bemerkung des regionalen Gruppenführers das Lächeln im Gesicht gefroren. Er blieb noch eine Sekunde stehen, fassungslos über so viel Arroganz, und folgte Fürchtegott dann mit fünf Schritten Abstand.

Immer mehr Skinheads sammelten sich in den Wäldern und warteten darauf, dass die Touristen verschwanden. Die waren kurz nach sechs, genau wie es Fürchtegott prophezeit hatte, tatsächlich alle ins Tal hinunter gefahren. Der große Parkplatz war so gut wie leer, die wenigen Autos, die hier standen, gehörten dem Personal der Gaststätte und den Betreibern der kleinen Buden. Der große, schwarze 500er Mercedes gehörte Bönisch. Daneben stand Friedhelms Jeep, in dem Mjöllnir auf seinen großen Auftritt wartete. Fürchtegott hatte den jungen Leuten eingeschärft, sie sollten ja nicht mit ihren Autos anrücken und offenbar hielten sie sich an seine Anweisungen. Bönisch war erstaunt und erfreut über so viel Disziplin. Nun müssten sie nur noch auf den Einbruch der

Dunkelheit warten und ihr zeremonielles Treffen, wie Fürchtegott es nannte, könnte beginnen.

Freya und Sabrina waren auch eingetroffen und wurden Bönisch vorgestellt. Der war äußerst entzückt und verpackte dieses Gefühl auch in viele lobende Worte. Sabrina spielte die Unschuld vom Lande, die zum ersten Male ein Kompliment hört und Freya hatte Schwierigkeiten, ihr sehr teures Höschen nicht vor Lachen nass zu machen.

„Es ist zudem ein besonderer Tag heute", dozierte Friedhelm, der sich wie ein Gockel spreizte, seitdem die beiden Frauen angekommen waren. Dr. Bönisch war darüber äußerst belustigt, zeigte es aber den anderen nicht.

„Nicht nur, dass ich einen Donnerstag ausgewählt habe, also einen Tag, der nach dem großen Thor benannt wurde, nein, es ist auch noch ein ganz besonderer Donnerstag!", belehrte er den Anwalt und die beiden vermeintlichen Journalistinnen.

„Spann uns doch nicht so grausam auf die Folter", bettelte Freya wie ein Schulkind nach Süßigkeiten.

„Wir haben heute den sechsten Donnerstag nach Ostern und der ist von Alters her ein Feiertag. Er erinnert an den Raub des Wunderhammers Mjöllnir durch den Eisriesen Thrym." „Aha", sagte Freya.

„Deshalb heißt dieser sechste Donnerstag nach Ostern auch ‚Hammers Heimholung'", fuhr Friedhelm unbeirrt fort.. „Oh, wie passend!", kommentierte die Göttin wieder.

„Das will ich meinen", sagte Friedhelm Fürchtegott und heroischer Stolz schwang in seiner Stimme. Er ließ sich von den Dreien ausgiebig bewundern und machte keine Anstalten, fortzufahren.

„Friedhelm, was ist mit dir?", wollte Sabrina wissen und sah ihn besorgt an. „Geht es dir nicht gut?" Sie setzte eine ernste Miene auf. „Du siehst so entrückt aus, vielleicht solltest du dich erst einmal setzen."

Freya wandte sich ab und Sabrina sah aus den Augenwinkeln, wie ihr göttlicher Körper von Lachkrämpfen geschüttelt wurde.

„Ach Unsinn", wehrte Friedhelm ab. „Ich habe allerdings noch eine kleine Überraschung für euch."

Er nickte mit dem Kopf in Richtung Parkplatz, den nur er momentan im Blick hatte. Neugierig drehten sich Bönisch und Sabrina um. Auf dem Weg zum Bergtheater, vor dem sie standen, kamen jetzt vier Skinheads, die in der

Mitte zwei junge Herren in etwas ramponierter, aber durchaus noch erkennbar teurer Garderobe führten. Den beiden Männern waren die Hände auf den Rücken gebunden.

„Was soll das, Fürchtegott?", schnauzte Bernhardt Bönisch, als er begriff, dass die beiden Gefangene waren.

„Wir können eine richtige Weihe durchführen und haben sogar zwei Blutopfer", sagte der Gescholtene bedrohlich leise.

„Sie sind verrückt", zischte Bönisch und sah in der Tat ein irres Funkeln in den Augen des pockennarbigen Gesichts einen Kopf unter ihm. „Wer sind diese Männer?"

„Feinde", herrschte Fürchtegott den Hamburger Anwalt an. „Es sind Amerikaner, vermutlich feige Spione, die uns auskundschaften sollten. Jedenfalls haben wir eine .45er Magnum bei dem einen gefunden", offerierte er dem fassungslosen Juristen.

„Fürchtegott!" Bönisch zog ihn von den Frauen weg, „Machen Sie sich nicht unglücklich und lassen Sie die Männer laufen. Die können doch unmöglich der Zeremonie beiwohnen. Da könnten wir ja gleich das Fernsehen einladen."

„Warum eigentlich nicht?", fragte Friedhelm kalt und knapp.

„Die werden uns verraten, Sie Idiot", brüllte der Anwalt jetzt laut los.

„Mäßigen Sie sich, Bönisch", schnappte Fürchtegott zurück. „Diese beiden Witzfiguren werden nichts verraten, weil sie es gar nicht mehr können, wenn ich mit ihnen fertig bin."

„Sie haben ja den Verstand verloren, Sie kleiner, aufgeblasener Fatzke", ereiferte sich der Hamburger Anwalt, dem sein Gefühl sagte, dass er hier ganz schnell weg musste. „Nicht mit mir. Das ist Ihre letzte Aktion, dafür werde ich in Hamburg sorgen."

„Machen Sie was Sie wollen, Sie Feigling", schimpfte Fürchtegott nun los. „Aber ich werde heute den Hammer des Donnergottes mit dem Blut dieser, offensichtlich einer minderen Rasse angehörenden, Kriegsgefangenen weihen. Und ich werde meinen Marsch zur Macht beginnen. Hier und heute wird der Grundstein einer neuen Zeit gelegt. Ein Feiertag der nationalen Bewegung wird das werden, dieser Donnerstag. Aus ‚Hammers Heimholung' wird ‚Fürchtegotts Aufbruch' werden."

„Du bist ja krank, du mieser Drecksack! Du wirst nie ein Führer unserer Bewegung werden", rief Bönisch.

„Paul!", bellte Fürchtegott im scharfen Befehlston. „Fesselt diesen Verräter. Sein Blut wird noch in dieser Nacht vom Opferstein strömen!"

„Na, nun bleib mal cool, Friedhelm", versuchte Paul seinen Anführer zu beschwichtigen.

„Führe meinen Befehl aus und diskutiere nicht", schrie Fürchtegott aufgebracht. Paul, der seine wilde Wut bemerkte, dachte, dass es das Beste wäre, zu tun, was der olle Friedhelm wollte. Dann gab es auch keinen Stress. Er griff sich den entsetzten Bönisch und schlug ihm die Faust ins Gesicht.

„Aufhören", wimmerte der große Parteifunktionär kläglich. „Das ist ja ein Alptraum."

„Und der fängt erst an", knurrte Fürchtegott und wandte sich den beiden Mädchen zu. Sabrina hatte unterdessen Freya scharf zurecht gewiesen und von ihr mehr Ernsthaftigkeit bei ihrer Undercovertätigkeit verlangt. Deshalb hatten beide nicht mitbekommen, warum nun der Anwalt Prügel bekam.

„Was ist hier los?", mischte Freya sich ein.

„Nichts Wichtiges", sagte Friedhelm Fürchtegott, „Wir haben nur einen Volksverräter enttarnt und setzen ihn fest. Und nun sollten wir uns der Weihe widmen." Entschlossenen Blicks stiefelte der kleine Möchtegernführer davon, ohne auf eine Reaktion der Journalistinnen zu warten. Sabrina und Freya sahen sich besorgt an und folgten ihm in einigem Abstand.

Wenig später war ein Trupp von über fünfzig Skinheads an der Walpurgishalle versammelt und es brannten Fackeln an allen Ecken. Friedhelm stand vor dem Portal des kleinen Holzhauses, das schon seit vielen Jahren als Heimatmuseum Dienst tat. Er hatte den Hammer in seinen beiden Händen und es war ihm anzusehen, dass er schwer wog. Andere Utensilien, die er aus dem Jeep geholt hatte, waren jetzt um ihn herum drapiert. Ihm zur Seite saßen die drei Gefangenen, bewacht von einigen besonders brutal aussehenden Jungs.

Friedhelm schaute auf seine versammelte Truppe und die jungen Männer blickten ihn erwartungsvoll an. Die beiden hübschen Maide waren nirgends zu sehen. Aber die würden als Journalistinnen schon selbst wissen, wann sie wo zuhören mussten. Fotografieren könnten sie ihn langsam mal, wie er so am Portal Walhallas stand, den mächtigen Hammer Thors in Händen. ‚Einlass in die Runde der Götter begehrend', dachte der selbsternannte Führer.

Er begann eine Ansprache an seine Getreuen: „Wie es nur an heiligen Feiertagen üblich ist, wollen wir heute an ‚Hammers Heimholung' eine rituelle Weihe vollführen, wie sie noch kein Sterblicher je zuvor erlebt hat."

Friedhelm machte eine bedeutungsschwangere Pause, damit sich das Gesagte bei seinen Zuhörern besser setzen konnte.

„Der Donnerhammer unseres hoch verehrten Gottes Thor, mit dem er einst über die Elemente gebot, mit dem er unzählige Feinde zerschmetterte, nicht zuletzt den Riesen Thrym samt seiner Sippe, dieser Hammer, er ist in meinen Besitz gekommen und dies ist ein Zeichen der Götter. Sie unterstützen unseren Widerstand gegen die falsche und verlogene Herrschaft, unter der das ganze deutsche Volk leidet. Wir werden den Hammer heute bei einem Gottesdienst unter dem strahlenden Sternenhimmel unserer Ahnen seiner neuen Bestimmung übergeben. Er soll uns Symbol sein für den Aufbruch in eine, vom nordischen Denken bestimmte Welt, in der wir nicht mehr vor kriminellen Kanaken kuschen müssen. Ich werde bei diesem Blot als euer Godhi fungieren."

„Rede ordentlich mit uns, Friedhelm, wir verstehen kein Wort!", brüllte einer der Zuhörer dazwischen, „Was willst du machen?"

„Ich werde euer Priester sein, der Godhi bei unserem Gottesdienst, den unsere Altvorderen oft ‚Blot' nannten", erklärte Fürchtegott.

„Sag das doch gleich", ließ sich der Störer entschuldigend vernehmen.

„Kommen wir nun zu unserem Artbekenntnis, ehe wir diesen Hain hier und die Berge, die uns tragen, segnen wollen", sagte Friedhelm wieder in seinen Singsang verfallend und hub an eine lange Litanei von Vorschriften abzuarbeiten, die der deutsche Artgenosse zu befolgen hatte.

Etwa hundert Meter weiter zupfte sich Sabrina an ihrem weißen, bodenlangen Gewand herum, dass Freya aus dem Kofferraum ihres Wagens gezaubert und ihr überreicht hatte. „Mit den Haaren das ist leider nicht optimal, aber diese tumben Barbaren da drüben werden kaum große Vorstellungen davon haben, wie Göttinnen frisiert sind", sagte Freya und begutachtete ihre Freundin.

„Ansonsten ist es perfekt. Ich hatte ja erst überlegt, meinen Katzenwagen zu nehmen, aber ich glaube, es geht auch zu Fuß", sinnierte die Göttin, die ebenfalls in ein schlichtes, weißes Kleid gehüllt war. „Immerhin habe ich sehr schicke Unterwäsche an", seufzte sie und schaute lieber zu den Fackeln hinüber.

„Also wenn er anfängt, die Götter aufzurufen und bei Fricka und Freya angelangt ist, melden wir uns wie besprochen. Alles klar bei dir?"

„Alles klar", sagte Sabrina mit einer festeren Stimme, als sie gedacht hatte. Ihr war sehr mulmig um die Magengegend. Immerhin standen da drüben gut und gerne fünfzig Schlägertypen und sie waren hier allein auf weiter Flur, denn von Odin und Thor fehlte jedes Lebenszeichen.

An dem Holzhaus war Fürchtegott inzwischen dazu übergegangen mit Thors riesigem Hammer den Wald und die Berge zu segnen, indem er ihn in alle vier Himmelsrichtungen hielt und beschwörende Murmellaute von sich gab.

Von ferne hörte man schon seit einer ganzen Weile ein leises Grollen, was im Laufe der Zeit immer weiter anzuschwellen schien. Die Jungs schielten in die Richtung, aus der die Geräusche kamen und einige wurden langsam unruhig.

Friedhelm las aus der Edda den Abschnitt über die Heimholung des Hammers vor und als Nächstes, so mutmaßte Freya, würde die Anrufung der Götter an der Reihe sein. Sie hoffte, dass Friedhelm die umgekehrte Reihenfolge wählen würde und von den niederen Göttern zu den höheren aufstieg. Die Zeit wurde langsam knapp und sie grollte schon mit ihren beiden obersten Göttern.

Friedhelm war gerade dabei, eine klebrige Flüssigkeit in das alte Kuhhorn zu gießen, das er für diesen Zweck erworben hatte. Es war Met, der eigentlich als Umtrunk hätte herumgereicht werden müssen, aber das wollte er sich bei der versoffenen Bande, die hier vor ihm stand, lieber ersparen. Er glaubte nicht, dass sich die weihevolle Stimmung weiter aufrecht erhalten ließe, wenn er die Versammelten an alkoholische Getränke erinnerte. Und so ließ er diesen Punkt im Gottesdienst einfach unter den Tisch fallen. Er würde den Met nur als Opfer ausgießen und gleich zu der Anrufung der Götter kommen. Zum Abschluss würde er das Blutopfer zelebrieren und dem Hammer geben, wonach dieser seiner Meinung nach so dringend verlangte.

Das ferne Grollen, das er schon seit einiger Zeit gehört hatte, war lauter geworden und klang jetzt wie ein Brausen oder Brummen.

Friedhelm hob das Kuhhorn in die Höhe und erläuterte seinen Zuschauern, was er gerade tat. Verstehendes Nicken war die Reaktion bei denjenigen, die ihm noch zuhörten und sich nicht nach dem ansteigenden Geräusch den Hals verrenkten.

Freya hatte Glück. Friedhelm Fürchtegott hatte viel Sinn für Melodramatik und begann bei den nicht anwesenden Göttern. Das Paar Ran und Ägir war schon angerufen worden und nicht erschienen, Wuldor und Skadhi waren auch schon durch, Baldur fand gebührende Erwähnung, und der konnte nun wirklich nicht kommen, denn er war ja tot, dachte Freya. Die beiden Frauen warteten gespannt auf ihren Auftritt.

„Freya, Tochter des Njörd aus dem Geschlecht der Wanen", rief Friedhelm schließlich. „Du Göttin der Fruchtbarkeit und des Krieges. Du, welche die Hälfte der in der Schlacht Gefallenen erhältst, auf dass du sie im Folkwanger aufnimmst. Du Göttin der Liebenden und der jungen Frauen, wir rufen dich!", brüllte Fürchtegott.

„Wer ruft mich da in dunkler Nacht am Feiertage der Heimholung des Mjöllnir?", donnerte die Göttin so laut sie konnte und landete vom Dach springend vor Friedhelms Füßen. Dem klappte die Kinnlade herunter. Unter seinen Soldaten brach ein erstauntes Geraune und Gewisper aus.

„Was rufst du nicht weiter die Götter an?", fragte Freya mit Grabesstimme. „Fricka, meine Schwester", schrie sie. „Zeige dich diesen nichtswürdigen Erdenwürmern!"

Sabrina sprang auf dieses Stichwort nun ebenfalls vom Dach. Friedhelm glotzte sie blöd an.

„Du könntest nun weiter machen mit der Familie des Donnergottes. Was rufst du nicht seine Söhne Magni und Modi an?", zürnte Freya, als es fürchterlich krachte und zwei Blitze wie aus heiterem Himmel direkt neben Friedhelm einschlugen. Der glaubte, sein letztes Stündlein habe geschlagen und fühlte sein Herz im Brustkasten springen wie einen von der Tarantel gestochenen, barfüßigen Touristen im heißen Wüstensand Arabiens.

An der Stelle, wo die Blitze eingeschlagen hatten, waren dichte Rauchwolken aus dem Boden hervorgeschossen und nun traten aus diesem theatralisch anmutenden Nebel zwei Krieger heraus. Eine riesengroße, blonde Gestalt mit einem mächtigen Bart und einem langen Umhang über seinem Harnisch und ein etwas kleinerer mit rotem Haar, dessen Umhang etwas zu lang geraten schien. Beide hatten schrecklich große Schwerter und in die Versammlung der Skinheads kam jetzt hektische Bewegung. Ein Großteil der Anwesenden hatte genug gesehen und begab sich auf den Heimweg. Und weil es schon ziemlich spät war, beschlossen die meisten der Abreisenden, ihren Weg im Laufschritt zurückzulegen. Die verbliebenen Widerstandskämpfer sahen sich verwirrt um und packten ihre eigens für solche Gelegenheiten mitgeführten Baseballschläger fester.

„Magni und Modi, wo kommt ihr denn her?", staunte Freya.

„Sind wir zu spät gekommen?", kam die besorgte Gegenfrage von Modi.

„*Wann* sind wir hier, Freya?", erkundigte sich Magni interessiert.

„Eine deus ex machina", hauchte Sabrina.

„Was sagst du?", wollte Freya wissen.

„Eine deus ex machina!", wiederholte Sabrina mechanisch.

„Die Worte habe ich verstanden, ich möchte den Sinn der Worte wissen", begehrte Freya.

„Eine deus ex machina", sagte Sabrina und staunte die Götter an, die sich noch irritiert umsahen, „ist eine Gottesmaschine. Die alten Griechen ließen in ihren Theaterstücken die Götter am Ende auftreten und die kamen mit so einer deus ex machina. Das war ein ganz guter Trick. Wenn den Dichtern kein passender Schluss einfiel, kam einfach ein Gott aus dem Schnürboden gefallen und erzählte die Moral von der Geschichte oder belehrte das Publikum noch ein bisschen", erklärte Sabrina.

„Oh, ich verstehe", sagte Freya.

„Sabrina, das sind Magni und Modi, Thors Söhne", stellte Freya die beiden vor. „Und das hier ist meine Freundin Sabrina. Sie ist eine sterbliche Erdenfrau, aber mit dem Herzen einer Göttin, das könnt ihr mir glauben", erläuterte sie den beiden Helden. „Ihr seid übrigens genau richtig gekommen, praktisch wie aufs Stichwort."

„Oh, das freut mich aber", sagte Modi und Magni fragte: „*Wann* sind wir, Sabrina?"

Er musste es fast schreien, denn um sie herum war ein wahres Inferno ausgebrochen. Das sich steigernde Geräusch hatte sich als Motorenlärm von größtenteils getunten Motorrädern entpuppt und jetzt blitzten die Scheinwerfer von wenigstens zwanzig großen Maschinen auf. Auf der vordersten saß Thor, dessen lange Haare im Winde wehten und auf seinem Sozius kam Odin mit den Raben auf den Schultern. Hinter ihnen fuhren lauter Harley Davidsons in Richtung Walpurgishalle. Das war für den Rest der Skinheads ein eindeutiges

Zeichen, unverzüglich die Heimreise anzutreten und auf den Einsatz ihrer dicken Holzprügel zu verzichten.

„Noch mehr deus ex machinas", sagte Freya. „Wenngleich ein wenig spät."

Thor und Odin waren bei ihnen angekommen und umkreisten die fliehenden Wächter, die es vorzogen, ihre Gefangenen einem ungewissen Schicksal zu überlassen. Auch die Biker, die mit den Göttern auf den anderen Maschinen angekommen waren, beteiligten sich an der Jagd und scheuchten mit heulenden Motoren die letzten Getreuen Fürchtegotts in den Wald.

„Nun zu dir, du komischer Held", rief Freya und wandte sich wieder dem zitternden Friedhelm zu. „Gib mir augenblicklich Mjöllnir!", brüllte die Göttin den selbsternannten Führer an und wand ihm den Hammer aus der Hand. „Was ist das?", fragte Freya und riss die Augen auf. „Das soll doch nicht etwa Thors Hammer sein?"

Sabrina schaute verständnislos erst auf den Hammer und dann in Freyas Gesicht. Die Göttin sah aus, als habe sie gerade in einem vornehmen Restaurant einen Hummer bestellt und einen Rollmops serviert bekommen. Als sich ihre Augen mit Sabrinas trafen und sie deren tiefe Verunsicherung sah, zog sich ihr Mund allmählich in die Breite und öffnete sich glucksend. Zwei Reihen prächtiger Götterzähne blitzten im Fackellicht und dann brach ein Sturm von Gelächter aus ihr heraus, wie ihn Sabrina noch nie vernommen hatte. Ein befreites, fröhliches und unwiderstehlich ansteckendes Lachen hallte von den Harzhöhen bis weit hinunter ins Tal. Freya musste an ihren Abend im Theater mit Lothar Lehmann denken und wie sie im Halbschlaf den dilettantischen Knüppel des Bühnendarstellers für Mjöllnir gehalten hatte und sie lachte noch lauter. Dieses Ding hier war dem echten Hammer zwar äußerlich täuschend ähnlich, aber es hatte keinerlei Zauberkraft und war mit dem wahren Hammer so verwandt wie eine Honigbiene mit einem Waschbären.

In Friedhelm Fürchtegotts Ohren klang ihr Lachen wie eine Kettensäge, die seine Nervenstränge erbarmungslos durchtrennte und ihn in den Wahnsinn treiben sollte.

Odin und Thor waren inzwischen von ihrem Motorrad gestiegen und zu ihnen getreten.

„Mjöllnir!", brüllte Thor und stürzte sich auf den Hammer, den Freya vor Lachen fallen hatte lassen.

„Aber nein", heulte der Donnergott auf. „Das ist nicht mein Hammer! Wer wagt es, mich an der Nase herum zu führen wie einen stinkenden Tanzbären?" schrie er in den dunklen Forst, der ob dieser Bedrohung noch um einige Nuancen schwärzer zu werden schien.

„Ich", sagte Odin ganz ruhig.

Thor stand mit offenem Mund und sein Gesicht nahm jetzt einen äußerst gequälten Ausdruck an. Alles in ihm schrie: „Warum?", aber er brachte das Wort nicht heraus.

„Ich freue mich, euch zu sehen, Magni und Modi", begrüßte Odin ungerührt seine Enkel. „Wie war eure Reise?"

„Danke gut, Großvater", erwiderte Modi. „Wir hatten keine nennenswerten Schwierigkeiten. Stimmt's, Magni?", vergewisserte er sich hastig bei seinem Bruder.

„Nein, keine Schwierigkeiten", beeilte sich Magni zu versichern und fuhr sehr deutlich und langsam fort: „Zu keiner Zeit."

Modi hatte das dumpfe Gefühl, er hätte irgendetwas Hinterhältiges in der Stimme seines Bruders gehört. Aber der schaute zufrieden und glücklich wie ein neugeborener Gott aus seinem Helm hervor.

„Du möchtest sicherlich wissen, warum wir diese Attrappe gejagt haben?", fragte Odin seinen Sohn, der immer noch fassungslos neben Friedhelm stand. Verständnislos blickte Thor seinen Vater an, der auch gleich fortfuhr: „Wir dachten, es sei mal wieder Zeit für eine Übung. Wir müssen für das Ragnarök gerüstet sein und da trainiert es uns alle ganz gut, wenn wir von Zeit zu Zeit mal ein Manöver durchführen."

„Wer ist wir?", krächzte Thor mit brechender Stimme.

„Nun, wir alle, die wir in Asgard leben und den Kampf gegen das Böse in Utgard und anderswo führen müssen", erläuterte Odin mit der übertrieben väterlichen Geduld, deren sich ein Versicherungsvertreter bedient, wenn er seinem Klienten erklärt, warum sein Unternehmen unmöglich für einen aufgetretenen Schaden zahlen kann.

„Ich meine", Thor räusperte sich, „wen meintest du mit ‚wir dachten, es sei mal wieder Zeit für eine Übung'?"

„Loki und mich natürlich. Wir saßen in Hlidskjalf, auf dem Dach unserer Welten, und schauten verträumt hinunter nach Midgard, als Loki sagte, es wäre doch ein schöner Spaß, mal wieder nach deinem Hammer zu suchen", erzählte Odin.

„Verzeih mir, Odin", mischte sich Freya ein und übertönte damit Thors leise Verwünschungen des verdammten Riesen Loki. „Sollten wir nicht erst einmal hier eine Ende machen?"

„Du hast ganz recht, meine Liebe", antwortete der vergnügte Göttervater.

„Wo ist nun der Hammerdieb?", donnerte Thor, der seiner Wut Luft machen wollte und beschlossen hatte, gute Miene zum bösen Spiel zu machen.

„Lass mich das machen, mein Sohn", schaltete sich Odin ganz sachlich ein. Dann drehte er sich wieder zu Freya und brüllte: „Wo ist nun der Hammerdieb?"

„Das habe ich gehört", knurrte Thor beleidigt.

„Hier kniet er." Sabrina zeigte auf Friedhelm Fürchtegott, für den es einen riesigen Qualitätsschub zum besseren gewesen wäre, hätte man ihn als Häufchen Elend bezeichnen können.

„Du alberner Tor", begann der Göttervater.

„Wieso bin ich denn albern?", fragte Thor verwirrt dazwischen.

„Doch nicht du, ich meine den Narren dort, den Toren", fauchte der oberste Gott seinen Sohn an.

„Ach so, da bin ich ja beruhigt", sagte Thor wenig wahrheitsgetreu.

„Wie kannst du es wagen, den geheiligten Hammer an dich zu reißen, du Missgeburt? Glaubtest du, du könntest dich zu uns erheben, du Zwerg? Vermeintest du etwa, wir würden uns den Hammer nicht zurückholen oder gar nicht erst nach ihm suchen? Bist du denn von allen guten Geistern verlassen?", schrie Odin auf einen völlig vernichteten Friedhelm Fürchtegott ein. Mit seinem einen Auge musterte er grimmig die vor ihm auf den Knien rutschende Gestalt. Friedhelm war in den letzten Minuten vom Wahnsinn heftig gestreift worden. Sein verbliebenes Restchen Verstand war dabei, eilig die Koffer zu packen und den Schädel mit dem kurz gehaltenen Bürstenhaarschnitt so schnell als möglich zu verlassen. Fürchtegott war vor Angst erstarrt und an seiner Hose verlief eine dunkle Spur aus der Gegend seines Schritts am linken Hosenbein hinunter in Richtung Schuhe.

„Ist das Urin?", erkundigte sich Odin etwas irritiert bei dem Delinquenten.

„Bitte, bitte nicht, bitte", jammerte Friedhelm Fürchtegott in einem fort. Odin beschloss, ihn einfach anzufassen und ihm den Verstand zu nehmen. Allerdings ekelte er sich etwas davor, einen Hosennässer zu berühren und so schickt er lieber Thor.

„Junge, mach du das", sagte er mit einer großzügigen Geste und deutete auf Friedhelm Fürchtegott. Thor blickte den kleinen Mann mit den Narben im Gesicht und dem nassen Hosenbein an und sagte: „Ich fürchte, wir kommen zu spät und diese kleine Ratte hat seinen Grips schon vor wenigen Minuten abgegeben. Einen Teil davon sogar vor noch wesentlich längerer Zeit, will mir scheinen."

„Junge, schwatz nicht und bring es zu Ende!", befahl sein Vater.

Sabrina überlegte, ob sie intervenieren sollte, um Fürchtegott zu retten, doch sie entschied sich nach kurzem inneren Kampf dagegen. Fürchtegott war ein verblendeter Wahnsinniger und er hätte nicht gezögert, die drei Gefangenen zu töten.

„Wie kannst du es wagen, den geheiligten Hammer an dich zu reißen, du Missgeburt? Glaubtest du, du könntest dich zu uns erheben, du Zwerg? Vermeintest du etwa, wir würden uns den Hammer nicht zurückholen oder gar nicht erst nach ihm suchen? Bist du denn von allen guten Geistern verlassen?", brüllte Thor in einem sehr ähnlichen Tonfall wie sein Vater.

„Du Narr hast geglaubt, du könntest dich zu einem Gott aufschwingen. So leicht ist das nicht. Hier hast du deinen Lohn", sagte er dann mit der Stimme eines Oberlehrers und eine Sekunde später war Friedhelm Fürchtegott tatsächlich in einer spirituellen Region, in der er unbeschwert von jedweden Sorgen und anderen Gedanken, als dass es hell oder dunkel war, bis ans Ende seiner Tage dahinvegetieren würde. „Was soll nun mit den armen Männern hier werden?", fragte Sabrina und begann, den Gefangenen die Fesseln zu lösen.

„Lasst sie laufen!", ordnete Odin an.

Und so geschah es.

Bönisch nahm die Amerikaner in seinem Wagen mit, die nach ihrer Rückkehr unverzüglich den Dienst quittierten und sich ins Privatleben zurückzogen. David Cordner soll ein ganz passabler Rosenzüchter geworden sein, unten in Alabama. Zu den örtlichen Versammlungen des Ku Klux Klan ging er nie wieder, das erinnerte ihn zu sehr an die alte Welt mit den wahnsinnigen Göttern, die auf Motorrädern herumfuhren.

Sein Partner brauchte viele Jahre und mehrere Psychoanalytiker, bis er begriff, dass er kein Gott mehr war, sondern ein ganz gewöhnlicher Zwerg aus der Schar von Cinderellas Begleitern. Er stürzte sich eines schönen Sommertages im Grand Canyon zu Tode, als er kurzzeitig glaubte, mit der Gabe des Fliegens beschenkt worden zu sein. Er hatte sich getäuscht, wie sich herausstellte.

Dr. Bernhardt Bönisch lebte noch viele Jahre als Anwalt von seinem nationalistischen Klientel und schaffte es, diesen Abend auf dem Hexentanzplatz völlig aus seinem Leben zu verdrängen. Allerdings trat er aus der rechts gerichteten Partei aus und fuhr nie wieder in seinem Leben in die neuen Bundesländer.

Wie sich auf Thors Nachfrage herausstellte, war der echte Hammer sicher verwahrt in Walhalla und Loki hatte es seinerzeit arrangiert, dass der Stasi-Mann Hübner eine detailgetreue, aber viel leichtere Version des Wunderhammers in seinem Auto fand. Loki war auch derjenige der drei Höhlenbesucher gewesen, der immer nur gegrinst und nichts gesagt hatte. Thor war reichlich wütend auf den Riesen und sann auf finstere Rache. Die Verabschiedung der Götter von Sabrina war herzlich und tunlichst darauf bedacht, die Sterbliche nicht zu berühren. Thor bat sie noch einmal, mit Alfred über den Job zu sprechen und versicherte, er würde sich dieser Tage deshalb erkundigen kommen. Freya hatte ihrer Hoffnung Ausdruck gegeben, dass sie sich einst wiedersehen mögen und Sabrina hatte sehr altklug und weise geantwortet: „Man begegnet sich immer zweimal im Leben, Schätzchen."

Darauf hatten sie noch ein letztes Mal zusammen gelacht und dann machten sich die Götter auf den Weg. Vom Tierpark her waren auch die Wölfe Geri und Freki eingetroffen. Die Götter stiegen auf die Motorräder von Thors neuen Freunden aus dem Harley-Club und ab ging die Post. Einer der Biker hatte zu einer großen Grillparty eingeladen, bei der es dem Vernehmen nach jede Menge Bier geben würde und das wollten sich Odin und Thor auf keinen Fall entgehen lassen.

Douglas Fenton drehte den Zündschlüssel um und fuhr los. Das war die unglaublichste Nacht, die er jemals erlebt hatte. Seinen Bericht würde der Alte ihm um die Ohren hauen wollen, aber Douglas war ja nicht in London. Eingreifen hatte er in dieser Nacht glücklicherweise nicht müssen, obwohl es Momente gab, wo er geglaubt hatte, er müsse seinen Beobachtungsposten verlassen und ein kleines Massaker anrichten. Aber seine Besonnenheit hatte sich ausgezahlt und die beiden Girlis waren super cool gewesen. Wenn nur dieser dämliche Kindler ihm nicht die ganze Zeit in den Ohren gelegen und rumgejammert hätte, dass er noch eine Kassette und vor allem einen Akku mehr hätte mitbringen sollen. Jetzt hatte er diesen Aufschneider endlich in Nordhausen abgesetzt und fuhr auf die Bundesautobahn 38 in Richtung Leipzig auf. Aus den Boxen dröhnte ‚Fly back home' von den Five Horse Johnsons. Und dieses Mal dröhnte es richtig.

Horst Kindler konnte es nicht abwarten, endlich zu Hause die Kamera anzuschließen und zu sehen, was auf dem Film war. Ob wieder eine Figur fehlte, wie vorige Woche im Theater oder ob das endlich sein Durchbruch sein würde? Er sah vor seinem geistigen Auge schon seine eigene Show bei RTL vor sich. ‚Horsts Welt' wäre ein guter Titel oder ‚Kindlers Schwänke'. Das war aber auch die absolut schärfste Nacht, die er je erlebt hatte. Erst stürzten die beiden Frauen vom Dach vor die versammelten Skins, dann kamen die beiden Fallschirmspringer mit ihrem Blitzlicht und Nebelgerät und dann noch diese Moped-Gang. Nur der Alte, der in der Kneipe so komisch war, auf den hätte Horst gut verzichten können. Der war ihm unheimlich. Dann war blöderweise der Akku seiner Kamera leer. Das war verdammt ärgerlich. Aber die ersten Bilder, die er im Kasten hatte, würden auch schon einschlagen wie eine Bombe. ‚Nazi-Aufmarsch im Harz' würde er titeln ‚Geheime Treffen an geweihten Orten' und exklusiv verkaufen, jawoll. Endlich richtige Kohle machen. Auch mal was abgreifen vom dicken Kuchen. Das hatte er sich wirklich verdient.

Horst war in seiner Wohnung angelangt, stürzte an seiner verdutzten Frau vorbei ins Wohnzimmer, hatte die Kamera schon aus der Tasche gezerrt, ließ die Tasche einfach fallen, steckte das Netzteil in die Kamera und auf der anderen Seite in die Steckdose. Die grüne Kontrolllampe leuchtete auf und Horst drückte die Rücklauftaste. Das Band begann langsam, viel zu langsam, zurückzulaufen. Horst wartete aufgeregt. Dann drückte er auf den Wiedergabe-Schalter und schaute in den kleinen Sucher. Das konnte nicht wahr sein. Es war ein Konzertmitschnitt von den Rolling Stones drauf. Mick Jagger zappelte am Bühnenrand herum, hunderte Hände reckten sich ihm entgegen. Wie kam das auf sein Band?

Horst Kindler spulte weiter. Und noch einmal. Und wieder zurück.

Es war immer das gleiche Lied, aufgenommen bei der selben Tournee. Sah aus wie die 1995er Voodoo Lounge-Tour. Die Aufnahme aus Miami, mutmaßte Kindler.

Zwei Stunden und zwanzig Zigaretten später hatte er absolute Gewissheit. Auf der Kassette war fein säuberlich aufgezeichnet ein Konzertausschnitt von den Rolling Stones. Er lief wie eine Bandschleife ab. Immer wieder der selbe Song: ‚You can't always get what you want'.

Horst Kindler war stinksauer und dachte laut: „Tolle Wurscht!"

Ende.

Walkürentritt

Für Roland, der sich den ganzen Schlamassel nun von der anderen Seite anschaut.

Prolog

Drei altersschwache Webstühle stehen vor einem riesigen Brunnen. Dessen Schacht führt unglaublich tief hinab in Sphären, die niemand erkunden will. Perfekt gemauert thront der kreisrunde Bau seit Ewigkeiten an dieser Stelle, wovon verwittertes Moos in den Ritzen zeugt, die ursprünglich ein lehmiges Sandgemisch enthielten. An einem abgenutzten Rundholz ist ein mächtiges Tau befestigt, an dessen Ende ein Eimer über dem Wasser baumelt, der getrost als mittleres Fass bezeichnet werden darf. Die metallene Kurbel macht einen benutzten Eindruck. Dort, wo täglich starke Hände zupacken, glänzt das Metall wie die Bronzenase einer Bärenskulptur im Stadtpark, die gnadenlos von Kinderhänden gestreichelt wird. An den Webstühlen tanzen die Spindeln lustig auf und nieder und drei Frauen sitzen auf schmucklosen Schemeln und arbeiten ohne Hast, aber auch ohne Pause. Sie sitzen schon sehr lange an ihren Plätzen.

Neben ihnen ragt eine riesige Wurzel in den Himmel, obwohl es richtiger heißen müsste, eine riesige Wurzel ragt aus dem Himmel herunter und bohrt sich wie die Made in den Apfel tief hinein in die Erde.

Ließe der Betrachter sein Auge weiter schweifen, hinter die Webstühle, so würde er von blankem Entsetzen geschüttelt werden.

Doch es gibt hier keinen Betrachter. Es hat noch nie einen gegeben und es wird auch keinen geben. Der Blick nach hinten offenbart, was die drei Weiber hier spinnen. Ein normaler Mensch würde auf der Stelle den Verstand verlieren, sofern er ihn nicht schon auf dem Wege hierher eingebüßt hätte. Und dazu gäbe es wahrhaft viele gute Gelegenheiten.

Die drei Frauen sind unterschiedlich alt; eine ist uralt, die zweite uralt und die dritte nur alt. Doch auch diese Jüngste im Trio hat ein für menschliche Maßstäbe unerträglich hohes Alter. Das ist ihr aber nicht anzusehen. Ganz im Gegenteil sieht sie jung und vital aus. Sie heißt Skuld und ist eine Norne. Nornen sind Wesen, die zeitgleich mit dem Universum entstanden, wobei die Frage nicht mehr exakt geklärt werden kann, wer eher da war: Die Nornen oder das Weltall, wie wir es heute kennen. Es gibt im ganzen Universum nur drei Nornen und die anderen beiden sitzen neben Skuld an den Webstühlen. Die etwas ältere hört auf den Namen Werdandi und die Alterspräsidentin unter ihnen ist Urd.

Urd heißt so viel wie Schicksal und nun können wir uns ausmalen, was die drei für ein Handwerk betreiben. An ihren Webstühlen produzieren sie etwas, was es hier gar nicht gibt. Das klingt kompliziert, ist aber ganz einfach, wenn wir unseren Blick zurückzoomen und den Bildausschnitt erweitern. Schnell wird deutlich, dass der Brunnen unter einem riesigen Baum steht. Was uns die monströse Wurzel erklärt. Der Baum entpuppt sich im weiteren Verlauf des Zooms, der inzwischen eine Weitwinkelperspektive geworden ist und sich mehrere tausend Kilometer vom Ausgangspunkt entfernt hat, als eine riesengroße Esche. Die greift mit ihren gigantischen Ästen, Zweigen und Wurzeln in verschiedene tellerförmige, ovale, käseglockenartige und halbkreisförmige Welten. Wie eine gierige Krake versucht die Esche alles um sich herum zu erreichen und festzuhalten.

Das wird ihr nicht sonderlich gedankt, denn eine Menge widerwärtigen Getiers und schwer kategorisierbarer Monster haben es darauf angelegt, die Wurzeln anzunagen oder das muntere Gedeihen des kolossalen Baumes anderweitig zu behindern. Im Wipfel läuft eine Ziege auf und ab, deren Milch aus stets prallen Eutern herabtropft und ganzen Göttergeschlechtern als Nahrung dient. Oben in der Krone residiert ein stolzer Adler. Ein Eichhörnchen läuft beständig am Baumstamm auf und ab und übermittelt die Korrespondenz, die der Adler mit einer besonders schädlichen Schlange führt, die sehr weit unten ihre giftigen Zähne in die Wurzeln schlägt. Die beiden tauschen keine Nettigkeiten aus und mitunter schmerzen dem Eichhorn die buschigen Ohren von den wüsten Beschimpfungen, die es von unten nach oben oder andersherum übermitteln muss.

Der Weltenbaum heißt Yggdrasil und steht hier schon so lange im weiten Universum, dass niemand sagen könnte, wie lange genau. Vielleicht vermag der Walvater und oberste Gott Odin es zu sagen, aber für den spielt die Zeit keine Rolle und so schweigt er sich beharrlich aus, was ihm gemeinhin als Weisheit ausgelegt wird.

Insgesamt sind es neun verschiedene Welten, die schicksalhaft mit der Esche verknüpft sind. Die meisten Bewohner der einzelnen Welten wissen nicht allzu viel von den anderen und diejenigen, die von der Existenz anderer wissen, wünschen sich insgeheim, sie könnten diese Kenntnisse rasch wieder vergessen. In dem farbenprächtigen Anblick mit der schneeweißen Welt auf der linken und einer glühenden, feuerroten auf der rechten Seite, gibt es einen schwarzen Fleck, der so intensiv schwarz ist, dass es unbegreiflich scheint. Das ist der Ausgangspunkt unserer kleinen Kamerafahrt, zu dem wir nun zurückkehren.

Die undurchdringliche Finsternis, gegen welche die Farbe eines Paares schwärzester schwarzer Lackschuhe wie der helle Schein der gleißenden arabischen Mittagssonne auf einer weißen Hauswand wirkt, würde jenes Entsetzen im Betrachter erzeugen, von dem vorhin die Rede war. Direkt hinter den Webstühlen der drei Nornen beginnt dieses Schwarz und keiner weiß, wohin es führt oder woher es kommt. Und ehrlich gesagt will es auch niemand wirklich wissen. Die Nornen haben im Laufe der Jahrmillionen, die sie hier sitzen und die triefende, stinkende Finsternis in ihre Webstühle fließen lassen, schon einige Überlegungen darüber angestellt. Zu einem brauchbaren Ergebnis, das die Mühe lohnte es in Worte zu kleiden, sind sie bisher nicht gekommen. Das ist auch nicht notwendig, denn bis in einer unvorstellbar fernen Zukunft das Ragnarök beginnt, haben sie zum Nachdenken so viel Zeit wie ein Ozean Tropfen hat bzw. so lange, wie sie das undenkbare Schwarz in ihren Webstühlen verarbeiten. Denn sie schaffen aus dieser Finsternis genau das, worüber wir hier reden – die Zeit.

In dicken Streifen fließt sie aus den Webstühlen und ergießt sich in die einzige der neun Welten, wo sie gebraucht wird. Diese Welt ist Midgard, der Wohnsitz der Menschen, dieses vergängliche Geschlecht, das sich unablässig neu produzieren muss, weil es biologisch unzureichend eingerichtet ist. Eine bedauerliche Fehlfunktion, die zur Folge hat, dass die menschlichen Geschöpfe schon sehr bald nach ihrer Geburt wieder sterben. Wie zum Hohn ihrer bescheidenen Lebenserwartung haben sich die Midgard-Bewohner im Laufe der Evolution eine Reihe blutrünstiger Beschäftigungen erdacht, die zu einer relativ regelmäßigen Dezimierung ihrer Art führen. Sollten ihnen hierbei die Ideen ausgehen – was bisher noch nie passiert ist – setzen sie sich einer natürlichen Reduzierung durch Verhungern aus, weil sie unfähig oder unwillig sind, ihr Leben so einzurichten, dass alle satt zu essen bekommen.

Es wird kein Vertreter dieser Spezies so alt, dass er genug Weisheit erwirbt, die einen Gedankenaustausch mit den Baumbewohnern rechtfertigen könnte. Das wissen die Nornen, die ohnehin mit dem Verspinnen der unsagbar dunklen Urmasse in Zeit und dem täglichen Gießen der Esche hinreichend ausgelastet sind.

Außer Skuld, der jungen Hüpferin.

Sie schleicht sich oftmals nachts in die Welt der Menschen und versucht ihr umfangreiches Wissen über Pflanzen und Heilkräuter, die günstigsten Zeitpunkte für ihre Anwendung und viele andere praktische Tipps an menschliche Frauen weiterzugeben. Diese Frauen können wenigstens partiell einigen Exemplaren ihrer Gattung helfen, das eigene Dasein erträglicher zu gestalten. Jene, die Skuld besucht und unterrichtet, werden von den anderen Menschen etwas abwertend Hexen genannt.

Es gab Zeiten, da wurden diese Hexen bei lebendigem Leibe verbrannt. Für ihr Wissen. Oder es wurden Frauen verbrannt, über die einige nur behaupteten, dass sie etwas wüssten. Es wurden auch solche verbrannt, von denen niemand wusste, ob sie etwas wissen und nur das Gerücht umging, dass sie Hexen wären. Und es wurden Frauen verbrannt, die einfach nur lästig waren oder zu viele Fragen stellten oder zu gut aussahen. Schließlich wurden Frauen verbrannt, weil sich die Population eines bestimmten Landstrichs langweilte und ein wenig Zerstreuung und buntes Markttreiben brauchte.

Momentan denkt Skuld nicht an Besuche in Midgard, sondern stellt sich zum unendlichsten Mal die Frage, wo das schwarze Zeug herkommen mag und was sich hinter der dunklen Masse befindet. Und ob es einen Versuch wert wäre, diese finstere Brühe zum Haare färben zu verwenden. Oder wenigstens in kleinen Dosierungen als Lidstrich?

Während Skuld so grübelt, grunzt Urd relativ laut vor sich hin. Das darf nicht auf ihre schlechten Manieren zurückgeführt werden, sondern illustriert akustisch die Tastsache, dass ihr Gehör in der letzten Zeit stark gelitten hat. Besonders in den letzten dreihunderttausend Jahren ist eine dramatische Verschlechterung eingetreten.

„Urd?", fragt jetzt Werdandi sehr laut und mit einer Stimme, die einem staubigen Spinnennetz gleicht, in dem sich ein Schwarm Fliegen verfangen hat, der nun krampfhaft mit seiner Befreiung beschäftigt ist.

Urd grummelt weiter und tatsächlich klingt ihr Grunzen recht regelmäßig, was auf einen kleinen Vormittagsschlaf hindeutet. Urd muss nicht unbedingt hellwach sein, denn ihr Metier ist die Vergangenheit. Über das bereits vollendete Geschehen in allen neun Welten könnte sie umfangreich Auskunft geben. Wenn sie jemand fragen würde. Doch bisher hat das keiner getan. Die wenigen Wesen, die im Laufe der universellen Existenz an ihren Stuhl getreten waren, waren von der ungeheuerlichen Schwärze so irritiert, dass sie meist nur dummes Zeug faselten oder Belanglosigkeiten mit den Nornen austauschten.

„Urd?", bohrt Werdandi nach einer kurzen Pause weiter und jetzt klingt ihre Stimme, als wäre ein Großteil der Fliegen aus dem Spinnennetz bereits als eiserne Ration für schlechte Zeiten versponnen und abtransportiert worden.

„Schläfst du?", will die mittlere Norne wissen. Das ist ihr gutes Recht, denn sie ist für die Gegenwart zuständig und muss immer auf dem Laufenden bleiben.

Als keine Reaktion von Urd kommt, abgesehen von kräftigen Schnarchlauten, brüllt Werdandi Skuld an: „Sie schläft!"

Skuld überlegt kurz, ob sie diesen Kommentar kommentieren soll, entscheidet sich aber dagegen und nickt nur beiläufig mit dem Kopf.

„Es wird immer schlimmer mit ihr", donnert Werdandi weiter. „Irgendwann wird sie gar nicht mehr wach und ist stocktaub."

Das Spinnennetz auf ihren Stimmbändern ist inzwischen gründlich beräumt worden und glitzert wieder einladend im Sonnenschein.

Wenn an anderer Stelle berichtet wurde, dass die meisten Bewohner unserer Weltenbaum-Galaxie auf die Kenntnis vom Vorhandensein anderer Welten und ihrer Einwohner gern verzichten würden, so trifft das in besonderem Maße auf die Existenz der beiden Brüder Galar und Fjalar zu. Auf deren Bekanntschaft legen zumindest die Götter und die Riesen keinen gesteigerten Wert. Und ihre eigenen Artgenossen, die Zwerge, gehen ihnen auch weiträumig aus dem Wege, so gut sich das in den engen Gängen ihrer Höhlensystemen bewerkstelligen lässt.

Die Menschen in Midgard sind wieder einmal fein raus, denn sie haben keine Ahnung vom Dasein dieser beiden Unholde und verweisen charakterlich ähnliche Figuren ins Reich der unglaublichen Geschichten und Sagen. Einer, der den beiden Bösewichtern in seinem arglistigen, garstigen Wesen und körperlicher Statur nahe kommt, ist der Zwerg aus dem Märchen ‚Schneeweißchen und Rosenrot'. Im Vergleich mit Galars und Fjalars intellektuellen Fähigkeiten wies der aber höchstens den Verstand eines ausgetrockneten Kuhfladens auf.

Tatsächlich sind Galar und Fjalar ungeheuer clever und es bedarf enormer geistiger Anstrengungen, sich mit den beiden messen zu wollen. Dies ist einer der Hauptgründe, weshalb es schon sehr lange niemand mehr versucht hat. Selbst Odin, der ja als ausgemachter Hort der Weisheit gilt, redet mit Respekt und viel ehrlich empfundener Abscheu von den Brüdern.

Die beiden Zwerge waren nicht immer so klug und letzten Endes sind die Götter selbst schuld, dass die zwei so überragende geistige Fähigkeiten erlangen konnten. Als nämlich der Krieg zwischen den göttlichen Geschlechtern der Vanen und Asen beendet war und die Götter durch allerlei Vermählungen neue Bindungen schufen, trug sich folgende Geschichte zu: Randgefüllt mit berauschendem Met wollten die Unsterblichen ein Zeichen setzen und spuckten mit der Inbrunst eines Lamas, das versehentlich ein Töpfchen Chili con carne ausgeleckt hat, in einen großen Napf. Aus dem so entstandenen Brei formten sie einen Körper, nannten ihn Kvasir und beschlossen, er solle nun als Zeichen ihrer neuen Allianz das geballte Wissen der beiden Götterstämme durch das Universum tragen.

Kvasir war also der Weisheit letzter Schluss und tappte mit dieser schweren Bürde beladen wie ein Golem durch die Welten, bis er eines Tages zur Behausung des Zwerges Galar und seines Bruders Fjalar kam. Die nutzten die Gunst der Stunde ihrem Allgemeinwissen entscheidend auf die Sprünge zu helfen und erschlugen Kvasir. Weil sie sich jedoch vor dem Götterspeichel ekelten und ihn nicht pur konsumieren wollten, mischten sie den armen Kvasir mit Honig und machten einen vorzüglichen Met aus dem Burschen. Wer auch immer davon kostet, wird von Stund an zum Dichter oder Denker, auf jeden Fall aber sehr weise.

Wie schnell ein Trunk vom Kvasir wirkt, beweist die Tatsache, dass die mörderischen Brüder den nach ihrem Geschöpf suchenden Göttern weis machen konnten, der Kvasir wäre vor lauter Weisheit geplatzt und der göttliche Speichel im Sonnenschein vertrocknet. Später mussten die Zwerge dem Riesen Gilling etwas von ihrem Met abgeben, weil der dahinter gekommen war, dass es Galar und Fjalar waren, die ihm Onkel und Tante erschlagen hatten.

Überhaupt fanden die kräftig gebauten Zwerge von Stund an großen Gefallen daran, alle möglichen Wesen vom Leben in den Tod zu befördern. Dank ihrer überragenden Klugheit konnten ihnen keine ihrer Schandtaten nachgewiesen werden.

Galar und Fjalar sind ein so gut aufeinander eingespieltes Gangsterpärchen, dass es kaum einer verbalen Kommunikation zwischen ihnen bedarf. Und weil sie richtige, typische Zwerge sind, trachten sie stets danach, ihren Besitzstand weiter zu mehren. Ihre Höhle wurde im Laufe der Zeit zum Ausgangspunkt einer ganzen Reihe schlimmer Verbrechen. Sie haben für viele Auftraggeber als gedungene Mörder gearbeitet und so kann sie der Ruf vom Anführer der Riesen Vafthrudnir, der sie eben aus dessen Heimatwelt Utgard erreicht hat, nicht weiter verwundern. Fest packt der Galar seine riesige, zweischneidige Axt und wirft sie sich über die Schulter, während Fjalar seinen enormen Wurfspeer fasst und seinen Bruder mit einem Gesichtsausdruck angrinst, der nicht vermuten lässt, dass er mit der konzentrierten Intelligenz des seligen Kvasir ausgerüstet ist. Galar erwidert den Blick seines Bruders und in seinen Augen blitzt es fröhlich auf. Es ist die Mordlust, die ihm die Laune versüßt, denn er weiß, Vafthrudnir lässt sie nicht rufen, um mit ihnen Metzrezepte zu tauschen.

Selten nur gestattet sich der oberste Gott einen Rundgang durch die verschiedenen Welten und noch seltener landet er bei einem dieser Ausflüge am Brunnen der Urd. Das liegt daran, dass die Nornen nicht eben gesprächig sind und Odin den Eindruck nicht los wird, sie fühlten sich ihm in gewisser Weise überlegen.

Eine Vorstellung, die er nicht durchgehen lassen kann. Zugegeben, die Nornen wissen eine ganze Menge, wenn es Odin recht betrachtet, wissen sie alles. Aber eine jede weiß nur ein Drittel. Die eine kennt die Vergangenheit und dieses Wissen teilt er mit ihr. Die zweite kennt die Gegenwart und auch hier kann er mithalten, wenn er auf seinen Aussichtsturm Hlidskjalf steigt, von dem er alle neun Welten überblicken kann. Aber die dritte, die kleine Skuld, die hat ihm einiges voraus, denn sie kennt die Zukunft in all ihren Details. Und hier muss Odin passen. Das wurmt ihn etwas, weil er lieber derjenige mit dem höchsten Wissensstand ist. Schließlich hat er eines seiner Augen am Brunnen des alten Mimir dafür geopfert, vom Wasser der Weisheit kosten zu dürfen, um allwissend zu sein. Und das, nachdem er schon neun endlose Tage verkehrt herum am Weltenbaum gehangen und sich mit dem geheimen Wissen der Runen vertraut gemacht hatte.

Odin weiß, dass Skuld wissen muss, was einstmals die Ragnarök, den Weltenuntergang, auslösen wird. Er weiß auch, dass sie es ihm nicht sagen darf und vermutlich auch gar nicht kann, aber vieles wäre um sehr vieles einfacher, wenn er wüsste, was er verhindern muss. Die Ragnarök wird alles Bestehende zerstören und fast alle Götter, Riesen, Untiere, Menschen, Elfen und Zwerge werden darin umkommen. Nur wann das sein wird, darüber gibt es viele Spekulationen, aber keine gesicherten Auskünfte. Mehrere Sprüche und Weissagungen sind ihm bekannt, die das Ende Asgards und der anderen Welten behandeln, jedoch sind alle so poetisch und genau formuliert wie die Weissagungen des Nostradamus. Und doch, diese junge Skuld grinst ihn mitunter so spöttisch an, dass er sich in seiner Ehre verletzt und ihr unterlegen fühlt und immer vermutet, sie führt etwas gegen ihn im Schilde.

Andererseits kann niemand zusehen, wenn er bei den Nornen ist und insofern hat der Walvater noch keine Staatsaktion daraus gemacht, wenn er seiner Auffassung nach respektlos behandelt wird.

Aber vielleicht bildet er sich das auch nur ein und Skuld hat einen anderen Grund, ihn so hämisch anzulachen. Wahrscheinlich ist es nur ihre Art, devote Verehrung für ihn auszudrücken.

Oder grenzenlose Zuneigung?

Ja, dieser Gedanke gefällt dem Gott und er schreitet forsch aus. Wenige hundert Schritte vor sich sieht er den Brunnen. Die drei Frauen sitzen vor ihren Webstühlen und hinter ihnen ist dieses grässliche, schwarze Loch. Alles wie immer.

Er erreicht den Brunnen und Werdandi schaut von ihrer Arbeit kurz auf, um ihn zu begrüßen.

„Odin, es freut mich, dass dein Weg dich wieder einmal zu uns führt", spricht sie ihn mit ihrer tiefen Grabesstimme freudig an. Der Gott sagt nichts und glättet seinen Bart mit der rechten Hand.

„Soll ich dir Kunde vom gegenwärtigen Geschehen auf einer unserer Welten geben?", fragt Werdandi. Odin antwortet nicht.

„Wenn du wissen möchtest, ob die Ragnarök begonnen hat oder ernsthafte Zeichen dafür sich mehren, so kann ich dich beruhigen."

„Nichts dergleichen begehre ich", spricht Odin und fasst Urd fester in den Blick. „Sag, Werdandi, geht es der Alten nicht gut? Sie wirkt teilnahmslos."

„Ich denke eher, dass sie schläft", sagt Werdandi und ehrlich gemeinte Traurigkeit schwingt in ihrer Stimme. „Die Phasen, da sie wacht, werden immer kürzer." Mit plötzlichem Entsetzen ruft Werdandi: „Vielleicht ist das ein Zeichen für die bevorstehende Ragnarök, dass die Vergangenheit kaum noch präsent ist."

„Vielleicht", antwortet Odin ruhig und abwägend. „Vielleicht ist das ein Zeichen, obwohl ich nie vor einer solchen Konstellation gewarnt worden bin. Was mich viel mehr beunruhigt ist das, was sich links neben dir abspielt."

Werdandi wendet den Kopf Skuld und ihrem Webstuhl zu und blickt dann wieder Odin an. „Was meinst du, Odin?"

„Ich meine, dass an Skulds Webstuhl die Walküre Sigrun sitzt und glaubt, sie könne ihren Herrn und Gott täuschen", schnaubt der wütende Odin, der das Versteckspiel nicht mehr länger aushält. „Sigrun, bei allem was dir lieb und wert ist, was treibst du da?"

Werdandi schaut fassungslos auf die Walküre und lässt ihre Spindel fallen. „Was um alles auf den neun Welten...?", stammelt sie und ringt mühsam um Beherrschung.

Sigrun streicht sich die langen, blonden Locken aus dem Gesicht und blickt verlegen in Odins funkelndes Auge. „Skuld ist meine Freundin und sie hat mich gebeten, sie hier eine Weile zu vertreten", sagt die junge Walküre leise.

„Und wo ist Skuld?", will Odin wissen.

„Das darf ich nicht verraten, Herr."

„Weib", schreit Odin, „Wenn du nicht die nächsten hunderttausend Jahre bei den verfluchten Zwergen in Swartalbenheim zubringen willst – und wer weiß, in welchem Aggregatzustand du danach bist – dann rate ich dir dringend mir zu sagen, was ich wissen will. WO IST SKULD?"

Sigrun gibt ihren Widerstand augenblicklich auf und beichtet weinend: „Sie ist in Midgard und will dort musizieren."

„Was will sie?" Der Obergott schäumt jetzt vor Wut.

„Sie will sich einer Musikkapelle anschließen und singen", haucht die Walküre und neben ihr ist ein erstickter Schrei zu vernehmen, der von Werdandi stammt. Die Norne der Gegenwart ist ohnmächtig geworden. Odin sieht es mit Verwunderung und registriert verblüfft, dass die Zeit momentan nicht stattfindet. Die Vergangenheit schnarcht, die Gegenwart ist nicht Herr ihrer Sinne und die Zukunft vergnügt sich als Sängerin in der Menschenwelt. Voller düsterer Vorahnungen packt Odin Sigrun am Handgelenk und schleppt sie wortlos hinter sich her. Kurz darauf bleibt er stehen, dreht sich auf dem Absatz um und führt die verängstigte Walküre zurück an Skulds Webstuhl. „Setz dich hin und spinne weiter", befiehlt er ihr. „Und zu keinem ein Wort." Odin wendet sich vom Brunnen der Nornen ab und denkt kämpferisch: ‚Es ist so weit, der Tanz hat begonnen!'

1. Teil

„Es ist so weit. Der Tanz hat begonnen. Mach dich fertig, du bist gleich dran", rief der Tourneebegleiter Markku durch die Garderobentür.

„Jaja, ich komme gleich!" Skuld trällerte in ihrem schönsten Sopran und stellte fest, dass sie gut eingesungen war. Gleich würde sie auf die Bühne gehen und diese alte finnische Ballade interpretieren, während die anderen tanzten und spielten. Sie würde im Mittelpunkt stehen und tausende Augenpaare würden auf sie gerichtet sein, während sie mit ihrer göttlichen Stimme singen würde. Jedenfalls hoffte sie das. Markku hatte es ihr vor der Tournee, als sie noch in Helsinki geprobt hatten, in blumigen Worten ausgemalt und versprochen, dass tausende Zuschauer verzückt an ihren Lippen hängen würden, wenn sie sänge. Allerdings hielt sich das Interesse der Helvetier für finnischen Folkrock mit stark punkigen Attitüden bisher in Grenzen. Die Clubs und Lokale in der französischsprachigen Schweiz, in denen sie bisher gespielt hatten, waren niemals voll gewesen. Aber vielleicht war es ja heute anders. Vor dem Konzert hatte sie im Saal schon viele Stimmen brummen gehört. Skuld richtete sich die Haare noch einmal und zupfte mit dem Kamm halbherzig an einer widerspenstigen Locke, denn alles in allem war sie sehr zufrieden mit sich und ihrem Aussehen. Seit sie in Midgard war, hatte sie interessante Sachen erlebt und sie konnte sogar ihr Zukunftswissen ausblenden. Wenn sie es nicht wollte, dann musste sie nicht wissen, was in der Zukunft geschah.

Jetzt hätte sie einen klitzekleinen Blick in die nächsten Minuten werfen können, um zu wissen, wie viele Leute draußen saßen oder wie ihr die lange Solopassage gelingen würde, in der sie über drei Oktaven singen musste. Aber da gab es etwas, was die ganze Angelegenheit in Midgard so einzigartig machte – die Überraschung. Skuld konnte die Menschen überraschen und was noch viel schöner war, sie konnte sich selbst von ihnen überraschen lassen oder von den Ereignissen überrascht werden. Eine für Skuld völlig neue und angenehme Erfahrung, die ihr Herzklopfen bereitete. Außerdem lenkte sie dieses Zukunftswissen nur von ihrem Auftritt ab und eine Künstlerin musste hoch konzentriert sein. Die Norne klatschte den Rhythmus mit, der von der Bühne hereindrang und stand auf.

Es wurde einer der besseren Abende. Das Publikum in dem Baseler Liveclub zeigte von Anfang an großes Interesse am druckvollen Speedfolk der Finnen. Das spürten die Musiker und spielten ein gutes Konzert. Am Ende spendeten die Zuschauer begeisterten Applaus und das war ja der wahrhaft messbare Lohn aller künstlerischen Anstrengungen. Skuld, die eigentlich als Norne der Zukunft an ihrem Webstuhl vor dem Brunnen der Urd sitzen hätte müssen, hatte mühelos alle schwierigen Töne getroffen und sich mit den anderen beiden Sängerinnen der Band WUNJO stellenweise in einen Rausch gesungen. Die Frauen rissen die Musiker mit und trieben sie zu Höchstleistungen. Bewundernd blickten die fünf Männer schon während des Konzerts auf ihre ‚Walküren', wie sie das Gesangstrio liebevoll nannten.

Skuld schminkte sich gerade in ihrer Garderobe ab, als jemand an die Tür klopfte und „Aase?", rief.

Den Namen Aase hatte sie sich gegeben, weil sie ihn originell fand. Sie kannte ein Göttergeschlecht gleichen Namens, an das aber in Midgard kaum noch jemand glauben wollte. Skuld musste schmunzeln, wenn sie daran dachte, dass die Menschen meinten, Götter würden sterben, wenn keiner mehr an sie glaubte. Die hatten wirklich keine Ahnung. Naiv und unbedarft, ohne einen einzigen Gedanken an die fürchterliche Bedrohung durch die jederzeit mögliche Ragnarök zu verschwenden, lebten die Midgardbewohner sorglos in den Tag hinein. Wirklich bewundernswert, diese Sterblichen.

Außerdem, und das war der eigentliche Grund, las sie den Namen Aase als ersten in einem kleinen Vornamenbuch, das sie in einer Buchhandlung gefunden hatte.

Draußen an der Tür war Markku, ihr Tourneebegleiter. Markku war noch sehr jung, höchstens fünfundzwanzig Jahre, schätzte Skuld. Er war ein fröhlicher Geselle, der nicht nur jeder Form von Met gern zusprach, sondern sich auch hin und wieder mit einem speziellen Tabak berauschte, den er selbst ‚Gras' nannte. Hier in der Schweiz trank er aber entschieden mehr, als er rauchte, was er mit den niedrigeren Metpreisen in Mitteleuropa begründete. Markku war selbst auch Musiker, stellte sich aber bei dieser Europatournee ganz in den organisatorischen Dienst der Gruppe WUNJO und feilschte mit den Veranstaltern um Gagen, Essen und ordentliche Schlafplätze. Bisher war das zur vollsten Zufriedenheit der Gruppe gelaufen. Markku meinte, das läge hauptsächlich daran, dass sie auf ihrer Europatournee England mit seinen ungastlichen Bedingungen für Musiker ausgeklammert hätten. Jetzt klopfte er ziemlich stürmisch an die Tür und rief: „Aase, ich weiß, dass du da drin bist. Beeile dich, wir wollen heute Abend noch eine Schweiz-Abschiedsparty feiern, wenn wir abgebaut haben."

„Komm doch rein", rief Skuld, die sich das Gesicht wusch und nach dem Handtuch griff. Polternd stürzte Markku herein und sagte gestelzt und mit knarrender Stimme: „Madame haben wieder göttlich gesungen heut' Nacht."

„Danke für die Blumen", lachte Skuld. „Dafür werde ich Ihnen ein großes Geheimnis verraten, mein Herr. Möchten Sie es hören?"

Markku griff sich theatralisch an die Brust: „Ein Geheimnis aus diesem bezaubernden Munde zu hören ist das Schönste, was einem Mann widerfahren kann. Oder sagen wir das zweitschönste, gleich nach einem riesengroßen Glas eiskalten Bieres und einer selbstgedrehten Zigarette aus feinsten, holländischen Tabaken."

„Nun, so lausche er aufmerksam: Ich kann gar nicht anders als göttlich singen."

„Das ist doch kein Geheimnis." Markku spielte den enttäuschten Gentleman. Skuld lachte ihn aus. Der junge Finne wechselte die Rolle und war wieder ganz der ruhelose Manager.

„Ich habe mir überlegt, dass wir unbedingt mehr Tangos in unser Repertoire nehmen sollten. Es wäre interessant, wenn du sie singen würdest. Die meisten Tangos sind instrumental, aber mit deiner Stimme könnten wir diese typisch finnische Musikart revolutionieren."

„He, jetzt hör auf, mich auf den Arm zu nehmen. Du denkst wohl, nur weil ich vom Lande komme, kannst du mir jeden Elch aufbinden."

„Aber das ist kein Elch, sondern mein kleiner Bruder Ernst", eiferte sich Markku. „Wir nehmen noch ein Bandoneon mit in die Band und spielen Tango, bis die Boxen platzen."

„Ich meinte deine Bemerkung von der typisch finnischen Musikart", wandte Skuld ein.

„Das ist auch mein voller Ernst", rief Markku. „Was glaubst du denn, wo der Tango herkommt?"

„Na, aus Argentinien doch."

„Argentinien, dass ich nicht lache. Da kommen ganz ordentliche Rindersteaks her, aber nicht der Tango. Ich weiß das genau, weil mein Ururgroßonkel den Tango erfunden hat."

Skuld lächelte ihr schönstes Lächeln, setzte sich rittlings auf ihren Stuhl, sodass sie die Unterarme auf die Lehne legen konnte und bettete ihr Kinn darauf. Fordernd und neugierig sagte sie nur: „Erzähl!"

Markku setzte sich ihr gegenüber und drehte sich, während er sprach, mit drei Fingern eine Zigarette. „Das war nämlich so. Mein Ururgroßonkel war einer der ersten wirklichen Musiker, die in Buenos Aires ankamen. Vorher hatte er auf Dorfhochzeiten als bezahlter Musiker gespielt und war bei seinen ausgedehnten Reisen irgendwann in Deutschland auf das Bandoneon gestoßen. Ein Musiklehrer namens Heinrich Band hatte es 1840 aus der einfachen deutschen Konzertina entwickelt und selbst gebaut. Es hatte nun 144 Töne, die es zu bespielen galt. Mein Urahne kaufte so ein Ding für einen Spottpreis und nahm es mit nach Südamerika. Buenos Aires wimmelte damals von Immigranten, die meisten von ihnen waren Italiener. Keine Ahnung, was die sich davon versprachen, Argentinien in solchen Massen zu überfallen. Fakt ist aber, dass ihre Erwartungen nicht erfüllt wurden und sie ziemlich frustriert an den Stadträndern lebten, wo sie ihre wehmütige Musik machten. Mein Ururgroßonkel, dessen Erwartungen sich auch nicht so recht erfüllt hatten, experimentierte aus Mangel an anderer Beschäftigung viel mit dem Bandoneon und irgendwann fingen die Italiener an, dazu zu tanzen. Schließlich fanden sie sogar eine Frau, die mittanzte, und ein geschäftstüchtiger Genueser überredete meinen Vorfahren, abends in seinem Lokal diese Musik zu spielen. Bald war der Laden einer der angesagtesten Schuppen in ganz Buenos Aires. Die Spelunke hieß ‚Tango'. Mein Altvorderer probierte in aller Ruhe aus, was sich mit dem Instrument alles anstellen ließ, nur dass er jetzt, da das Geschäft mit dem Tango in Schwung kam, immer fürstlicher dafür entlohnt wurde. Die liebestollen Italiener hatten beschlossen, sehr anzüglich dazu zu tanzen. Das war sicher auch dem Umstand geschuldet, dass ein grausamer Männerüberschuss in Argentinien bestand. Wer also ein Weibsbild zu fassen bekam, versuchte es schleunigst auf den Tanzboden zu zerren, um dort unmissverständlich klar zu stellen, dass er sich in Kürze fortpflanzen wolle.

Als mein Verwandter seine Experimente beendet und alle Töne bespielt hatte, war er reich und kehrte nicht nach Finnland zurück, sondern ließ sich in Paris nieder. Vermutlich hatte er auch unter der Frauenknappheit in Argentinien zu leiden gehabt. Hier, in der Stadt der Liebe, führte er den Tango zu seiner ersten Blüte, denn besonders in den Nachtlokalen der französischen Hauptstadt war der Tanz zu Beginn des 20. Jahrhunderts der absolute Brüller. Mein Onkelchen legte noch schnell fest, dass der wahre Tango ohne Flöte und Gitarre, wie es die Gauchos in Südamerika versuchten, sondern mit zwei Bandoneons, zwei Violinen, dem Piano und dem Bass gespielt wird. Dann starb er in den Armen einer tangobegeisterten, jungen Französin an Herzversagen, als er ihr gerade die richtige Haltung des Bandoneons beibiegen wollte.

Seitdem gibt es den finnischen Tango. Und er ist der einzig wahre Tango, denn alles, was die Argentinier später damit veranstalteten, haben sie von meinem Ururgroßonkel übernommen. Der Name meines verehrten Ahnen taucht nirgendwo auf, es gibt kein Denkmal für ihn, keine Broschüre würdigt seine Leistungen für die Musikgeschichte. Aber die Finnen lieben nach wie vor den Tango, weil sie instinktiv spüren, er ist ein Teil von ihnen. Von einem großen Sohn ihres Volkes geschaffen, von einem wahren Sibelius, dem die Anerkennung allerdings sträflich versagt blieb. Ja, so war das damals", schloss Markku seine Geschichte.

Skuld konnte nicht umhin, ihn herzlich zu umarmen. „Das war wieder eine ganz süße Geschichte", sagte sie.

„Aber es ist die reine Wahrheit!", empörte sich Markku, als er merkte, dass ihn Skuld nicht ernst nahm.

„Ich weiß", sagte die Norne und schaute den jungen Finnen vielsagend an.

Markkus Gefühlswelt befand sich in einem Aufruhr, wie ihn der Saharasand bei Sturm erlebt. Und Skuld war einfach glücklich, dass sie hier auf diesem alten Stuhl und nicht an ihrem Webstuhl saß.

Als Fabian Ferber aufstand, war es draußen noch stockfinster. Er verfluchte den lausigen Job, der ihm kein Privatleben ließ und schwang sich aus dem Bett. Ein Kriminalkommissar war immer im Dienst und die meisten Verbrecher hatten die beklagenswerte Angewohnheit, mitten in der Nacht oder am ganz frühen Morgen zuzuschlagen. Und weil heutzutage jeder alte Stein die ganze Nacht von einem Wachservice umrundet wurde, blieben die Kapitalverbrechen nicht so lange unentdeckt, dass Fabian hätte ausschlafen können. Auf der Polizeischule hatte ihm niemand gesagt, dass um vier Uhr morgens sein Handy klingeln würde. ‚Jetzt ist es leider zu spät‘, dachte Fabian verärgert und musste sofort über den Widersinn seines Gedankens grinsen, denn es war ihm ja gerade zu früh und nicht zu spät. Der diensthabende Nachtschichtler der örtlichen Polizeiinspektion hatte ihm emotionslos mitgeteilt, dass ein privater Wachmann im Museum einen ermordeten Mann tot aufgefunden hatte. Wie anders als tot hätte ein Ermordeter auch sonst aufgefunden werden sollen, fragte sich der junge Inspektor sarkastisch und schüttete Kaffeepulver in einen großen Pott, ehe er gähnend das kochende Wasser aus dem Kessel hinzufügte. Immerhin schien es einen richtigen Mord gegeben zu haben. Das war nicht schön für den Betroffenen, aber für einen Polizeikommissar wie Fabian war es endlich eine Herausforderung, die sich von dem täglichen Einerlei abhob, das sich für ihn bisher wie die Jagd nach Eierdieben angefühlt hatte.

Wenig später hatte er sich die Zunge an seinem aufgebrühtem Kaffee verbrannt und erkannt, dass sich dieser Junitag nicht für einen Aufsatz mit dem Thema: ‚Mein schönster Sommertag‘ eignen würde.

Als er den Tatort erreichte, ahnte er gleich, dass ihn hier ein besonders grauenvolles Verbrechen erwartete. Verstärkt wurde dieses Gefühl durch eine junge Polizeimeisterin, die sich gerade über ein Tulpenbeet vor dem Museum gebeugt hatte und hingebungsvoll die halbverdauten Brocken eines Big Mac in die Blumen erbrach. Schon der farbliche Kontrast zwischen den kraftvoll im Saft stehenden Gewächsen im frühen Morgenlicht und dem diffus grünlich-gelben Mageninhalt der Beamtin hätte bei schwach besaiteten Betrachtern Übelkeit ausgelöst. Fabian war froh, dass er auf ein Frühstück verzichtet hatte. Er atmete tief ein und schritt die wenigen Stufen zum Eingangsportal hoch. Dort stand ein Streifenpolizist im Türrahmen, der einen reichlich mitgenommenen Eindruck machte. Seine tränengefüllten Augen stierten aus einem käsigen Gesicht ins Leere, wobei er sich tunlichst zu bemühen schien, das Museumsgebäude nicht ins Blickfeld zu bekommen.

„Moin", rief Fabian und zückte seinen Dienstausweis. „Wo ist die Leiche?"

„Die Stätte des Grauens befindet sich im zweiten Stock", krähte der Uniformierte heiser.

„Wie bitte?", fragte der Kommissar, der seine Ohren verdächtigte, ihm die falschen Worte übermittelt zu haben.

„Oben", stieß der Polizist hervor und schluckte so heftig, als müsse er eine Großfamilie lebenslustiger Kröten daran hindern, aus seinem Hals zu hopsen. Fabian beeilte sich, aus dem Sprühwinkel des Kollegen zu kommen und eilte die Treppe hinauf.

„Hallo Ferber, alter Katzenjäger, hast du gut gefrühstückt? Sortiere es am besten schnell noch mal, denn gleich wirst du stark zur Nahrungsentäußerung animiert", begrüßte ihn am oberen Absatz der Gerichtsmediziner Günther Sykora mit dem für ihn typischen Zynismus.

„Mensch, was macht ihr denn alle für'n Wind?", keuchte Fabian außer Atem. „Ich habe im Gegensatz zu dem armen Hühnchen, das gerade den Vorgarten düngt, schon einige Leichen gesehen."

„Aber nicht in einem solchen Zustand", wusste der durch nichts und niemanden zu erschütternde Sykora, der seine Arbeit schon beendet hatte und nun neugierig auf die Einschätzung des Kommissars war.

Fabian schob sich schnaufend an dem ansehnlichen Bierbauch des Arztes vorbei in den Ausstellungsraum, der schon mit Absperrband gesichert war. Eine derartige Verwüstung hatte er nicht erwartet, als ihm der Nachtwächter mitteilte, es hätte einen Raubmord im Museum gegeben. Alle Vitrinen waren umgestoßen und mit einer großen Axt oder ähnlich verheerendem Werkzeug bearbeitet worden. Fossilien, seltene Steine und Keramikscherben vermischten sich mit gesplittertem Glas und blutverschmierten Holzspänen. Metallene Kettchen und Ringe aus grob behauenem Kupfer lagen neben zerborstenen Neonröhren und herausgerissenen Elektrokabeln. In diesem Chaos krochen drei Mitarbeiter der Spurensicherung herum und stäubten hier etwas ein und wischten dort etwas ab. Eine Sisyphus-Arbeit, dachte der junge Kriminalist, sagte aber laut: „Guten Morgen Kollegen, wo liegt denn der Tote?"

Einer der Kriminalisten wies schweigend mit dem Pinsel ans andere Ende des Ausstellungssaales, wo eine Tür offen stand. Die Geste wirkte wie eine stumme Anklage und Fabian ging leicht irritiert in die angewiesene Richtung. Unter seinen Sohlen knackte und knirschte es.

Die Karriere des hochbegabten und äußerst ehrgeizigen Museumsdirektors Dr. Markus Meier-Püttenhausen war mit einem Schlag beendet worden. Dieser Schlag hatte ihm den Schädel gespalten und die Mordwaffe wie ein heißes Messer in eine weiche Torte bis zum oberen Kiefer ins Haupt des Museologen eindringen lassen. Blut und Gehirn hatten die ihnen von der Natur zugewiesenen Plätze verlassen und sich neben ihrem früheren Aufenthaltsort auf den Fußboden ergossen. Meier-Püttenhausens Gesichtsausdruck, so weit die zwei aufgeklappten Schädelhälften überhaupt noch als Gesicht bezeichnet werden konnten, drückte Überraschung aus.

Fabian beugte sich weiter über das Opfer und dachte daran, dass er irgendwo gelesen hatte, in den Pupillen eines so plötzlich zu Tode gekommenen Menschen stünde das letzte Bild, dessen er angesichtig wurde, eingeätzt in die Netzhaut. Quasi wie ein Abschiedsfoto. Nur wie man dieses Foto entwickeln sollte, das wurde in dem Bericht nicht verraten. Interessiert hätte es Fabian durchaus, was Meier-Püttenhausen gesehen hatte, ehe er sich augenscheinlich ziemlich unvorbereitet auf die Reise zu seinen Ahnen gemacht hatte.

„Du bist wirklich nicht zu erschüttern", sagte Sykora bewundernd und betrat den kleinen Raum, der als Abstellkammer gedient haben musste.

„Wie lange ist er schon tot?", fragte Fabian und stand wieder auf.

„Acht, neun Stunden vielleicht, genau kann ich es dir..."

„... erst nach der Obduktion sagen. Ich weiß. Das bedeutet, der gute Mann ist gegen 22 Uhr umgebracht worden. Was glaubst du, ist ihm zugestoßen?", wollte der Inspektor wissen.

„Erfroren ist er meines Erachtens nicht. Ich denke, er hat einen Hieb mit einem verdammt scharfen und ausnehmend großen Beil von einem Mr. Universum oder Conan, dem Barbaren, auf den Kopf bekommen. Der konnte diesem Druck nicht standhalten und hat sich geteilt. Infolgedessen ist viel Frischluft ans Gehirn geraten. Der Begriff ‚Spalt' im Zusammenhang mit Medizin muss wohl völlig neu definiert werden. Von wegen Spalt-Tablette", sagte der Mediziner. Fabian sah ihn mit einem strafenden Blick an, den Sykora aber ignorierte.

„Es muss eine unheimliche Wucht hinter dem Schlag gesteckt haben. Ich habe so etwas noch nie gesehen", setzte Sykora seinen Bericht fort.

„Wir sollten der Presse eine abgeschwächte Version servieren, die Wahrheit könnte unsere kleinstädtische Bevölkerung beunruhigen", schlug Fabian vor. „Ich fürchte, wir müssen die ganze erfassungsdienstliche Palette bemühen, mit Schuhgruppe und Blutgröße und dem ganzen Kram."

„Apropos Fußspuren", sagte einer der weißgekleideten Ermittler, die im Ausstellungssaal herumkrochen. „Wir haben draußen Abdrücke gefunden. Die sollten Sie sich mal ansehen."

Im Garten neben dem Museum hockten zwei Beamte in weißen Ganzkörperanzügen im feuchten Tau und sicherten eine riesengroße Fußspur. Fabian musste bei ihrem Anblick an Gartenzwerge denken.

„Da will uns doch einer verarschen", mutmaßte er, als er den Abdruck sah. „Wie groß ist der denn?"

„Dreiundsechzig Zentimeter lang und zweiundzwanzig breit", antwortete einer der Weißen so schnell, als müsse er seine mündliche Reifeprüfung im Akkord ablegen. Und als ihn niemand dafür lobte setzte er hinzu: „Wir haben es schon neunmal nachgemessen!"

Etwas verwirrt von der Bestandsaufnahme dieses dubiosen Mordes war Fabian in die Dienststelle gefahren und hatte versucht, die wenigen brauchbaren Hinweise zu analysieren. Er nahm sich dazu ein leeres Blatt Papier und verschiedenfarbige Filzstifte und schrieb alles auf, was ihm durch den Kopf ging. ‚Holzfälleraxt' hatte er groß und rot in die rechte obere Ecke gekritzelt und unten links stand ‚Riesenfußspuren' in blauer Farbe. Fabian kaute auf einem Bleistift herum und dachte angestrengt nach, wer ihn da für blöd verkaufen wollte, als das Telefon klingelte und der Pförtner ihm „eine Frau Donath von der örtlichen Presse" ankündigte. ‚Auch das noch', stöhnte Fabian und machte sich auf eine neugierige alte Jungfer mit grauem Dutt gefasst. Bei dem Glück, das er heute hatte, würde ihn nichts wundern.

Knappe zehn Minuten später konnte er dem jungen Tag doch einen äußerst positiven Aspekt abgewinnen. „Ich glaube nicht, dass Sie die Leiche wirklich sehen wollen", sagte Fabian gerade zu der jungen Journalistin, die nach einem einleitenden Geplänkel langsam anfing, eine unangenehme Wissbegier an den Tag zu legen. Es fiel ihm schwer, sich auf ihre Fragen zu konzentrieren, weil er sich selbst mit der Frage beschäftigte, ob diese Sabrina Donath wohl mit ihm ausgehen würde. Zum Beispiel zu einem romantischen Abendessen. Er fragte sich, was eine so attraktive Frau wohl bestellen würde. Um die äußerst verlockende Vorstellung eines Dinners bei Kerzenlicht in die Tat umzusetzen, müsste er sie allerdings fragen. Und hier lauerte Fabians Problem. Er konnte stundenlang die verstocktesten Ganoven befragen, aber eine schöne Frau ansprechen war etwas völlig anderes und nicht seine Paradedisziplin. Bestimmt war sie auch schon vergeben. Oder sie wollte gar keinen Mann. Oder sie war frisch geschieden und von der gesamten Männerwelt restlos bedient. Einen Fingerring, der irgendeine Liaison verraten könnte, trug sie jedenfalls nicht. Das hatte der Kriminalist schon abgespeichert.

„Herr Ferber, hören Sie mir überhaupt zu?", drang die Stimme der schönen Redakteurin in Fabians Bewusstsein.

„Ja, selbstverständlich", bemühte er sich um Konzentration. „Ich war nur eben in Gedanken. Entschuldigen Sie."

„Ich sagte, ich würde mir den Toten nicht rasend gern in der Pathologie ansehen wollen, aber vielleicht gibt es ja Fotos vom Tatort", fuhr Sabrina unbeirrt fort. „Meine Leser wollen doch ein Bild vor Augen haben, wenn sie..."

„Verzeihen Sie, dieses Bild wollen Ihre Leser mit Sicherheit nicht vor Augen haben und ich wage zu behaupten, dass selbst die Tageszeitung mit den großen Buchstaben dieses Foto aus Pietätsgründen nicht bringen würde", fuhr ihr Fabian in die Parade. „Und die haben nachweislich eine sehr niedrige Hemmschwelle."

„Gut, ich gebe mich geschlagen", sagte Sabrina nach einer kurzen Pause und lächelte entwaffnend. „Aber verraten Sie mir doch im Vertrauen, was so Schreckliches mit dem armen Meier-Püttenhausen geschehen ist, dass so ein Geheimnis daraus gemacht wird", sagte sie mit kokettem Augenaufschlag.

Fabian sah ihr tief in die Augen und meinte kurzzeitig, den Blick gar nicht wieder lösen zu können. Er flüsterte: „Wenn Sie mir versprechen, dass Sie es nicht in Ihrer Zeitung ausschlachten, werde ich es Ihnen sagen."

„Großes Pionierehrenwort!", rief Sabrina verschwörerisch und streckte ihre rechte Hand mit erhobenem Zeige- und Mittelfinger nach oben.

Der Kommissar beschrieb der Journalistin vage den Zustand, in dem sie Meier-Püttenhausen aufgefunden hatten. Die gruseligen Details wollte er ihr lieber ersparen.

Dennoch schluckte die zart besaitete Sabrina nun schwer und rang kurzzeitig mit dem Verlangen, ihren Mageninhalt über den sauber aufgeräumten Schreibtisch des Kriminalisten zu ergießen. Dann rollte sich ihr Verdauungsorgan wie ein Igel zusammen und verkroch sich schmollend in einer entlegenen

Bauchecke. Ihre Professionalität erwachte wieder und als Journalistin witterte sie eine interessante Story, aus der sich vielleicht auch mal überregional etwas machen ließe.

„Es wurden Einbrüche in anderen Museen und Kirchen der Umgebung verübt. Stehen diese Taten in irgendeinem Zusammenhang mit dem Mord bei uns?", forschte sie weiter.

„Jedenfalls ähneln sie sich in der Vorgehensweise. Es wird eingebrochen und mit blinder Wut alles kurz und klein geschlagen. Wir gehen davon aus, dass der oder die Täter eine bestimmte Sache suchen und sie hier in der Harzregion vermuten. Wir ermitteln derzeit in alle Richtungen", gab Fabian Auskunft. „Unser Opfer hatte wohl nur Pech und war zur falschen Zeit am falschen Ort. Kurz und gut – wir stehen ganz am Anfang und haben noch nichts Verwertbares."

„Und es gibt überhaupt keine Spuren, keine Anhaltspunkte?", bohrte Sabrina, deren Stift nur so über den Notizblock raste.

„Eine einzige Sache und die ist sehr merkwürdig", sagte Fabian nachdenklich. „An allen Tatorten wurde feiner Buchenstaub gefunden."

Sabrina schaute ihn verständnislos an: „Was für Buchenstaub?"

„So, als hätte jemand an einem Buchenscheit mit einer ganz feinen Feile gehobelt."

Sabrina notierte sich das und meinte, es sei nun Zeit, auf ihre wichtigste Frage zu sprechen zu kommen. Der ansehnliche junge Mann ihr gegenüber wurde zunehmend lockerer und begann von sich aus zu plaudern. Das war zu Beginn ihres Gesprächs anders gewesen. Da hatte sie die banalsten Antworten unter Aufbietung ihres ganzen Charmes aus dem verkniffenen Beamten herausmeißeln müssen. „Man sagt, es wären im Garten des Museums riesige Fußabdrücke gefunden worden", sagte sie so beiläufig wie möglich.

Fabian musste grinsen. „Sagt man das? Wer ist denn ‚man'?", erkundigte er sich scheinheilig.

„Das darf ich selbstverständlich nicht sagen, aber es ist ein durchaus glaubwürdiger Informant."

Jetzt frage ich sie, ob sie mit mir essen gehen will, dachte Fabian und sagte: „Wir haben drei riesige Fußabdrücke gefunden, das stimmt. Ich glaube aber nicht, dass ein Riese für den Mord verantwortlich ist."

Sabrina schaute ihn erwartungsvoll an.

„Viel wahrscheinlicher war es ein Zwerg, der uns in die Irre führen will", sagte Fabian. „Oder noch wahrscheinlicher waren es zwei. Die Spuren waren einfach zu groß und zu perfekt auf dem Boden angebracht."

Auf seinen Stichwortzettel hatte er während des Gesprächs einen Zwerg mit langem Bart und großer Zipfelmütze gemalt. Fabian wusste nicht, warum. Verdutzt starrte er auf das Blatt und bemerkte nicht, wie sich die schöne Journalistin verabschiedete und ging.

Was Fabian der Journalistin vorenthalten hatte, war außer der Frage, ob sie mit ihm essen gehen wolle, die Tatsache, dass die Zeugenbefragungen gute Ergebnisse gebracht hatten. Mehrere Anwohner sahen am Abend des Mordes einen jungen Mann aus dem Museum kommen, den die Beamten anhand des benutzten Fahrzeugs schon sehr bald als Alfred Flemming, wohnhaft in Nordhausen, 27 Jahre alt, ledig, in einem Hausmeisterservice beschäftigt und nicht vorbestraft, identifizieren konnten. Zwei Zeugen hatten übereinstimmend ausgesagt, sie hätten laute, sich streitende Stimmen gehört und einer wollte den Museumsdirektor darunter erkannt haben. Der Verdächtige sei wutentbrannt aus dem Museum gelaufen und laut vor sich hin fluchend in sein Auto, einen alten VW Golf, gesprungen. Im Museum waren massenhaft Fingerabdrücke festgestellt worden, ganz konkrete aber auf dem Schreibtisch des Opfers. Und diese Fingerabdrücke stammten ohne jeden Zweifel von Flemming. In einem ersten Verhör hatte er alles geleugnet und sich in Ungereimtheiten verstrickt. Später gab er zu, bei Meier-Püttenhausen gewesen zu sein, weigerte sich aber zu sagen, warum. Damit belastete sich Flemming so schwer, dass er aufgrund der Indizien, die gegen ihn sprachen, vorübergehend festgenommen wurde. Es musste nur noch die Tatwaffe her und dann war er fällig. Auf die war Fabian sehr gespannt. Was konnte so messerscharf einen menschlichen Schädel zerteilen?

Dennoch, Fabian war das alles zu einfach und er sah bei seinem Hauptverdächtigen keinen Bezug zu den anderen Einbrüchen, die diesem hier so ähnelten. Alfred Flemming war nicht der Hüne, der mit einem Schlag Köpfe spaltete. Wo kam dieser Buchenstaub her und warum fand er sich an allen Tatorten? Wer glaubte ernsthaft, die Ermittler mit diesen plumpen Riesenfußabdrücken narren zu können? Die Techniker hatten ausgerechnet, der Träger dieser Schuhe müsste zwischen fünf und sechs Metern groß sein und etwa eine Tonne wiegen. Es war sehr unwahrscheinlich, dass sich eine solch stattliche

Gestalt unbemerkt durch Nordhausen bewegen könnte. Da steckte etwas anderes dahinter. Aber was?

Fabian grübelte und griff nach der Zigarettenschachtel.

„Leer, auch das noch."

Er wollte schon seit drei Jahren aufhören zu rauchen. Eine innere Stimme sagte ihm jetzt: „Das ist eine prima Gelegenheit, du hast nichts mehr zu rauchen, kauf nix neues mehr. Hör auf!"

Aber die Stimme hatte noch nicht ganz ausgeredet, als die nächste sie übertönte: „Doch nicht heute. Bei dem Stress aufhören, das schaffst du nie. Geh rüber zur Kantine und zieh dir eine Schachtel am Automaten!"

Bevor die Stimme fertig gesprochen hatte, war Fabian schon auf dem Weg zur Kantine. Er dachte an Nikotinpflaster, die er gleich nach der Lösung dieses Mordfalls kaufen wollte. Oder gab es nicht auch einen Nikotin-Kaugummi?

Das Ortsausgangsschild der Thüringischen Stadt Mühlhausen tauchte am linken Straßenrand auf und Magni verknüpfte diese Beobachtung mit einem für sein Dafürhalten gefühlvollen Tritt auf das Gaspedal. Das klapprige Pickup machte einen ruckartigen Sprung und Modi flog auf dem Beifahrersitz in Richtung Frontscheibe.

„Lass doch diese Hebel in Ruhe", schimpfte er. „Du verwechselst sie dauernd und irgendwann sause ich durch das Glas wie ein Zwerg in den Lindwurmmagen."

„Du könntest dich mit diesem Gurtdings anschnallen", schlug Magni beleidigt vor und packte das Lenkrad mit seinen tellergroßen Händen noch fester.

„Du könntest die Kiste einfach fahren lassen und nicht so tun, als hättest du einen Führerschein."

„Da fällt mir ein", lenkte Magni ab, „wir müssen uns noch Namen ausdenken, die hier geläufig sind. Das erspart uns eine Menge unangenehmer Fragen. Ich selbst habe mir überlegt, dass ich mich Magnus nennen werde."

„Magnus?", fragte Modi verblüfft. „Wie kommst du denn darauf?"

„Das ist ein ganz normaler Name", verteidigte sich Magni. „Sie hatten angeblich einen Herrscher der Karolus Magnus hieß."

„Und was soll das bedeuten? Karolus Magnus? Das klingt nach einem Würfelspiel mit Freunden oder einem rollenden Kiesel."

„Karolus heißt Karl und Magnus heißt ‚der Große'. Sie haben sogar Schriftsteller, die so heißen. Das sind Künstler, die...."

„Ich weiß, was ein Künstler ist", unterbrach ihn Modi und untersuchte die Latztasche seiner grünen Arbeitshose. Er zog eine CD heraus. „Hier schau, ich benenne mich auch nach einem Künstler. Es gab einen Mann, der Musik erfunden hat und der hieß Modest Moussorgski."

„Ja, und?", wollte Magni wissen.

„Na, Modest, verstehst du nicht. Modi – Modest, das ähnelt sich."

„Aber es klingt dumm", sagte Magni trocken. „Es heißt doch kein Mensch Modest."

„Ich bin ja auch kein Mensch."

„Du sollst aber wie einer wirken. Wenn du jedem auf die Nase binden willst, dass wir die Söhne des Donnergottes Thor sind, dann hätten wir diese alberne Maskerade nicht gebraucht."

„Übrigens finde ich die Musik sehr wohlgefällig, die dieser Modest Moussorgski komponiert hat. Eines der Stücke heißt ‚Die Nacht auf dem kahlen – '" Weiter kam Modi nicht, denn plötzlich rumpelte es fürchterlich unter ihren Rädern, als wäre der Pickup gerade über einen größeren Gegenstand gerollt. Im Cockpit löste der Hüpfer mangels funktionierender Stoßdämpfer eine mittlere Erschütterung aus und Magni knallte mit dem Kopf hart gegen den Rückspiegel, der sich einer solch göttlichen Berührung nicht gewachsen zeigte und eilig die Vorzüge der Erdanziehungskraft nutzte.

„Was war das?", erkundigte sich Magni.

„Du hast ein Tier überfahren", stellte Modi zur Diskussion.

„Hab keins gesehen", brummte Magni und trat viel zu kräftig auf die Bremse. Der Motor erstarb zitternd, als wolle er gegen solch eine rohe Gewaltanwendung protestieren.

„Abwürgen nennen sie das", stichelte Modi.

„Lass uns nachsehen, was da war." Magni schnallte sich ab und stieg aus. Kein weiterer Wagen fuhr auf der Straße, als die beiden großgewachsenen Männer in ihren Handwerkermonturen zur Unfallstelle schritten. Dort lag tatsächlich ein Fellbündel auf der Fahrbahn. Es hätte ein Fuchs sein können oder ein Dachs. Modi beugte sich vorsichtig über das Opfer. Magni kratzte sich seinen roten Bart und fragte: „Was ist es?"

„Ich bin kein Zoologe, aber es handelt sich wohl um ein Säugetier, das in den hiesigen Wäldern häufiger vorkommt."

„Falsch", sagte eine Stimme, die dünn und piepsig klang.

„Was soll das?", polterte Magni los und griff vorsichtig nach dem Tier.

„Wer bist du und wieso sprichst du zu uns?" In seinen Pranken wand sich ein hundeähnliches Tier mit spitzen Ohren und riesigen braunen Augen.

„Warum hast du so schrecklich spitze Ohren? Und warum hast du so furchtbar große Augen?"

„Magni, sprich keine Märchentexte."

„Für dich Magnus, wenn es nichts ausmacht, Modest", fauchte der Göttersohn.

„Oh, entschuldige, ich vergaß", höhnte Modi.

„Ihr seid nicht von hier", stellte das langhaarige Kleinmonster fest und kratzte sich mit einem Hinterlauf die Schulter.

„Und du darfst nicht sprechen können", warf Modi dem Tier vor. „Das ist gegen die Gesetze der Natur."

„Lasst uns das im Wagen weiter besprechen", regte das zappelnde Unfallopfer an, woraufhin Magni losließ und es laut „Au" bellend auf dem Boden landete.

„Also, wir hören", drohte Magni mit dunkelstem Basstimbre.

„Da gibt es nicht viel zu hören", bellte das Hündchen. „Ich bin ein Chihuahua."

Die Göttersöhne waren sprachlos. Als sich Magni wieder gefasst hatte, schrie er: „Wenn du glaubst, du kannst deinen Schabernack mit uns treiben, dann stopfe ich dich in die kleine Schublade hier und wir fahren gemütlich weiter."

„Das ist ein Aschenbecher."

„Lenke nicht ab und sprich die Wahrheit!", donnerte Modi.

„Aber ich sage die Wahrheit", protestierte der Chihuahua. „Habt ihr euch denn keine Gedanken gemacht, warum ich reden kann? Ich bin ein Chihuahua, was die Bewohner dieser Welt fälschlicherweise für eine Hunderasse halten. In Wahrheit stammen meine Vorfahren vom Planeten Chihua und sind einst hier gestrandet. Damit uns die verrückten Menschen nicht alle massakrieren, haben wir so getan, als wären wir Hunde und bellen, anstatt uns mit ihnen zu unterhalten. Menschen können nicht mit Dingen umgehen, die nicht von ihren sogenannten Wissenschaftlern als real existierend bestätigt oder aber als Wahrheiten im Fernsehen angepriesen werden. Und da für unser Dasein beides nicht zutrifft, ist es sinnvoller so zu tun, als seien wir Hunde."

„Und das sollen wir dir glauben?", erkundigte sich Modi.

„Einzig die Regierung der Vereinigten Staaten von Amerika weiß von unserer Existenz, seitdem in den vierziger Jahren ein Raumtransporter abgestürzt ist, der uns bergen sollte. Die Amerikaner haben begonnen, uns intensiv zu züchten, weil sie hoffen, wir können mit unserer überragenden Intelligenz die Welt retten oder wenigstens Amerika", belehrte das kleine Tier die verdutzten Söhne Thors.

„Du spinnst doch. Das ist die frechste Lügengeschichte, die mir in den letzten drei Äonen untergekommen ist", brüllte Magni.

„Nicht einmal ein verfluchter Zwerg könnte sich so einen Unsinn ausdenken", pflichtete ihm sein Bruder bei.

„Hast du eine bessere Erklärung für meine Sprachbegabung?", schnappte der Chihuahua angefressen zurück. „Es ist auch nicht entscheidend, ob ihr mir glaubt, denn ihr seid selbst keine Menschen."

„Wie kommst du denn auf diesen dünnen Steg? Ich bin der Elektriker Magnus und das ist mein Partner Modi."

„Modest", sagte Modi mit Nachdruck.

„Das wollte ich sagen, es war mir nur kurzzeitig entfallen", entschuldigte sich Magni.

Das kleine Hündchen lachte heiser. „Ihr seid sonst was, aber keine Menschen. Ich kann riechen, dass ihr schon sehr alt seid. Außerdem würde sich kein Mensch freiwillig Modest nennen. Das ist ein blöder Name."

Magnis Mund verzog sich zu einem Grinsen.

Modi schwieg angestrengt.

Der klapprige Transporter rollte in Richtung Nordhausen und passierte gerade das Örtchen Friedrichsrode.

„Wohin soll unsere Reise denn gehen?", wollte der Hund wissen. Magni sagte kühl: „Was uns betrifft, so suchen wir einen Platz hinter der Ortschaft Artern auf. Du aber hast im nächsten Tierheim Endstation."

„Oder in einem nahegelegenen koreanischen Restaurant", brummelte Modi in seinen blonden Bart.

„Was soll das heißen, ihr seid Götter?", bellte der kleine Hund in quietschendem Falsett, nachdem Modi eine knappe Erklärung abgegeben hatte.

„Na, du hast doch angeblich gerochen, dass wir keine Menschen und schon sehr alt sind. Was würdest du denn vorschlagen, was wir sind?", belustigte sich Modi über das Erstaunen des Winzlings, den sie der Einfachheit halber ‚Schiwa' genannt und zwischen sich gesetzt hatten.

„Es gibt keine Götter, das ist Unsinn", beharrte Schiwa auf seinem Standpunkt. „Wir hätten sie bemerkt und wir sind schon seit vielen tausend Jahren auf der Erde. Leider", bedauerte er mit theatralischem Augenaufschlag.

„Im Grunde genommen ist es mir vollkommen gleichgültig, was du denkst und für wen du uns hältst. Schön wäre, wenn du jetzt endlich deine Klappe halten könntest", mischte sich Magni ein. „Ich kann mich sonst nicht auf den richtigen Weg konzentrieren und wir kommen noch zu spät."

„Wohin denn?", bellte der neugierige Hund.

„Das wirst du früh genug sehen." Modi blätterte in dem dicken Autoatlas herum, aber es war ihm deutlich anzumerken, dass sein Tun äußerst planlos war. „Wir müssen durch dieses Artern fahren und dann rechts ab", sagte er und wischte mit den Fingern auf der Karte herum. „Da kommt dann diese Gegend, wo es weit und breit keine Anzeichen menschlicher Zivilisation gibt. Dort soll der neunte Baum nach der zweiten Einfahrt eine Esche sein."

„Oh, das trifft sich gut. Einen Baum könnte ich sehr bald gebrauchen", rief das Hündchen fröhlich wie ein Schulkind auf Klassenfahrt.

„Warum kann er nicht einfach sein Maul halten?", grummelte Modi genervt.

„Was brabbelst du da die ganze Zeit?", wollte Schiwa wissen. Als er keine Antwort bekam, setzte er sich in der Haltung zurecht, die er sonst einnahm, um Leckerchen zu erbetteln und sagte: „Habe ich euch schon die Geschichte von den drei autofahrenden Brüdern erzählt, die betrunken eine Polizeistreife narrten?"

Eisiges Schweigen war die Antwort. „Ich werte eure verbale Zurückhaltung als riesiges Interesse, welches euch buchstäblich die Sprache verschlägt." Schiwa kratzte sich mit der Pfote hinter seinem pinselförmigen Ohr und legte los.
„Die drei waren stadtbekannte Trunkenbolde und Nichtsnutze. Deshalb ist es nicht verwunderlich, dass meist keiner von ihnen im Besitz einer Fahrerlaubnis war. Eines Samstagabends unternahmen sie eine ausgedehnte Sauftour und wollten mitten in der Nacht noch einen Ausflug in die Diskothek am Stadtrand machen. Wohl weniger um sich der Gunst eines Menschenweibchens zu versichern, dazu waren sie schon zu besoffen. Vielmehr, um ordentlich Stunk zu machen und nach Möglichkeit eine handfeste Schlägerei anzuzetteln. Sie stiegen in ihr Auto und fuhren los. Kaum waren sie unterwegs, hatten sie auch schon einen Streifenwagen am Heck, der seine blaue Weihnachtsbaumbeleuchtung anmachte und das Lied des heulenden Windes sang. Im Wagen der drei Brüder brach allerdings keine Panik aus, sondern es kreiste eine Flasche mit hochprozentigem Wodka und derjenige, der fahren musste, trat kräftig aufs Gaspedal, denn freiwillig angehalten hätten die nie. So ging die muntere Jagd hinaus aus der Stadt und die Polizisten forderten Verstärkung an. In den ersten möglichen Feldweg bogen die Brüder ein. Plötzlich waren sie weg. Die Polizisten hielten an und sprangen aus dem Wagen. Mit ihren Maglites fuchtelten sie in der Dunkelheit herum und suchten die Umgebung ab. Da stand der alte Opel der Brüder mitten im Feld. Die Beamten öffneten die Fahrertür. Aber auf dem Fahrersitz saß niemand. Das Auto stank jämmerlich nach Schnaps. Die drei Brüder saßen einträchtig auf der Rückbank und fragten, was denn um Himmels willen los sei. Sie seien wohl kurz eingenickt und wüssten gar nicht, wie sie hierher gekommen wären. Ob die Polizisten ihnen nicht sagen könnten, wo ihr Fahrer hin sei. Das wollten die auch gern wissen. Die Saufbrüder schlugen den unentschlossenen Beamten schließlich vor, das Feld abzusuchen. Er könne ja noch nicht weit gekommen sein. Am Ende wurden die drei Rabauken von der Polizei nach Hause gefahren."

„Eine herzzerreißende Geschichte, wirklich. Aber warum hast du sie uns erzählt?", meldete sich Magni.

„Nun, ich dachte nur so als Anregung, weil ihr doch auch keinen Führerschein habt, oder?"

„Und ich hatte schon den leisen Verdacht, du willst uns Trunksucht unterstellen", antwortete Magni mit drohendem Unterton.

Wenig später hatten sie Artern passiert und näherten sich der gesuchten Stelle. Es war wirklich so beeindruckend, wie Odin ihnen erzählt hatte. Selbst Schiwa vergaß zu schwatzen. Die Dunkelheit war vollkommen und regelrecht greifbar. Nirgends eine Lampe, keine Reflektoren an den Straßenrändern, der Himmel mit dunklen Wolken bedeckt. Das Licht ihrer Scheinwerfer drang kaum fünf Meter weit in diese Düsternis vor. Ein feiner Sprühregen setzte ein.

„Da kann es einem ja wirklich Angst und Bange werden. Das sieht aus wie tief im Allerwertesten des finstersten, schwärzesten Bären, der sich nur denken lässt", stieß Schiwa keuchend hervor.

„Ja, das hat was von dem grauenvollen Zeug hinter Urds Brunnen. Findest du nicht auch, Bruder?", fragte Modi.

Magni hatte die Geschwindigkeit immer weiter reduziert und grunzte nur missmutig. Er schaltete das Fernlicht ein. Jetzt war es eindeutig mehr Licht, das von der Finsternis aufgefressen wurde. Plötzlich stand eine Gestalt am rechten Straßenrand, die den Arm ausgestreckt hielt und den Daumen nach oben gereckt hatte. Alle drei brüllten vor Entsetzen auf.

„Freya", schrie der erschrockene Magni und knallte seinen riesigen Fuß auf das Bremspedal. Kreischend machten sich die abgenutzten Bremsklötze an die Arbeit und verbrauchten den letzten Rest Belag, der ihnen verblieben war. Der Pickup vollführte einen Satz nach vorn und stand kurz danach still. Das Radio spielte plötzlich laute Rockmusik und Schiwa kläffte wie wild. Das Tier war frontal gegen das Radio geknallt und hatte es dabei wohl eingeschalten, während Modi mit dem Ellenbogen die Glasscheibe der Beifahrertür zertrümmert hatte.

„Ich dachte schon, ihr kommt gar nicht mehr", begrüßte Freya die drei Insassen und steckte ihren Kopf durch die neu entstandene Öffnung. „Wow", murmelte Schiwa sichtlich fasziniert.

„Wer bist du denn?", fragte die Göttin amüsiert und schaute sich den kleinen Hund an.

„Das ist eine bisher nicht für möglich gehaltene Plage unseres Geistes. Obendrein ist er Atheist und leugnet unsere Existenz", half Magni dem sprachlosen Schiwa aus.

„Sehr witzig", lachte Freya und öffnete die Tür. „Los, rutscht etwas rüber", kommandierte sie, „und lasst uns hier verschwinden. So eine Finsternis habe ich ja bisher nur bei Urd gesehen."

„Das ist mein Reden. Habe ich nicht eben noch gesagt, diese Gegend hat etwas so grauenvolles...?"

„Jaja", unterbrach Magni seinen Bruder knurrend. „Wie war dein Übergang, Freya?"

„Hervorragend. Diese Esche hier ist eine der besten Verbindungen, die ich bisher genutzt habe. Äußerst komfortabel, nicht so eng. Ich habe mir keinen einzigen Splitter eingezogen."

„Wovon redet ihr, zum Teufel noch mal?", schnappte Schiwa.

„Ach, an einen Teufel kannst du wohl eher glauben, kleines Hündchen?", fragte Freya in einem messerscharfen Tonfall.

Schiwa überlegte kurz, was er darauf erwidern könnte. Er entschied sich für Hecheln. Grotesk streckte er die Zunge aus dem Maul und begann mit einer so intensiven Flachatmung, dass ihn jede kreißende Hochschwangere beneidet hätte. Freya lächelte zuckersüß und erklärte mit dem schönsten Kindergärtnerinnenduktus der Welt: „Wir reden vom Übergang der Welten. Wir reisen durch Eschen. Die Esche ist unser heiliger Baum, weißt du. Und einige Eschen schaffen eine Verbindungen zwischen Asgard, unserer Welt, und Midgard, also dieser Welt hier. Du kannst unsere Welt von deinem Raumschiff aus nicht sehen, weil sie eine rein spirituelle ist. Sonst noch Fragen?"

Schiwa hatte sich fast die Zunge abgebissen vor Überraschung und stammelte jetzt: „Woher? ... aber ... ich meine..."

„Ganz einfach, weil ich eine Göttin bin", sagte Freya ganz ruhig.

„Und nun nichts wie raus aus diesem schwarzen Loch", brüllte Magni fröhlich und startete den Wagen wieder. Keiner sprach ein Wort, bis sie nach einigen Kilometern aus der Finsternis heraus waren und auf eine normale Fernstraße einbogen. Jetzt bot Schiwa an: „Ich könnte euch ja noch eine Geschichte erzählen, wenn ihr wollt."

„Wollen wir nicht", legte Modi fest.

„Aber es macht mir wirklich nichts aus, ich erzähle sehr gern Geschichten." Schiwa verzog das Gesicht, sodass es aussah, als lachte der kleine Chihuahua.

Modis Augen rollten wild in ihren Höhlen und Magni schnaufte wie eine alte Dampflok, die sich auf den höchsten Berg des Harzes quälen muss. Nur Freya war augenscheinlich amüsiert vom geckenhaften Gehabe des Hündchens und sagte freudig: „Oh ja, erzähl uns eine Geschichte."

Modi wimmerte leise vor sich hin. „Wenn es nur eine Geschichte wäre", jammerte er. „Der kleine Köter tut es aber nicht unter drei Geschichten am Stück."

„Auch gut", entschied Freya, die sich eine Autofahrt nach Nordhausen wesentlich langweiliger vorstellen konnte.

„Es ist die Geschichte von zwei Freunden im fernen Amerika, die mit ihrem Pickup sturzbetrunken zu einem Open-Air-Konzert unterwegs waren", begann Schiwa im Plauderton.

„Warum muss es denn ein Pickup sein?", protestierte Magni.

„Wieso geht es wieder um Betrunkene?", stöhnte Modi.

„Weil die Ordner ihnen den Eintritt verweigerten, wollten die beiden Helden an der Rückseite des Geländes über einen etwa drei Meter hohen Zaun klettern", ignorierte der Hund die Einwände. „Dazu benutzten sie ihren PICKUP als Leiter. Als der erste Kerl über den Zaun sprang, bemerkte er, dass sich auf der Rückseite ein tiefer Abgrund befand. Nach einem 4 Meter tiefen Flug verfing er sich jedoch mit seinen Shorts in den Ästen eines Baumes. Er schätzte seine Situation gründlich falsch ein und meinte, nun gleich unten zu sein. Nachdem er sich mit seinem Taschenmesser unsinnigerweise losgeschnitten hatte, legte er weitere 11 Meter im freien Fall zurück und brach sich beide Beine. Sein entsetzter Freund oben wollte ihm helfen und warf dem Verletzten ein langes Abschleppseil zu, das der sich um den Bauch wickelte. Das andere Ende befestigte der Retter am Auto. Dann setzte er sich in den Wagen und startete. Bedauerlicherweise erwischte er jedoch den falschen Gang. Anstatt den Wagen vorsichtig vom Zaun weg zurückzusetzen, durchfuhr er ihn mit Vollgas. Das Auto stürzte den Abhang hinunter, genau auf den lamentierenden Freund. Der war nicht nur platt vor Staunen. Die beiden Trunkenbolde verstarben noch an der Unfallstelle, wie es im Polizeibericht hieß."

Schiwas große Mandelaugen suchten den Blickkontakt mit Freya. Die Göttin sah ihn belustigt an.

„Und weiter?", ermutigte sie den Erzähler. „Worauf willst du hinaus?"

„Mich interessiert, was ihr Götter tut, wenn so etwas passiert? Sitzt ihr lachend auf euren Wolkenthronen oder schließt ihr Wetten ab, welches Opfer länger überlebt?"

Freyas Miene verdunkelte sich. „Du hast eine etwas eigenwillige Vorstellung von Sinn und Funktion der Götter. Ich werde versuchen dir kurz und knapp..."

Weiter kam die Göttin nicht mit ihrer religiösen Aufklärung, denn in Sichtweite vor ihnen schoss eine rote Flammensäule gen Himmel, die von einem ohrenbetäubenden Knall begleitet wurde.

„War das unser Vater?", rief Modi erfreut aus.

„Nein, Thor ist nicht mit der Suche nach Skuld beauftragt. Das war eine von Menschenhand erzeugte Explosion", wusste Freya. „Lasst uns nachsehen, Jungs."

Magni lenkte den Pickup von der Bundesstraße auf die Dorfstraße. Das Örtchen hieß ‚Westerengel', was bei den Göttern große Heiterkeit hervorrief.

„Wollen doch sehen, ob da nicht irgendwer einen Engel brauchen kann", sagte Freya schmunzelnd und fixierte Schiwa scharf. Auf der Dorfstraße hatte sich schon eine kleine Menschenmenge auf Höhe eines Bauernhofes eingefunden, dessen abgedeckte Scheune lichterloh brannte. Splitter des Holzdachs lagen über den ganzen Hof verteilt und einige Lattenteile waren auf der Straße gelandet. In der Luft flogen vereinzelte Hühnerfedern, die sich unfreiwillig von dem armen Huhn gelöst hatten, dessen halbverkohlte, sterbliche Hülle neben der Scheune lag. Die übrigen Vertreter des Federviehs waren durch die Öffnung im Dach entkommen und gackerten aufgeregt im Hof umher. Nicht minder lautstark ging es auf der Straße zu, auf der eine Bauersfrau laut wehklagte und mehrere Männer aufeinander einschrieen.

„Habt ihr Großvater gesehen?", fragte ein stämmiger Mann in Gummistiefeln zwei andere, die einen verdutzten Eindruck machten.

„Ich nich', ich war doch grad wegen dem Maulwurf...", versuchte sich ein junger Kerl mit Bürstenhaarschnitt zu erklären, aber der andere unterbrach ihn barsch: „Halt doch dein Maul, du Trottel!"

„Was stinkt hier eigentlich so komisch?", wollte ein Mann mittleren Alters wissen, der eben eingetroffen war. „Wie Gas, wenn ich mich nicht irre."

„Also ich rieche nichts", versicherte derjenige, der gerade so harsch den Jungen mit dem kurz geschorenen Haaren unterbrochen hatte.

Unbemerkt für die Versammelten kam aus der brennenden Scheune ein alter Mann, dem ein lädierter Pfeifenstiel aus dem Mund ragte. Das Gesicht war von Ruß geschwärzt und das weiße Unterhemd auf der Brustseite dunkel.

Der ehemals majestätische, graue Vollbart des Alten war in einem ähnlichen Zustand wie das unglückliche Huhn, das sich im Zentrum der Detonation aufgehalten hatte. Der Großvater näherte sich mit schlurfenden Schritten der Gruppe.

„Was denn für ein Gasgeruch?", beschwichtigte wieder der Mann, der mit dem kahlköpfigen Jungen gekommen war.

„Es ist doch aber deutlich zu riechen und kommt von Patricks Klamotten, da wette ich meinen Mähdrescher gegen eine Büchse Regenwürmer", insistierte der Mittelalterliche wieder.

„Propangas, um genau zu sein", sagte jetzt der Großvater und alle drehten sich verblüfft nach ihm um.

„Patrick, der Hornochse, hat eine Flasche Propangas in den Maulwurfsgang geleitet und dabei unsere Scheune in die Luft gejagt", erläuterte der Senior, ohne seine zerstörte Pfeife aus dem Mund zu nehmen.

„Ist das wahr?", wollte der plötzlich sehr wütende Mann in Gummistiefeln wissen, während der alte W50 der freiwilligen Feuerwehr an ihnen vorbeiklapperte. Der laut rumpelnde Motor verschluckte die ersten wüsten Verwünschungen, die an Patricks Adresse gingen.

„Aber wieso?", jammerte der Angegriffene.

„Weil der Scheißbau sich unter der Erde fortsetzt und einer der verdammten Ausgänge in unserer Scheune war", brüllte der erregte Mann jetzt. „Um ein Haar hättest du meinen Großvater getötet, du verfluchter Idiot."

Patrick hatte sich bei den letzten Worten schon in Bewegung gesetzt und türmte die Dorfstraße hinunter.

„Ich bring dich um!", schrie der erzürnte Enkel und packte sich eine Zaunslatte, die vor ihm auf der Straße lag. Dann rannte er Patrick hinterher, der wild gestikulierend und rufend das Weite suchte.

„Hätte ja auch nicht rauchen müssen, der alte Esel", brummte Patricks Begleiter und schickte sich an zu gehen. „Ist sowieso verboten in der Scheune."

„Hey, und was ist jetzt mit meiner Pfeife?", wollte der angekohlte Alte wissen.

„Hier, die schenke ich dir", sagte Freya, die plötzlich neben dem alten Mann stand und freundlich lächelnd eine nagelneue Schaumpfeife mit einem großen Kopf in der Hand hielt. „Die ist genauso gut wie deine alte."

„Und da sagt ihr immer, ich denke mir meine Geschichten nur aus", bellte Schiwa die Göttersöhne im wartenden Lieferwagen an.

Modi und Magni taten so, als wären sie eben aus einem Flogging-Molly-Konzert in einem kleinen Club gekommen. Sie stellten sich taub.

Odin sitzt in Hlidskjalf und schaut auf die neun Welten. Hier darf nur sein Weib Fricka mit hinauf und manchmal nimmt er seinen Berater, den Riesen Loki, mit. Aber das muss niemand erfahren. Loki können die meisten Götter nicht leiden und es wird gemunkelt, er würde die Ragnarök auslösen. Odin glaubt, wenn er Loki gut im Auge behält, dann kann er keine Dummheiten machen. Oder nicht so viele.

Jetzt sitzt der Walvater allein im Turm und späht angestrengt nach Midgard, um den Aufenthaltsort der Norne Skuld herauszufinden. Er fragt sich, ob die Flüchtige die Zukunft so genau sehen kann, dass sie weiß, wann er in seinem offenen Turm sitzt und sich eventuell vor seinem Blick verbirgt. Odin nimmt sich vor, sie danach zu fragen, wenn er mit ihr fertig und sie zurück am Brunnen ist.

Singt in Midgard in einer Folklore-Kapelle. Es ist nicht zu fassen.

Er fasst Skandinavien fester ins Auge und ist wieder einmal fasziniert von den norwegischen Fjorden. Odin sagt, dass derjenige, der diese vollendete Natur erschuf, einen Preis dafür verdient hätte. Skuld ist aber auf der ganzen skandinavischen Halbinsel nebst Finnland nicht auszumachen. Odins Blick gleitet über Deutschland und schweift dann ab zu den Inseln, die im nördlichen Meer liegen. Hier tummeln sich Elfen und Trolle in großen Scharen, ohne dass die Menschen sie bemerken. Doch auch hier findet Odin seine Norne nicht. Das große Frankreich erweist sich als Fehlanzeige und dann endlich, in einer kleinen Pension im österreichischen Wien, sieht er Skuld auf einem durchgelegenen Bett sitzen und hört sie singen. Er schaut genauer hin und sieht, dass der kleinen Norne beim Singen eine Träne die Wange herunterläuft. Scheint eine sehr scharfe Luft dort unten zu sein, dass es ihr das Wasser aus den Augen treibt, mutmaßt der Gott. Sie singt aber sehr schön, das muss Odin neidlos anerkennen. Es ist ein altes Liebeslied und hat zum Inhalt, dass ein Bursche namens Hamlet sich zu dumm anstellt, ein wunderschönes Mädchen zu freien und dieses sich gramzerfressen im Fluss ertränkt, weil der Tölpel es nicht fertig bringt, ihr seine Liebe zu gestehen. Stattdessen gibt der Bursche lieber vor, den Verstand verloren zu haben. Odin, der Gott mit den vielen Namen, der in Vorzeiten auch von einigen Hamlet genannt wurde, findet das Lied sehr traurig und merkt, dass sein Auge nass wird. Komisch, denkt er, hier ist die Luft doch gar nicht scharf und wischt entschlossen mit seiner äußeren Handfläche am heilen Auge herum. Eben überlegt er, wen er zu Freya schicken soll, um ihr Skulds Aufenthaltsort mitzuteilen, als er aus dem Augenwinkel einen der beiden Mörderzwerge Galar und Fjalar auszumachen glaubt. Er schaut genau hin und siehe da, die beiden hocken in einer kleinen Stadt in Deutschland auf einem Friedhof und lauern einem Mann auf, der durch die Beete eines Kirchgartens oder Friedhofs schlurft. Galar hebt seine furchtbare Streitaxt und Fjalar hat seinen Speer wurfbereit im angewinkelten Arm. Gerade als Galar zuschlagen will, holt Fjalar aus und die beiden Waffen treffen sich über dem Kopf des Opfers scheppernd in der Luft. Eigentlich sollte sich Odin über dieses Missgeschick freuen, aber ihm ist beim Anblick der beiden Gauner absolut nicht zum Lachen zu Mute. Vielmehr fragt er sich besorgt, was beim neunmal verfluchten Weltenuntergang die da unten treiben.

Er entscheidet, einen seiner beiden Raben nach Midgard zu senden. Huginn, der die Gedanken verkörpert, flattert schon aufgeregt auf seiner Schulter und Odin gibt ihm ein Zeichen. Majestätisch mit den Flügeln schlagend macht sich das Tier auf die Reise. Auf Odins anderer Schulter sitzt Munnin, der für die Erinnerungen steht, und schaut ihm neidisch hinterher.

Es war ein strahlend sonniger Spätnachmittag und der Dechant kam frohgelaunt aus seinem Arbeitszimmer und betrat den Domgarten. Joachim Steinheim, der Küster der Gemeinde, der auch die Gärtnerarbeiten verrichtete, lief mit seiner Hacke in der Hand aufgeregt vom nahegelegenen Blumenbeet herbei, als hätte er den ganzen Tag nur auf diese Gelegenheit gewartet. Tatsächlich entsprach das genau der Wahrheit.

„Herr Dechant, unheimliche Dinge tragen sich auf unserem Gottesacker zu", stieß er atemlos hervor. „Gestern wandelte ich zu abendlicher Stunde in frommen Gedanken dem Herrn zugewandt, als es am Eingangstore zur

Sakristei einen mächtigen Hieb tat, just da ich dort vorbeischreiten wollte." Der Pedell blickte seinen Arbeitgeber erwartungsvoll an, die unausgesprochene Frage, ob er weiter erzählen sollte, stand ihm ins Gesicht geschrieben. Die Züge des Geistlichen verrieten unmissverständlich, dass er keinen gesteigerten Wert auf eine Ausweitung der Erzählung legte. Aber schließlich, so sagte sich der katholische Oberhirte, war der Küster mit seinem Hang zu hochprozentigen Getränken auch ein Schäfchen, dem Anerkennung und Achtung geziemte. Der Dechant brummte unentschlossen einige unverständliche Worte, die jeder Zuhörer vom Duktus her leichthin als beschwichtigend und abwehrend ausgelegt hätte. Nicht so der aufgeregte Angestellte. Steinheim verstand des Priesters Unschlüssigkeit als klare Aufforderung, ins Detail zu gehen und seine Rede mit blumigen Formulierungen auszuschmücken.

„Auf den lauten, metallischen Schlag, der klang, als wäre eine Glocke zerbrochen, folgte eine Schimpfkanonade von einer schrillen, markerschütternden Stimme, wie ich sie mein Lebtag noch nicht hören musste. Aber so wahr mir der Herr helfe, es war niemand zu sehen", fuhr er fort. „Ich blickte mich wohl um, auf dem vom abendlichen Sonnenlicht durchtränkten Friedhof, doch der Sprecher oder irgendetwas anderes, was für den Wortschwall verantwortlich gewesen sein könnte, blieb unsichtbar."

„Nun, guter Küster", fühlte sich der Dechant genötigt einzugreifen, „hin und wieder höre auch ich Stimmen, die zu mir sprechen."

„Ja, aber diese Stimme hat ja nicht zu mir gesprochen, sie hat laut geschimpft und kurz darauf vernahm ich eine weitere Stimme, der die Schelte wohl galt, denn sie klang, als wolle sie sich verteidigen", sagte der Kirchdiener. „Die Worte konnte ich nicht verstehen, denn beide bedienten sich eines alten norwegischen Dialekts."

Der Dechant verdrehte die Augen und rief stumm die heilige Dreifaltigkeit an, insbesondere den darin enthaltenen heiligen Geist, sagte dann aber mehr streng als fragend: „Altnorwegischer Dialekt?"

„Altes Norwegisch oder eine seltene schwedische Mundart, so genau kann ich es nicht sagen. Aber ich kann Kunde davon geben, dass die Stimmen von unten kamen."

„Soso, von unten", wiederholte der Dechant, dessen Geduld sich gerade anschickte, völlig erschöpft in die mentale Hängematte zu gleiten. „Mein lieber Freund, es wird ein schlimmes Ende mit dir nehmen, wenn du dem Teufel

Alkohol nicht abschwörst. Erst hörst du Stimmen von unten, die in Altnorwegisch mit dir schimpfen, dann siehst du im Traum, wie kleine grüne Männlein eine riesige Schnapsflasche an deinem Bett vorbeitragen, ohne dass du sie erhaschen kannst. Danach wirst du im Delirium tremens landen, einem schrecklichen Zustand der Vorhölle, den der Herr, unser Hirte, all denen schickt, die mit ihrer Sucht nicht umgehen können."

„Aber ich war ganz nüchtern, Herr Dechant. Ich schwöre es beim blutenden Herzen der Mutter Maria", empörte sich der Pedell.

„Oh, lass bitte die heilige Jungfrau aus dem Spiele, ja?", dröhnte der Dechant jetzt mit voluminöser Bassstimme. „Es mag wohl sein, dass es mehr Dinge zwischen Himmel und Erde gibt, als unsere Schulweisheit sich träumen lässt. Allein, es fällt mir schwer zu glauben, dass ausgerechnet du der Wunder teilhaftig werden solltest, die unsere heilige Jungfrau für uns bereithält." Der Prediger pustete die restliche Luft aus der Lunge und sah seinen Mitarbeiter streng an.

„Und jetzt will ich nichts mehr davon wissen", fügte er nach einer kurzen Pause hinzu. Als er seinen Pedell nun so stehen sah wie den sprichwörtlichen begossenen Pudel, tat ihm seine Grobheit Leid und er fügte besänftigend an: „Wahrscheinlich beschäftigt dich innerlich die grässliche Untat, die dem unglücklichen Museumsdirektor, Gott sei seiner armen Seele gnädig, widerfahren ist."

Sein Angestellter sah ihn an und dachte daran, wie ungerecht die Welt sei, in der er immer wieder abgestempelt wurde und nicht einmal der Dechant ihm Vertrauen schenkte. Am Abend würde er einen Schluck trinken müssen vor lauter Kummer und bis zum Abend war es, Christus sei gedankt, nicht mehr lange. Laut sagte er: „Ich muss wieder an die Arbeit, Herr Dechant."

Der Geistliche sah Steinheim nach, wie er in Richtung Gemüsebeet trottete und sann seinerseits über die unergründlichen Wege Gottes nach. Da musste er sich nun sein Leben lang mit den Rufen nach Abschaffung des Zölibats und der Forderung nach einem gemeinsamen Abendmahl mit den verlotterten Lutheranern herumschlagen, ohne ein Zeichen des Himmels zu erhalten, das ihn in seinem Tun bestärken könnte. Derweilen offenbarte sich der Herr anscheinend einem Trinker auf dem nächtlichen Friedhof, der die weisen Worte für altes Norwegisch hielt. Er seufzte tief ob dieser himmelschreienden Ungerechtigkeit.

In der über tausendjährigen Stadt Nordhausen am Harz feierten die Bewohner jedes Jahr ein Stadtfest, dass sie nach ihrem Wahrzeichen Roland, dem wehrhaften Beschützer der Stadt, benannt hatten. Es gab eine vierköpfige Rolandgruppe, der, angeführt von ihrem Namensgeber und einer Brockenhexe noch zwei Originale namens ‚Professor Zwanziger' und ‚Oller Eberschberg' angehörten. Die zogen das ganze Wochenende durch die Stadt und kamen auf die Bühnen, wo sie vom Publikum mit großem Hallo begrüßt wurden. Meist deklamierten sie freche Sprüche über die Lokalpolitik und taten das in einer speziellen Mundart, dem so genannten Nordhäuser Platt. Diesen kaum noch gesprochenen Dialekt zu verstehen war nicht einfach, aber alle Festbesucher bemühten sich und hatten ihren Spaß. Oder taten zumindest so. Die Feiern pendelten zwischen Jahrmarkt, Basar und Kunstfest. Je nachdem, wer von den Stadtvätern mit der Organisation des Festes betraut wurde. So hatte es schon Rolandfeste mit vielen Höhepunkten gegeben, über die noch lange gesprochen wurde und auch solche, die zu Recht bald wieder in Vergessenheit gerieten. Für gewöhnlich wurde die imposante Altstadt dafür genutzt. Als Austragungsort für die kulturellen Programmpunkte gab es einige schöne Plätze, wo die Jugend sich zu Live-Konzerten versammeln konnte und die Älteren unbeschwert bis unbeherrscht verschiedenen alkoholischen Getränken zusprachen.

In diesem Jahr konzentrierte sich das Geschehen auf den Petersberg, eine weiträumige Gartenanlage mit Bühnen und Spielplätzen, Cafés und der alten Stadtmauer, einem alten ‚Judenturm' und viel Rasenfläche. Am Abend sollte auf der großen Bühne eine internationale Musiknacht aufgeführt werden, für die das städtische Kulturamt als Ausrichter des Festwochenendes eine Reihe hochdotierter Bands eingeladen hatte. Am Abend pilgerten die Bürger erwartungsfroh zum ehemaligen Landesgartenschaugelände auf dem Petersberg, um sich gepflegt unterhalten zu lassen. Samstagabend war auch die Zeit, banale Sorgen vorübergehend in mentale Abgründe zu stoßen oder mit flüssigen Betäubungsmitteln zu Ruhe zu zwingen.

Fabian ließ sich vom schönen Wetter treiben und stieg die Stufen zum Petersberg hinauf. Er hatte seinen Hauptverdächtigen im Mordfall Meier-Püttenhausen nach reiflicher Überlegung auf freien Fuß gesetzt und hoffte, dass ihm der junge Mann namens Alfred als Zeuge nützlicher sein würde. Er war definitiv der letzte, der Meier-Püttenhausen lebend gesehen hatte. Er war aber auch der letzte, dem Fabian einen so gezielten und kaltblütig ausgeführten Mord wie die vorliegende Persönlichkeitsspaltung des bedauernswerten Museumsdirektors zugetraut hätte. Vielleicht einen Einbruch oder einen Betrug. Das war gut vorstellbar, doch Mord? Und welcher Mörder läuft laut schimpfend vom Tatort und alarmiert die versammelte Nachbarschaft hinter der Gardine? Da hätte er sich auch gleich der Polizei stellen können. Was Fabian ebensolches Kopfzerbrechen bereitete war die Mordwaffe. Die Gerichtsmediziner hatten ermittelt, dass ein einfaches Beil für die Tat nicht in Frage kam. Nach den Meier-Püttenhausen zugefügten Verletzungen musste die Axt oder das Schwert so groß und schwer sein, dass der Mörder sie mit einer Sackkarre ins Museum hätte bringen müssen. Und selbst wenn es so gewesen wäre, wo war das Beil jetzt? Und wo die Sackkarre?

Fabian erreichte die Eintrittskasse, einen Klapptisch mit zwei Campingstühlen dahinter, auf denen zwei junge Frauen saßen, die den Gästen ihre Tickets verkauften. Kurz vor ihm in der Reihe stand eine hochgewachsene, majestätisch wirkende Blondine. Sie war in Begleitung zweier langhaariger Handwerker, die grüne Overalls trugen. Ihre Rauschebärte erinnerten ihn an die beiden Frontmänner der texanischen Bluesrockband ZZ Top. Bei diesem Gedanken entspannte sich Fabian endlich und begann sich auf die laue Nacht und die Musik zu freuen. Die Frau war sehr attraktiv. Das erinnerte ihn an die Journalistin Sabrina Donath. Ob sie heute Abend hier war? Vielleicht musste sie für ihre Zeitung von der Veranstaltung berichten. Vor ihm ertönte ein quietschendes Gekläff und einer der beiden Latzhosenträger fauchte einen klitzekleinen Hund an, der scheinbar die Quelle des Geräuschs war. Langsam rückte die Schlange am Einlass weiter vor.

Joachim Steinheim, der Küster und Gärtner, hatte beschlossen, sich an seinem freien Abend weltlichen Genüssen hinzugeben und damit bereits zu Hause begonnen, indem er seinen Vorrat an hochgeistigen Getränken einer intensiven Prüfung unterzog. Jetzt stand er an einem der Verkaufspavillons auf dem Petersberg und erwartete mit einem Becher Bier in der Hand die erste Musikgruppe. Er war sehr froh, dass er nicht noch einmal diese schrecklichen Stimmen gehört hatte, die ihn um den Verstand bringen wollten. Lange dachte er über die Worte des Dechanten nach, der ihn für einen Trinker hielt. Das war Steinheim aber nicht. Er genoss es, an freien Abenden oder am Wochenende bei Feiern die Zügel des streng kontrollierten Alkoholgenusses etwas schleifen zu lassen, doch durchgegangen war der Gaul namens John Barleycorn noch nie mit ihm. Wenn das Konzert losginge, wollte er sich näher an der Bühne postieren. Eben hatte Steinheim sich entschlossen, noch einen Becher auf Vorrat zu kaufen, als er hoch erfreut den jungen Alfred Flemming sah, der in der Schule gleich neben dem Dom als Hausmeister arbeitete. Die beiden verstanden sich gut und zum Feierabend tranken sie mitunter gemeinsam ein Bier oder tauschten ihre Erfahrungen mit geistlichen und weltlichen Arbeitgebern aus. „Hallo Alfred!", rief der Kirchendiener laut über den Platz und setzte sich in Bewegung, seinen Kollegen zu begrüßen.

Skuld war mit der Band nach einer anstrengenden Fahrt durch halb Deutschland schon tagsüber eingetroffen, schaute sich am Nachmittag die Stadt an und fand alles sehr interessant. Unterwegs traf sie auch auf die Rolandgruppe und amüsierte sich einmal mehr über das verschrobene Hexenbild der Menschen. Urd hatte ihr am Brunnen bereits von Nordhausen, dieser Geburtsstätte des deutschen Kaisertums, erzählt. Skuld suchte einige der historischen Plätze auf. An der ehemaligen Burg war jetzt ein Rundwanderweg. Sie berührte die Steine und fühlte deren bewegte Geschichte nach.

Vor dem Auftritt saß sie nun in ihrer Garderobe und blätterte in einem Heft, das sich mit der Historie der Rolandstadt beschäftigte. Die anderen Musiker ihrer Band waren essen gegangen, ein Vergnügen, das sie naturgemäß nicht mit ihnen teilte und dem sie sich deshalb meist entzog. Mitunter musste sie vor den anderen so tun, als würde sie auch essen und trinken, aber wenn es sich vermeiden ließ, dann blieb sie den Mahlzeiten lieber fern. Bis zu ihrem Auftritt war noch eine Menge Zeit, das Konzert war planmäßig erst nach zehn Uhr abends vorgesehen. Bisher hatten sich solche Anfangszeiten immer als Wunschträume der Veranstalter erwiesen, die in der Realität nicht haltbar waren. Praktisch begannen die Konzerte wenigstens eine halbe Stunde später. Sie freute sich schon auf den Auftritt, denn sie war gespannt, wie das deutsche

Publikum auf ihre Show reagieren würde. Markku hatte ihr die Deutschen als äußerst distanziert und eher unterkühlt beschrieben. Doch Markku irrte häufig in seinen Urteilen.

Die beiden Zwerge Galar und Fjalar hatten sich lange gestritten. Das heißt, genau genommen hatte Galar getobt und seinen Bruder beschimpft. Er war immer noch wütend und blitzte ihn auch jetzt böse an. „Manchmal bezweifle ich, dass der Met aus dem guten alten Kvasir bei dir noch Wirkung zeigt. Wie kannst du denn deinen Speer just in dem Moment werfen, da ich diesem Menschling den Kopf spalten will?"

Fjalar saß auf einem großen Stein der Stadtmauer und versuchte mit einem lila-weiß gestreiften Geschenkband den Stiel seines Speers zusammen zu binden. Er sagte gar nichts. Der Hass auf die Menschen machte Galar blind und unvorsichtig. Das war ein Aspekt, den Fjalar zukünftig scharf beobachten wollte. Schließlich waren sie hier, um einen Auftrag auszuführen und nicht, um ihre Waffen mit dem Blut primitiver Menschen zu besudeln. Was diesen Kirchdiener betraf, war es allerdings unvernünftig, ihn am Leben zu lassen. Vielleicht hatte er sie bemerkt. Sie bewegten sich hier in Midgard knapp neben der menschlichen Wahrnehmung, dass sie eigentlich geschützt und unsichtbar waren. Doch sie wussten, dass es eine Anzahl von Menschen gab, die feinfühliger als die Masse ihrer Artgenossen waren. Bei diesem Kerl auf dem Friedhof hatte Fjalar den Eindruck, er hätte auf Geräusche und ihre Unterhaltung reagiert. Aber: Wer würde ihm schon glauben? Viel wichtiger war, dass sie jetzt die kleine Norne schnappten. Das war eine echte Überraschung, als die hier aufgetaucht war. Und offensichtlich hatte sie all ihre Instinkte eingebüßt. Wenn es ihnen gelänge, diese mythologische Schlüsselfigur in ihre Gewalt zu bringen, dann konnten sie von den Göttern erpressen, was sie wollten. Dann konnte der Riese ihnen mit seinem Auftrag gestohlen bleiben. Fjalar hielt ohnehin nichts davon, mit den Riesen gemeinsame Sache zu machen. Es sei denn, ihre Arbeit wurde riesig vergütet. In ihrem speziellen Falle sollten sie die Prämie erst nach Lieferung bekommen. Fjalar war über diese Abmachung empört, denn der Riese gab ihnen damit zu verstehen, dass er ihnen nicht traute. Mit diesem Misstrauen hatte er völlig recht, aber es war dennoch frech, die beiden begehrtesten Auftragsmörder aller neun Welten so perfide zur Arbeit zu zwingen, dachte der Zwerg.

„Verdammt, Fjalar, ich spreche mit dir", keifte Galar schrill und riss seinen Bruder aus seinen düsteren Überlegungen.

„Und zwar viel zu laut, Galar", brummte der. „Schlag dir deine Mordgedanken aus dem Kopf, es gibt hier keine würdigen Gegner. Lass uns unseren Auftrag ausführen, die Norne mitnehmen und endlich von hier verschwinden."

Doch Galar war nicht so leicht zu beruhigen. „Diese Menschen gehören ausgemerzt. Das verkommene Pack redet schlecht über uns. Schau dir ihre Märchen an. Sie degradieren uns zu debilen Wichten, die im Wald wohnen und sich von einer albernen Prinzessin bekochen lassen. Und als das Weibstück endlich von einer Zauberin zur Strecke gebracht wird, jammern sie wie hirnlose Riesen, denen ihr Lieblingsfelsen abhanden gekommen ist. Lächerlich!"

„Bruder, ereifere dich nicht so. Du weißt genau, dass wir ihnen berghoch überlegen sind. Was spielt es für eine Rolle, was die über uns denken. In einigen ihrer Dichtungen kommen wir übrigens gar nicht so schlecht weg. Ich weiß wirklich nicht, warum du dich so aufregst. Sie können noch nicht einmal die Dimensionen wechseln. Wir sitzen hier in aller Ruhe und die einfältigen Tropfe sehen und hören uns nicht. Betrachte die Situation doch einfach aus der Warte unserer Überlegenheit."

„Ich will aber, dass sie unsere Überlegenheit anerkennen, diese dummen Missgeburten", begehrte Galar wieder auf.

Obwohl er sich schon einige beruhigende Mittel verordnet hatte, die er in flüssiger Form zu sich nahm, glaubte Joachim Steinheim wieder diese keifenden Stimmen zu hören. Sie waren in seinem Kopf und er überlegte panisch, wie er ihnen entkommen konnte. Er musste sie stoppen, sonst würde er mit dauerhafter Geisteskrankheit bestraft, ordnete sein Gehirn an.

Aber so leicht war das nicht. Viele Wahrnehmungen und Instinkte schaltete der menschliche Denkapparat von vornherein ab. Wenn es ihm einmal nicht gelang, unwahrscheinliche oder für unmöglich gehaltene Sachverhalte zu ignorieren, dann blendete das Hirn das Denken einfach aus und befahl stattdessen, sich den unzähligen Fernsehprogrammen zu widmen, die im TV-Apparat auf Opfer aller Altersklassen lauerten. Oder es rettete sich in dauerhafte Blödheit. Wobei der Unterschied nicht allzu groß war.

Vielleicht sollte er sich dichter an einen der meterhohen Türme aus Lautsprecherboxen stellen, erwog Steinheim. Langsam schob er sich über den inzwischen gut gefüllten Platz auf die rechte vordere Seite der Bühne zu. Dort hatte er Alfred zuletzt gesehen. Fast hätte er einem breitschultrigen Kerl in grüner Latzhose sein Bier ins Genick geschüttet, weil er von einem wilden Tänzer einen Stoß in den Rücken bekam. Der blonde Typ in der Handwerkermontur erweckte nicht den Eindruck, als hätte er das Bier im Rückenausschnitt seines T-Shirts als Freundschaftsbeweis gewertet. Außerdem stand neben ihm noch so einer, nur dass der rote Haare hatte und noch kräftiger wirkte. Joachim Steinheim dankte der Mutter Maria, noch einmal so glimpflich davon gekommen zu sein.

Auf der Bühne spielte jetzt eine finnische Band, deren drei strohblonde, langhaarige Sängerinnen für Stimmung unter den Konzertbesuchern sorgten. Erst hatten sie einen faszinierenden Wechselgesang hingelegt, der den Besuchern die Nackenhaare aufrichtete, und nun waren sie zu rockigeren Tönen übergegangen. Sie sprangen und stampften singend auf der Bühne herum, als müssten sie die Ernte eines kompletten Weinberges keltern. Dazu spielten die Musiker schnelle, treibende Rhythmen mit stöhnenden Basslinien und kreischenden Gitarren. Alles in allem eine Kombination, die geeignet schien, eine Rotte arthritischer Nashörner zu einem gestreckten Galopp zu animieren.

Fabian hatte sich von der aufkommenden Euphorie wild springender und pogender Tänzer in den ersten Reihen anstecken lassen und wiegte sich im Rhythmus der Musik. Neben ihm hüpfte die hübsche Journalistin Sabrina Donath auf der Stelle und starrte gebannt nach vorn. Fabian musterte sie heimlich von der Seite und konnte den Blick nicht von ihren beiden auf und nieder springenden, kleinen Brüsten lösen.

Der Hausmeister Alfred stand an der rechten Bühnenseite und brüllte dem Küster gerade ins Ohr: „Das ist mal was anderes, was?"

Der Angeschriene verstand nichts. Es war viel zu laut und die Stimmen in seinem Kopf waren nicht verstummt, sondern ganz im Gegenteil immer lauter geworden. Jetzt glaubte er sogar einzelne Worte zu verstehen. „Wurm" hörte er heraus und „Garaus machen" und dann Alfreds Stimme, die rief: „Die sehen ja aus wie echte Zwerge. Fast wie in ‚Herr der Ringe'. Geil!"

Der Küster wusste nicht, was Alfred meinte, aber es war ihm auch egal. Eben hatte er gehört, wie unter seiner Schädelplatte eine Stimme rotierte, die immer wieder schrie: „Ich mach dich alle, du stinkender Wurm!". Die andere verwies darauf, dass sich der Wurm überhaupt nicht bewege und wahrscheinlich schon tot sei und beschwor die erste Stimme, sich lieber auf die Norne zu konzentrieren.

Erst die Geschichte auf dem Friedhof und jetzt das hier. Steinheim bedauerte, dass die Stimmen nicht mehr norwegisch sprachen, das hätte er wenigstens nicht verstanden. Er war am Ende seiner Kräfte und merkte, wie ihm sanft der Bierbecher aus der Hand rutschte. Er musste sich an Alfred abstützen, um nicht zu Boden zu gehen. „Das ist der Wahnsinn!", schrie Alfred begeistert und Steinheim pflichtete ihm hilflos bei.

„Sehn Sie doch nur diese riesige Axt!", kreischte Alfred aufgeregt. Steinheim sah nichts, dafür brach sich sein schon länger schwelendes Magengeschwür Bahn, an dem er noch lange zu knabbern haben sollte. Kurz darauf erstarb die Musik jaulend und ein Großteil der Bühnenscheinwerfer machten ebenfalls Feierabend.

Der Kirchendiener fühlte einen jämmerlich klagenden Schrei von innen gegen seine Schädeldecke klopfen und ein Großteil des Publikums sah kurzzeitig eine Lichtfontäne wie von einem Feuerwerkskörper. Scharfe Beobachter meinten für den Bruchteil einer Sekunde eine gedrungene kindliche Gestalt mit einem langen, spitz zulaufenden und lichterloh brennenden Bart darin gesehen zu haben. Sie ließen sich aber genauso schnell von ihren Gehirnen überreden, dass dort nichts Ungewöhnliches zu sehen war und wohl der eine oder andere Caipirinha an dieser geisterhaften Erscheinung schuld sei.

Aber das war er nicht. Mitten auf der Bühne hatte der zeternde Galar das armdicke, schwarze Hauptkabel mit einem kraftvollen Hieb seiner Axt getroffen. Der darin fließende Strom nahm neugierig einen Umweg durch den Körper des Zwerges und animierte ihn zu dem Schrei, den der bedauernswerte Küster vernommen hatte.

Alfred hatte schon längere Zeit die beiden Zwerge auf der Bühne gesehen, die sich von hinten den Sängerinnen näherten. Der junge Mann hielt das für einen Teil der Bühnenshow, als der eine Kerl mit seiner gigantischen Axt das

Kabel durchteilte, traf ihn ein Stromschlag mit voller Wucht. Nach Alfreds geringem technischen Verständnis wäre es nicht verwunderlich gewesen, wenn von dem kleinwüchsigen Mann nicht mehr als eine Kehrschaufel Asche übrig geblieben wäre. Stattdessen hatte ihn der andere Zwerg energisch gepackt und von der Einschlagstelle fortgerissen. Er stützte seinen humpelnden Kollegen und brachte ihn hinter die Bühne. An eine der Sängerinnen hatte sich der vom Stromschlag zuckende Zwerg zu klammern versucht, brachte das Mädchen dadurch aber nur zu Fall.

Die so überraschte Skuld krachte mit ihrem Mikrofonständer polternd auf den Bühnenboden und dachte in dem Moment: ‚Hier passiert also der Unfall.'

Neben Alfred keuchte Steinheim und hielt sich mit schmerzverzerrtem Gesicht den Bauch. Der Mann brauchte einen Arzt, begriff Alfred, und rannte sofort los. Aus den Reaktionen der aufgebrachten Konzertbesucher, die laut murrten und Sachen riefen wie „Weitermachen!" und „Macht das Licht wieder an!" und „Pfoten weg, du Schwein!", entnahm er, dass keiner der Anwesenden einen Zwerg gesehen hatte, geschweige denn zwei.

Unter dem Publikum brach jetzt Panik aus. Laut murrende und ungehalten pfeifende Leute in den hinteren Reihen machten ihrem Unmut über die Unterbrechung Luft. Sie drängten nach vorn, um besser sehen zu können, was dort los war. Vom Bühnenrand her wogte eine Welle Verängstigter aus den ersten Reihen nach hinten, die sich vor der Feuerfontäne in Sicherheit bringen wollten. Betroffen waren von beiden Strömungen hauptsächlich die Besucher, die jetzt in den mittleren Reihen eine schmerzhafte Pufferfunktion übernahmen. Es begann eine regelrechte Schlacht. Regenschirmspitzen bohrten sich in aufgeregt geblähte Nasenlöcher, Plastikbecher flogen durch die Luft und wenig später die ersten Fäuste, als einige Kavaliere sich genötigt sahen, die Damen in ihrer Begleitung zu verteidigen, deren Frisuren vom lauwarmen Getränkeregen derangiert oder deren Garderobe hoffnungslos durchnässt wurde. Meist trafen diese wütenden, ritterlichen Attacken aber Unschuldige, die nun ihrerseits nicht einsahen, warum sie Prügel beziehen sollten und kräftig dagegenhielten. Bald war eine wüste Keilerei im Gange, in der die Beteiligten nicht exakt hätten sagen können, wer Freund oder Feind war. Die polizeilichen Einsatzkräfte zogen sich in ihre Fahrzeuge zurück und begannen hektisch zu telefonieren. Lediglich Fabian verteidigte seine Position mit gezielten Fußtritten und Handkantenschlägen. Sabrina war hinter seinen breiten Rücken geflüchtet, was Fabian geradezu unverwundbar machte. Er teilte ordentlich aus und wankte nur einmal, als eine Gruppe laut brüllender und stark alkoholisierter Teenager rücksichtslos durch die Menge walzte. Im letzten Moment konnte Fabian die Gruppe mit einem gezielten Schultercheck gegen den Anführer aus der Bahn werfen. Mitten im größten Tohuwabohu auf dem staubverwirbelten Platz standen die Göttersöhne Magni und Modi wie zwei grüne Leuchttürme im Orkan und schirmten Freya ab, die den staunenden Schiwa auf den Arm genommen hatte. „Das waren Galar und Fjalar", konstatierte die Göttin erstaunt. Ihre beiden Begleiter sahen sie fragend an, während an Magnis gewaltigem Brustkasten ein kleinerer Mann abtropfte, der mit blödem Lächeln ein unvollständiges Gebiss entblößte und sacht nach unten rutschend auf dem Wege ins Traumland war. „Die beiden schlimmsten Zwerge, die sich denken lassen. Sie haben den Kvasir erschlagen und zu Met verarbeitet", erklärte Freya ihren Begleitern.

„Ach, die sind das!", rief Modi verstehend und versetzte einem kahlköpfigen Hünen eine Ohrfeige, die bewirkte, dass der brutal aussehende Kerl augenblicklich zu Boden ging und nicht mehr ins Geschehen eingriff. „Was machen die hier, Freya?"

„Ich habe keine Ahnung, aber offenbar sind sie gerade daran gescheitert, Skuld zu entführen."

Passend zum Tumult auf dem stockfinsteren Konzertplatz zuckte am Himmel ein mächtiger Blitz auf. Nahezu zeitgleich krachte es ganz gewaltig. Anschließend ertönte ein lautes Gewittergrollen.

„Papa", hauchte Magni ehrfurchtsvoll, während er die Köpfe zweier Angreifer zusammenschlug. In den plötzlich einsetzenden heftigen Gewitterguss mit untertassengroßen Wassertropfen hinein sagte Freya: „Ich fürchte, uns steht noch einiges an Aufregung bevor."

2. Teil

Das hat sich Odin anders vorgestellt. Er schickt Freya nebst seinen Enkeln Magni und Modi nach Midgard, um die rebellische Norne Skuld zurück an ihren Webstuhl zu holen.

Und was geschieht?

Odin muss tatenlos ansehen, wie die beiden verhassten Mörderzwerge Galar und Fjalar um ein Haar die Norne gefangen nehmen, während sein Stoßtrupp untätig vor der Bühne steht und sich die Musik anhört. Sind denn hier alle verrückt geworden, fragt sich das Oberhaupt der Götter und tiefe Sorgenfalten zerfurchen seine Stirn.

In Gedanken überprüft er alle Prophezeiungen des Weltunterganges, in denen Zwerge oder Nornen erwähnt werden. Mit Zwergen gibt es eigentlich gar keine Voraussagen, allerdings wird auch nirgendwo erwähnt, dass zwei von denen aus ihren Bergwerken gekrochen kommen und auf Nornenjagd in Midgard gehen. Die Nornen werden ein paar Mal angeführt, wenn es um die Auslösung der Ragnarök geht, aber nur als Mahnerinnen und Ruferinnen in den Bergen.

Eine einzige Prophezeiung fällt ihm ein, in der die Zukunft ausdrücklich genannt wird, aber auf dieses Orakel kann er sich keinen Reim machen. Der Spruch lautet:

‚Und auf der Zukunft wird die Rune erscheinen, die verloren geglaubt. Verwoben mit den anderen Zeichen wird ein starker Zauber dem Fenriswolf das Tor öffnen.'

Odin versteht diesen Spruch nicht. Da sind Runen falsch benutzt worden und der Göttervater glaubt nicht, dass eine akute Gefahr von dem Orakel ausgeht. Es hat immer nur vierundzwanzig Runen gegeben, das Gerücht von der fünfundzwanzigsten, der Schicksalsrune Yagalaz, will Odin nicht glauben. Chaos, Krieg und Vernichtung soll sie bringen, wenn sie einst gefunden wird. Wann aber soll sie verloren gegangen sein, fragt sich Odin. Und was soll das heißen: ‚auf der Zukunft wird die Rune erscheinen'? Das ist Unsinn.

Manchmal bereut er es, dem alten Griesgram Mimir ein Auge im Tausch gegen einen Trunk aus dem Brunnen der Weisheit überlassen zu haben. Da schwimmt nun sein gutes Auge auf dieser trüben Suppe der Erkenntnis und er weiß trotzdem nicht, was er wissen muss. Vielleicht wäre es besser, wenn er sich diese schrecklichen Zwerge schnappte. Sein Sohn Thor könnte ihnen das Gehirn aus den Dickköpfen prügeln und ihnen den Kvasir-Met abnehmen. Am Ende sind diese Kurzbeiner noch schlauer als er, der weiseste aller Götter? Immerhin suchen sie auf der Menschenwelt herum und scheinen einen konkreten Plan zu verfolgen. Odin ist zunehmend ratlos. So sehr in der Defensive war er schon lange nicht mehr und das ärgert ihn gewaltig. Zum wiederholten Male lässt er vor seinem geistigen Auge alle Möglichkeiten Revue passieren, wie er die verfluchten Zwerge unschädlich machen könnte.

Da wäre einmal sein Sohn, der schreckliche Donnergott Thor, der stets kampfbereit ist. Allerdings auch sehr ungestüm. Schon oft war von seinen Gegnern nach dem Kampf nichts übrig, was er hätte befragen können. Loki, den Riesen und Blutsbruder, braucht er hier in Asgard als Berater und Botschafter, um den Frieden mit den einfältigen Riesen zu wahren. Odins Gemahlin Fricka scheidet ebenfalls aus. Sie hasst Zwerge und bekommt einen Hautausschlag, wenn sie mit den kleinen Ekelpaketen in Kontakt gerät.

Odin denkt nach. Da hat er nun einen ganzen Himmel voller Götter, aber wenn er jemanden braucht, dann ist er ganz alleine.

Bleibt immer noch Freya, seine Lieblingsschwägerin. Sie hat bei diesem Konzert in Nordhausen versagt, aber er wird ihr noch eine Chance geben. Seine Enkel Magni und Modi können dabei etwas Brauchbares lernen, wenn sie der gerissenen Göttin und Zauberin assistierten. Er wird sie herzitieren und eine Strategie mit ihr ausarbeiten.

Odin entschließt sich, auf seinen Aussichtsturm zu gehen und bedeutet seinem Berater und Freund Loki, ihn zu begleiten. Auch über Loki wird viel Unheilvolles prophezeit, doch Odin hat ihn schon oft geprüft und stets einen wahren Freund und verschwiegenen Vertrauten in dem Riesen gefunden.

„Loki, mein Freund, weißt du, was mich über die Maßen beunruhigt?", fragt Odin außer Atem und der Riese lässt wahrheitsgemäß ein verneinendes Knurren hören, während sie die Stufen zum Hlidskjalf erklimmen.

„Der Anführer der Riesen, der schlaue Vafthrudnir, scheint wie vom Weltenbaum getilgt zu sein."

„Was meinst du, mein Blutsbruder?", wundert sich Loki.

„Vafthrudnir ist weg. Ich habe nach ihm geschickt und immer wird mir gesagt, er sei mal eben in seinem Metlager und der Bote solle nicht warten, Vafthrudnir werde sich bei mir melden. Tut er aber nicht. Und sehen kann ich ihn auch nicht von hier oben. Obwohl ich alles sehen kann, wenn man einige finstere Zwergenbergwerke und tiefe Höhlen im Totenreich Hel ausnimmt. Wo also steckt der Kerl?"

Loki blickt vom Turm in die Welt der Riesen und dann hinüber nach Swartalbenheim, dem Wohnort der finsteren, unkultivierten Schwarzalben, wo sich die Riesen gern aufhalten.

„Du hast recht, o weisester der Götter. Jetzt, da du es sagst, wird mir bewusst, dass ich schon seit Ewigkeiten nicht mehr mit ihm sprach. Lass mich zu den Riesen eilen und Nachforschungen anstellen. Mir werden sie vertrauen und verraten, was passiert ist. Falls überhaupt etwas passiert ist."

„Gut", brummt Odin und wechselt das Thema. „Was hältst du davon, dass die beiden elenden Gauner Galar und Fjalar in Midgard herumziehen und Museen und Kirchen kurz und klein hauen? Was suchen die?"

„Ich habe keine Ahnung", beteuert Loki. „Vielleicht wollen sie nur etwas Menschenblut vergießen. Du weißt, dass sie das Menschengeschlecht nicht ausstehen können."

„Deshalb müssen sie nicht die Häuser demolieren. Nein, ich glaube, die suchen etwas ganz Bestimmtes. Und sie haben eine ungefähre Ahnung, wo sie suchen müssen, denn sie bewegen sich immer um dieses kleine Gebirge herum."

„Ja", bestätigt der Riese knapp. „Sie nennen es den Harz."

„Hast du, mein Freund, schon einmal von der Existenz einer fünfundzwanzigsten Rune gehört?", erkundigt sich Odin im Plauderton.

„Nur ungereimtes Zeug von einer Schicksalsrune, die auf der Zukunft erscheinen soll."

Odin sagt nichts und Loki fragt mit besorgtem Tonfall: „Aber das ist doch Unsinn, oder?" „Grammatikalisch schon", weicht der Walvater aus. „Aber ich kann beim besten Willen nicht sagen, ob es nicht vielleicht doch so eine Rune der Verdammnis gibt."

„Du meinst, es wäre möglich?" Loki sieht Odin verdutzt an.

„Ich kann es nicht ausschließen. Es gab eine Zeit, da entwickelten die Zauberer und Druiden der Menschen eine ganze Reihe erstaunlicher Dinge. Sie konnten sich in eine Art Trance versetzen, die ihnen Einblicke in die Zukunft gewährte. Einigen von ihnen gelang es, ihren Geist vom Körper zu trennen und sie experimentierten viel mit den Runen. Für mein Empfinden etwas zu viel. Aber sie wussten eben, dass die Kunst der Schrift von mir gestiftet war."

Etwas eitel setzt der Göttervater eine Zäsur, ehe er fortfährt: „In dieser Zeit waren wir hier mit anderen Problemen beschäftigt. Wir mussten uns mit dem Aufstand der Zwerge beschäftigen, wenn du dich recht erinnerst. Schließlich haben diese beiden Schurken Galar und Fjalar den armen Kvasir erschlagen."

„Du erzählst die Geschichte ein klein wenig anders, als sie in Wahrheit gewesen ist", empört sich der Riese Loki. „Es handelte sich nicht um einen Aufstand der Zwerge, sondern ihr Asen habt euch mit den Vanen schwer in die Bärte gekriegt."

„Ach, Wahrheit!" Odin winkt ab. „Papperlapapp. Ich bin der Einzige, der überhaupt weiß, was das ist – die Wahrheit. So wie ich die Geschichte erzähle, so ist sie wahr. Und wenn ich heute einen leicht geänderten Zungenschlag habe, dann hat sich die Wahrheit eben geändert. Punktum!"

„Bei einer solchen Einstellung brauchst du dich nicht wundern, wenn deine Eleven, die Menschen, inzwischen an sonst was für Blödsinn glauben und sagen, dich gäbe es gar nicht."

„Sie machen es ganz genauso, mein lieber Loki. Alle, die auch nur den Hauch einer Chance dazu haben, machen sich ihre eigene Wahrheit. Und sie fühlen sich sehr gut dabei und haben dadurch ein schönes Auskommen."

„Ja, aber auf Kosten derjenigen, die keine Macht haben", beschwert sich Loki. „Und das ähnelt dann wirklich den Verhältnissen in Asgard."

„Du alter Stoffel", ruft Odin lachend aus. „Du hörst dich ja wie ein Umstürzler an. Aber das schätze ich so an dir, dass du dich nicht unterkriegen lässt und immer deinen Met dazu geben musst."

Loki sieht böse aus.

„Na komm schon", beschwichtigt ihn Odin. „Von mir aus. War es eben ein Götterkrieg und kein Zwergenaufstand."

Odin dreht sich in Richtung Midgard und späht in den Harz hinein. „Um auf diese angebliche fünfundzwanzigste Rune zurückzukommen: Es ist möglich, dass die Druiden so lange herumexperimentiert haben, bis sie ein solch kräftiges Schriftzeichen gefunden hatten. Aber ehe sie Unheil damit anrichten konnten, wurden sie von den Christen entmachtet. Die vernichteten die Druiden und mit ihnen das ganze angehäufte Wissen. Wir waren – wie schon erwähnt – gerade sehr mit uns selbst befasst. Deshalb scheint es mir nicht unmöglich, dass die Rune existiert oder existiert hat. Aber in den Wirren der Christianisierung und dem kleinen Zwergen ... unserer Fehde mit den Vanen ist sie glücklicherweise wieder verloren gegangen."

Odin wendet sich von Loki ab und beginnt die anderen acht Welten abzusuchen. „Ich weiß nur, dass die vermaledeiten Zwerge an der falschen Stelle suchen. Dort ist nichts zu holen."

So sehr sich Odin anstrengt, er kann die Zwerge nicht erblicken. Freya und seine Enkel Magni und Modi sitzen in ihrem Auto und streiten mit einem kleinen, laut quietschenden Fellbündel. Skuld ist ebenfalls in einem größeren Gefährt mit ihren neuen Freunden, den Musikern, unterwegs. Sie sieht unglücklich aus. Oder so, als hätte sie Schmerzen. Ja, ihr Gesicht ist schmerzverzerrt, stellt der Gott fest. Sie hat ein Bein auf einen Sitz hochgelegt und beginnt gerade eine Binde abzuwickeln, die sie seit ihrem Sturz auf der Nordhäuser Bühne um den Oberschenkel trägt. Als Odin die Wunde sieht, weiß er von einem Augenblick auf den anderen, dass er schnell handeln muss.

Über guten Geschmack lässt sich bekanntlich streiten. Die Frage ist nur, wie lange sich über eine anscheinend verdorbene Pizza streiten lässt. Seit gut zwei Stunden tobte im Tourbus der finnischen Folkpunkgruppe WUNJO ein reger Disput über Speisen. Die Musiker schoben ihr mangelndes Wohlbefinden auf die Anchovis, die ihre Pizza geziert hatte. Markku, der die ‚Quattro Stazziona' gemieden und sich lieber an einer kochend heißen Lasagne den Mund verbrannt hatte, widersprach vehement, dass Anchovis überhaupt schlecht werden könnten. Dann wären sie verwest gewesen und das hätten die Musiker schließlich schmecken müssen. Falls ihnen der Tequila nicht schon alle Geschmacksnerven aus dem Mund gebrannt hatte, fügte er polemisch an. Markku erntete entschiedenen Widerspruch und bitteren Hohn bei seinen Mitfahrern. Das müsse er gerade sagen, der sich von Zweikomponentenklebern bis zu giftigen Pilzen alles reinzöge, was auch nur den geringsten Rausch verspräche.

Besser an einer ordentlichen Leimtube schnüffeln, als sich mit mexikanischem Feuerwasser die Geschmackszellen zu exekutieren, konterte der gescholtene Bandmanager. Die Mexicanos hätten doch nur angefangen das Zeug zu brennen, um die Amerikaner aus dem Land zu halten, argumentierte Markku. Wobei er die Varianten einräumte, dass die Gringos den Tequila entweder zu trinken bekämen oder aber im Falle, dass sie den Konsum verweigerten, die Flaschen als Brandsätze gegen die nordamerikanischen Usurpatoren eingesetzt werden könnten.

Skuld, die hier in der Band Aase hieß, und die anderen beiden Mädchen hielten sich aus der Diskussion heraus. Skuld hatte nichts gegessen, wie es für eine Norne normal war, und ihre Kolleginnen Sirpa und Johanna hungerten aus folgenden Gründen: Erstens konnten sie die Schnellrestaurants Europas nicht mehr ertragen und sehnten sich danach, endlich wieder selbst vor einem Topf zu stehen und darin anzurühren, was sie wirklich essen wollten. Mit Zutaten, die ihnen wirklich schmeckten. Zweitens hatten sie beschlossen, einen Fastentag einzulegen, was dem Erhalt ihres Idealgewichts geschuldet war, drittens wollten sie die Gage dieser Tour nach Möglichkeit sparen, um in Finnland ein kleines Café zu eröffnen, und viertens – und das war wohl der entscheidende Grund – war ihnen noch kotzübel von der Tequila-Party der vergangenen Nacht.

Vieles sprach dafür, dass auch die Magen- und Darmprobleme ihrer männlichen Kollegen daher rührten und nicht von ein paar kleinen, unschuldigen Anchovis.

Die Debatte trat eben in das Stadium heiligster Beteuerungen ein, nie wieder italienische Gerichte mit gesalzenen Sardellen genießen zu wollen und stattdessen dem angelsächsischen Fastfood zu huldigen. Da wisse man wenigstens, wovon einem schlecht würde.

Sirpa und Johanna kuschelten sich in ihre Sitze und legten die Köpfe an die Fensterscheibe, um eine Mütze voll Schlaf zu bekommen. Skuld hatte ihr verletztes Bein hochgelegt und dem Gespräch im Bus schon eine ganze Weile nicht mehr gelauscht. So witzig es anfänglich gewesen war, jetzt drehten sich die Anschuldigungen und Mutmaßungen im Kreis. Das anfänglich interessante Wortgefecht verkam zum Geplapper gelangweilter Kinder. Was für Musiker auf langen Autofahrten nicht ungewöhnlich war.

Skuld hatte bei ihrem Sturz in Nordhausen eine weitere interessante Erfahrung gemacht: Schmerzen. Sie hatte es sich nicht so intensiv vorgestellt. Vor allem aber nicht *so* schmerzhaft! Unglücklicherweise war sie im Sturz mit ihrem Oberschenkel auf den Mikrofonständer gefallen. Oder noch genauer: Auf die Feststellschraube für die innere Stange des Ständers. Jetzt hatte sie eine bizarr aussehende, blau gefärbte Stelle von der Größe eines Geldstückes auf ihrem Bein. Es sah einem Zeichen oder einer Rune ähnlich, dachte Skuld. Bei Berührung der Haut mit einem Finger tat es sofort weh. Ansonsten hatte sie keine Blessuren davongetragen und brauchte nicht über Nacht im Krankenhaus zu bleiben. Darüber war sie erleichtert, denn einem intensiven Gesundheitscheck wollte sich die Norne aus einer ganzen Reihe biologischer Gründe lieber nicht unterziehen. Die Tendenz zu einer humpelnden Fortbewegung konnte sie mit Willensstärke und Stolz unterdrücken. Skuld dachte immer wieder über das Konzert in Nordhausen nach und verstand einfach nicht, was passiert war. Während sie sang und tanzte, hatte sie im Zuschauerraum und hinter sich Präsenzen gespürt, die in der Menschenwelt nichts zu suchen hatten. Allerdings forderte die Musik ihre ganze Aufmerksamkeit, sodass sie ihren Instinkten nicht weiter nachgehen konnte. Kurz vor ihrem Sturz sah sie ganz klar, wie ein brennender Zwerg sich panisch an ihr festzuhalten suchte.

Das ergab keinen Sinn. Was sollten die Zwerge in dieser Welt wollen? Die waren doch froh, wenn sie die Öffentlichkeit meiden und in ihren stinkenden Höhlen Lindwürmer erlegen oder Schätze horten konnten. Außerdem hassten sie die Menschheit bergwerkstief.

Und vor der Bühne meinte Skuld kurz vor dem Zusammenprall Freya ausgemacht zu haben. Die große, herrische Fruchtbarkeitsgöttin, die alle so liebten, weil sie immer so begehrenswert schön aussah. Die Hüterin des Folkwangers, wo getötete Helden wieder aufgepäppelt wurden. Allerdings nur solche, die Freya gefielen oder ihr lange genug geschmeichelt hatten. Die Vanengöttin Freya mit ihrem Katzenwagen, die tun und lassen konnte, was und wann sie wollte und höchstens Odin Rechenschaft geben musste.

Die Norne versuchte sich weiter zu erinnern, wer noch präsent war an diesem Abend. Aber sie war nicht Urd und die Vergangenheit nicht ihr Metier. Urd hätte ihr erklären können, was geschehen war.

Falls sie nicht gerade schlief.

Skuld wollte nicht zurück an den Brunnen. Hier in Midgard konnte sie am Leben teilnehmen und war nicht einfach nur Schicksalsgeberin ohne eigenes Agieren. Schon früher fand sie es interessant, bei ihren nächtlichen Ausflügen einzelne Frauen zu treffen und ihnen bei ihrer Arbeit zu helfen. Bedeutungen von Kräutern, das richtige Auswählen heilender Zeitpunkte, kleine Einführungen in die Zauberei – all das hatte ihr großen Spaß gemacht und oft hatte sie bitter geweint und die untätigen Götter verflucht, wenn einige ihrer Zöglinge als Hexen bestialischen Proben ausgesetzt wurden, an denen sie starben oder, falls sie die Tests wunderbarerweise überlebt hatten, verbrannt wurden. So intensiv wie in der Zeit der keltischen Druidinnen und germanischen Völvas konnte sie seit der christlichen Inquisition nicht mehr helfen. Nur wenige Frauen fanden noch den Mut, sich Zugang zu den alten Heilkünsten zu verschaffen. Viel geheimes Wissen und Sachverstand waren durch die neue Religion unterdrückt worden und für immer verloren gegangen. Kaum eine Schamanin schaffte es noch, ihren Körper zu verlassen und eine Tiergestalt zu okkupieren.

Dafür hatten die Menschen sich aber in vielen anderen Richtungen weiter entwickelt, die im täglichen Leben erhebliche Erleichterungen brachten. Es gab zahlreiche Hilfsmittel, sich als Frau so hübsch zurecht zu machen, dass mitunter der Tatbestand der arglistigen Täuschung erfüllt wurde. Für die Arbeiten im Haushalt waren eine Menge wundersamer Geräte erfunden worden. Keine Frau musste zum Waschen noch an den Fluss gehen und ihre Männer konnten sie mit kleinen Teilen, die man sich ans Ohr hielt, über große Entfernungen aus den Metstuben zurückrufen, ohne sich selbst auf den beschwerlichen Weg machen und die Kerle dann tragen oder stützen zu müssen. In den Wohnungen standen viereckige Kästen, die den ganzen Tag unglaubliche Lügengeschichten zeigten und endlos Unsinn plapperten. Den Menschen gefielen diese Kästen so gut, dass sie sich jeden Abend davor versammelten, wie vor einem Feuer, und still lauschend hineinsahen.

Jeder hatte seinen eigenen Wagen, für den keine Tiere als Zugmittel benötigt wurden. Und es wurde viel umhergefahren mit diesen Dingern.

Schließlich gab es noch die Musik. Auf kleine silberne Scheiben gebrannt oder gespeichert in einer Dimension, die Skuld nicht kannte, konnten die Menschen fast überall Musik hören. Das gefiel ihr am besten. Sie war immer noch hin und her gerissen zwischen ihrer Pflicht, die sie am Spinnrad verrichten musste, und ihrer Sehnsucht nach Abenteuern und einem selbstbestimmten

Leben, das sie hier führen konnte. Momentan war sie so unentschlossen, dass sie nicht in die Zukunft sehen wollte. Sie hatte Angst davor, sich hübsch brav neben den anderen beiden Nornen sitzen zu sehen. Nein, wenn sie wirklich zurückginge, dann müsste Odin ihr Zugeständnisse machen.

Die Kräuterkompresse auf ihrem Oberschenkel war gewechselt und Skuld rollte sich auf ihrem Sitz zusammen, so gut es ging. Sie würde ein Schläfchen machen und die drängenden Fragen später beantworten. In der Zukunft, dachte sie, nicht ohne Sarkasmus.

Plötzlich ist alles ganz einfach. Warum ist Odin nicht früher darauf gekommen? Die Rune ist auf der Zukunft erschienen. So, wie es die alte Prophezeiung sagt.

Skuld hatte sich bei ihrem Sturz während des Konzertes am Bein verletzt. Das Mal, das durch ihren Aufprall gebildet wurde, hat die Form der fünfundzwanzigsten, der Schicksalsrune Yagalaz. Alles wird ihm schlagartig so klar wie das eisige Wasser an seiner Lieblingsbadestelle in den Lofoten.

Trotzdem lächelt Odin zufrieden. Er hat die Sache wieder im Griff. ‚Das wäre eine große Schmach gewesen, wenn ich es nicht als Erster herausgefunden hätte', denkt der Göttervater. Die superintelligenten Zwerge Galar und Fjalar können ihm trotz des verflüssigten Kvasirs immer noch nicht den Met reichen.

Jetzt gilt es schnell zu handeln, eine brauchbare Strategie muss her. Und das Zeichen auf Skulds Bein muss weg. Oder Skulds Bein muss weg. Oder Skuld. Ja, es ist überhaupt das Beste, dieses widerspenstige Weib endlich wieder an ihren Webstuhl zu verfrachten. Wenn das Schule macht, dann würden bald alle überallhin verschwinden und er könnte seine Götter in den Bergwerken der Zwerge oder den stinkenden Höhlen der Riesen wieder zusammensuchen. Am Ende würden dabei Koalitionen geschmiedet, auf die er als Weltenlenker gar nicht vorbereitet wäre. Das muss verhindert werden.

Wie ließe sich die kleine Norne am Unauffälligsten wieder einfangen? Odin weiß, dass er jegliches Aufsehen vermeiden muss. Nichts wäre verheerender, als dass seinen Feinden die Rune in die Hände fiele. Beziehungsweise Skulds Bein. Oder Skuld. Schlimmstenfalls würden Zwerge oder Riesen das Schriftzeichen in irgendeinen Runensalat einfügen, der womöglich dem hohlköpfigen Fenriswolf das Tor öffnet. Das wäre der Beginn der Ragnarök, wie er in den alten Prophezeiungen vorausgesagt wird. Und an deren Ende wären fast alle Götter tot. Und die Menschen. Und die verdammten Zwerge. Auch die blöden Riesen und Monster. Eine neue Weltenordnung würde entstehen, aus den wenigen Überlebenden.

Aber Odin hat den Eindruck, dass die potentiellen neuen Weltenlenker noch nicht genügend vorbereitet sind. Das beste Beispiel sind seine Enkel Modi und Magni, welche die Ragnarök laut den Weissagungen überleben sollen. Der Göttervater kann sich nicht vorstellen, dass die beiden einst die Welten lenken werden. Momentan haben sie Schwierigkeiten, einen Pickup zu steuern.

Odin spürt die weltenschwere Last der Verantwortung auf sich ruhen und beginnt mit leichtem Schulterkreisen. Dabei lässt er die Arme seitlich gerade nach unten hängen und wiederholt die Übung zehnmal. Anschließend zieht er beide Schultern in Richtung Ohren hoch, so weit es geht. Das zieht in den Gelenken, aber der Gott weiß, dass er Entspannung finden wird, wenn er auch diesen Vorgang zehnmal wiederholt. In seinem Kopf reift dabei ein relativ simpler Plan. Als seine linke Schulter vernehmlich knackt, durchzuckt ihn neben dem Schmerz eine Erleuchtung mit der Intensität einer Flutlichtanlage eines Fußballstadions.

Er muss erneut mit Freya sprechen. Sie soll auf der Stelle herkommen.

„Ich habe ja geraucht wie ein Freudenfeuer zur Sommersonnenwende", empörte sich Galar. „Ich verstehe das nicht. Das schwarze Ding auf dieser Bühne sah aus wie ein Lindwurm."

Die beiden Zwerge saßen auf dem Gipfel des Lehhofs und blickten zur malerisch am nördlichen Rande des Harzes gelegenen Stadt Quedlinburg hinüber, die sich im Abendrot langsam golden verfärbte. Für solche Naturschauspiele hatten die beiden kurzbeinigen Kämpfer allerdings kein Auge. Auch sonst zeigten sie wenig Interesse an den Schönheiten der Natur, sofern man unter Natur nicht stockdunkle, erzhaltige Gänge voller bösartiger Lindwürmer oder riesengroße, mit Diamanten und anderen Klunkern angefüllte, unterirdische Säle verstand.

„Du bist blind vor Hass und das macht dich unvorsichtig", erklärte Fjalar nun schon zum wiederholten Male seinem aufgebrachten Bruder, der von dem schweren Stromstoß, den er erlitten hatte, immer noch leicht derangiert aussah. Der Bart war so angekohlt gewesen, dass sie ihn ein Stück hatten kürzen müssen. Das ging nicht ohne Galars lauthalsen Verwünschungen dieser unnützen und hässlichen Menschen ab. Von den üblen braunen Flecken, die Galars Gesicht seit dem Stromschlag verunzierten, schwieg sein Bruder lieber. Die Sprachstörungen und das unkontrollierbare Muskelzucken im rechten Bein ließen langsam nach, doch Galar stand weiter unter Schock.

„Aber diese Elekerzität. Warum haben wir nichts davon gewusst? Ich war ja schon auf dem Weg nach Hel, als du mich weggerissen hast", jammerte Galar in den höchsten Tönen.

„Wir haben uns um den technischen Fortschritt der Menschen nie gekümmert. Das war ein Fehler. Sie sind weiter entwickelt, als wir dachten. In Zukunft müssen wir vorsichtiger sein."

„Weil du gerade die Zukunft erwähnst. Wir sollten uns die Norne schnappen und hier verschwinden. Ich glaube nicht, dass wir die Rune in Midgard finden. Und es geht uns auch nichts an, was die Riesen für Streit mit den Göttern haben. Im Gegenteil, wenn die Riesen selbständig die Ragnarök auslösen, kann es vielleicht auch für uns gefährlich werden."

„Das ist endlich wieder der alte Galar", jubelte Fjalar. „Ich habe auch keine Lust mehr, diese muffigen Kirchen und Museen abzusuchen und meinen Bart ständig dieser hellen Sonnenstrahlung auszusetzen. Wir finden ja doch nichts Brauchbares. Auch der letzte Kasten in der Stiftskirche war ein ganz gewöhnlicher Klumpen Baum voll altem Plunder und kein Druidenholz."

„Ich hätte schwören können, dass diese verfluchten Druiden die Rune in das Straußenei gezaubert haben."

„Ich wusste bis zu diesem Quedlinburger Domschatz überhaupt nicht, dass man ein vergammeltes Ei von einem nutzlosen Laufvogel als Schatz verehren kann. Ein Wunder, dass sie nicht auch gut erhaltene Exkremente ausstellen." Fjalar streckte sich auf dem rauen Boden aus und gähnte ausgiebig.

„Vielleicht stimmt die Überlieferung gar nicht, die von der eingebrannten Schicksalsrune berichtet?", mutmaßte Galar. „Immerhin haben die Götter noch nie danach gesucht. Wenn Odin wüsste, dass es die eingebrannten Runen in einem Baum oder sonst wo gibt, dann hätte er doch schon längst alles hier gerodet oder seinen Sohn, den Donnergott, beauftragt, mit einer Feuersbrunst die ganze Gegend in eine Wüstenei zu verwandeln."

„Oder er hätte sich den Baum geholt und in Walhalla aufgestellt", gab Fjalar seinem Bruder recht.

„Es stört mich auch, dass wir uns dauernd verstecken müssen, wenn Odin seinen Turm betritt. Aus dem Alter solcher Kinderspielchen sind wir doch seit einigen Jahrhunderten heraus", beschwerte sich Galar.

„Wir werden dem Riesen vorspielen, dass wir weiter nach der Rune fahnden und holen uns diese Skuld. Dann sehen wir weiter." Die ansonsten eher finstere Miene des Zwerges Fjalar erhellte sich plötzlich und er sagte strahlend: „Vielleicht können wir einen leckeren Met aus ihr bereiten und fortan die Zukunft voraussehen. Oder wir mischen sie versuchsweise als Cocktail mit dem guten alten Kvasir."

„Oh ja!", grinste Galar. „Das wäre dann wohl das Ende der Asenherrschaft. Und äußerst geschmackvoll obendrein!" Der Sarkasmus in seinen Worten ließ sich förmlich riechen – er roch säuerlich.

Sarkasmus schien der zweite Name des außerirdischen Hundes Schiwa zu sein. Wenn es stimmte, was er erzählte, dann hatte er auf der Erde schon mehr gesehen und erlebt, als einem freudvollen Leben zuträglich ist. Voller Ironie betrachtete er das Treiben der Bewohner, die er für eine arrogante und barbarische Spezies hielt. Das bewies er immer wieder mit unzähligen Geschichten, die er den beiden Autofahrern erzählte.

Die Göttersöhne Magni und Modi fragten sich, ob sie ihm trauen konnten. Seit einer Stunde waren sie wieder allein mit dem kleinen Vierbeiner, denn Freya war überraschend mit einem der Raben Odins nach Asgard aufgebrochen. Magni und Modi vermochten nie zu sagen, um welchen der beiden Vögel es sich handelte, denn sie glichen sich wie ein Metkrug dem anderen. Freya hatte ein sehr ernstes Gesicht gemacht und nur etwas von der Schicksalsrune gemurmelt und dem möglichen Beginn des Weltuntergangs. Sie beauftragte die Jungs, weiter auf der Spur von Skuld zu bleiben und sie gegebenenfalls vor den Zwergen zu beschützen. So fuhren sie anfänglich mit geringem Tempo auf einer stark befahrenen Landstraße und versuchten, nicht aufzufallen. Magni hatte wieder das Fahren übernommen und begründete seinen Entschluss mit der Behauptung, dass er seine Stärke dem Motor hinzufügen werde, der nur mit der Kraft von 105 Pferden ausgerüstet sei. Modi widersprach ihm nicht, denn obwohl er kein Schwächling war, akzeptierte er, dass sein Bruder die personifizierte Kraft ihres Vaters Thor war, während Modi eher die charakterlichen Eigenschaften des Vaters verkörperte. Er wurde auch ‚der Zornige' genannt. Allerdings nicht von seinem Bruder, der gerade laut und falsch pfeifend mit halsbrecherischer Geschwindigkeit in eine relativ scharfe Rechtskurve einbog, denn es ging auf einer vierspurigen Straße endlich wieder zügig voran.

Schiwa stöhnte auf: „Mein Gott, du wirst uns noch umbringen mit deiner dilettantischen Fahrweise."

„Bin nicht dein Gott", konterte Magni. „Ich kann doch nichts dafür, dass die keine geraden Straßen bauen können."

„Dann drossele doch das Tempo!"

Modi schielte zürnend zu seinem Bruder hinüber. Der tat, als hätte er nichts gehört und fragte: „Was hat Freya da erzählt von einer Schicksalsrune? Weißt du etwas darüber?"

„Es geht das Gerücht, dass es eine fünfundzwanzigste Rune gibt, welche die Ragnarök auslösen könnte. Möglicherweise ist sie bei der Christianisierung verloren gegangen. Nur wenige wissen überhaupt davon und es ist nicht bewiesen, ob die Geschichte nicht nur eine Gruselmär der Riesen ist, um uns zu ängstigen."

„Das glaube ich nicht", bellte Schiwa.

„Ach", schnappte Magni hinter seinem Lenkrad, „kennt der Herr Hund wieder eine passende Geschichte dazu?"

„Ja!"

„Er bringt mich um den Verstand mit seinen Märchen."

„Lass ihn doch erzählen, es ist immer noch besser, als sich den Schwachsinn im Radio anzuhören, mit dem sich die Menschen den ganzen Tag über belügen", erwiderte Modi amüsiert und fügte spitz hinzu: „Vielleicht erfahren wir ja etwas, was wir bisher nicht wussten."

„Da bin ich mir sicher", sagte Schiwa. „Die Geschichte hat sich genau so zugetragen, wie ich sie jetzt erzähle. Es war in einer Zeit, die schon sehr lange zurückliegt, an einem Ort, der gar nicht weit von dieser Stelle hier entfernt ist. Die Menschen haben diese Epoche später die ‚Sachsenkriege' genannt. Es wurde behauptet, der Frankenkönig Karolus Magnus zog mit Feuer und Schwert durch das Sachsenland, um den Heiden den christlichen Glauben zu bringen."

„Prima Namen hast du dir rausgesucht. Wirklich Magni, ich bin stolz auf dich", lästerte Modi. Magni war die Angelegenheit sichtlich peinlich. Das hatte er nicht gewollt, sich nach einem zu benennen, der seinen Großvater und seinen Vater mit Feuer und Schwert aus den Köpfen und Herzen der Menschen vertrieben hatte. Er zupfte mit seiner Riesenpranke an einem kleinen Reißverschluss seines Overalls herum und brach prompt den Metallhaken ab, mit dem der Verschluss bewegt werden sollte. „Ich habe ja nicht gewusst, was der Kerl getrieben hat", verteidigte er sich zaghaft.

„Der Karl meinst du wohl", verbesserte ihn der sichtlich belustigte Modi.

„Naja, wirklich gesehen hat diesen großen Karl niemand. Möglicherweise ist er eine Erfindung der späteren Geschichtsschreibung, die ausschließlich in christlichen Klöstern betrieben wurde. Und die Herren Mönche haben den tatsächlichen Geschehnissen eine Menge unverschämter Lügen hinzugefügt. Außer einer dubiosen Münze gibt es keine Quelle für die Existenz dieses legendären Frankenkönigs. Und Geldfälscher gibt es ebenso lange, wie es das Geld gibt. Aber ihr müsstet das ja eigentlich besser wissen als ich", sagte Schiwa.

Die beiden Göttersöhne antworteten nicht. Magni beschäftigte sich intensiv mit der Scheibenwaschanlage und Modi pickte angestrengt winzige Glassplitter aus dem Fensterholm seiner Tür. Dieses eine Mal wünschten sich die Göttersöhne, der kleine Hund würde einfach weiter plappern, doch der genoss das Unbehagen der Brüder.

„Wie dem auch sei", setzte Schiwa schließlich seine Erzählung fort. „Weil dieser Karl vergessen hatte zu fragen, ob die Sachsen überhaupt Christen werden wollten, kam es zu einer Reihe tragischer Missverständnisse. Das führte in der Folge zu relativ großzügigem Blutvergießen unter Franken und Sachsen. Es war die Zeit, in der es den meisten heidnischen Priestern und Zauberern dämmerte, dass ein neues Zeitalter anbrechen würde. Eine Zeit, in der ihre Götter vom christlichen Gott und seinem Sohn abgelöst werden würden. Viele praktisch denkende Gydjas trafen ihre Vorbereitungen oder konvertierten so schnell zum christlichen Glauben, dass es die Christen kaum glauben konnten. Viele Stämme und Sippen leisteten aber auch erbitterten Widerstand und sahen im Christentum den Totengräber ihrer angestammten Lebensweise. Von einer solchen Gemeinschaft will ich euch erzählen. Im Mittelpunkt steht die

Völva einer Sippe, die schon lange Zeit in Kämpfe mit den Franken verwickelt und infolgedessen fast ausgerottet war. Eine Völva war damals die zauberkräftige Heilerin und Wahrsagerin des Clans."

„Was du nicht sagst!", schnaufte Magni und Modi ergänzte seufzend: „Wir wissen, was eine Völva ist. Wahrscheinlich schon einige tausend Jahre länger als du."

„Nun seid nicht gleich wieder beleidigt", verteidigte sich Schiwa und fügte genüsslich an: „Es hätte ja sein können, ihr habt es vergessen."

Die Göttersöhne schwiegen.

„Der Priester der Sippe war bei einem der zahlreichen Handgemenge mit den Feinden ums Leben gekommen, weshalb sie auch diese Funktion erfüllen musste. Sie war also Völva und Gydja in einer Person."

„Fang endlich an!", bat Magni und es klang so begeistert wie die Nachfrage eines Ehemanns, ob er seine Frau wirklich zu einem gemütlichen Einkaufsbummel begleiten dürfe.

Schiwa holte tief Luft, was einen grotesken Pfeiflaut erzeugte, und begann:

„Es war ein nasskalter Tag kurz nach dem Fest zu Ehren der Frühlingsgöttin Osteria. Der Frühling erkämpfte allmählich die wetterbestimmende Position, erlitt jedoch an einigen Tagen herbe Rückschläge. Der Tag, an dem unsere Geschichte beginnt, war einer dieser Rückschläge. Die dunkelgrauen Wolken rochen nach Schnee und sie hingen tief über den nahen Hügeln, sodass man ihre Spitzen nicht sehen konnte. Die Sippe hatte sich auf eine Lichtung geflüchtet, die von dichtem Unterholz umwachsen war. Die Felle und Leinensachen klebten an den ausgekühlten Körpern, die kleinen Kinder schmiegten sich eng an die Leiber ihrer Mütter. Die Krieger versuchten ihre Waffen zu flicken und an den Felsen zu schärfen. In der Nacht war ihr Anführer Hadebrand gestorben. Bei einem Scharmützel mit einem versprengten Frankentrupp erlitt er schwere Verwundungen, nachdem er allein vier der feindlichen Krieger getötet hatte. Hadebrand fieberte die ganze Nacht und verlor immer weiter Blut. Die Völva Gullveig versuchte, seine große Fleischwunde mit Blättern abzudecken, aber in dieser Gegend wuchsen keine großblättrigen, heilkräftigen Gewächse und so war Hadebrand letztendlich ausgelaufen wie ein leckgeschlagenes Fass. Die Völva konnte nicht helfen und ihre Runengesänge und Zaubersprüche erreichten den Geist des verletzten Kämpfers nicht mehr. Schließlich ergab sich der bärenstarke Anführer lächelnd in sein Schicksal. Kurz vor seinem Tod sprach er ein letztes Mal in klaren Worten zu seiner Sippe: Sie sollten nicht verzagen oder trauern. Er freue sich auf Walhalla und säße bald an der reich gedeckten Tafel Odins. Dann starb er in Gullveigs Armen, die ihm zu Ehren ihr zeremonielles, weißes Gewand angelegt hatte. Das war nun voll Blut und vom Dauerregen der letzten Stunden schmutzig grau. Ihr einst lockiges, braunes Haar hing ihr in dicken, klebrigen Strähnen am Kopf herunter. In den Händen drehte sie den Beutel mit den Runen nachdenklich hin und her.

Der junge Krieger Widukind näherte sich seiner Völva und sprach die Zauberin als neuer Anführer der Sippe an: ‚Was soll jetzt mit uns geschehen? Die Feinde werden nach uns suchen.'

‚Ich weiß', erwiderte Gullveig.

‚Wirf die Runen und sage unser Schicksal an', forderte der Krieger.

‚Ich brauche die Runen nicht, um unsere Zukunft zu sehen. Die Franken werden uns finden, daran besteht kein Zweifel.'

‚Hierher werden sie uns nicht folgen, ihre Pferde brechen sich die Beine in diesem Gelände', begehrte Widukind auf.

‚Wir können uns nicht ewig im Wald verstecken', sagte Gullveig. ‚Unsere Kinder werden sterben, wir finden keine Nahrung. Willst du wie ein wildes Schwein leben, dich tagsüber im Dreck wälzen und nachts ins Freie schleichen und suchen, ob die Franken Fressensreste liegen gelassen haben?'

‚Aber wir könnten uns weiter nach Norden zu den Friesen durchschlagen. Dort sollen sie noch keine Macht haben.'

‚Wie willst du dort hingelangen?', fragte Gullveig mit ruhiger Stimme. ‚Sie haben alle Wege und Pässe längst besetzt. Nein, es gibt kein Entkommen für uns.'

‚Ich werde kämpfen wie ein Berserker. Ich lasse mich nicht einfach abschlachten', brauste Widukind auf, der für sein hochfahrendes Gemüt bekannt war. ‚Sollen wir unsere Götter verraten, unsere Lebensweise und unsere Bräuche?'

‚Das muss nicht sein', antwortete die Zauberin. ‚Wir werden eine List anwenden, um alle in den Norden zu gelangen. In deinen Plänen hast du übersehen, dass du jetzt für das Leben der ganzen Sippe verantwortlich bist. Rette das Leben deiner Leute und bezähme deine Kampfeslust. Sonst sterben wir alle.'

Widukund wirkte verunsichert und die Völva fuhr fort: ‚Du wirst dort bald eine Dänin freien und den Eindringlingen Widerstand leisten.'

Widukind glotzte sie sprachlos an.

‚Ich habe schon letzte Nacht die Stäbe geworfen und in deine Zukunft geschaut.' Sie musste lachen, als sie in das verdutzte Gesicht des Kriegers sah. ‚Keiner von euch wird sterben, wenn ihr tut, was ich euch sage.'

‚Was wird aus dir?' Widukind wusste, dass die Franken die Priester und Zauberer meist töteten, um den anderen zu zeigen, wie wenig Macht die alten Götter hatten.

‚Um alle wichtigen Dinge zu erledigen, die mir zu tun bleiben, brauche ich etwas Zeit. Solange müssen wir uns versteckt halten', sprach die Zauberin und erhob sich von ihrem Mooskissen. ‚Bleib mit den anderen hier an dieser Stelle. Wenn der strahlende Sonnenwagen zwei Mal über den Himmel gezogen ist, werden wir uns den Feinden stellen.'

‚Was hast du vor?', wollte Widukind wissen.

Gullveig fasste seinen starken Arm und sagte: ‚Vertrau mir und warte.'"

„Kannst du deine Erzählung nicht ein wenig straffen? So begeisternd ist dein Gekläff nicht anzuhören", drängelte Magni.

„Ja, es kann doch nicht wichtig sein, ob sie ihn am starken Arm angefasst hat", pflichtete ihm sein Bruder bei.

„Wenn ihr Geschichten im sinnentstellten Zeitraffer haben wollt, dann kauft euch die Zeitungen der Menschen oder guckt in die Fernsehkästen. Ich versuche etwas von der Atmosphäre zu vermitteln, wie sie damals war. Sozusagen sprachliche Bilder zu malen." „Dann male kleinere Bilder und komm zum Wesentlichen", forderte Modi.

Schiwa hechelte verächtlich und seine Ohren erzitterten, als wollten sie sich von diesen beiden Kunstbanausen distanzieren. Dann fuhr er in seinem quietschenden Gebell fort:

„Gullveig ging den nächstliegenden Hügel hinauf und nahm all ihre Habseligkeiten mit. Der Beutel mit den Runenstäben hing an ihrem Gürtel, ihre sehr alte und wertvolle Schamanentrommel hatte sie sich um den Leib gebunden und unter den rechten Arm hatte sie sich den kleine Kessel geklemmt. Sie stieg den steinigen Aufgang hinauf und als sie das Plateau erreicht hatte, begann sie ein Feuer zu schüren. Sie schaufelte verharschte Schneereste in den Kessel und entzündete ein kleines Feuer in einer Mulde, die sie mit Steinen umrandet hatte. Als der Schnee geschmolzen war, warf sie eine Auswahl an Kräuterblättern, getrocknete Pilzen und magische Kiesel in das siedende Wasser. Mit heiserer Stimme raunte sie Runenformeln, schlug einen monotonen Rhythmus auf der Trommel, sang die geheimnisvollen magischen Worte und atmete den Sud tief ein. Schon bald lag ihr Körper stocksteif am Boden und ihr Mund zuckte wie im Krampf. Gullveig hatte einen starken Seidh-Zauber erzeugt und ihr persönliches Körpertier beschworen. Ihr Geist war in die Gestalt einer Krähe geschlüpft und flog wenige Handbreit über den Wipfeln der Bäume. Angestrengt hielt sie Ausschau nach einem geeigneten Platz. Schließlich fand sie, was sie gesucht hatte, und stürzte sich in die Tiefe. Neben einer gewaltigen Esche landete die Krähe und hüpfte aufgeregt am Stamm entlang. Gullveig konzentrierte ihre Gedanken auf den kleinen, ledernen Sack, in dem sie ihre Runen verwahrte. Sie nahm all ihre mentalen Kräfte zusammen und wirklich erschien der Beutel wenig später neben der Krähe. Geschickt pickte der Vogel den Beutel auf und schüttelte die Buchenstäbe heraus. Dann sortierte Gullveig die Runen und bildete ein mystisches Wort. Die Stäbe begannen zu knistern und zu knacken und richteten sich einer nach dem anderen vom Waldboden auf. Als alle Runenstäbe zitternd standen, schnappte die Krähe mit ihrem kräftigen Schnabel nach dem ersten und schleuderte ihn mit einer blitzschnellen Kopfbewegung gegen den Baumstamm. Die Rune begann im Fluge zu brennen und verdampfte kurz vor dem Holz. Schweflig gelber Rauch verschwand zischend im Bauminneren. Das wiederholte sich mit all den anderen Runen, die von der Krähe in der festgelegten Reihenfolge in Richtung Esche geworfen wurden. Als alle Runenstäbe verdampft waren, flog der Vogel krächzend einige Runden um den Baum und schwang sich anschließend majestätisch in die Lüfte. In der folgenden Nacht kehrte die Völva in ihren Körper zurück und erwachte im Morgengrauen mehr tot als lebendig. Ächzend erhob sie sich von ihrem Lager und ergriff den kleinen, bronzenen Kessel, in dem immer noch ihr Zaubersud schwappte. Sie kippte das Gebräu gegen ein Felsstück und es erklang ein Zischen, als beschwerte sich der Stein über diese rohe Behandlung. Gullveig untersuchte den ganzen Tag die spärliche Vegetation in der Umgebung ihres Lagers, bis sie endlich in einem kleinen Hag die gesuchte Pflanze fand. Am Rande der Lichtung in einer verborgenen Spalte stand das Kraut, dessen Wurzeln sie für ihren Zauberbrei brauchte. Am Abend entfachte sie ein kleines Feuer und füllte Kräuter und Wurzeln in den Kessel, briet alles knusprig braun und rieb trockene Pilze hinein. Über dem so entstandenen Pulver taute sie etwas Schnee auf und tröpfelte ihn in das Gemisch. Schnell wuchs der kleine Klumpen an wie ein Hefeteig. Gullveig beobachtete die Entwicklung und hob den festen Laib auf, als er die Größe einer Männerfaust erreicht hatte. Sie steckte den Klumpen in ihren Lederbeutel und band ihn zu. Ihre kostbare Schamanentrommel, die einen jahrtausendealten, bronzenen Boden besaß, auf dem aus Goldblech filigran Sonne, Sterne, Mond und Regenbogen gehämmert waren, vergrub sie vorsichtig, wie auch die anderen Reste ihrer Ausrüstung. Dann wartete sie auf den Beginn des letzten Tages. Als die Sonne über die entfernten Bergeswipfel lugte, stand sie auf und begann den Abstieg.

In dem sächsischen Lager wartete Widukind schon sehnsüchtig auf ihre Rückkehr. Er wollte die Völva zur Rede stellen und ihr sagen, dass er sich entschlossen hatte, bis zum letzten Blutstropfen zu kämpfen. Doch jetzt stand der junge Mann wie versteinert und beobachtete, wie eine gebeugte, dürre Gestalt, die ihn an einen flügellahmen Vogel erinnerte, den steilen Pfad herunterkam. Alle Insignien ihres Standes fehlten, lediglich den bronzenen Kessel hatte die Schamanin wieder mitgebracht. Er sah in ihre Augen und wusste, dass es sinnlos war, mit ihr zu sprechen. Die Völva war in Trance und ihre stierenden, geweiteten Pupillen sahen durch ihn hindurch. Bevor Widukind den Mund öffnen konnte sagte sie: ‚Die Franken lagern zwei Wegstunden in Richtung der untergehenden Sonne und der Berge dort hinten. Du wirst mich in Fesseln legen und deine Sippe geschlossen zu ihnen führen. Ihr legt eure Waffen ab und werft mich dazu. Du sagst ihnen, ihr seid bereit, den christlichen Glauben anzunehmen. Erzähle ihnen, du hättest einen Traum gehabt, in dem dir der Christengott Jesus erschienen ist. Er habe dich überzeugt, dein Volk in die Freiheit seines Glaubens zu führen.'

‚Aber ich will...'

‚Schweig und höre zu Ende', fauchte Gullveig Widukind an. ‚Sprich schlecht über unsere Götter. Sag den Franken, dass Odin uns verraten hat und du für dein Volk ein besseres Leben willst. Erzähl ihnen, dass du einen christlichen Priester für deine Leute haben möchtest. Sie werden euch einen Platz zum Siedeln zuweisen wollen. Du wirst darum bitten, in den Norden zu den Friesen ziehen zu dürfen, weil du sie auch von der Kraft des neuen Glaubens überzeugen willst. Wenn sie dich gehen lassen, dann erbitte ein Papier, mit dem ihr euch als Christen ausweisen könnt, falls eurem Priester etwas zustoßen sollte. So werdet ihr in den Norden gelangen und könnt über das große Wasser zu den Dänen fliehen.'

‚Was wird mit dir, Gullveig?', fragte Widukind mit besorgter Stimme.

‚Bevor du mich den Franken auslieferst, steckst du mir den Klumpen in den Mund, den ich hier im Beutel habe. Warte so viel Zeit ab, wie du brauchst, um die Namen unserer Götter zu benennen. Dann töte mich und wirf mich vor ihre Füße', sprach sie. Und so geschah es."

Schiwa schwieg.

Magni schaute den Hund erwartungsvoll an.

Modi rutschte auf seinem Sitz hin und her.

Schließlich brach Magni das angestrengte Schweigen: „Ja, und?"

„Was und?"

„Ja, wie ging es weiter?"

„Sie haben sich ergeben."

„Hund, du, treib nicht deinen Scherz mit uns", drohte Magni. „Es könnte dein letzter sein."

„Erzähl schon weiter", versuchte Modi zu schlichten.

Schiwa hängte seine Zunge aus dem Mund, legte den Kopf schief und schaute Modi mit seinen riesigen, braunen Augen an. Dann fuhr er fort: „Die Frankenkrieger hatten die Gruppe gleich bemerkt und warteten am Waldrand. Eine Reihe Bogenschützen hielt sich schussbereit und die meisten waren zu ihren Pferden geeilt und aufgesessen. Widukind tat so, wie ihm die Völva geheißen hatte. Seine Krieger legten ihre Waffen nieder und er schob der gefesselten Gullveig den Teigklumpen in den Mund.

‚Mach dir keine Sorgen um mich, mein Geist wird bei euch bleiben. Du stichst nur in meinen leeren Körper', hatte sie zu ihm gesagt. Widukind rief in Gedanken seinen Gott, den Weltendonnerer Thor, und alle anderen Götter vom Asengeschlecht auf. Dann ging er mit der gefesselten Gullveig auf die Franken zu. ‚Ihr habt recht', sagte er, ‚Euer Gott ist der einzig wahre Gott. Er hat mich heute im Traum besucht und mir alles erklärt.' Widukind warf Gullveig vor den ungläubig staunenden Franken auf die Knie, zückte sein Schwert und schnitt der Völva mit einem sauberen Streich die Kehle durch. Sie röchelte nicht, vielmehr entwich aus ihrem geöffneten Hals zischend Luft. Der Körper stürzte kopfüber in den Dreck.

‚Die alten Götter sind so tot wie dieses Weib', sagte Widukind zum Anführer der Franken. ‚Nehmt uns auf bei eurem Gott.'

Während er so sprach, erhob sich in einem nahestehenden Baum krächzend eine Krähe und flog in den wolkenverhangenen Himmel davon.

Widukind führte seine Leute in den Norden, wie es die Völva prophezeit hatte. Er heiratete eine Nichte des Dänenkönigs, wie es Gullveig vorhergesagt hatte und führte ein Heer gegen die Franken, um die Zerstörung der sächsischen Heiligtümer zu rächen. Vier Jahre leistete er erbitterten Widerstand, ehe sich Karl der Große, oder wer auch immer die Christen anführte, durchsetzen konnte. Bei Verden an der Aller forderte der Frankenkönig die Auslieferung aller sächsischen Rädelsführer und ließ sie hinrichten. Widukind bekam er nicht, der war wieder in Dänemark."

„Sehr schön", brummte Modi. „Jetzt hast du uns aber Bescheid gegeben."

„Was ist der tiefere Sinn deiner Rede?", wollte Magni wissen.

„Nun, der springende Punkt an der Geschichte ist der, dass in dieser Zeit das geheime Wissen verschwunden ist. Die Zauberer haben ihre Schätze mit ins Grab genommen", erläuterte sein Bruder. „Diese Völva war vielleicht eine der letzten, die Zugang zur Ragnarök-Rune hatte, der wichtigsten Rune überhaupt. Möglicherweise hat sie das Zeichen in diesem Baum eingedampft. Wenn der Stamm nicht verbrannt worden ist, dann könnte noch heute die Rune in diesem Holz verborgen sein. Wer sie findet und ins geheime Wort einfügt, der entscheidet über Beginn und Ausgang des Weltuntergangs. Oder kann ihn verhindern."

Modi griff sich das Hündchen mit spitzen Fingern und hob es hoch. „Woher weißt du das alles?"

„Ich war dabei."

Die Göttersöhne blickten sich erstaunt an. „Wie das?", fragte Modi und die Worte stachen wie Schwertspitzen.

„Ich habe euch nur einen Teil der Wahrheit über mich erzählt. Wir Chihuahuas sind Wiedergänger. Wir werden immer wieder geboren."

Magni und Modi waren sprachlos. Magni fasste sich als erster und hakte nach: „Wie lange bist du denn schon hier?"

„Etwa dreitausend Jahre. Wir sind in Mittelamerika abgestürzt und hierher kamen wir erst in der Zeit der Völkerwanderung. Wikingerschiffe nahmen uns damals mit. Das Klima in Europa ist von Zeit zu Zeit eine gute Abwechslung zum feuchtheißen Mittelamerika."

„Der Köter lügt, wenn er sein deformiertes Maul auftut", schimpfte Magni. „Der erzählt uns hier komplette Sagas, wie sie sich die alten Isländer nicht besser hätten ausdenken können. Und er hält uns zum Narren, wenn du mich fragst."

„Ist das so?", fragte Modi drohend.

„Ich war ein Akita Inu, ein nordischer Wolfshund, und bin der Völva nachgeschlichen", verteidigte sich Schiwa. „So konnte ich alles genau beobachten. Der Baum, in den sie die Runen gedampft hat, ist niemals verbrannt worden. Folglich steht er noch da oder wurde gefällt und verarbeitet."

„Woher willst du das wissen?" Modi verspürte so viel Zutrauen zu Schiwa, wie ein einfacher Bürger seinem gewählten Volksvertreter entgegenbringt.

„Selbst wenn er gefällt worden wäre, so könnten wir die Rune vielleicht auf der Trommel Gullveigs finden, die sie dort vergraben hat", antwortete Schiwa vielsagend.

„Wo steht der Baum?", wollte Magni wissen.

„Fahr dort rechts ab, da können wir wenden", bellte der Chihuahua.

Fabian saß in seinem Büro und war stolz. Seit über dreißig Minuten hatte er nicht mehr geraucht. Und, was unglaublich war: Er hatte keine einzige Zigarette mehr in der Schachtel. Ein Zustand, der bei ihm zu Schweißausbrüchen und unkontrolliertem Sabbern geführt hätte, wenn er es tatsächlich einmal so weit kommen ließe. Das war aber noch nie passiert. Bis heute. Mit der rechten Hand spielte Fabian schon eine ganze Weile nervös mit der leeren Schachtel und ließ sie durch die Finger gleiten, während er angestrengt nachdachte. Vor ihm lag der Bericht von den Kollegen aus Quedlinburg, wo unbekannte Täter in die Stiftskirche eingedrungen waren und den Domschatz verwüstet hatten. Die äußerst rücksichtslose und zerstörerische Vorgehensweise ähnelte den anderen Einbrüchen in kirchlichen Einrichtungen in der letzten Zeit. Die Kollegen von der Spurensicherung hatten feinen Buchenstaub festgestellt und es fehlte ein Reliquienschrein aus der Kreuzfahrerzeit, in dem angebliche Utensilien vom Kreuz Jesu oder ähnliche, religiös bedeutende Dinge untergebracht waren. Das Kästchen war wenig später nahe dem Lehhof, einem Kreidefelsen in der Nähe Quedlinburgs, von Spaziergängern wieder entdeckt worden. Jemand hatte es mit einer Axt traktiert und eine Seitenwand gespalten. Die Intarsien waren unberührt und der Inhalt lag neben dem Kasten. Die Diebe hatten also nicht gefunden, was sie suchten. Fabian konnte sich immer noch keinen Reim auf die Einbruchsserie machen. Und er hatte keinen einzigen Anhaltspunkt zur Lösung seines Mordfalls. Ein Zustand, der an seinem Nervenkostüm zerrte, denn er war sehr ehrgeizig in seinem Job.

Ihm gegenüber saß der junge Mann, den er vor vier Tagen kurzzeitig unter Mordverdacht in Haft genommen hatte. Alfred Flemming beobachtete die Spielchen des zerstreuten Inspektors mit der leeren Zigarettenschachtel und begriff plötzlich. Aus seiner Jackentasche zog Alfred ein Päckchen zerknautschter Zigaretten und hielt es Fabian hin. Der griff scheinbar unbewusst zu, zündete sich die Kippe an und inhalierte den ersten Zug intensiv und genüsslich. Als er den Rauch wieder ausstieß, sah er Alfred dankbar an und konzentrierte sich weiter auf die Zeugenvernehmung. Der Mann hatte ausgesagt, dass er dem Museumsdirektor einen gebrauchten Nobelwagen verkaufen wollte, wobei er aber nur als Vermittler auftrat. Er kannte den Museumsdirektor von früheren Einsätzen seines Hausmeisterservices im Museumsgarten. Alles klang logisch und Flemming behauptete, dass er das Gebäude gegen 22 Uhr verlassen hatte. Das deckte sich mit den Angaben der Augenzeugen. Fabian fand keinen Grund, weshalb er die Aussage anzweifeln sollte. Er hatte nichts gegen den jungen Mann in der Hand.

„Ich habe es wirklich nicht getan." Alfred Flemming rauchte ebenfalls eine seiner zerknitterten Zigaretten. Das altertümliche Tonbandgerät der tschechischen Marke Tesla drehte beständig und gleichmäßig die beiden Spulen im Kreis, wo sich das Magnetband von rechts nach links wickelte.

„Ich denke, für den Moment ist das alles", sagte der Inspektor und schaltete das Gerät aus. „Ich werde Sie gehen lassen." Er musterte sein Gegenüber, das erleichtert den Rauch auspustete.

„Na endlich haben Sie es begriffen", jubilierte Alfred und stand auf.

„Oder haben Sie mir noch etwas zu sagen?", rief Fabian in scharfem Ton hinter Alfred her, der schon fast die Tür erreicht hatte. Alfred blieb stehen und drehte sich langsam um.

„Eine Sache ist da noch, aber ich weiß nicht, ob Ihnen das weiterhilft", druckste der junge Hausmeister herum.

„Versuchen wir es doch einfach mal."

„Manchmal glaube ich, dass ich den Verstand verliere", begann Alfred und schwieg dann wieder.

„Wem sagen Sie das?" Fabian musste an die Journalistin Sabrina Donath denken.

Alfred ging zurück zu seinem Stuhl, setzte sich und blickte Fabian in die Augen. „Wahrscheinlich glauben Sie mir kein Wort von dem, was ich Ihnen jetzt erzählen werde. Aber irgendwem muss ich es erzählen, sonst werde ich wirklich verrückt."

„Sie machen mich neugierig."

„Ich habe Sie belogen, über den Grund meines Streits mit dem Museumsdirektor. Es ging nicht um den Verkauf eines Bentleys. Ich wollte ihm ein anderes Geschäft anbieten, aber Meier-Püttenhausen wollte weiter um den Preis feilschen."

„Worum ging es?", fragte Fabian so aufmunternd, wie er nur konnte. Sein kriminalistischer Instinkt sagte ihm, dass er gleich verwertbare Informationen erhalten würde, wenn er nur geduldig genug fragte.

„Ich arbeite als Hausmeister in mehreren Schulen", begann Alfred. „Eines Tages bereiteten wir eine alte Grundschule auf ihre Schließung vor. Das heißt, wir gingen alle Räume ab und schauten nach, was wir verpacken mussten. Da fand ich auf dem Dachboden eine alte Infrarotlampe, wie es sie früher in jedem Haushalt zur Bestrahlung bei Erkältungen und was weiß ich noch gab. Ich wollte überprüfen, ob sie noch funktionierte und steckte sie in die einzige Steckdose, die ich auf dem Dachboden fand. Sie brannte wirklich noch und in ihrem diffusen Licht sah ich eine alte Truhe, auf der Schriftzeichen leuchteten. So wie alte deutsche Keilschrift."

„Sie meinen Runen", half Fabian.

„Ja, genau. Als ich die Lampe ausmachte, waren sie wieder verschwunden. Nur im Rotlicht waren sie klar und deutlich zu sehen. Die Truhe machte einen uralten Eindruck, sie war aus Eschenholz und musste schon ein paar hundert Jahre auf dem Buckel haben. Ich erzählte Meier-Püttenhausen davon, bei dem ich manchmal im Museum aushalf und mir etwas dazu verdiente. Er wusste auch nicht, was das bedeuten sollte. Nachdem er sich die Sache angesehen hatte, wollte er die Truhe gleich kaufen. Ich hatte mir von der Schulverwaltung die Genehmigung geben lassen, das alte Stück auf den Sperrmüll zu stellen und nahm sie mit nach Hause. Aber Meier-Püttenhausen wollte mich übers Ohr hauen. Er bot mir dafür zweihundert Euro an. Ich weiß genau, dass so ein Phänomen eine Menge mehr wert sein kann. Deshalb stritten wir an diesem Abend, als er ermordet wurde. Ich wollte versuchen, den Preis hochzutreiben. Aber er ließ sich nicht darauf ein und sagte, es handele sich wohl ohnehin nur um eine zufällige Erscheinung und sei von keinerlei Bedeutung. Ich wollte daraufhin die Truhe für mich behalten, weil sie doch so ein antikes Stück ist und verließ den alten Geizkragen wieder."

Alfred schien mit seiner Erzählung fertig zu sein und Fabian hakte ein: „Aber das war doch gar nicht so unglaublich. Ich kann mir gut vorstellen, dass es noch einige wesentlich schwerer zu erklärende Dinge auf der Welt gibt."

„Möglich, aber das ist ja nicht alles", fuhr Alfred leise fort. „Als ich wütend aus dem Museum stürzte, sah ich im Vorgarten zwei kleine Gestalten stehen. Anfänglich hielt ich sie für Marmorfiguren oder Gartenzwerge, aber sie bewegten sich ganz eindeutig auf das Museum zu. Der eine hatte eine riesengroße, zweischneidige Axt dabei und der andere einen furchteinflößenden Spieß mit glänzender Spitze. An diesem Abend hielt ich das Ganze für eine Halluzination und verdrängte das Gesehene gleich wieder, doch als ich dann auf dem Konzert beim Rolandfest die beiden Zwerge wieder sah, erinnerte ich mich an den Vorfall."

„Welche beiden Zwerge?" Fabian saß so steif auf seinem Stuhl, als wäre er aus Ton gegossen.

„Sehen Sie, das ist ja das Problem. Zuerst hielt ich sie für einen Teil der Bühnenshow und amüsierte mich darüber, doch dann zerschlug der Kerl mit der Axt das Kabel und stand unter Strom. Der andere hat ihn weggezerrt und sie verschwanden. Keiner außer mir hat sie gesehen."

„Wahrscheinlich nicht. Ich war auch dort und habe niemanden bemerkt, auf den Ihre Beschreibungen passt", sagte der Kommissar und rieb sich in Erinnerung an die Schlägerei sein Kinn, das einige schwere Treffer aushalten hatte müssen. Fabian analysierte weiter, dass die Axt sowohl als Mordwaffe wie auch als Tatwerkzeug für das mysteriös durchtrennte Kabel beim Rolandfest sehr gut ins Bild passte.

„Wie sah die Axt aus?", wollte Fabian wissen.

„Sie war sehr groß und hatte zwei Schneideseiten, die rundlich gebogen waren. So wie aus einem Vikingerfilm, würde ich sagen."

„Glauben Sie, es war eine Attrappe?", hakte Fabian nach.

„Schwer zu sagen. Aber scharf muss sie ja gewesen sein, sonst hätte sie das dicke Multicorekabel auf der Bühne nicht mit einem Schlag durchtrennen können. Wie genau ist eigentlich Herr Meier-Püttenhausen ums Leben gekommen?"

Fabian machte sich Notizen und ignorierte die Frage. „Sie haben die beiden Personen also beim Konzert wiedererkannt?"

„Ich bin mir jetzt ganz sicher, dass es die gleichen Typen waren, die ich vor dem Museum gesehen habe", schloss Alfred seinen Bericht ab.

„Hat wirklich niemand außer Ihnen etwas Verdächtiges bemerkt? Denken Sie in Ruhe nach. Es ist sehr wichtig." Der Polizist vermied es hinzuzufügen, dass diese Geschichte kein Richter der Welt für bare Münze nehmen würde, nicht ohne eine zweite Quelle.

„Der Küster vom Dom", platzte Alfred plötzlich heraus. „Der Joachim Steinheim, er hat diese Stimmen gehört!"

„Ich verstehe nicht ganz. Welche Stimmen?"

„Er hat in seinem Kopf schimpfende Stimmen gehört, kurz bevor der Zwerg das Kabel durchschlug. Erst war es ausländisch, sagte er, dann verstand er die Worte. Jemand rief so etwas wie: ‚Ich mach dich alle, du Wurm!' Er hat es mir im Krankenhaus erzählt. Der arme Kerl hat ein Magengeschwür von der ganzen Aufregung bekommen."

Fabian dachte einige Sekunden angestrengt nach. „Apropos Magengeschwür. Hätten Sie eventuell noch eine Zigarette für mich?"

Zwei Tage später warf Fabian die Wohnungstür auf und ging gleich durch den kurzen Flur ins Wohnzimmer. Im Gehen streifte er die Schuhe ab und ließ sie durch den Flur segeln. Ohne anzuhalten öffnete er den Kühlschrank, entnahm eine Flasche Bier und knallte im Weiterlaufen die Tür mit kühnem Hüftschwung wieder zu. Er warf sich in den Sessel, der protestierend knarrte, hebelte die Flasche an der Tischkante auf, setzte sie begierig an die Lippen an und trank einen großen Schluck.

Fabian war erschöpft und brauchte Ruhe, um nachzudenken. Und er hatte Durst nach einem anstrengenden Tag im Paläographischen Institut der Uni Leipzig.

Alfred hatte ihn begleitet, nachdem sie gestern gemeinsam den Küster Joachim Steinheim im Krankenhaus besuchten. Die Aussagen des Kirchendieners deckten sich im Wesentlichen mit den Beobachtungen Alfreds. Fabian konnte keinen Grund entdecken, warum die beiden ihm etwas vorspielen sollten. Sie hatten kein Alibi für die Mordnacht, allerdings konnt er auch kein Motiv ausmachen. Anfänglich hatte Fabian geglaubt, vielleicht in Joachim Steinheim einen Psychopathen ausmachen zu können. Einen Schizophrenen, der im Rausch tötet, ohne es zu bemerken. Bald hielt er diese Geschichte für zu fantastisch und sagte sich, dass sie der alte Stevenson schon besser erzählt hatte, als er es sich hier zusammenspann. Der Kirchendiener war kein Dr. Jekill und auch kein Mister Hyde.

Schon nach wenigen Minuten im Krankenzimmer stellte Fabian fest, dass Joachim Steinheim ein ernsthafter Kandidat für den Insektenschutzverein war und vehement für die Bürgerrechte der Küchenschaben eingetreten wäre, hätte man ihn darum gebeten. Offenbar wurde er wirklich von den Stimmen gepeinigt. Der von Fabian hinzugezogene Polizeipsychologe hatte dafür keine Erklärung und verwies diffus auf seltene Fälle von Wahnvorstellungen. Er behauptete, Steinheim müsste die Stimmen öfter hören als nur die beiden Male, die der Küster beschrieben hatte. Wenn aber weder Alfred noch Steinheim der Mörder war, wer dann? Sollte er glauben, dass zwei Zwerge, die aussahen, als wären sie einem Gruselmärchenbuch entsprungen, den guten Mei-Pü umgebracht hatten? So hatten die Kollegen den bedauernswerten Museumsdirektor der Einfachheit halber genannt. Und wie um alles in der Welt sollte er das im Bericht formulieren? Oder gar seinem Chef beibiegen.

„Hallo Chef, ich habe den Fall Mei-Pü gelöst. Es waren zwei Kampfzwerge, die mal eben die Dimension gewechselt haben und kein Alibi vorweisen können. Leider sind die Verdächtigen zurück ins Nirvana verschwunden und haben sich der Verhaftung entzogen." Dann könnte er gleich seine Dienstmarke hinlegen und sich als Personenschutz bei Erich von Däniken bewerben.

Waren es diese dämlichen Zwerge nicht, wer war es dann? Fabian hatte nicht eine Spur und sowohl die eifrigen Kommunalpolitiker, als auch seine Vorgesetzten erwarteten Ergebnisse von ihm. Oder wenigstens die Tatwaffe.

Doch die hatten die Zwerge ja mitgenommen in ihre Sphäre, oder wohin auch immer sie sich abgesetzt hatten. Es war zum Verzweifeln.

Fabian verließ sich gern auf seinen Instinkt, der ihm schon oft geholfen hatte. So erinnerte er sich, dass er an Zwerge denken musste, als sie die Leiche von Mei-Pü fanden. Das konnte kein Zufall sein.

Die Kiste, die Alfred vorläufig auf seinem Dachboden untergebracht hatte, hatten sie mehrfach gründlich untersucht. Mit und ohne eingeschaltetem Infrarotlicht. Schließlich hatten sie die Runen abgeschrieben. Genau so, wie sie auf dem uralten Holz erschienen. Es waren insgesamt drei Bretter, die betroffen waren, und der Detektiv hatte eine maßstabsgetreue Zeichnung der Kiste angefertigt, wie sie sich ihnen im roten Licht präsentierte. Damit waren sie heute nach Leipzig gefahren und hatten die Zeichnung einem Professor vorgelegt, der als Koriphäe auf dem Gebiet alter germanischer Schriftzeichen galt.

Fabian witterte eine Verbindung der Runen zu seinem Mordfall. Schließlich waren der oder die Mörder gleichzeitig die Museumsräuber der letzten Wochen, daran bestand für ihn kein Zweifel. Und an allen Tatorten war dieser feine Buchenstaub gefunden worden. Runen wurden in Buchenscheite geritzt, daher kam schließlich das Wort ‚Buchstabe'. Wenn jemand als Zwerg verkleidet bei seinen Einbrüchen Fußspuren von Riesen hinterließ, was sollte das bedeuten? Steckte eine geheime Sekte dahinter? Religiöse Eiferer? Oft waren Kirchen Ziele ihrer Angriffe. Planten dubiose Kräfte einen Angriff auf die Kirche? Die Schlüsselfrage blieb aber weiterhin: Was suchten diese Vandalen?

Im Labor hatten die Polizeitechniker sich die Zähne an Alfreds Kiste ausgebissen. Sie konnten nicht herausfinden, wie alt das Holz sein könnte. Am Nachmittag ließen sie die Kiste von einem Archäologenteam untersuchen. Bei drei verschiedenen Versuchen, mit der Radiumkarbonmethode das Alter zu bestimmen, errechneten die Archäologen drei verschiedene Ergebnisse, die zwischen einhundertfünf und achthundertfünfzig Jahren schwankten.

Es war absurd. Es schien, als läge ein Fluch auf den Brettern. Das Leuchten konnten die überforderten Wissenschaftler auch nicht erklären. Sie erzählten Fabian schließlich von einer seltenen phosphoreszierenden Pilzart, die den Stamm befallen hätte und nur zufällig Muster erzeugte, die germanischen Runen ähnelten. Kurz und gut: Sie hatte nicht die blasseste Ahnung von der Herkunft und Beschaffenheit der Leuchtkraft. Das wusste Fabian und das wussten die Forscher. Und sie wussten, dass Fabian es wusste. Fabian wusste auch, dass sie wussten, dass er es wusste. Aber beide Seiten heuchelten tapfer weiter und logen sich gegenseitig Taschen von der Größe der mitteldeutschen Tiefebene voll.

Sie wollten einige Multispektralanalysen durchführen, sagten die Wissenschaftler, wobei die Kiste aber auseinander genommen werden müsste. Gleichzeitig sollte der angebliche Pilz in biologischen Laboren untersucht werden. Das lehnte Alfred entschieden ab und Fabian war sicher, dass dieser ganze Zirkus nichts Verwertbares brächte.

Aber er spürte, dass die leuchtenden Runen unmittelbar mit dem Fall zu tun hatten. Der Sprachenforscher und Runologe Professor Gmeiner, den sie heute in Leipzig aufgesucht hatten, machte einen kompetenten Eindruck. Er versuchte nicht gleich, Fabian mit einem fremdwortüberladenen Wissenschaftsmärchen abzuspeisen. Lange und schweigend betrachtete der Gelehrte die Schriftzeichen, drehte sie hin und her und forderte schließlich die Kiste. Alfred musste vom Professor und Fabian überredet werden, das gute Stück für einige Tage zur genauen Untersuchung in der Universität zurück zu lassen. Wenn er etwas herausgefunden hätte, wollte sich der Schriftzeichenexperte sofort melden.

Fabian kämpfte mit sich, ob er ein weiteres Bier holen, gleich im Sessel einschlafen oder in der kleinen Kneipe an der Ecke Abendbrot essen sollte. Das Telefonklingeln nahm ihm die Entscheidung ab.

„Hier ist Doktor Weidenbach", hörte Fabian, der grübelte, wer um diese Uhrzeit noch anrufen könnte.

„Ich bin der Assistent von Professor Gmeiner aus der Paläographie", fügte die Stimme hinzu. „Spreche ich mit Inspektor Ferber?"

„Ja, hallo", sagte Fabian, der sofort wieder hellwach war. „Was gibt es denn?"

„Der Professor lässt ausrichten, dass sich nichts Außergewöhnliches auf der Kiste befindet. Er hat gesagt, wenn Sie möchten, versucht er Ihnen den möglichen Sinn der Runen zu deuten, aber nach seinem jetzigen Erkenntnisstand handelt es sich um eine unspektakuläre Anrufung des Donnergottes Thor. Ein Gydja, also ein germanischer Priester, erfleht darin die Hilfe des Gottes für seinen Stamm."

Fabian war enttäuscht. „Wenn es nicht zu viel Mühe macht, möchte ich gern den genauen Wortlaut wissen."

„Kein Problem", versicherte Dr. Weidenbach, „es dauert dann nur etwas länger."

„Wie lange?"

„Ich denke, in einer Woche sind wir klüger", klang es aus dem Hörer. Fabian murmelte eine Verabschiedung und legte auf. Er würde in die Kneipe gehen. Hunger und Durst hatte er jetzt keinen mehr, aber seine Zigarettenschachtel war fast leer.

Einhundertvierzig Kilometer entfernt von der gemütlichen Kneipe im Nordhäuser Vorort, in der es für wenig Geld noch viel und gut zu essen gab, saß Professor Gmeiner mit einem Cognacschwenker in der Hand am Rauchtisch in seiner privaten Bibliothek. Er prostete sich selbst zu. Der feine Teppichboden um ihn herum war mit Büchern und Folianten ausgelegt. Einige von ihnen waren noch aufgeschlagen. Alles zeugte von den hektischen Nachforschungen, die der Professor den ganzen Nachmittag angestellt hatte. Gmeiner beglückwünschte sich zu seinem Fund. Diesen Kommissar hatte ihm der Himmel geschickt. Er hatte noch nie zuvor einen so starken Runenzauber gesehen wie auf dieser Truhe. Gmeiner schätzte ihr Alter auf etwa eintausend Jahre. Möglicherweise war es den Friesen zuzuschreiben oder gar noch einer sächsischen Quelle, die sich der Christianisierung erwehrt oder irgendwie entzogen hatte. Die Anordnung der Runen aus einem der älteren Futharks war so erstaunlich und erzeugte eine so starke optische Wirkung, dass er anfänglich geglaubt hatte, er würde es niemals schaffen, diesen Code zu knacken. ‚Die sind eindeutig unterschätzt worden, die alten Germanen', dachte der Professor zufrieden und nippte genüsslich an seinem französischen Edelweinbrand. Für so eine kräftige Beschwörung, wie er sie auf dieser Kiste vorgefunden hatte, müsste heutzutage ein Waffenschein beantragt werden. Der Professor vermied es tunlichst, den Spruch auszusprechen. So wie er ihn niemals irgendwo einritzen würde. Das machten nur lebensmüde Idioten. Wer in der Lage war, einen Runenzauber richtig auszusprechen oder besser gesagt, ihn zu raunen, der war auch so intelligent, ihn nicht parallel zum Sprechen irgendwo einzuritzen.

Seinen Kollegen anderer Fakultäten konnte er so etwas nicht erzählen, die würden ihn des Aberglaubens bezichtigen oder für einen wirren Fantasten halten, der den gesicherten Boden der realen Wissenschaft verlassen hatte. Aber Gmeiner hatte im Laufe seiner Forschungen schon Erfahrungen mit Runensprüchen sammeln können und wusste daher, dass die Einheit aus Aussprechen und Einritzen zu Phänomenen führen konnte, für die es keinerlei Erklärung in den Schulwissenschaften gab. Gmeiners persönliche Erlebnisse waren, wenn schon nicht wissenschaftlich haltbar, so doch schmerzhaft genug gewesen und er verzichtete gern auf weitere Experimente.

Erstaunlich war an diesem Spruch hier, dass er ein Runenzeichen enthielt, welches der Professor noch nie zuvor gesehen hatte. Aber auch ohne die Bedeutung jener Rune zu kennen, war der Zauberspruch für ihn verständlich geworden. In einer sinnfälligen Kombination aus Lautdeutung und begrifflicher Zuordnung der Zeichen sagte er sinngemäß aus: Der Weg über den Lichterweg ist verschwunden, wer Asgard schauen will, müsse nun die Runde gehen, hinten herum, und dort nach dem Eingang suchen.

Mit dem Lichterweg war mit großer Sicherheit der Regenbogen gemeint. Die Germanen glaubten, dass über den Regenbogen die Götter aus dem Himmel auf die Erde gelangen könnten und umgekehrt. Dieser Weg war ihnen nun also aus irgendeinem Grunde verbaut. Die Runde gehen, das konnte vieles bedeuten: Den Kreislauf des Lebens, den Lauf der Sonne, andere rituelle oder kultische Handlungen. Dazu musste er noch die unbekannte Rune entschlüsseln, dann würde es mehr Sinn ergeben. Was mit ‚hinten herum' gemeint war, wusste er momentan noch nicht. Genauso unklar war, an wen sich der Spruch wandte.

Gmeiner war entschlossen, es in Kürze herauszufinden. Er schrieb sich die Runen noch einmal auf einen kleinen Notizzettel und steckte ihn in die Hosentasche. So könnte er, immer wenn er unterwegs wäre und nichts zu tun hätte, weiter an der Lösung arbeiten.

Am nächsten Tag verlor er den Papierfetzen auf der Suche nach einem Taschentuch im großen Hörsaal der Universität. Eine neugierige Studentin hob ihn auf und steckte ihn in ihre eigene Hosentasche. Sie wollte das Stück Papier mit der ulkigen Rune, die sie noch nie gesehen hatte, am nächsten Tag dem Professor zurückgeben. Glücklicherweise vergaß sie es.

Sie sprinteten so schnell sie konnten. Markkus Atem ging röchelnd. Nur wenige Meter hinter sich hörte er die donnernden Schritte der furchtbaren, axtschwingenden Zwerge auf den Kies krachen. Markku wusste vor Angst nicht zu sagen, wie lange sie schon in dieser bergigen Landschaft vor den mordlüsternen Zwergen auf der Flucht waren. Es kam ihm wie eine Ewigkeit vor. Einer der Verfolger hatte einen ausgefransten und offenbar angekokelten Bart. Er brüllte unablässig Verwünschungen gegen das gesamte Menschengeschlecht und rief immer wieder: „Ihr verkommenes Pack!" oder seltsame Dinge wie: „Eure Ekelerzität wird euch nichts nützen. Ich bringe euch zur Strecke wie Lindwürmer!"

Der andere teilte sich seine Kräfte besser ein und schleuderte wiederholt einen schrecklich spitzen Speer nach ihnen, der mit einem lila-weiß gestreiften Geschenkband umwickelt war. Eben rammte sich die Spitze wieder zischend wenige Zentimeter neben Markkus Füßen ins Geröll, als der Weg endlich eine Kurve nahm. Markku stieß sich die Schulter an einem vorstehenden Stein und jaulte auf. Da war eine Spalte im Fels. Schnell schob er die völlig ausgepumpte Aase in die Gesteinsritze und drängte sich hinter ihr hinein. Der junge Finne war total ausgelaugt. Er japste und prustete, als wäre er ein kaputter Blasebalg.

Vor ihnen war absolute Dunkelheit. Ein kalter Luftzug strich knisternd durch die Höhle. Er roch wie fauliger Atem. Plötzlich flammte ein heller Feuerschein auf und die beiden Flüchtlinge standen einem gewaltigen Riesen gegenüber. Er grinste sie mit seelenlosem Gesichtsausdruck an und bleckte eine Reihe kariöser Zähne. In der einen Hand hielt er die Fackel seitlich von seinem massigen Körper weg, in der anderen schwang er eine Keule, die geeignet schien, das Berliner Reichstagsgebäude mit wenigen Schlägen zu pulverisieren. Verzweifelt suchte Markku nach einem Ausweg, als Aase den Riesen anschrie: „Ihr werdet die Schicksalsrune nie bekommen, egal, was ihr mir antut. Ich sehe die Zukunft und weiß, dass ihr unterliegen werdet!"

Der Riese brüllte so markerschütternd auf, dass sich vereinzelte Geröllbrocken aus der Wand lösten. Er schwang immer noch die Keule und ließ sie jetzt mit aller Kraft in Richtung der beiden Musikanten herabsausen. Markku riss Aase zurück und kurz danach war an der Stelle, an der sie eben gestanden hatten, ein metertiefer Krater. Markku zerrte an Aases Arm, aber die schüttelte ihn ab wie eine lästige Fliege. Breitbeinig baute sie sich vor dem Riesen auf und rief mit gewaltiger Stimme Beschwörungsformeln, die Markku nicht verstand. Der berghohe Kerl vor ihnen begann zu winseln wie ein geprügelter

Hund und krachte auf die Knie. Aase hob die Hände über den Kopf und beschrieb mit den Armen Halbkreise. Immer schneller drehten sich ihre Arme und schon bald waren sie einzeln nicht mehr zu erkennen. „Inù", rief die kleine Sängerin und „Yagalaz". Der Riese heulte.

„Yagalaz. Inì. Inú yagalaz", schrie Aase und Markku gefror das Blut in den Adern, so kalt und herzlos klang ihre Stimme. Der Riese begann von den Füßen her zu versteinern. Wie eine Schlange kroch die Veränderung nach oben und verwandelte das Ungeheuer in eine Statue. Dem Tode geweiht brüllte er aus Leibeskräften, bis ihm die Versteinerung den riesigen Mund schloss. Wenigen Sekunden war es ganz still, dann knackte und knirschte es in der Figur und der Riese brach auseinander, wie ein trockener Keks. Markku wurde von einem Entsetzensschauer geschüttelt. Er spürte die Anwesenheit Aases im Rücken und fürchtete sich umzudrehen. Er musste an die griechische Sage von der Medusa denken, die er in der Schule gehört hatte. Auf ihrem Haupt sollte sich eine ganze Schlangenfarm getummelt haben und jeder, der sie ansah, verlor auf der Stelle den Verstand.

Einen ähnlichen Effekt erwartete Markku jetzt. Doch es kam viel schlimmer. Ein stummer Schrei entrang sich krächzend seinem Hals, als er die wunderhübsche Leadsängerin der Band WUNJO sah. Eine uralte, klapperdürre Greisin mit strähnigem grauem Haar stand neben ihm. Ihre runzlige Haut war fleckig und behaart. Aus ihrem komplett zahnlosen Mund kam ein meckerndes Gelächter, bei dem Markku wünschte, er hätte die Gabe des Hörens nie besessen.

„Inù. Yagalaz. Inì yagalaz", krähte die alte Vettel und Markku bemerkte, wie sein Körper sich versteifte, als würden seine Glieder zu Gestein. „Hilfe", schrie er und noch einmal völlig verzweifelt: „Hiiilffeeee!!!"

„Hey Markku, wach auf!" Skuld rüttelte den jungen Mann an der Schulter. Markku schlug angsterfüllt die Augen auf, sah Skuld kurz ins Gesicht und begann zu schreien. Skuld packte ihn an den Handgelenken, aber das verstärkte das Geschrei nur noch. „Na gut", sagte Skuld. „Du hast es so gewollt." Sie schlug ihm mit der flachen Hand mitten ins Gesicht. Noch einmal. Und noch einmal. Dann war Ruhe.

„Verzeih mir", sagte die Norne. „Aber du hast wohl schlecht geträumt."
„Und zwar von dir", presste der schweißgebadete Markku hervor.
„Von mir? Das musst du mir erzählen."

Markku schilderte Skuld haarklein den Traum. Sie hörte ernst und konzentriert zu und erblasste sichtlich, als Markku an die Stelle mit der Versteinerung des Riesen kam.

„Was habe ich gesagt: Idu idi?"

„Nein, iní und inú", erklärte Markku.

„Sag mir noch einmal die genaue Reihenfolge", forderte die Norne.

Markku wiederholte noch zwei Mal den genauen Wortlaut und Skuld schärfte sich die Betonungen und das Wort ‚Yagalaz' ein. Sie konnte sich den Traum nicht erklären, aber sie wusste, dass er wichtig war.

„Was hat das zu bedeuten?", wollte Markku wissen und Skuld musste nicht lügen, als sie ihm antwortete: „Ich weiß es nicht."

„Es war so plastisch, so echt", jammerte der Finne. „Gar nicht wie Träume sonst."

Skuld ergriff seine Hand und sagte: „Es war trotzdem nur ein Traum. Glaubst du, ich könnte dich in Stein verwandeln?" Sie blickte ihm treuherzig in die Augen.

„Ach, Aase, ich weiß gar nichts mehr. Du bist so... na ja, ich meine... du sahst schrecklich aus."

„Beruhige dich, Markku. Trink einen Schluck."

„Nein, um Gottes willen! Ich denke, ich werde damit etwas kürzer treten."

„Ich meinte Wasser. Schlaf jetzt weiter, es ist mitten in der Nacht." Die Norne wandte sich zur Tür, um in ihr Hotelzimmer zurückzukehren.

„Aase", rief Markku weinerlich, „Kannst du nicht bei mir bleiben?"

Skuld dachte kurz nach. Dann drehte sie sich langsam um und sagte: „Ich denke, das kann ich einrichten."

„Hauptwachtmeister Roth, guten Tag, Ihren Führerschein und die Papiere bitte zur Kontrolle."

Magni kramte im Handschuhfach, im Aschenbecher, in der kleinen Ablage an der Handbremse und dann fiel es ihm plötzlich wieder ein. Er klappte die Sonnenblende über seinem Platz herunter und da steckten die Papiere, in einen Gurt eingeklemmt. Stolz zog er sie heraus und gab sie dem Polizisten.

„Hier bitte, Herr Wachtmeister."

„Hauptwachtmeister", stöhnte Modi. „Der Mann ist Hauptwachtmeister."

„Herr Haupt, äh Wacht, ich meine Meister", stotterte Magni.

„Das sind die Fahrzeugpapiere", sagte der Beamte emotionslos. „Da fehlt noch der Führerschein."

„Der Führerschein, ja", stammelte Magni und schaute hilfesuchend zu Modi. Schiwa bellte und für geübte Ohren war deutlich zu verstehen, dass er äußerte: „Ich habe es euch gesagt, aber ihr hört ja nie zu."

„Lieber Herr Hauptwachtmeister", schaltete sich Modi nun ein, „sehen Sie, die ganze Problematik stellt sich folgendermaßen dar: Wir hatten einen eiligen Auftrag. Die Elektronik einer Heizkraftanlage war ausgefallen. Es war sozusagen ein Notruf, Sie verstehen? Wir haben alles stehen und liegen gelassen, sind ins Auto gesprungen und ab ging die Post."

Magni verstand fast nichts von dem, was sein Bruder da redete und war drauf und dran zu fragen, welche Post abging und wohin, doch der Hauptwachtmeister kam ihm zuvor: „Dann zeigen Sie mir bitte Ihren Ausweis."

„Leider ...", Modi zog grinsend die Schultern hoch. Magni glaubte die Gebärdensprache seines Bruders zu verstehen. Er wollte dem Polizisten schmeicheln. Magni setzte das gleiche Grinsen wie sein Bruder auf und guckte den Uniformierten vertrauenserweckend an.

„Dann nennen Sie mir bitte Ihren Namen und Ihre Adresse, damit wir das wenigstens überprüfen können", versuchte der Hauptwachtmeister die Verkehrskontrolle voranzutreiben. Er überlegte kurzzeitig, ob er die beiden pusten lassen sollte. Aber es roch nicht nach Alkohol im Pickup. Vermutlich waren die beiden Kerle nur bescheuert oder es waren zwei Tunten, die auf Uniformen standen und ihn anmachen wollten. Der Beamte hatte seinen Notizblock aus der Tasche gefingert und blickte einem der Elektriker ins Gesicht. Der grinste ihn so dusslig an, dass der Staatsdiener sich in seinen Überlegungen entschieden bestätigt sah.

„Oh ja, unsere Namen", freute sich Modi. „Ich bin Modest und das ist mein Bruder Magnus."

„Modest was?", fragte der Polizist genervt.

„Wie, was?" Modi war verunsichert.

„Soll das ein Name sein, Modest?"

„Modest ist ein ganz hervorragender Name, ich weiß nicht, was es daran auszusetzen gibt."

„Ich möchte noch Ihren Familiennamen wissen und Ihre Wohnanschrift." Der Wachtmeister sprach jetzt sehr langsam und nestelte dabei vorsichtig am Halfter seiner Pistolentasche.

„Moussorgski?", versuchte es Modi.

„Magnus und Modest Musorski", murmelte der Polizist und machte sich Notizen.

„Nein, nein", fiel ihm Magni ins Wort. „Ich heiße Karolus." Stolz streckte er die Brust raus und sah seinen Bruder triumphierend an.

„Also Magnus Karolus und Modest Musorski?", fragte der Wachtmeister. „Richtig?"

„Genau", bestätigte Modi erleichtert.

„Wo wohnhaft?", bohrte der Grüne weiter.

„Nordhausen in Midgard", sagte Modi und versuchte, seiner Stimme eine festen Klang zu geben.

„Welche Nummer?", knurrte der Polizist gereizt.

„Äh ... drei", schlug Magni vor. „Oder war es fünf?"

Dem Polizisten reichte es endlich: „Bitte stellen Sie den Motor ab, steigen Sie aus und folgen Sie mir zu meinem Wagen." Wenige Meter vor dem immer noch tuckernden Wagen der Brüder stand der grün-weiße Opel, dessen Rundumleuchte noch eingeschaltet war. Auf dem Beifahrersitz war ein Polizist in ein Telefonat vertieft und gab gerade das amtliche Kennzeichen des Pickups durch.

„Was haben wir denn falsch gemacht?", wollte Magni wissen.

„Sie sind in einer Tempo-30-Zone 55 km/h gefahren. Abzüglich der Toleranz. Dafür muss ich Sie mit einem Bußgeld belegen. Bitte folgen Sie mir zu meinem Wagen."

Grummelnd stiegen Magni und Modi aus und gingen vor dem Uniformierten her.

„Führen Sie Waffen oder Drogen mit sich?", war die nächste Frage.

„Das reicht jetzt langsam", flüsterte Magni Modi zu. „Soll ich ihn umhauen?"

„Erst wenn ich es sage. Und nicht zu stark."

Aus dem Polizeiwagen sprang jetzt der zweite Beamte wie ein Pavian, der sich gerade auf einen Igel gesetzt hat.

„Die Hände hoch und mit dem Gesicht zum Wagen langsam zur Kühlerhaube gehen", schrie er mit vorgehaltener Dienstwaffe.

„Was ist mit dem los?", erkundigte sich Modi bei Hauptwachtmeister Roth.

„Der Wagen ist als gestohlen gemeldet. Ich nehme Sie vorübergehend fest", brüllte der andere Polizist.

„Bitte führen Sie keine Gespräche mehr, stellen Sie sich mit dem Gesicht zum Auto, legen Sie die Hände auf den Rücken und stellen Sie die Beine weit auseinander", forderte Hauptwachtmeister Roth in einem ruhigen und sachlichen Ton, der geeignet war, einem Idioten die Relativitätstheorie zu erläutern.

„Was soll das werden, ein Volkstanz?", begehrte Modi zu wissen.

Hauptwachtmeister Roth hatte jetzt ebenfalls seine Pistole entsichert und richtete sie auf die beiden Brüder.

„Herbert, durchsuch die Vögel nach Drogen", befahl er dem anderen Uniformierten. Ehe Herbert aber Hand an den Göttersohn Magni legen konnte, lag er unvermittelt in seinem Dienstwagen und hatte seine verantwortungsvolle Tätigkeit für heute beendet. Ihm folgte nur wenig später der bewusstlose Hauptwachtmeister Roth, dem ein längerer Zivilstreit über die Erstattung von Zahnbehandlungskosten bevorstand. Er hatte zwei seiner oberen Schneidezähne eingebüßt, als ihn ohne jegliche Vorwarnung Modis Ellbogen im Gesicht traf.

Die Göttersöhne rollten den Dienstwagen in einen nahegelegenen Feldweg. Magni beendete das verräterische Leuchten auf dem Dach mit wenigen geübten Handgriffen, die einen blauen Scherbenhaufen hinterließen. Dann kehrten die beiden zum klapprigen Pickup zurück, dessen Motor noch tuckerte, und setzten ihre Fahrt fort.

„Tempo-30-Zone", brummte Magni. „Was für ein Quatsch."

„Genau", bestätigte Modi. „Außerdem hätte er sich nicht über meinen Namen lustig machen dürfen."

Schiwa seufzte und bellte: „Ihr seid wirklich Barbaren."

„Stimmt", bestätigte Modi, „und sogar welche mit ziemlich langen Bärten."

Der Bart war eines der wichtigsten Statussymbole eines jeden Zwerges. An seiner Länge und Farbe erkannten die anderen Zwerge Alter, Herkunft und gesellschaftliche Stellung des Trägers. Mitunter auch Krankheiten, Beziehungsprobleme und die Speisefolge der vergangenen Woche. Wer seinen Bart nicht ordentlich pflegte, konnte sich gleich vom Lindwurm fressen lassen, denn sein Leben in der Zwergschaft war praktisch verwirkt. Nun war es nicht so, dass sich das kleine Volk in großen Städten auf der Nase rumtrampelte, wie es die Menschen in ihren riesigen Wohnhaufen liebten, aber hin und wieder musste jeder Zwerg seine Höhle verlassen: Um Nahrung zu besorgen, Feinde zu töten oder seine Schatzkammer mit Hehlerware aufzufüllen. Und dabei begegneten sich die Zwerge zwangsläufig und schauten sich auf die Bärte. In den nächsten dreihundert Jahren würde es für Galar unmöglich sein, am gesellschaftlichen Leben unter Tage teilzunehmen. Schuld daran trugen diese verdammten Sterblichen mit ihrer Eklektizität. Es sei denn, er nahm den Vorschlag seines Bruders Fjalar an und behalf sich in der Öffentlichkeit mit einem falschen Bart. In einem Buch der Menschen, das Lexikon hieß und alle fremden Wörter enthalten sollte, hatte er die Bedeutung des Wortes Eklektizität nachschlagen wollen. Allerdings fand er nur den Begriff Eklektizismus erklärt. Das musste das Gleiche sein, schlussfolgerte der Zwerg. Dort in dem Buch stand unter Eklektizismus: ‚1. willkürliche, prinzipienlose und unschöpferische Vereinigung von Elementen sich widersprechender Theorien zu einem System; unselbständiges Arbeiten und Denken. – 2. unschöpferisches Zusammenfügen verschiedener Stilelemente zu einem Stilgemisch; Verwendung überlieferter Formen, die einem neuen gesellschaftlichen Entwicklungsstand nicht entsprechen (besonders in der bürgerlichen Kunst des 19. Jahrhunderts) (griechisch – lateinisch)'.

Galar bedauerte, dass sie nichts vom Kvasirtrank dabei hatten, mit dem er seinen Intellekt hätte stärken können. Was ein unschöpferisches Zusammenfügen von Stilelementen in der Literatur mit solchen Schmerzen zu tun hatte, wie er sie erdulden musste, das wollte ihm beim besten Willen nicht einleuchten. Galar entschied, dass die Menschen völlig verrückt geworden waren.

Den sicheren Boden eines einfachen, naturbestimmten Lebens mit einem bisschen Religion und hin und wieder am Samstag einem Kinobesuch schienen sie endgültig verlassen zu haben. Wer sich solche Qualen wie diesen Eklektizismus ausdachte und sie in Büchern so unsinnig begründete, der gehörte ausgemerzt wie ein Lindwurmgelege. Galar steigerte sich so sehr in seinen Hass, dass es ihm nach langen philosophischen Disputen – bzw. dem, was Zwerge als philosophische Dispute bezeichneten – gelungen war, Fjalar zu überzeugen, doch weiter für den Riesen zu arbeiten, um die Rune zu finden. Im Falle der dann einsetzenden Götterdämmerung würde Midgard, die Welt seiner verfluchten, menschlichen Feinde, erst mit Feuer und Wasser überzogen, dann von stumpfsinnigen Riesen plattgewalzt und schließlich von unvorstellbaren, blutrünstigen Monstern heimgesucht werden. Diese Vorstellung gefiel Galar so gut, dass er neuen Eifer entwickelte und topografische, geologische und geschichtswissenschaftliche Überlegungen anstellte, wo die alten Druiden die Rune versteckt haben könnten. Die beiden Zwerge waren sehr froh, dass ihr Auftraggeber sie aus dem Harzgebirge herausbeordert hatte. Dort würden sie nichts finden, hatte er ihnen mitgeteilt. Woher er das plötzlich wissen wollte, war den Brüdern nicht klar, aber so lange er sie für ihre Dienste bezahlte, wollten sie nicht weiter darüber nachdenken. Nachdenken mussten sie nun allerdings darüber, wo sie weitersuchen wollten. Dazu bestiegen sie den Brocken, den höchsten Berg des Harzes, und schauten von dort intensiv ins Land. Im Norden passierte nicht mehr viel Aufregendes, da ging es langsam in Richtung Wasser. Westen und Osten boten ebenfalls keine interessanten Anhaltspunkte. Aber in südlicher Richtung sah Galar kurz vor einem kleinen Höhenzug eine goldene Kugel aufblitzen. Sie befand sich an der Turmspitze einer Burg, die wiederum auf einem Hügel errichtet war. Die Brüder stellten einige komplizierte Berechnungen an, bei denen die Konstellation der Sterne und die Laufwege der Sonne am mitteleuropäischen Himmel im Mittelpunkt standen. Das Ergebnis ihrer Untersuchungen besagte, dass es sich bei der Burg um die Heidecksburg handeln musste. Die thronte über Rudolstadt, einer kleinen Stadt im Thüringischen, die alle Voraussetzungen erfüllte, Geheimnisse ungeahnten Ausmaßes in ihren Mauern zu verbergen*.

*Galars Lösungsweg hier nachvollziehen zu wollen, würde uns weit von der Handlung wegführen und es wäre der eine oder andere Schluck vom Kvasirtrunk nötig, um Galars komplizierte Gedankengänge auch nur ansatzweise zu begreifen.

Rudolstadt bot mit der Heidecksburg, die hoch über der Stadt auf einem harten Fels von Menschen errichtete war, eine Anlage, die eine nähere Untersuchung wert war. Fjalar bemängelte, dass es wieder kein ordentliches unterirdisches Wegenetz gäbe, aber damit hatten sich die Zwerge praktisch abgefunden. Einzig unter der Harzstadt Nordhausen war erstaunlicherweise ein so weitverzweigtes Gangsystem vorhanden gewesen, dass die beiden Runensucher sich wunderten, warum die oberirdische Stadt nicht schon längst eingebrochen war. Offensichtlich verstanden die Menschen doch etwas von ausgefeilter unterirdischer Bauweise, gestanden sich Galar und Fjalar ungern ein.

Fjalar beschränkte sich auf die defensive Rolle des kontrollierenden Revisors und überließ dem zornigen Galar die Initiative bei der Planung ihrer Zertrümmerungsfeldzüge.

Nachdem sie der Riese aus dem Harzgebiet herausbeordert hatte, waren sie bisher nirgends eingestiegen und so war der Bruch in der Heidecksburg eine willkommene Abwechslung zum dauernden Versteckspiel vor Odin, der in der letzten Zeit sehr häufig auf seinen Aussichtsturm Hlidskjalf kletterte. Die beiden Zwerge wussten auch, nach wem er da spähte.

Galar agierte bei den Einbrüchen lieber in der Dimension der Menschen, weil sich da mehr zerstören ließ, als in ihrer eigenen, entmaterialisierten Sphäre. Krachend sauste die scharfe Axt gegen ein massives Eichenholztor und blieb dort zitternd stecken. Galar zog die schreckliche Waffe wieder aus dem Holz und ließ sie erneut gegen das Hindernis knallen. Die massive Füllung splitterte unter der Wucht der Schläge und wenig später hatten sie die Tür geöffnet.

„Hast du die Buchenkrümel dabei?", wollte Galar wissen. Fjalar kümmerte sich nicht um die Frage, denn er hatte schon die rechte Hand voll Buchenstaub und blies von Zeit zu Zeit hinein, sodass sich eine feine Staubwolke in Bewegung setzte.

„Hier sind Vitrinen mit altem Kram", stellte Galar fest und ließ spielerisch seine Axt in einen Glaskasten hineinfallen. Es schepperte ohrenbetäubend, was die Einbrecher unbeeindruckt zur Kenntnis nahmen. Nicht nur die Burganlage war menschenleer, die ganze Stadt schien bei Einbruch der Finsternis wie ausgestorben. Falls sich doch ein Sterblicher gerade jetzt hierher verirren sollte, so könnte er sich bei den Schicksalsnornen bedanken, denn Galar hätte ihm den Lebensfaden mit seiner Waffe gnadenlos durchtrennt. Die Abteilung ‚Ur- und Frühgeschichte' brachte den Zwergen keine neuen Aufschlüsse und bot schon nach wenigen Minuten einen bedauernswerten Anblick. „Wenn es diese Rune gibt, dann haben sie das Ding doch so eingebrannt, dass der Baum später zu einem Schrein, Schrank oder irgendeinem brauchbaren Gegenstand verarbeitet worden ist. Die waren doch damals klüger, als die heutigen Menschen", ärgerte sich Galar. „Ich hätte schwören können, dass wir hier etwas finden, was uns weiterhilft. Los, lass uns noch die anderen Säle untersuchen."

„Du meinst kurz und klein schlagen", knurrte Fjalar und schwang seinen Speer, ehe er ihn in eine vergessene Vitrine wummerte, die sich schon gewundert hatte, warum ausgerechnet sie verschont blieb.

„Was sind denn das für Kisten?", erstaunte sich Galar und schlug mit seiner Axt auf einen Stapel ein. Aus einem der braunen Pappkartons quollen bunte Hefte heraus. Galar griff sich eins. „Tanz & Folk Fest", entzifferte er auf dem Umschlag und begann darin zu blättern. Schnell ließ er die Seiten durch seine kleinen, dicken Finger gleiten. Plötzlich stutzte er und begann zurückzublättern. „Fjalar", rief er. „Komm doch mal." Jetzt hatte er die Seite wiedergefunden, auf die ein Bild mit Leuten gezeichnet war, die er irgendwoher kannte.

„Sieh an", zischte er giftig in seinen lädierten Bart. „Wen haben wir denn da?"

Fjalar schaute ihm über die Schulter und grinste zufrieden.

„Wenigstens etwas Erfreuliches", gurrte Galar. „Die gute alte Skuld kommt also in die Stadt. Und wann?" Er blätterte in dem Heft hin und her und landete wieder auf der Seite mit dem Foto. „Am nächsten Wochenende in Rudolstadt", verkündete er zufrieden. „Dann werden wir hier auf dich warten, kleine Norne."

Über einem Bandportrait war ein Foto der Gruppe WUNJO abgebildet, aus dem Skuld und ihre Mitstreiter unschuldig lächelnd in die bösen Gesichter der beiden Zwerge blickten.

Neben dem Bericht des zuständigen Kollegen hatten die Beamten in Rudolstadt auch Fotos vom Tatort auf der Heidecksburg gemailt. Fabian hatte keine Schwierigkeiten, die Handschrift der Mörder des Museumsdirektors wiederzuerkennen. Er war aufgeregt. Wenn alles stimmte, wie er es sich zurechtgelegt hatte, dann waren die Zwerge also in Rudolstadt eingetroffen und hinterließen jetzt in Ostthüringen eine Spur der Verwüstung. Nun galt es, schnell zu handeln. Am liebsten wollte der junge Kommissar sofort aufbrechen, aber Alfred hatte heute noch Dienst und Joachim Steinheim, der Küster mit dem dritten Ohr, wie er den hellhörigen Mann insgeheim nannte, wurde erst morgen früh aus dem Krankenhaus entlassen. Wieder und wieder sah sich Fabian die Fotos auf dem Bildschirm an und suchte nach weiteren Übereinstimmungen mit den anderen Fällen. Im Bericht stand, dass feiner Buchenstaub am Tatort gefunden wurde. Offenbar ein Markenzeichen, das die Verbrecher absichtlich und überall hinterließen. Sie mussten sich sehr sicher fühlen und ahnten garantiert nicht, dass sie jemand hören oder sehen konnte. Den Unsinn mit den großen Fußabdrücken auf weichem Geläuf nahe den Einbruchsorten hatten sie in der letzten Zeit nicht mehr durchgezogen. Wurden sie etwa nervös?

Fabian wusste selbst nicht so recht, ob er inzwischen die Existenz der Mörderzwerge ernsthaft in Betracht zog oder nicht. Einerseits hielt er das alles für Blödsinn, andererseits musste er sich an Fakten halten und die Glaubwürdigkeit seiner Zeugen abschätzen. Fast hätte er sich vor seinem Chef verplappert. Im allerletzten Moment konnte es Fabian als Witz darstellen, dass er in der polizeiinternen Suchmaschine alle Seiten aufgerufen hatte, die das Wort ‚Zwerge' enthielten. Sein Kriminaloberkommissar konnte darüber nicht lachen und wies ihn todernst an, gefälligst Untersuchungsergebnisse zu präsentieren, anstatt die Zeit vorm Computer mit Spielchen zu vertrödeln.

Es war nicht auszudenken, dass es die Zwerge nicht gäbe. Dann stürzten Fabians Theorien wie ein Kartenhaus zusammen. Bald würde er Gewissheit haben. Alfred und Joachim Steinheim waren einverstanden, den Kriminalisten auf seiner nächsten Dienstfahrt zu begleiten. Sie sollten ihm Augen und Ohren sein. Fabian kam die Situation reichlich absurd vor und er erinnerte sich an ein Märchen der Gebrüder Grimm, in dem ein junger Mann fünf mit unglaublichen Eigenschaften begabte Mitstreiter findet, die ihm helfen. So ähnlich fühlte sich Fabian jetzt, als er zum Telefonhörer griff und Alfred auf dem Handy erreichen wollte. Das war abgeschaltet und Fabian wollte stattdessen die Bestellung der Hotelzimmer in Rudolstadt vorziehen. Gleich beim ersten Versuch musste er feststellen, dass es Aufgaben zwischen Himmel und Erde gab, die nur schwer zu lösen waren. Das Hotel war ausgebucht, wie auch das zweite und sämtliche Pensionen nebst der Jugendherberge. Fabian wollte nach Saalfeld ausweichen, der nächsten nennenswerten Stadt, und erlebte das gleiche Dilemma.

„An jedem anderen Wochenende gern, aber jetzt ist doch Folkfest, mei Gudster", war noch die freundlichste Auskunft, die er bekam. Fabian hatte keine Ahnung, was es mit diesem Folkfest auf sich hatte, das alle Hotels belegte, aber er würde sich nicht davon unterkriegen lassen. ‚Notfalls fahren wir täglich von Nordhausen aus hin und her', dachte er. Diese Zwerge sollten sich jedenfalls warm anziehen, wenn er mit seiner Streitmacht in Rudolstadt einrückte.

Mehr als eine Stunde kraxelten Magni, Modi und der angestrengt schnuppernde Schiwa über dem wild zerklüfteten Bodetal herum, ohne einen Blick auf die wunderschöne Landschaft unter ihnen zu verschwenden. Das kleine Flüsschen zog rauschend am nördlichen Harzrand dahin, hier und da floss es malerisch niedrige Klippen hinunter. Roßtrappe und Hexentanzplatz richteten sich imposant auf. Unweit der Stelle, wo Magni und Modi dem schnüffelnden Schiwa hinterherhetzten, zierte die bizarre Teufelsmauer die Gegend. Über Roßtrappe und Hexentanzplatz zog sich der Sachsenwall dahin. Vermutlich handelte es sich dabei um eine von den Sachsen angelegte Verteidigungsanlage. Oder der Wall war von Kelten angelegt worden, um sich vor den Sachsen zu schützen. Oder die Slawen hatte ihn errichtet, um Sachsen und Kelten fern zu halten. So genau wusste das heute keiner mehr zu sagen.

Schiwa hatte seine beiden Chauffeure mit so sicherem Instinkt von Erfurt zurück in den Harz gelotst, dass Thors Söhne nur staunen konnten. Ihre Verblüffung war aber auch der Tatsache geschuldet, dass sie unfähig waren, eine Straßenkarte zu entziffern.

Schließlich gestand der Hund ein, dass er sich geirrt habe und dies die falsche Stelle sei. Von hier oben könne man jedoch die Stelle in östlicher Richtung sehen, an der die Völva damals ihren Runenstäbe in den Baum geschleudert hätte. Er studierte die Straßenkarte erneut, legte eine Route fest und überredete die vor sich hinmaulenden Göttersöhne, dorthin zu fahren.

Wenigstens zwei Männer hätten sich sehr gefreut, wenn die drei Schatzsucher gleich den richtigen Weg genommen hätten. Ihnen wäre eine längere Ohnmacht in äußerst unbequemer Lage in ihrem Streifenwagen erspart geblieben. Doch, wie wir schon wissen, hatte das Schicksal etwas anderes mit den beiden Polizisten vor.

Magni und Modi gelangten nach einer Stunde Fahrtzeit dort an, wo sich angeblich Schiwas Geschichte mit der Völva zugetragen hatte. Der Chihuahua wollte sie zu dem Baum führen, in den sie damals die Runen gezaubert hatte. Modi wunderte es nicht, dass der Hund Schwierigkeiten hatte, denn er bezweifelte stark, dass der Baum noch stand. Magni sah die Sache sportlicher und pflügte Schiwa den Weg frei, wenn sich ihnen pflanzliche Hindernisse entgegenstellten. Allmählich wurde es dunkler, da sich die Sonne immer weiter herabneigte und sich anschickte, ihr Tagwerk zu beenden.

„Hier ist jedenfalls der Hügel, auf dem Gullveig ihre Habe eingegraben hat", behauptete der Chihuahua. „Da kann es bis zu dem Baum nicht mehr weit sein." Der Hügel sah allerdings verändert aus. Ganz offensichtlich hatten hier Ausgrabungen stattgefunden und Schiwa musste seinen Plan aufgeben, wenigstens nach der eingegrabenen Trommel zu suchen. Alle drei hatten gemutmaßt, dass die Völva ihren mächtigen Zauber mit der gesuchten Rune vielleicht auf der Trommel verewigt hätte. Bestätigt wurden seine schlimmsten Vermutungen, als er auf einem Hinweisschild den Boden der Trommel abgebildet sah. „Da seht nur, genauso hat die Unterseite ausgesehen", rief er.

„Nun, wenn es davon Bilder gibt, heißt das wohl, dass die Menschen inzwischen die Trommel gefunden haben?", erkundigte sich Modi mit einem bedrohlichen Unterton.

„Es sieht so aus", bellte Schiwa. „Aber wieso nennen sie es ‚Himmelsscheibe von Nebra'?"

„Da wird wohl der nächste Ort Nebra heißen, du Superhund", schnappte Modi zurück.

„Aber wieso Himmelsscheibe?"

Modi ignorierte den Hund und würdigte ihn keines Blickes mehr. Als sie ihren Parkplatz erreichten, sahen sie schon von weitem, dass Freya sie erwartete. Die Göttin hatte sich vor dem Pickup aufgebaut, die Arme vor der Brust verschränkt und sah die Ankömmlinge finster an.

„Was treibt ihr hier?", schimpfte sie. „Wir wollten doch in die andere Richtung hinter Skuld her, wenn ich mich recht entsinne."

„Schiwa hat uns eine Geschichte über das mögliche Versteck der Schicksalsrune erzählt und wollte uns die Stelle zeigen", verteidigte sich Magni.

Freya schaute den Hund mit böse funkelnden Augen an: „Was für eine Geschichte?"

„Von einer Völva, die mit Zauber die Rune in einen Baum eingebrannt hat", meldete sich Modi zaghaft.

„Da bin ich aber gespannt" sagte Freya. Ihr drohender Tonfall verriet, dass es sehr unklug gewesen wäre, ihr nicht sofort die ganze Geschichte zu erzählen.

Schiwa wollte sich heimlich ins Auto flüchten und den beiden Männern diese Aufgabe überlassen, aber Freya zerrte das Tierchen mit einer schnellen Bewegung von der Tür weg. „Hier geblieben, Herr Hund. Wir werden nicht mehr nach dem Baum suchen und gleich morgen früh nach Rudolstadt aufbrechen, um Skuld vor den Zwergen zu schützen. Aber die Mär von der Völva und ihrem Zauber erzählst *du* mir!" Etwas freundlicher fügte sie an: „Und zwar jetzt!"

Schiwa starrte ängstlich die wütende Göttin an und sagte nichts.

„Ich kann nämlich auch ein wenig zaubern und falls du durch weiteres Schweigen Interesse an einer Kostprobe bekundest, werde ich dir gern eine Vorführung geben", drohte Freya.

Und so erzählte Schiwa seine Geschichte von der Sippe, die sich vor vielen hundert Jahren hier im Wald versteckt hatte, heute schon zum zweiten Mal.

Joachim Steinheim verreiste gern. Das lag einerseits daran, dass er neugierig auf alles Unbekannte war und andererseits daran, dass er auf Grund mangelnder Zeit – vor allem aber wohl mangelnden Geldes – in den letzten Jahren keine Reisen mehr unternommen hatte. Im Wagen des Kriminalkommissars durfte er vorn sitzen und schaute zu, wie die hügelige Landschaft des Weimarer Lands an ihm vorbeizog. Sie befanden sich in der Nähe des Ettersberges auf dem Weg nach Rudolstadt.

Eine Stadt, die der Domküster seinen Lebtag noch nicht gesehen hatte und obendrein fand dort gerade ein großes Musikfestival statt. Zehntausende Fremde bevölkerten jährlich am ersten Juliwochenende die Stadt. Wenn diese Besucher am Freitagnachmittag in die Stadt fuhren, um auf Zeltplätzen, Parkbänken und sonst wo Quartier für die nächsten zwei Tage zu beziehen, dann kamen ihnen viele Rudolstädter entgegen, die ihre Heimat für dieses Wochenende lieber verließen. Das hatte Joachim Steinheim kürzlich gelesen. Aber er dachte nicht über einen solchen Populationsaustausch nach, sondern er genoss die Ruhe im Auto und versuchte, hinter den Sinn seines Lebens zu kommen. Nicht, dass er sich häufig mit dieser Problematik beschäftigte, doch in ungewohnten Situationen wie dieser wurde er mitunter dazu animiert. Auf der Rückbank hatte es sich sein Kollege Alfred bequem gemacht. Er schlief schon eine ganze Weile laut und deutlich. Der Kommissar konzentrierte sich aufs Fahren und hing seinen eigenen Überlegungen nach, die nach Steinheims Vermutung um Tatorte, Motive und Bösewichter kreisten. Damit lag er nicht falsch, wenngleich der junge Polizist auch hin und wieder ein fiktives Abendessen mit einer äußerst attraktiven Journalistin in seine logischen Thesenketten einflocht.

Steinheim ließ indessen sein Leben an sich vorüber ziehen, so wie draußen Häuser und Bäume an ihm vorbeisausten. Er war in einer erzkatholischen Gegend vor mehr als fünfundfünfzig Jahren geboren worden und aufgewachsen. Sein Vaterland versuchte damals krampfhaft eine Gesellschaftsordnung aufzubauen, die auf einer ebenso wunderbaren wie undurchführbaren Idee beruhte. Diese Idee besagte, dass die Menschen eines nahen Tages einsichtig und bescheiden, ehrlich und friedlich, freundlich und großzügig sein würden. Das war natürlich Unfug, aber es dauerte sehr lange, bis die Verfechter dieser Theorie sich ihren Irrtum eingestanden.

Genau genommen versuchte auch nicht die Bevölkerung des Landes diese neue Gesellschaftsordnung zu errichten, sondern seine Regierung mit der einzig bestimmenden unter den wenigen erlaubten Parteien. Damit ihnen bei dem Experiment nicht die Argumente ausgingen, waren viele ausländische Soldaten in Joachims Heimat stationiert worden, die im Alltag schon auf Grund der Sprachbarriere nicht mitreden konnten, notfalls aber einen klaren Schießbefehl verstanden und auch ausgeführt hätten. Ganz exakt betrachtet waren es auch nicht die Regierung oder die Partei, die Macht ausübten, sondern eine Unzahl subalterner Mitarbeiter und Mitläufer, die mehr oder weniger erfolgreich versuchten, ihr Scherflein ins Trockene zu bringen. Aus der märchenhaften Utopie von der Gleichheit aller Menschen machten sie einen nicht enden wollenden Alptraum aus Korruption, Denunziation und Vetternwirtschaft. Von diesem Wege ließen sie sich von nichts und niemandem abbringen und verhalfen Lügen und Betrug zu ungeahnter Popularität. Zum Schluss konnten selbst die Herrschenden Fiktion und Wahrheit nicht mehr auseinanderhalten und motivierten sich mit den allerbesten, aber völlig unrealistischen Prognosen einer herrlichen Zukunft.

Besonders misstrauisch waren diese mittleren Chargen gegenüber der Kirche und ihren Gläubigen. Da sie selbst an nichts glaubten, fiel es ihnen äußerst schwer zu akzeptieren, dass andere Menschen nach den Gesetzen und Geboten einer Religion leben wollten.

Joachim Steinheim hatte schon frühzeitig das Misstrauen und den Hass gespürt, der seinem Glauben an Gott und an die Jungfrau Maria seitens staatlicher Organe entgegengebracht wurde. Von seinen Brüdern im Glauben hingegen lästerten einige, Joachim sei so katholisch, dass es dem Papst schon peinlich sei.

Aber das war ihm egal. Er wollte nur alles richtig machen. Seine Kindheit und Jugend verlief ruhig und ereignislos. Erst als er den Wehrdienst mit der Waffe verweigerte, begann für ihn eine Menge Ärger.

Plötzlich sah er seine Zukunft verbaut. Durch die Ablehnung einer – wenn auch noch so bescheidenen – militärischen Karriere in der so genannten ‚Volksarmee' wurden ihm viele Türen vor der Nase zugeschlagen. Weil er kein Theologe werden wollte, blieb ihm letztlich nichts anderes übrig, als den Beruf eines ‚Zerspaners' zu erlernen. Später stand er in einer öden Fabrikhalle und drehte Metallteile an einer stinkenden, altersschwachen Maschine, die klappernd und kreischend um ihre Pensionierung bettelte. Es war aber in Joachims Heimatland nicht vorgesehen, hin und wieder eine verschlissene Maschine gegen eine neue auszutauschen.

Steinheim arrangierte sich mit seinem tristen Leben und verbrachte es nach Vorschrift. Sonntags ging er zur Heiligen Messe und arbeitete in der Freizeit in seinem Garten. Dies war ein Reich, das ihm uneingeschränkt zur Verfügung stand, obwohl es nur von der Kirche gepachtet war. Hier konnte ihm keiner reinreden, nicht der Heini von der Betriebsgewerkschaft und nicht der Herr Pfarrer.

Irgendwie hatte es Joachim Steinheim versäumt zu heiraten. Er hatte einige Mädchen kennen gelernt, doch er fühlte sich nicht in der Lage mit ihnen eine Wohnung zu teilen. Das schien ihm unangemessen. Außerdem waren seine Bekanntschaften auch wenig am Gärtnern interessiert und das hielt Joachim für eine unabdingbare Voraussetzung, wenn eine dauerhafte Beziehung entstehen sollte.

Dann kam die politische Wende. Die Regierung musste sich eingestehen, dass es ihr Volk vorzog, Haus und Hof zu verlassen. Lieber stürzten die Landeskinder sich mit nichts als viel Hoffnung in eine ungewisse Zukunft, als weiter den dahindämmernden Sozialismus ertragen zu müssen. Die Führer dankten schneller und problemloser ab, als deren Gegner es in ihren kühnsten Revolutionsfantastereien für möglich gehalten hatten. Die Ex-Herrscher nahmen ihre angehäuften Reichtümer und gingen in Länder, wo Milch und Honig flossen. Ihre Untertanen blieben mit dem völlig verkorksten und unausgegorenen Ansatz einer neuen Gesellschaftsordnung allein zurück. Joachims maroder Betrieb wurde endlich geschlossen, die mühsam am Leben erhaltenen Maschinen flogen auf den Schrott und die baufällige Halle wurde abgerissen.

Joachim Steinheim war über vierzig und arbeitslos. Keiner brauchte ihn als Arbeitskraft und nur sein Garten bereitete ihm noch Freude. Die neuen Verhältnisse überrollten Joachim und seine Landsleute wie eine Dampfwalze und ebneten vieles, was einmal wichtig war und zu ihrem Leben gehörte, einfach ein. Joachim fand Halt in seinem Glauben und im Schoß der Mutter Kirche. Hier ging alles seinen gewohnten Lauf. Der Herr war noch der Herr, die Hirten waren weiterhin die Hirten und der Papst immer noch ein Pole.

Joachim blieb das Schaf.

Nach fast zehn Jahren der Arbeitslosigkeit bot sich ihm eine Stelle als Gärtner und Kirchdiener im Nordhäuser Dom. Er gab schweren Herzens seine Heimat auf und zog in die Stadt. Hier kam er besser zurecht, als er zu hoffen gewagt hatte. Joachim reduzierte seinen zwischenzeitlich erheblich angewachsenen Alkoholkonsum. Er war kein Säufer gewesen, er hatte nie den Boden unter den Füßen verloren. Aber es gab Zeiten, da spendete ihm ein kleiner Rausch die Ruhe und Geborgenheit, die er woanders vergebens gesucht hatte.

Der Strom des Lebens raste noch immer reißend dahin. Er war sehr zähflüssig geworden, stank nach Fäulnis und hatte eine Menge gefährlicher Strudel. Das hatte Joachim früher anders empfunden. Noch immer waren unglaublich viele Schwimmer im Rennen. Nur Joachim Steinheim schwamm nicht mehr mit.

Er war lange mitgekrault, hatte die Tritte und Knüffe der anderen Paddler ertragen, die sich an ihm vorbeischoben. Er hatte gesehen, wie sie sich gegenseitig herabzuziehen versuchten. Er hatte die Ertrinkenden gesehen, die aus den Strudeln nicht mehr herauskamen und in die Tiefe gerissen wurden. Und er war selbst mehrfach nur mit knapper Not einer tödlichen Untiefe entkommen. Anfänglich glaubte er, es gäbe hier einen Bademeister, der mit geübtem Auge über die Rechtmäßigkeit und Fairness des Wettkampfes wachen würde. Einer, der Hilfsbedürftige rettet oder es wenigstens versucht. Doch es war nie jemand gekommen und Joachim begann immer stärker an seiner Existenz zu zweifeln. Der große Bademeister, falls es ihn überhaupt gab, saß auf seinem Aussichtsturm, cremte sich die muskulösen Oberarme ein und rückte sich die Sonnenbrille zurecht, ehe er wieder einschlief und die Schwimmer ihrem Schicksal überließ.

Das war nicht gerecht.

Vor dem Dechanten spielte Joachim weiter die Rolle des einfältigen Schäfchens und vielleicht wäre es ewig so weitergegangen, wenn nicht die Stimmen in seinem Kopf laut geworden wären. Es waren zwei widersprüchliche Charaktere, das fühlte er. Der eine war aufbrausend und jähzornig, der andere ausgeglichen und schweigsam. Er hielt die Sprache, derer sie sich bedienten, für eine skandinavische Mundart und bei seiner ersten Wahrnehmung auf dem Friedhof verstand er nicht, was sie sagten. Aber auf dem Rolandsfest bei dem Konzert konnte er die Laute immer besser unterscheiden und plötzlich begriff er jedes Wort.

Bevor er dort kollabierte vernahm er klar und deutlich, dass ein arroganter Krieger einen Lindwurm töten wollte. Er prahlte damit, es schon oft getan zu haben und verwunderte sich darüber, wie der Wurm in diese Welt geraten sei. Steinheim fragte sich im Gegenzug, wie die Stimmen in diese Welt gekommen waren. Eine vernünftige Erklärung fand er nicht, bis ihm Alfred davon erzählte, was er gesehen hatte. Die Beschreibung der beiden Zwerge passte exakt zu seiner akustischen Wahrnehmung. Die Stimmen klangen gepresst, so als hätten ihre Besitzer stets Atemnot oder eine vollbeladene Autofähre an Land zu ziehen. Und Alfreds Beschreibung der Axtattacke war der Stummfilm, zu dem Joachim die passende Audiospur gehört hatte. Was aber bedeutete es, dass sie beide solche Erscheinungen hatten?

Die Bibel schwieg sich über Zwerge gründlich aus, soweit er wusste. Hier fand er keine Antworten. Waren sie eines Wunders teilhaftig geworden? Und wenn ja, was wollten die Zwerge ihnen sagen? Oder hatten sie gar keine Botschaft parat?

Joachim Steinheim war sehr aufgeregt. Da saß er nun in einem Polizeiwagen, der als ganz normales, ziviles Auto getarnt war, und rollte einer Stadt entgegen, in deren Schloss vermutlich die beiden Zwerge gewütet hatten, die er so gut hören konnte, wenn sie in der Nähe waren. Er sollte sie aufspüren wie ein menschliches Richtmikrofon.

Und sein Kumpel Alfred war die Kamera. Wie es dann aber weiterginge, wenn sie die Zwerge tatsächlich fänden, darüber schwieg sich der junge Kriminalist bisher aus. Joachim befürchtete, es gäbe keinen Plan für den Fall eines Zusammentreffens. Als wollte er Steinheims Argwohn bestätigen, pfiff der Kommissar vergnügt zu einer etwas extremen Version des Klassikers ‚Ring of Fire', die er sich in den Player geschoben hatte. Es war die Musiker der Punkband ‚Social Disturtion', allen voran Sänger Mike Ness, die das Lied während eines Livekonzertes durch den musikalischen Wolf drehten.

3. Teil

Odin verspürt keine Lust, auf seinen Aussichtsturm Hlidskjalf zu klettern. Unschlüssig steht er in der großen Halle und denkt darüber nach, warum ausgerechnet er immer so viel Verantwortung tragen muss. Neidvoll denkt er an die anderen Götter. Sein Sohn Thor beispielsweise macht sich ein schönes Leben. Er hat sich mit einigen anderen Göttern unter der Ziege versammelt, wie sie das nennen. Wirklich tropft aus dem Euter der Ziege Heidrun im Weltenbaum Yggdrasil ständig hochprozentiger Met. Odin ist jedoch geneigt, die Unternehmung seines Sohnes einfach als eine unmäßige Sauferei zu bezeichnen. Er weiß, dass er der Wahrheit damit göttlich nahe kommt.

Alle vergnügen sich.

Selbst die Walküren sind ausgeritten und preschen wild über die Wolken, dass es in den darunter liegenden Welten nur so kracht. Fricka, Odins Weib, widmet sich ihren Handarbeiten und denkt sich tolle Muster aus, die sie auf Getreidefeldern in der Menschenwelt einzeichnen will. Die Menschen nennen das Kornkreise und machen Außerirdische und übermütige Studenten und gelangweilte Bauern und karrieresüchtige Zeitungsschreiberlinge und Odin weiß nicht wen noch alles dafür verantwortlich. Nur nicht die wahre Urheberin, weil kein Mensch mehr an sie glaubt.

Odin hält nichts von solchen Spielereien und mag es nicht besonders, wenn die Götter sich über die Menschen lustig machen. Außerdem ist das heruntergedrückte Getreide nicht mehr zu verwenden. Das hält Odin für eine unnötige Verschwendung von Ressourcen.

Er fasst den Entschluss, einen kleinen Spaziergang zu machen und seinen Freund, den Riesen Loki, mitzunehmen.

„Loki", sagt der Göttervater. „Was hältst du davon, wenn wir gemeinsam zu den Riesen gehen und intensiv nach dem Verbleib ihres Anführers Vafthrudnir forschen?"

Loki hält überhaupt nichts davon, aber er wagt es nicht, Odin das ins Gesicht zu sagen. Stattdessen spricht er folgende Worte: „Wenn es dein Wunsch ist, mein Göttervater, so soll es geschehen. Es ist doch ohnehin zwecklos, wenn ich mich weigere."

„Natürlich ist es zwecklos, aber spielt das eine Rolle? Ich bin ein höflicher Gott und frage dich. Es ist mir verhasst, immer nur Befehle zu brüllen."

„Da habe ich aber Glück", murmelt Loki und zieht sich seine gigantische Hose zurecht. „Wann brechen wir auf?"

„Wie wäre es mit jetzt?", fragt Odin zurück.

„Das wollte ich dir gerade vorschlagen", sagt Loki und setzt eine freundliche Miene auf, die so harmonisch wirkt wie ein Seelöwe im Gruppenfoto eines Cricketteams.

Die Qualen, die Galar durch diese scheußliche Erektrizität aushalten musste, klangen nur langsam ab. Eine unangenehme Auswirkung seiner Verletzungen war, dass er sich in letzter Zeit einfachste Dinge nicht mehr merken konnte. Abgesehen von diesem unaussprechlichen Zeug, was aus dem vermeintlichen Lindwurm gesprungen war und ihn so entsetzlich gepackt hatte, gab es auch andere Dinge, die er nicht mehr wusste oder sich merken konnte.

„Wie heißt diese Musikkapelle, in der die Norne singt?" wollte der Zwerg gerade von seinem Bruder Fjalar wissen.

„WUNJO, wie die Rune." Fjalar ließ sich nicht aus der Ruhe bringen und hielt die Augen weiterhin geschlossen. Im Mundwinkel hatte er einen langen Plastiktrinkhalm, auf dem er interessiert herumkaute. Lang ausgestreckt lag er in dem Keller, der ihnen bis zur Eröffnung des Tanz & Folk Festes in Rudolstadt als Versteck dienen sollte. Es war feucht hier und roch faulig. Durch ein verdrecktes Fenster drang nur wenig Licht herein. Fjalar erinnerte das Ambiente angenehm an zu Hause.

Galar kniete mit einem Programmheft in der Hand im kümmerlichen Lichtklecks und versuchte aus den Seiten schlau zu werden.

„Hier steht ein Haufen Zeugs drin. Aber es ist in einer unverständlichen Sprache verfasst", schimpfte Galar und warf das Heft durch den Keller.

„Bleib ruhig", ermahnte ihn Fjalar, der aufgestanden war und sich das Heft gegriffen hatte. „Du musst es so herum halten", erläuterte er seinem Bruder. „Dann schaust du einfach hier vorn in den Veranstaltungsplan. Und da steht, dass WUNJO am Freitagabend um 18 Uhr beim Eröffnungskonzert auf der großen Bühne am Markt auftritt. Also werden wir uns dorthin graben und wenn die Norne kommt, hauen wir ihr den Hammer vor den Kopf, nehmen sie mit und fertig."

„Wo packen wir sie aber am unauffälligsten?"

„Wir müssen sie nicht unauffällig greifen. Was kümmert es uns, was diese einfältigen Menschen denken? Wenn die Götter versuchen unerkannt zu bleiben, dann gilt das doch nicht für uns. Wir schnappen uns Skuld mitten auf der Bühne. Die meisten von den Gaffern werden denken, es muss so sein. Dann verlassen wir diese laute und grelle Welt einfach und fertig." Für Fjalar war die Sache ganz einfach.

Galar hatte rasende Kopfschmerzen. Er grunzte zustimmend und streckte sich ebenfalls auf dem kalten Kellerboden aus.

„Die Menschen haben den ganzen Tag an dieser Bühne gewerkelt und gehämmert. Ich denke, wir legen uns einfach darunter und warten, bis die Norne auftritt. Dann durchbrechen wir von unten den Bühnenboden, lassen das Vögelchen zu uns herunterfliegen und hauen mit ihr ab. Ist doch ganz einfach."

Fjalar war stolz auf seinen Plan. Es war ein simpler Plan, zugegeben, aber er schien ihm sehr wirkungsvoll.

Endlich begann auf dem Rudolstädter Marktplatz das Musikfestival. Tausende Besucher waren schon in der Stadt. Eine große Menschenmenge sah erwartungsvoll zur großen Hauptbühne. Darunter hatten die Zwerge Galar und Fjalar ihre Ohren gespitzt und blickten mit grimmigen Gesichtern durch die Ritzen des hölzernen Bühnenbodens. In ihren Händen hielten sie zu allem entschlossen ihre fürchterlichen Äxte, mit denen sie ansonsten das Erz aus den unterirdischen Flözen schlugen oder den Lindwürmern die Scheitel nachzogen, wenn sie welche erwischten.

Oben waren Bürgermeister und hohe Vertreter der Landesregierung mit ihren Grußworten fertig und eine andere Stimme kündigte frohgemut an, was in den nächsten Stunden zu erwarten war. Und tatsächlich erwähnte der Sprecher die finnische Folkpunkband WUNJO als eines der besonderen Highlights des diesjährigen Festes. Die Zwerge hörten es mit großer Zufriedenheit und ein schreckliches Grinsen umspielte ihre Bärte bzw. das, was bei Galar noch davon übrig war.

Zu Anfang würde er sich aber besonders auf die nun folgenden Gäste freuen, sagte der Moderator gerade und die Zwerge hörten dem überdrehten Geplapper nicht mehr zu. Sie durchdachten schon die Möglichkeiten, die sich aus der Geiselnahme der Zukunftsnorne ergeben würden. Vor ihren geistigen Augen türmten sich unermeßliche Schätze auf, für die sie neue Höhlen graben mussten, weil die anderen Schatzkammern überquollen, als über ihnen ein infernalisches Getöse begann. Galars erster Gedanke galt der Edelerzität und er wimmerte unwillkürlich auf. Aber das hier war ein anderer Schmerz. Er betraf nicht den ganzen Körper. Es waren nur die Ohren, die mit grauenhaftem Krach gepeinigt wurden. Es wummerte und schepperte, es pochte und klapperte, es knallte und donnerte, dass es die empfindlichen Ohren der Zwerge einfach nicht aushalten konnten. Längst hatten die Brüder ihre Waffen weggeworfen und versuchten angestrengt, mehrere Finger gleichzeitig in ihren gequälten Hörorganen unterzubringen.

Auf der Bühne stampfte ein vielfüßiges, polnisches Folkloretanzensemble hingebungsvoll eine Mazurka. Fesch hoben die juchzenden jungen Männer ihre ausgelassen kreischenden Partnerinnen in die Luft, um sie wenig später lautstark auf die Bretter donnern zu lassen. Mit ihren Stiefelabsätzen hämmerten sie energisch den Takt der Musik auf die Holzdielen.

Die junge Journalistin Sabrina Donath war fasziniert von der stimmungsvollen Atmosphäre, die sich seit dem Nachmittag über die kleine Stadt am Ufer der Saale gelegt hatte. Allenthalben begegnete sie jungen und junggebliebenen Leuten, die das Regiment für das kommende Wochenende übernommen hatten. Bunt und schrill wie die Kanarienvögel walzten die Folkies durch den Ort und besetzten Zeltplätze, Cafés und Kneipen. Langhaarige Typen in Jeansklamotten mit Schlafsäcken unterm Arm standen einträchtig neben Rastafaris, deren Gewänder in den Nationalfarben Jamaikas leuchteten. Punks mit blau gefärbten Irokesenkämmen auf dem Kopf und jeder Menge Sicherheitsnadeln im und am Körper gesellten sich dazu. Eine Flasche Wein kreiste und die Gruppe fachsimpelte, welcher Programmpunkt am Abend der lohnenswerteste sei.

Als ehemalige Studentin hatte sich Sabrina daran erinnert, dass eine Kommilitonin in der Rudolstädter Lokalredaktion gelandet war und nach einem kurzen Telefonat besaß sie eine vorzügliche Unterkunft bei ihrer Studentenfreundin.

Schon in Nordhausen hatte sie einen Interviewtermin mit Aase Runlö, einer der Sängerinnen dieser finnischen Band WUNJO ausgemacht, von der sie in Nordhausen so begeistert gewesen war, bis der mysteriöse Stromausfall den Auftritt jäh unterbrochen hatte.

Am Telefon verhandelte sie mit dem Manager, den sie anfänglich für einen sprachbehinderten Wanderprediger hielt, der den Inhalt seiner Missionierungsaufgabe vergessen hatte. Oder der Typ war ein völlig bekiffter Freak. Schließlich hatten sie das Interview für Samstag vor dem Auftritt am frühen Abend fixiert. Froh über die Abwechslung vom täglichen Einerlei war Sabrina schon am Freitag aufgebrochen.

Das Tollste war, dass sie gleich nach ihrer Ankunft ihren Nachbarn Alfred gesehen hatte. Er war in Begleitung des attraktiven und tapsigen Polizeikommissars, der so wunderbar verlegen wurde, wenn sie ihn ansah. Was Alfred und dieser Fabian Ferber hier suchten, war ihr allerdings ein Rätsel und sie nahm sich vor, die beiden bei ihrer nächsten Begegnung zu fragen. ‚Oder nein‘, korrigierte sie sich. ‚Ich werde den Inspektor fragen.‘

Zufrieden und erwartungsfroh schlenderte Sabrina über den inzwischen dicht mit Menschen gefüllten Marktplatz und beschloss, sich an einer der Buden mit exotischen Speisenangeboten nach einem leckeren Fischgericht umzusehen. Vielleicht bekäme sie eine Anregung für die eigene Küche. Sabrina war keine von denen, die eine Fertigsauce kauften und sich dann zu Hause wunderten, warum aus dem braunen Pulver nicht das von der Fernsehwerbung versprochene Cordon bleu mit Kartoffel-Kroketten wurde.

„Haben Sie schon was gehört, Herr Steinheim?", erkundigte sich Fabian zum wiederholten Male. Er musste seine Frage schreien, denn auf der Bühne tobte sich gerade eine polnische Volkstanzgruppe aus. Alfred sah sich schon den ganzen Nachmittag intensiv um, hatte aber bisher noch keine Zwergensichtung gemeldet. Fabian wusste nicht, wie er vorgehen sollte, wenn sie die beiden

Halunken aufgespürt hatten. Er vertraute hoffnungsvoll seinen guten Instinkten. Wenn es so weit wäre, würde er wissen, was zu tun war. Das glaubte er wenigstens.

„Nein, es ist viel zu laut hier", antwortete der Küster. „Die trampeln und kreischen herum, dass ich mich selbst nicht hören kann."

Da gab ihm Fabian recht. Sie mussten weiter auf die richtige Gelegenheit warten, die vermaledeiten Zwerge zu schnappen. Vielleicht war der Platz in der ersten Reihe, direkt vor der Bühne, auch nicht so günstig, wie er ursprünglich angenommen hatte.

Zu der absurden Situation, mit zwei übersensiblen Medien auf der Jagd nach verrückt gewordenen Märchengestalten zu sein, kam hinzu, dass diese umwerfende Frau, die Journalistin Sabrina Donath, in der Stadt war. Sein Magen begann zu grummeln und sein Herz startete spontan einen neuen Pulsschlag-Weltrekordversuch. Fabian diagnostizierte in einer spontanen Selbstanalyse, dass er sich verknallt hatte. ,Das fehlt mir gerade noch', dachte er. ,Als würde es nicht genügen, dass ich diesen zwei Phantomen hinterherhetze. Jetzt soll ich auch noch eine Frau ansprechen.' Verzweifelt wog er ab, wofür die Chancen besser stünden: Die beiden Zwerge zur Strecke zu bringen oder diese Sabrina zu einem Abendessen einzuladen. Fabian kam nach kurzer Überlegung zu dem Ergebnis, dass es mit großer Sicherheit einfacher sein würde, den gefangenen Zwergen Suaheli beizubringen und sie im nächstbesten Zirkus durch brennende Reifen springen zu lassen.

„Wir werden eben in unserem Bus schlafen, was soll's?" Magni fuhr nun schon den ganzen Tag durch die kleine Stadt, die vom momentanen Besucheraufkommen reichlich überfordert schien. Er hatte sichtbar keine Lust mehr.

„Was meinst du mit Bus?", fragte Modi gereizt. „Doch nicht unseren Pickup mit der verdreckten Ladefläche?"

Magni verzichtete auf eine Antwort, obwohl er kurz in Erwägung zog, auf die Dunkelheit der Nacht zu verweisen, die aus der fleckigen und klebrigen Ladefläche ihres Gefährts eine passable Bettstatt machen würde. Den ganzen Tag hatten sie nach einem Quartier gefragt, aber dieser Ort war von Menschen überfüllt, die offensichtlich auch hier schlafen wollten. Infolgedessen gab es keine Bettritze oder Fußbank mehr, die nicht schon vermietet war.

Die Göttersöhne brauchten keinen Schlafplatz, aber Freya hatte darauf bestanden, dass sie ein Nachtlager fänden.

„Ich komme mir schon vor wie die Eltern von diesem Jesus, an den sie hier glauben. Schließlich landen wir auch in einem Stall im Stroh inmitten irgendwelchen Viehzeugs", schimpfte Magni.

„Und wenn schon. Es gibt viel ärgerlichere Dinge. Stell dir vor, die würden hier auch eine Volkszählung abhalten, wie in der Jesusgeschichte. Das gäbe ein Chaos."

„Ich denke, die werden jeden Abend vor ihren Weitschauern gezählt?"

„Fernseher heißen die Dinger", belehrte Schiwa den Göttersohn.

„Was sagen wir jetzt Freya?", wollte Magni wissen.

„Schlagt ihr doch vor, auf einem Zeltplatz zu nächtigen", mischte sich der Hund wieder ein. „Oder ihr brecht in einen Keller ein und legt euch da zur Ruhe. Ich könnte ja Schmiere stehen. Ich bin ein ganz toller Wachhund, ihr werdet staunen."

„Wir sind doch keine Zwerge", empörte sich Magni. „Ehe ich mich in einen modrigen Keller lege, schlafe ich lieber im Sitzen hinter dem Lenkrad."

„Und Freya?", wollte das Hündchen wissen.

„Ich bezweifle, dass du als Wachhund etwas taugst. Aber der Tipp mit dem Einbrechen ist gar nicht so schlecht." Modi zeigte mit ausgestrecktem Arm auf ein zerbröselndes Haus mit staubigen Fenstern und Gardinen, die im vergangenen Jahrtausend zum letzten Mal gewaschen worden waren. „Halt hier an", befahl er seinem Bruder, der augenblicklich das Lenkrad nach rechts riss. Der Wagen holperte mit rasantem Schwung auf den Bürgersteig, wo der gequälte Motor zitternd erstarb. Modi und Schiwa ließen ein synchrones Stöhnen hören. Der Göttersohn Modi, der sich in der Menschenwelt Modest nannte, stieß die Beifahrertür auf und sprang auf die Straße. „Sieht doch gut aus", rief er fröhlich. „Hier bleiben wir. Schiwa, lauf in das Café am Markt und gib Freya Bescheid, dass wir etwas gefunden haben."

„Und wie soll ich den Marktplatz jetzt wiederfinden?"

„Das weiß ich doch nicht. Du bist doch ein so toller Hund, dass du sogar fremde Welten findest. Da wird es dir keine Schwierigkeiten bereiten, zum Marktplatz dieser kleinen Stadt zurückzufinden."

Schiwa setzte sich aufreizend langsam in Bewegung.

„Lass dir ruhig Zeit. Ich habe gehört, hier treiben sich von Zeit zu Zeit vorzügliche Hundefänger herum, die Tiere für Laborexperimente holen. Wenn die dich erwischen, wirst du so lange mit Drogen vollgepumpt und an Drähte angeschlossen, bis du glaubst, du wärest ein kerngesundes, britisches Rindvieh." Magni trat die zugenagelte Tür mit einem beiläufigen Tritt auf und ein muffiger Geruch schlug ihnen entgegen.

Schiwa war verwirrt. Er wusste nie genau, wann ihn die Götter belogen. Er nahm sich vor, die Zweibeiner genau im Auge zu behalten.

„Utgard ist wirklich eine der ödesten Welten." Odin blickt an steilen, kahlen Felsen empor und verzieht angewidert das Gesicht. „Und dieser erbarmungswürdige Gestank."

Loki ist verlegen. „Naja, mein Volk ist nun mal größer als ihr Götter und die Zwerge. Deshalb sind unsere Ausscheidungen auch größer als bei euch."

„Ja, vor allem im Geruch scheinen sie um einiges größer zu sein." Odin legt einen straffen Wanderschritt an den Tag und Loki hat Mühe, dem Walvater zu folgen.

„Ich glaube nicht, dass Vafthrudnir sich in der Riesenwelt aufhält", sagt Odin.

Loki schaut ihn verwundert an. „Warum denkst du das?"

„Vafthrudnir ist ein neugieriger Riese und ihr Anführer. Er würde mich begrüßen wollen oder wenigstens versuchen, mir von einem Empfangskommando den Schädel einschlagen zu lassen. Aber dass er meine Anwesenheit hier in seinem Reich einfach ignoriert, das kann ich nicht glauben."

„Was glaubst du stattdessen?", erkundigt sich Loki vorsichtig.

„Vafthrudnir ist etwas zugestoßen, was ihn daran hindert, sich mir in den Weg zu stellen. Oder er ist verrückt geworden."

„Vielleicht ist er krank", mutmaßt der Riese. „Als ich ihn das letzte Mal sah, war er recht blass, denke ich mich zu erinnern."

„Kein Wunder, bei dieser dicken Luft", brummt Odin. „Wir werden Utgard verlassen und in der Zwergenwelt weitersuchen."

„In der Zwergenwelt?", staunt Loki, „Wieso denn dort?"

„Weil nur dort Plätze sind, die ich vom Hlidskjalf aus nicht sehen kann. Abgesehen von den Höhlen Hels, aber wenn er dort wäre, dann würde ich mich nicht beklagen. Da kann er von mir aus gerne verfaulen." Entschlossen wendet sich Odin zu seinem Freund und Begleiter, dem Riesen Loki, um und schaut ihn fest mit seinem intakten Auge an. Der weicht dem Blick aus und lamentiert: „Wenn du es willst, mein Göttervater, so brechen wir in die Welt der Zwerge auf."

„Genau!"

Skuld war sehr aufgeregt. Aber das lag nicht am Lampenfieber vor dem Auftritt.

Sie hatte kein Lampenfieber.

Als göttliches Wesen konnte sie sehr genau abwägen, was sie tat. Und wenn sie singen wollte, dann sang sie. Und wenn sie richtig und gut singen wollte, dann sang sie richtig und gut.

Bei den anderen Musikern ihrer Band war das wesentlich komplizierter und die Auswahl von Mitteln, mit denen sie ihre Ängste vor dem Auftritt bekämpften, war ebenso vielfältig wie wirkungslos. Jetzt hatten sich alle in die Garderobe der Männer zurückgezogen, um sich bei einer Flasche Tequila etwas Mut für den Abend zu machen.

Skuld saß allein in der Damengarderobe, kämmte ihr langes Haar und dachte angestrengt nach. Ihre Verwirrung war durch ein kleines Stück Papier ausgelöst worden, das sie in der letzten Nacht vor einer der Bühnen im Park gefunden hatte, als alle Besucher schon wieder gegangen waren.

Eine junge Frau hatte den Zettel aus ihrer Hosentasche verloren, als sie nach versteckten Geldscheinen gefahndet hatte. Sie fahndete in ihren Taschen ständig nach versteckten Geldscheinen, aber da sie eine schlecht finanzierte Studentin war, blieb ihre Suche meist erfolglos. So war es auch an diesem Abend gewesen, aber beim Durchforsten ihrer leeren Hosentaschen zog sie unbemerkt den Zettel heraus, den sie ihrem Professor am Leipziger Institut für Paläografie zurückgeben wollte, der das Papier seinerseits aus der Jackettasche verloren hatte, als er sein Taschentuch herausgezogen hatte. Der Professor hatte einen sehr starken Seidh-Zauber darauf geschrieben und eine Rune verwendet, die selbst Skuld nicht kannte. Sie deutete den Inhalt dahingehend, dass die Tore Asgards so lange verschlossen blieben, bis die Zukünftige eine Reise um alle Welten unternommen hatte und durch einen Hintereingang nach Asgard zurückgekehrt war.

Diese Zukünftige – das war sie selbst, Skuld, die Norne der Zukunft. Und wenn ihre Lesart stimmte, so war sie drauf und dran mit ihrer Reise die Ragnarök, den Weltuntergang, auszulösen.

Die unbekannte Rune war ihr seltsam vertraut vorgekommen, bis sie mit der Wucht eines einstürzenden Gebirges von der Erkenntnis getroffen wurde, dass die Rune exakt so aussah, wie das Wundmal auf ihrem Bein. Jetzt fügte sich das Mosaik zusammen und selbst der Spruch mit der Rune, die auf der Zukunft erscheinen würde, ergab plötzlich Sinn.

Skuld hatte gestern Abend mit sich gekämpft, ob sie sich ansehen sollte, was passieren würde. Aber schließlich hatte ihre Angst überwogen und sie hatte den Blick in die Zukunft nicht gewagt.

Die Norne brauchte mehr Zeit. Sie wollte erst einmal als Sängerin ihr Bestes geben, damit das Festival für die Band ein voller Erfolg würde. Darauf galt es sich jetzt vor allem anderen zu konzentrieren.

Tief in Gedanken versunken bemerkte sie nicht, wie die Tür leise geöffnet wurde.

„Skuld, was machst du nur für Sachen?"

Der Norne entglitten Kamm und Handspiegel vor Schreck aus den Fingern.

„Oh, jetzt hast du sieben Jahre Pech", bedauerte die Stimme in ihrem Rücken, nachdem der Spiegel scheppernd zerbrochen war.

Skuld wirbelte herum und sah mit weit aufgerissenen Augen in den Raum.

Freya saß mit einer Pobacke auf dem Tisch und stützte sich mit beiden Händen lässig auf der Tischplatte ab.

„Habe ich dich erschreckt?", fragte die blonde Göttin scheinheilig. „Das tut mir leid. Aber weißt du", fuhr sie fort, als Skuld sie nur stumm anstarrte, „du hast uns auch ganz schön erschreckt."

„Hat Odin dich geschickt?"

„Lass es mich so ausdrücken: Er hat mich gebeten, mit dir zu sprechen."

Skuld sah Freya fest ins spöttische Gesicht. „Ich komme nicht wieder mit. Ich will nicht mehr an diesem langweiligen Spinnrad sitzen."

„Darum geht es momentan gar nicht", sagte Freya energisch. „Wir stehen kurz vor der Ragnarök und wenn du einmal kurzzeitig deinen Verstand benutzen würdest, so würdest du erkennen, dass du einen Teil der Schuld daran trägst."

„Aber ich habe..."

„Du hast uns verraten und zu täuschen versucht!" Freya herrschte die Norne entschieden an: „Jetzt kommst du mit, damit wir die Rune von deinem Bein entfernen und die Gefahr der Ragnarök bannen können."

Als die Vertreterin Odins jetzt sah, wie elend und müde die Norne Skuld auf ihrem Stuhl hockte, fügte sie sanfter hinzu: „Du wirst von Sigrun ausgezeichnet am Brunnen der Urd vertreten. Wenn wir aus der Sache heil herauskommen, lässt Odin bestimmt mit sich reden. Ich sehe jedenfalls keinen Grund, warum wir den jetzigen Zustand ändern sollten."

Skuld stand auf und streckte Freya ihre Hände entgegen: „Hilf mir bitte."

„Keine Sorge, Skuld, so schnell lassen wir uns von Riesen und Zwergen nicht austricksen."

Sabrina war bestens gelaunt. Sie freute sich auf das Interview mit der Finnin und ging in Gedanken die Fragen in englischer Sprache durch. Sie zeigte dem Security-Mann ihren Presseausweis und der ließ sie in Richtung Garderobenwagen hinter der Bühne passieren. Es waren noch einige Minuten bis zum verabredeten Termin, aber vielleicht war die Sängerin schon da und sie hätten etwas mehr Zeit für das Gespräch. Sabrina klopfte an die Tür und öffnete vorsichtig. Sie konnte im Halbdunkel einen Tisch in der Raummitte erkennen und eine Frisierkommode auf der anderen Seite des Zimmers. Eine durchaus professionelle journalistische Neugierde überredeten sie, einfach einzutreten.

Kaum hatte sie zwei Schritte gemacht, knackte und krachte es entsetzlich unter ihr und sie fühlte, wie ihr der Boden unter den Füßen entzogen wurde. Laut aufschreiend stürzte die junge Frau zwischen den zersplitternden Dielen in ein großes und finsteres Loch und fühlte in einem angstsfüllten Dämmerzustand gerade noch, wie sie in einen Sack rutschte. Das war für lange Zeit die letzte Erinnerung, die in ihrem Gehirn abgespeichert wurde.

„Wir haben sie, wir haben sie!", frohlockte Galar, dem eine halbe Möhre mit viel Kraut aus jedem Ohr schaute. Er sprang auf einem Bein herum, wie es sein Verwandter Rumpelstilzchen im Märchen nicht besser gekonnt hätte. Fjalar, der wesentlich pragmatischer veranlagt war, band den derben Leinensack ordentlich zu, in den Sabrina hineingeschlittert war. Von den Freudenrufen seines Bruders bekam er nichts mit, denn auch er hatte sich aus Angst vor lauter Musik die Gehörgänge mit Karotten blockiert.

„So, lass uns unsere Waffen holen und dann nichts wie weg aus dieser schreienden Welt", jubelte Galar, während Fjalar sich den Sack mit der Journalistin auf den Rücken warf und tiefer in den frisch ausgehobenen Gang hineintrapste. „Ich muss meinen Speer noch holen", sagte Fjalar, „und dann nichts wie weg, aus dieser schreienden Welt." Die beiden Zwerge verstanden sich wirklich blind – und taub.

Joachim Steinheim hatte die Stimmen wieder gehört. Sie waren weit weg, aber es waren zweifellos die grässlichen Zwerge gewesen.

„Was sagen sie?", wollte Fabian Ferber wissen.

„Sie freuen sich über irgendetwas. Aber ich vermag nicht zu sagen, worüber."

„Wo ist es?", drängte Alfred, der die Zwerge bisher nicht sehen konnte.

„Hier entlang!" Steinheim wies die Richtung mit der ausgestreckten Hand und das Trio setzte sich in Bewegung. Schon kurz darauf kamen sie zur Bühne am Neumarkt, wo eine Gruppe knapp bekleideter Trommler aus dem Senegal vor einem riesigen Publikum heiße afrikanische Rhythmen durch die Lautsprecher schickte.

Fabian folgte einer Eingebung und stürzte zielgerichtet zur Hinterbühne. Steinheim und Alfred versuchten keuchend Schritt zu halten. Mit gezücktem Polizeiausweis stürmte der Kommissar an den Wachmännern vorbei und riss eine der beiden Wohnwagentüren auf. Um einen kleinen Tisch herum saßen mehrere Männer und zwei Frauen mit Gläsern und Zitronenscheiben in den

Händen. Sie schauten ihn verdutzt an. Es roch süß und scharf nach einer niedergebrannten Wiese.

„Sorry", rief der Polizist, stürzte mit langen Schritten zur anderen Tür und polterte hinein, ohne anzuklopfen.

Gleich darauf hörten Alfred und der Küster einen fluchenden Aufschrei und der Kommissar kam wie ein Panzergrenadier unter dem Wohnwagen hervorgerobbt.

„Was war das denn?", fragte Alfred, wohl wissend, dass er keine Antwort auf die Frage erwarten konnte.

„Wir sind zu spät gekommen", stöhnte Fabian und rieb sein Knie. „Da hat jemand den Boden herausgehauen. Unter dem Wohnwagen geht es in eine Grube oder so etwas. Das ist so märchenhaft dämlich, dass ich die verfluchten Zwerge als Verursacher vermute." Fabian nahm einen neuen Anlauf, den Wohnwagen zu betreten, allerdings langsamer als beim ersten Mal.

Die Dielen war nicht filigran herausgesägt, sondern mit roher Gewalt herausgehämmert. Mit einer riesigen Axt, mutmaßte Fabian und sah sich im Raum um. An einem zerfaserten Brett, das steil nach oben ragte, hing ein kleines Heftchen oder ein Notizblock. Fabian griff danach und blätterte es durch, bis er auf der Umschlagseite las: „Sabrina Donath."

Dem Kommissar dämmerte allmählich, was hier geschehen war. „Sie haben Sabrina", hauchte er tonlos.

Wenig später hatte er die verdutzten Musiker im benachbarten Wohnwagen befragt. Kurz darauf tauchte die vermisste Sängerin Aase in Begleitung einer ihm auch irgendwoher bekannten Blondine wieder auf. Jetzt begriff der Kriminalist: Die Zwerge wollten die Sängerin kidnappen und hatten Sabrina erwischt, die ein Interview mit der Finnin führen wollte. Ein klassischer Verwechslungsfall. ‚Kommt im Milieu immer wieder vor', dachte Fabian. ‚Nur dass es im Milieu sonst keine durchgeknallten Zwerge gibt.'

„Wie kommt denn Thor hierher?", erkundigt sich Loki überrascht.

Der Donnergott grinst den Riesen an. „Oh, unser guter Loki. Ich machte eben einen kleinen Ausflug in die Zwergenwelt und da schlug mir mein Vater Odin in seiner unfassbaren Weisheit vor, doch einmal die Höhlen zu besuchen, die er von seinem Aussichtsturm aus nicht sehen kann."

Odin legt Loki die Hand auf die Schulter. „Ja Loki, du weißt ja wie Kinder sind. Immer neugierig."

„Und was glaubst du, habe ich in einer der Höhlen gefunden?", fragt der hünenhafte Thor den Riesen und seine Muskelberge straffen sich elegant.

„Lindwürmer?", rät Loki.

„Nun ja, auch einige Lindwürmer. Es war schwierig, diese dämlichen Viecher am Leben zu lassen. Aber ich habe sie verschont, damit sie noch ein paar Zwerge vertilgen können."

„Er will nicht auf Lindwürmer hinaus, scheint mir", sagt Odin im Plauderton.

„Nein, ich will nicht auf Lindwürmer hinaus", übernimmt Thor wieder die Konversation. „Vielmehr fand ich eine Höhle, die so gut verschlossen war, dass die Lindwürmer gar nicht hineingelangen konnten."

Loki beginnt zu schwitzen und fühlt sich ganz offensichtlich unbehaglich.

„Hat es dir die Sprache verschlagen, großer Berater und Freund der Götter?"

„Ich weiß nicht so recht, worauf du hinauswillst", verteidigt sich Loki.

„Oh, er weiß nicht so recht, worauf ich hinaus will", höhnt Thor und sieht seinen Vater an.

„Da unten sitzt in einer gründlich abgeschlossenen Höhle der Anführer der Riesen, unser verehrter Freund Vafthrudnir, in einem großen Haufen stinkenden Kots. Schon deshalb muss er keine Lindwürmer fürchten. Aber er hat mir anvertraut, dass er dort sitzt, weil du ihn dahin gelockt und eingesperrt hast", sagt Thor und seine Hand beginnt sich unangenehm in Lokis Schulter zu krallen.

„Wenn er das behauptet, dann lügt er ganz frech!", ruft Loki mit zittriger Stimme.

„Du hast völlig recht, wenn du darauf insistierst, dass er ein Lügner ist."

„Was macht er?", will Thor wissen.

„Er lügt."

„Nein, ich meine das, was du vorher gesagt hast."

„Er insistiert; will es uns beharrlich Glauben machen, er besteht darauf, es uns einzureden, er will den Anschein erwecken", erklärt Odin geduldig seinem Sohn.

Thor nickt verstehend und seine Augen blicken bewundernd auf den Vater, der so ausgefallene Worte kennt.

„Auf Vafthrudnirs Beschuldigungen würde ich auch nicht das Geringste geben", fährt Odin fort.

Loki atmet erleichtert auf.

„Aber diesmal lügt er nicht." Odin drückt den Riesen mit seiner Pranke in die Knie.

„Und weißt du auch, wie ich dir auf die Spur gekommen bin? Es hat mich verwundert, dass ich die beiden Mörderzwerge immer nur dann von Hlidskjalf aus sehen konnte, wenn ich allein dort war. Und wenn ich zu Zeiten dort war, an denen ich gewöhnlich nicht auf den Turm steige. Niemals jedoch habe ich sie gesehen, wenn ich mit dir zusammen da oben war. Ich habe einige Tests angestellt mit dem immer gleichen Ergebnis. Dann habe ich dir gesagt, dass nichts im Harz zu finden ist, was auch immer sie suchen. Kurz darauf ließen sie von den Plätzen im Harz ab und wandten sich einem kleinen Ort namens Rudolstadt zu. Weißt du das? Oder haben sie das schon ohne deinen Befehl gemacht?"

Loki schweigt und beißt sich auf die langen Enden seines Schnurbartes.

„Denn ich habe herausgefunden, dass die beiden schlauen Kerlchen in Vafthrudnirs Auftrag unterwegs sind. Allerdings weiß der gar nichts davon. Das fand ich seltsam. Von diesem Punkt der Erkenntnis war es nicht mehr weit bis zum Inhalt ihres Auftrages. Sie suchen einen ganz bestimmten Spruch mit einer ganz bestimmten Rune, die eine ganz bestimmte Zauberin in einen Baum eingebracht hat. Habe ich recht?"

Loki stöhnt unter dem Druck der Gotteshand, die seine Schulter zu zerbrechen droht.

„Sag, Loki, ist es so?"

„Ja", gibt der Riese zerknirscht zu. „Ich wollte die Ragnarök auslösen. Vafthrudnir ist ein elender Zauderer. Er traut uns Riesen nichts zu. Ich habe gespürt, dass meine Zeit bei euch Göttern abläuft. Immer mehr Misstrauen und

Rassismus schlug mir entgegen und immer geringer wurden mein Chancen, euch den freundlichen, friedlichen Riesen vorzuspielen."

„Und da hast du dir gedacht, du beschleunigst die Dinge etwas und schickst in Vafthrudnirs Namen die beiden wahnsinnigen Zwerge aus", ergänzt der Göttervater.

Thor packt Lokis Arme und zerrt eine monströse Kette aus einem nahen Gebüsch.

„Und weißt du was?", fragt Odin sichtlich vergnügt den besiegten Riesen. „Die Idee, den guten alten Vafthrudnir wegzuschließen, ist gar nicht so übel. Ich denke, daran werden wir nichts ändern. Außer...", Odin genießt seinen Triumph und macht eine bedeutungsschwere Pause. „Außer der Tatsache, dass wir *ihn* nicht anketten werden. Und dass er einen Mitgefangenen bekommt, damit er sich nicht so langweilt in den nächsten drei Millionen Jahren."

„Allerdings werden wir *dich* in Ketten legen", ergänzt Thor die Ausführungen seines Vaters.

„Das könnt ihr nicht machen", heult Loki auf. „Er wird mich umbringen."

„Leicht möglich", erwidert Odin. „Aber es muss auch nicht sein. Schließlich will selbst ein Riese von Zeit zu Zeit mit jemandem reden."

„Ihr feiges, hochnäsiges Pack", zetert Loki. „Das werdet ihr irgendwann bereuen."

„Den Zeitpunkt für ‚irgendwann' werden aber *wir* bestimmen können. Das ist der entscheidende Vorteil. Unser Vorteil. Merke es dir: Es gibt immer mindestens zwei Möglichkeiten für die Wahrheit und noch viel mehr für den Verlauf der Zukunft. Für jede Prophezeiung gibt es auch eine Gegenprophezeiung." Odin sieht sehr weise auf den gefesselten Riesen herab.

„Das nennt sich Dialektik", sagt Thor.

Odins Lächeln gefriert und er schaut seinen Sohn sprachlos an.

Schiwa schnüffelte immer noch an der Hauswand herum.

„Was machst du denn da? Lass uns endlich weitergehen", drängelte Magni.

„Gleich, gleich", bellte Schiwa. „Nur noch kurz hier riechen."

„Was gibt es denn so Besonderes? Du bist doch sonst kein Fährtenhund", ereiferte sich Modi.

„Los, beeil dich, wir sollen Freya treffen", ergänzte Magni.

„Ach, und was passiert, wenn wir eine Minute zu spät kommen?", belustigte sich der Hund. „Dürfen wir dann nicht mehr in der modrigen Abrissbude schlafen, in der wir die letzte Nacht mit Ratten und Asseln verbracht haben?"

Die Göttersöhne sahen sich an und Modi sagte: „Wir sollten im nächsten Haustiergeschäft ein Stachelhalsband kaufen."

Schiwa bohrte seine Nase in eine Mauerritze. „Hier stimmt etwas nicht. Hier stimmt etwas ganz und gar nicht. Ich rieche außer dem ganzen langweiligen Zeugs, das man in so einem Haus riechen kann, zwei völlig unbekannte Gerüche und viel ausströmende Angst."

„Was sind das für unbekannte Gerüche?", fragte Modi.

„Das ist ja das Problem, ich habe so etwas noch nie gerochen. Es ist im Keller, gleich neben der Angst."

„Wie riecht es?"

„Ich würde sagen, es riecht sehr arrogant, nach muffiger, unterirdischer Höhle und einem ekligen, langen Lebewesen. Wahrscheinlich ein Wurm, den die beiden Geruchsquellen gegessen haben. Und zwar roh. Außerdem riecht es nach Menschenverachtung und Mordlust."

„Galar und Fjalar", riefen die Göttersöhne im Chor aus.

„Das sind die verdammten Zwerge! Los, wir müssen da rein!", schrie Magni.

„Gut, ich werde an der Haustür klop...". Ein schrilles Splittern unterbrach Modis Plan. Magni hatte ein Kellerfenster eingeschlagen und begann sich durch die so entstandene Öffnung zu zwängen. Putz bröckelte links und rechts des Göttersohnes, der sich ächzend hinabschob.

„Na gut, verzichten wir auf die Höflichkeit", sagte Modi und zerschmetterte das nächste Fenster mit seiner Faust.

Fjalar genoss die Ruhe, welche ihm zwei daumendicke Karotten gewährten, die er in seine Ohren gestopft hatte. Er döste gerade ein wenig vor sich hin, als er Erdreich in seinen Bart spritzen fühlte. Er fragte Galar: „Was soll das? Was treibst du da?"

Galar konnte ihm nicht antworten, denn er hörte nichts. Außer dem beharrlichen Pfeifen im Ohr verhinderte eine geschickte Aufschichtung von Möhren und saftigem Möhrenkraut in seinen Gehörgängen jegliche akustische Reizaufnahme.

Eine Antwort auf seine Frage hätte Fjalar nichts genützt, denn auch er war nahezu taub. Umso erschrockener war er jetzt, als er einen großen Mann im grünen Overall vor sich stehen sah, der den Mund auf und zu machte und sich sehr zu erregen schien. In seiner Schlaftrunkenheit dämmerte dem Zwerg, dass das kein gewöhnlicher Mensch war. ‚Vielleicht wäre es hilfreich zu hören, was der sagt', dachte Fjalar, und begann an seinen Ohrstöpseln zu arbeiten. Nach einigem heftigen Ziehen machte es ‚Plopp'. Fjalar hatte die Möhre in der Hand und hörte den Eindringling sagen: „...wie ein Karnickel, das sich selbst für den Kochtopf garniert hat."

Fjalar sprang auf und hechtete zu Galar hinüber, der selig schlummerte. Er riss ihm eine Karotte aus dem Ohr und schrie: „Pack deine Axt, es sind Feinde gekommen!"

Blitzartig war Galar auf den Beinen und schwang seine fürchterliche Waffe. In einer Ecke des Kellers rumorte es in dem weißen Leinensack, der dort achtlos hingeworfen war. Laut und deutlich hörten Zwerge und Göttersöhne eine Stimme, die rief: „Hüffe, Hüffe, höfft miff ffen ffeinneff?!"

„So, ihr elendes Zwergengesindel, jetzt seid ihr dran!", brüllte Magni furchterregend laut und Modi fügte süffisant hinzu: „Hier ist die Endstation eures kleinen Ausflugs. Wenn wir mit euch fertig sind, werden wir nicht verabsäumen, eure sterblichen Hüllen den geschätzten Lindwürmern zu überantworten."

Galar lachte laut auf. „Ach, die Herren Muttersöhnchen, Magni und Modi. Auf eure leeren Drohungen haben wir gerade gewartet. Kommt her und ich spitze eure Schädel mit meiner Axt schön trichterförmig an, damit euer Supergott, der weise Odin, euch besser mit Wissen anfüllen kann."

„Und passt schön auf, denn diese Lektion hier bekommt ihr völlig gratis", drohte Fjalar.

„Wir sind nicht hier, um mit euch Sprüche auszutauschen", schnaubte Modi und stürzte auf die Zwerge los. Mitten in der Bewegung bemerkte er, dass er keine Waffe hatte und durchwühlte eilig seine Hosentaschen. In Ermangelung anderer Waffen zog er einen Phasenprüfer aus dem Overall, den er wie eine Streitaxt schwang. Die Zwerge wehrten seine Attacke spielend ab und versuchten ihrerseits, den Sohn Thors zu treffen. Der entzog sich geschickt ihren wütenden Angriffen.

Magni hatte inzwischen den zappelnden Sack bemerkt und brüllte: „Wer ist da drin, ihr Banditen?"

„Vorläufig nur die Zukunft", kreischte Galar und holte mit seiner Axt zu einem neuerlichen Schlag aus. „Und gleich auch eure Kadaver."

Der Kampf wogte auf und ab, wobei die Zwerge durch ihre bessere Bewaffnung im Vorteil waren.

Die Kellertür ging auf und der verblüffte Hausbesitzer betrat das Schlachtfeld. Er hatte sich in seinem Wohnzimmer über dem Keller gerade hingelegt, um ein kleines Schläfchen zu machen, als er es unten poltern hörte. Daraufhin rang seine Neugier in einem kurzen, aber heftigen Kampf seine Angst nieder und er beschloss, im Untergeschoss nach dem Rechten zu sehen.

„Was ist denn hier los?", wollte der Mann allen Ernstes wissen, als eine CD wie eine fliegende Untertasse knapp an seiner Nase vorbeistrich. Es war eine Aufnahme der ‚Bilder einer Ausstellung' von Modest Moussorgski, die Modi eben wie eine Diskusscheibe nach Fjalar geworfen hatte. Der duckte sich aber geschickt und entging so seiner sicheren Enthauptung.

„Ffeffen ffie miff!", bettelte ein weißer Sack in der Ecke. Inmitten des Kellers sprangen zwei grüne Kerle mit mächtigen Bärten vor zwei lebendig gewordenen Gartenzwergen herum, die mit einer großen Axt und einem gigantischen Speer den Bewegungsradius der Grünhosen einschränken wollten, indem sie danach trachteten, den einen oder anderen Körperteil abzutrennen.

Der Hausherr schaute sich das Treiben verwundert an und als der Sack ihm zugerufen hatte: „Ffuffen ffie ffie Ffföliffei", ermahnte er sich zur Besonnenheit, schritt durch die Kampfhähne hindurch, ergriff eine Flasche von dem Obstwein, den er selbst dorthin gestellt hatte, und lief gemessenen Schrittes zurück zur Kellertreppe.

„Na also, geht doch", murmelte er und stieg die Stufen zum Parterre hinauf, ohne sich noch einmal umzuschauen. Etwas in seinem Gehirnskasten wies auf die Möglichkeit hin, diese Begebenheit bei der nächsten Gelegenheit in seinem Stammlokal ‚Zum Brummochsen' zum Besten zu geben. Andere Hirnzellen plädierten vehement dafür, diesen absurden Auftritt einfach zu löschen.

Schiwa beobachtete die Schlacht anfänglich sehr optimistisch, doch bald stellte er fest, dass die Göttersöhne gegen die cleveren und besser bewaffneten Zwerge auf verlorenem Posten standen. Immer weiter wurden Magni und Modi in den finsteren Gang getrieben, den die Zwerge unter der Stadt angelegt hatten. Es war Zeit, Hilfe zu holen, fand der kleine Hund.

Mit großen Sprüngen rannte Schiwa Richtung Marktcafé, wo Freya ihr Hauptquartier aufgeschlagen hatte. Dort saß sie mit einer anderen Frau ins Gespräch vertieft. Das störte Schiwa, weil er sie nicht ansprechen wollte, wenn Sterbliche dabei waren. Doch schon bald konnte Schiwa riechen, dass Freyas Gesprächspartnerin ebensowenig ein sterblicher Mensch war, wie George W. Bush ein brauchbarer Führer des christlichen Abendlands.

„Kommt schnell", bellte er und beide Frauen unterbrachen sofort ihr angeregtes Gespräch, das sich um Tätowierungen mit ausgefallene Motive drehte. Zu dritt sausten sie zu dem Haus zurück, in dessen staubdurchwirbelten Keller der erbitterte Kampf zwischen Gut und Böse tobte. Schiwa stürzte sich todesmutig durch eines der zerborstenen Kellerfenster ins Schlachtgetümmel. Dort war niemand mehr.

Eine Etage darüber stand eine leere Flasche Kirschwein auf dem Wohnzimmertisch. Der Hausherr hatte an ihrer beruhigenden Wirkung gezweifelt und das Haus inzwischen in Richtung ‚Brummochse' verlassen. Er hatte mehr Durst als vorher, weil der Wein sehr süß gewesen war. Ein hoher Geräuschpegel hatte ihm angezeigt, dass im Keller noch immer der Kampf der Gartenzwerge gegen die großen grünen Männchen tobte. Die beiden Göttinnen und den Hund verpasste er nur um wenige Sekunden.

„Sie müssen hier ganz in der Nähe sein. Ich höre sie deutlich. Sie versprachen eben zwei Muttersöhnchen, sie würden ihre Köpfe trichterförmig anspitzen", sagte Joachim Steinheim gerade.

„Das ist ja grässlich", rief Alfred außer Atem.

„Wo kommen die Stimmen her?", wollte Fabian wissen.

Die drei Männer krochen immer noch durch den niedrigen Gang, den die Zwerge unter dem Garderobenwagen angelegt hatten.

„Vorn wird es heller", rief Fabian und kurz darauf kamen sie im Hof eines verfallen wirkenden Hauses wieder ans Licht.

„Passen Sie doch auf!", nörgelte ein Mann böse, der sich an den drei Höhlenforschern vorbeidrängeln wollte. „Da sind ja die Zwerge im Keller rücksichtsvoller als diese Rucksacktouristen hier."

„Was haben Sie da eben gesagt?" Fabian stand vor dem betrunken wirkenden Kerl. Er zückte seinen Dienstausweis. Der andere Mann schaute sich den eingeschweißten Karton gründlich an und bemühte sich, deutlich zu sprechen. „Ich habe gesagt: ‚Passen Sie doch auf'".

„Ja, und danach?", drängelte Fabian.

„Wie, danach?", echote der Mann.

„Was Sie da von Zwergen erzählt haben, will ich wissen." Fabian verlor die Geduld und begann zu schreien.

„Ich meinte nur, dass die beiden Zwerge, die sich in meinem Keller mit Handwerkern prügeln, vorsichtiger mit mir umgehen als der Herr hier, der mich fast umgerannt hätte."

„In Ihrem Keller prügeln sich Zwerge mit Handwerkern? Wie sehen die aus?"

„Na, so wie alle Handwerker aussehen. Nur dass die Blaumänner inzwischen grüne Latzhosen sind. Und reichlich ungepflegte Bärte haben sie..."

„Ich will nicht wissen wie die Handwerker aussehen, sondern die Zwerge."

„Die haben auch lange Bärte, obwohl der von dem einen irgendwie angekokelt aussieht. Sie haben riesige Äxte und Spieße dabei."

„Das sind sie!", triumphierte Fabian. „Wo ist Ihr Keller?"

„Na unten", blaffte der Mann verständnislos.

„Wo?", brüllte Fabian mit stark angeschwollener Halsschlagader.

„Die Kellerfenster sind schon kaputt, da können sie gleich rein", maulte der Verhörte und wies mit dem Finger die Richtung ums Haus.

„Wo finde ich Sie später, falls ich noch Fragen habe?", wollte Fabian wissen.

„Brummochse", antwortete der Mann.

„Jetzt werden Sie nicht frech, sonst lasse ich Sie in Untersuchungshaft nehmen", drohte Fabian.

„Eine Kneipe, sie heißt ‚Zum Brummochsen'. Gleich dort hinten um die Ecke", beeilte sich der Einheimische zu versichern.

Die drei Zwergenjäger brausten in die angegebene Richtung davon.

„Die haben mir geglaubt", staunte der Mann. „Ich bin nicht allein mit meinem Wissen. Es gibt Zwerge." Langsam humpelte er weiter zu seiner Kneipe.

„Aber wie ist es mit Elfen und guten Feen?"

„Die Gefahr, durch die widerwärtigen Riesen in die Ragnarök gestürzt zu werden, dürfte erst einmal gebannt sein", freut sich Odin und klopft seinem Sohn, dem Donnergott Thor, auf die Schulter. Dicke Staubwolken lösen sich aus dem Gewand des Gottes. Beide haben sich körperlich verausgabt, als sie den Höhleneingang hinter Loki und Vafthrudnir verschlossen haben. Selbstzufrieden tönt Odin: „Das habe ich wieder glänzend hingekriegt. Ich habe die beiden gefährlichsten und schlauesten Burschen der ganzen Rasse eliminiert."

„Aber ich habe auch meinen Beitrag dazu geleistet", wirft Thor ein. „Schließlich war ich es, der Vafthrudnir in der Höhle gefunden und damit deine Theorie bewiesen hat."

„Das stimmt", erkennt der Göttervater an. „Doch ohne meine Ahnung hättest du gar nicht nach ihm gesucht."

„Dafür hatte ich schon immer die Ahnung, dass Loki ein feiger Verräter ist. Nur du wolltest mir nie glauben und hast diesen nichtsnutzigen Riesenbastard geschützt."

„Ich habe ihn beobachtet und schlussendlich enttarnt. Da ist ein kleiner Unterschied, mein lieber Herr Sohn. Über andere Schlechtes sagen ist leicht, aber frevlerische Schuld durch eine raffinierte List ans Licht bringen, dazu bedarf es eines geschärften Verstandes."

„Warum laufen unsere Unterhaltungen immer darauf hinaus, dass du recht hast und ich nur als Handlanger dastehe?", fragt Thor.

„Weil es so ist", antwortet Odin seelenruhig.
Gedämpft lässt sich ein Grollen im Berginneren vernehmen, das von hier draußen unmöglich als das gedeutet werden kann, was es ist: Vafthrudnir verprügelt den wehrlosen Loki mit großen Felsbrocken, die er ihm wahllos auf den unbekleideten Körper prasseln lässt. „So ist es gut", sagt Odin.

Magni war es zwischenzeitlich gelungen, einen großen Felsbrocken aus der Kellerwand zu brechen und ihn als Schild gegen die wütenden Axtschläge der Zwerge zu nutzen. Modi kämpfte nach wie vor mit bloßen Händen, was bedeutete, er griff sich Steine und warf sie nach den Zwergen. Die begannen sich in das Innere ihres Gangsystems zurückzuziehen, wobei Fjalar den Sack mit Sabrina geschultert hatte und voranstürmte, während Galar mit seiner todbringenden Axt ihren Abzug sicherte. Je tiefer Zwerge und Göttersöhne in die dunkle Höhle vorstießen, desto unkoordinierter wurden ihre Aktionen. Modi staunte, wie fleißig die Mordbuben gebuddelt hatten und war bemüht, genau auf das Sirren in der Finsternis zu hören, dass vom Luftzug der zweischneidigen Zwergenaxt herrührte. Immer tiefer drangen sie in den Erdraum unter Rudolstadt vor. Modi fragte sich, wo beim Odin die Bande nur den Abraum gelassen hatte, der zweifellos beim Graben entstanden war.

„Ich wage es kaum zu erzählen", druckste der Mann in mittlerem Alter herum, während ihn einer seiner beiden Zechgenossen gespannt anstarrte und der Wirt gerade eine neue Lage Pörze-Bier servierte.
„Ach, nu mach nich' so ne Brühe", ermunterte ihn der zweite, der mit seinem kreisrunden Kinnbart an einen Seemann erinnerte. „So doll wird es ja nich' sein, was du zu sagen hast."
„Mein Hof liegt voll Dreck", ließ der erste Mann die Katze aus dem Sack. „Na und?", wollte der andere wissen. „Was is' da dran jetzt so merkwürdig? Mein Hof is' auch voll Dreck."
„Der Dreck liegt so hoch, dass ich die Hoftür nicht mehr aufbekomme."
„Das is' dann wirklich allerhand Dreck."

„Ich kriege auch die Klappfenster im Schlafzimmer nicht mehr ausgeklappt und das ist im zweiten Geschoss."

„Willst du damit sagen, bei dir liegt im Hof so viel Dreck, dass du im 2. Stock das Fenster nicht mehr aufklappen kannst?"

„Genau das", sagte der Erste erleichtert.

„Heinz, mach uns ma noch drei Kurze!", befahl der Seemann verblüfft.

„Und bis gestern Abend war da nichts?"

„Genau das."

„Und der ganze Hof liegt zwei Etagen hoch voll Erde?"

„Genau das."

„Hier sind eure Schnäpse", polterte der Wirt fröhlich, ehe er erschrocken verstummte. An der Kellertür rumorte es, als wollten sich die Mächte der Finsternis einen gründlichen Überblick über den ‚Brummochsen' verschaffen. Die vier Männer glotzten gebannt in die Richtung des Lärms, als mit rasantem Schwung die Tür aufflog und ein weißer Leinensack in etwa einem Meter Höhe durch die Gaststube schwebte.

„Das ist der Sack aus meinem Keller", staunte der dritte Zecher, der bisher still in sein Bierglas gestiert hatte.

„Hüffe", murmelte der Sack gedämpft.

„Das hat er vorhin auch schon gesagt. Es klingt irgendwie unglücklich, findet ihr nicht?"

„Ffafft miff ffir ffauf", antwortete der Sack, während er in Richtung Eingangstür schwebte.

„Unheimlich", befand der Wirt und trank bereits den zweiten der Schnäpse aus, die eigentlich seine Gäste bestellt hatten.

Kaum war der Sack durch die Tür entschwebt, krachte die Kellertür erneut auf und zwei dreckverschmierte Hünen in grünen Latzhosen betraten die Wirtschaft.

„Hat einer von euch zwei Zwer... ich meine, ist euch irgend etwas Besonderes aufgefallen?", schnauzte Modi die verdutzten Männer an.

„Ein Sack", hauchte der Wirt. „Aber er ist schon wieder rausgeflogen. Da lang."

Die Göttersöhne stürzten ins Freie.

„Das sind die beiden, die mit den Zwergen in meinem Keller gekämpft haben", wusste der Mann, der den Sack wiedererkannt hatte, stolz zu berichten.

„Unglaublich", stöhnte der Wirt und blickte fassungslos auf die leeren Schnapsgläser.

„Galar, ich wechsle in die Menschenwelt, sonst breche ich mir die Beine und lasse die Norne fallen", klagte Fjalar.

„Auch egal", brummte Galar, der sich umgeschaut hatte und die Göttersöhne aus dem Lokal kommen sah. „Wir müssen die Kerle abhängen."

Sie liefen in Richtung Stadtrand und versuchten, abgelegene Seitengassen zu erreichen. Zwei Damen unbestimmbaren Alters kamen ihnen entgegen und die Zwerge konnten ihnen nur mit Mühe ausweichen.

„Das ist empörend. Sieh dir das an, Hilda, jetzt verkleiden sie sich schon als Gartenzwerge und tragen Kartoffelsäcke durch die Gegend. Nicht genug, dass das ganze Wochenende Remmidemmi ist, nun tollen sie auch noch wie beim Karneval durch die Stadt."

Hilda hatte die beiden an ihr vorbeistürzenden, muskulösen Göttersöhne im Blick und sagte: „Du hast ganz Recht, meine Liebe. Ich wollte auch, es wäre Karneval und zwei so stattliche Burschen würden mit uns feiern."

Zwei Straßen weiter kam die wilde Jagd auf einem Autofriedhof zum Abschluss und die Kämpfer waren begeistert von der Fülle an Waffen und Wurfgeschossen, die sich ihnen hier bot. Heftig sausten alte Kurbelwellen und verrostete Auspuffrohre durch die Luft, als Freya und Skuld mit dem laut bellenden Schiwa eintrafen. Der kleine Hund sprang aus vollem Galopp auf ein Autowrack, neben dem sich Galar und Magni gegenüberstanden und mit Autoteilen traktierten. Schiwa wollte mit einem kräftigen Sprung zu dem Sack schnellen, der laut brummelnd neben einem Stapel abgefahrener Reifen lag. Er rutschte aber auf dem ölverschmierten Autodach ab und landete winselnd vor Galars Füßen. Magni, der sich mit dem Zwerg einen heißen Zweikampf lieferte, schaute überrascht zu, wie der Chihuahua jaulend aufstehen wollte. Galar war froh, endlich ein Opfer gefunden zu haben und kreischte vor Vergnügen auf.

„Wen haben wir denn hier?", schrie er mordlüstern und schlug sofort mit seiner Axt zu. Der Hund hatte sich aufgerappelt und schon eine Körperdrehung vollführt, die ihn aus dem Aktionsradius der Kämpfer bringen sollte, als er in der Fluchtbewegung zwischen Vorderpfoten und Hinterläufen von der unbarmherzigen Schneide erwischt und komplett durchtrennt wurde. Blut spritzte in einer Fontäne auf. Ein Laut ertönte, wie ihn ein prall gefüllter Luftballon erzeugt, in den jemand eine Nadel steckt. Dann wurde es still und die beiden Hundehälften klappten auseinander.

Modi und Fjalar ließen voneinander ab, die herbeigeeilte Göttin Freya hielt entsetzt den Atem an und Skuld starrte auf das tote Tier.

In diese kurze Ruhephase hinein hörten die Widersacher das Krächzen eines Rabenvogels und als wäre das ein vereinbartes Stichwort gewesen, entflammte der Kampf noch erbarmungsloser als bisher.

Skuld wusste genau, warum sie hier war und was sie tun musste. Der brutale Mord an dem kleinen Tier brachte sie nur kurzzeitig aus der Fassung. Sie kramte den gefundenen Zettel hervor, auf dem der stärkste Zauber stand, den sie je gesehen hatte. Mit einer alten Stimmgabel, die sie immer in der Tasche trug, begann sie die Runen auf den staubigen Boden zu zeichnen. „Yagalaz. Inì. Inú yagalaz", sagte sie dazu beschwörend und richtete sich wieder auf. Die Zwerge erstarrten in ihrer Bewegung und drehten ihre Gesichter der Zukunftsnorne zu.

„Wie bist du wieder rausgekommen?", schnappte Galar.

Fjalars Blicke wanderten vom immer noch heftig zuckenden Sack zur Norne und zurück. „Wer bist du?"

„Yagalaz. Inì. Inú yagalaz", sagte Skuld mit einer eiskalt wirkenden Stimme. Beide Arme hatte sie majestätisch erhoben und begann große Kreise damit zu beschreiben.

Fjalar merkte zuerst, wie sich seine Gliedmaßen versteiften. „Nein!", schrie er. „Hör sofort auf damit. Du darfst nicht an uns herumzaubern!"

Aber Skuld kannte keine Gnade. Wie in Trance setzte sie ihre Litanei fort und verwandelte sich in die alte Vettel, die Markku in seinem Traum voller Entsetzen gesehen hatte.

Jetzt spürte auch Galar, dass etwas Unheimliches mit ihm geschah. Seine Beine wurden taub und gefühllos. Er konnte sie nicht mehr bewegen. Das war das Ende, dachte der Zwerg, ganz ohne Zweifel wurde er von der Norne versteinert. Er sah sich um und erblickte den strampelnden Sack in Reichweite seiner Axt.

„Na wartet, so leicht bekommt ihr mich nicht. Ich nehme jemanden mit nach Hel!", schrie er von Sinnen. „Wer immer uns da genarrt hat, es war sein letzter Fehler." Beim Ausholen mit seiner tödlichen Waffe merkte er schon, dass er seine Finger nicht mehr bewegen konnte. Sie waren hart wie Stein und ohne Gefühl. Die Norne brabbelte immer noch ihren vernichtenden Zauber, dem Fjalar schon erlegen war. Er war in einer Pose zu Stein erstarrt, die grotesk und weltfremd aussah. Seinen Speer bohrte er gerade in die Erde und grinste blöd, gerade so, als hätte ihn ein Mensch aus Ton geformt, der einen treuen Gartenzwerg darstellen wollte.

Galar holte mit der letzten ihm verbliebenen Kraft zum tödlichen Schlag aus.

„Nein!", schrie Fabian, der eben mit seinen Begleitern den Autofriedhof erreichte. Schon beim Heransprinten wurde ihm klar, wonach der kleinwüchsige Randalierer zielte und was der weiße Leinensack enthielt. Anstatt über die tatsächliche Existenz der Zwerge zu staunen, brüllte er wie ein asiatischer Kampfsportler und stürzte nach vorn. Mit beiden Füßen voran sprang Fabian gegen den Brustkorb des Zwerges. Der wankte kurz, dann knackte es und Galar kippte zur Seite. Sein Körper war auf Höhe der Knie abgebrochen. Die Unterbeine standen noch neben der steinernen Statue, die einmal der gefährliche und schlaue Kämpfer Galar war. Seine Streitaxt bohrte sich dicht neben dem zappelnden Sack in den Boden.

„Ffaff foll ffaff?", kam es undeutlich aus dem Sack.

Skuld brach keuchend zusammen und sank auf die Knie. Freya zog sie aus dem Blickfeld der anderen hinter einen alten Kleintransporter. Sie wusste aus eigener Erfahrung, dass jeder, der einen so starken Zauber anwandte, für eine Weile sehr alt und hässlich aussah. Das brauchten die Sterblichen nicht wissen, beschloss die Göttin und setzte sich schützend vor die röchelnde Skuld.

„Ffülffe!", rief der Sack in der anderen Ecke.

„Was ist denn hier los?", donnerte Magni. „Wer seid ihr und was mischt ihr euch in unseren sportlichen Wettstreit ein?"

Fabian war schmerzhaft auf dem Steiß gelandet, nachdem er den Axthieb des Zwerges umgelenkt hatte. Stöhnend versuchte er auf die Beine zu kommen. „Kommissar Ferber, Kripo Nordhausen", sagte er mit verbissenem Gesicht. „Ich stelle hier die Fragen."

„Der kommt bestimmt wegen des Hauptwachtmeisters", mutmaßte Modi.

„Wegen wem?", fragte Magni und Verständnislosigkeit stand ihm ins Gesicht geschrieben.

„Hauptwachtmeister Roth. Die Verkehrskontrolle im Harz", half Modi ihm auf die Sprünge.

„Fföfft miff ffenn ffeineff?"

„Soll ich ihn mit in den Sack stecken?", erkundigte sich Magni.

„Nein, warte, ich will ihn erst befragen." Modi zog Fabian am Hemdkragen auf die Beine. Der Polizist stöhnte laut auf. „Was haben Sie hier zu suchen? Wir haben Sie nicht gerufen", schnauzte Modi ihn an.

„Aua, ich habe mir das Steißbein gebrochen!", jammerte der Kriminalist.

„Weichen Sie den Fragen meines Bruders nicht aus. Er will wissen, weshalb Sie hier auf dieser Autobegräbnisstätte verweilen", sagte Magni.

„He, lassen Sie Herrn Ferber in Ruhe. Er ist Polizist und wir sind gekommen, um die entführte Journalistin zu retten", meldete sich Alfred schwer atmend zu Wort.

„Ffaff bin iff", ließ sich der Sack vernehmen und strampelte besonders stark.

„Die Zwerge wollten Skuld entführen. Aber die war nicht im Sack", stellte Magni nachdenklich fest. „Vielmehr hat sie mit einem Seidh-Zauber die Zwerge zu Stein verwandelt. Wen also haben die kleinen Blödmänner in den Sack gesperrt?"

„Es ist eine junge Frau, die von den Zwergen versehentlich für die Sängerin gehalten wurde", ächzte Fabian.

„Ffenau, iff ffill ffauff!"

„Welche Sängerin?", fragte Magni.

„Skuld!", fauchte ihn Modi an

„Skuld ist Sängerin?"

„Die Sängerin heißt Skuld?", erstaunte Fabian. „Ich denke, sie heißt Aase."

„Schluss jetzt mit dem Palaver", herrschte Freya die Streitenden an. Neben ihr stand Skuld wieder in ihrer ursprünglichen Gestalt.

„Magni, befreie die arme Frau", wies Freya an.

„Ffaff ffird abeff auff Ffeit", klang es gedämpft aus dem Sack.

„Und nun zu Ihnen, junger Mann." Freya funkelte Fabian an, der sich vor Schmerzen schon die Lippen blutig biss. „Zeigen Sie mal her." Die Göttin drehte Fabian leicht wie eine Wetterfahne bei Orkan um die eigene Achse. Sie legte ihm die linke Hand auf den Rücken und fuhr bedächtig mit ausgebreiteten Fingern vom Halsansatz bis hinunter zum Steiß. Joachim Steinheim und

Alfred schworen später bei allem, was ihnen heilig sei, dass ihre Hand dabei bläulich schimmerte.

Fabian begriff nicht, was ihm geschah und könnte das Gefühl bis heute nicht in Worte fassen, sollte er es beschreiben. Es war einfach... göttlich. Von einer Sekunde auf die andere war er absolut schmerzfrei und er verfügte außerdem seit dieser Berührung über ein qualifiziertes Fachwissen die Grauwale und ihren Lebensraum betreffend, obwohl er sich nachweislich nie dafür interessiert hatte.

Sabrina tauchte aus dem Sack auf wie ein Taucher, dessen Sauerstoffflasche schon seit längerer Zeit leer war. Gierig atmete sie die stickige und nach altem Öl stinkende Sommerluft ein, nachdem Magni sie von dem halb aufgeweichten Programmheft befreit hatte, das die Zwerge als Knebel verwendet hatten.

Sabrina blinzelte unsicher und rieb sich die Augen. Dabei fiel ihr verschwommen die Hundeleiche ins Blickfeld. „Oh Gott, der arme Hund!", waren die ersten Worte, die sie sprach.

Alle Versammelten blickten in die Richtung, in die Sabrina mit ausgestrecktem Arm zeigte. „Armer Schiwa", sagte Modi und nahm seine Baesballkappe ab. „Er war ein aufgewecktes Kerlchen."

„Das kann man wohl sagen", bestätigte sein Bruder bereitwillig.

Sabrinas tränenverschmierte Augen gewöhnten sich allmählich wieder ans Tageslicht. Plötzlich erblickte sie Freya. In Sabrinas hintersten Hirnarealen machten sich verschüttete Erinnerungen an eine frühere Begegnung mit dieser Frau auf den Weg nach vorn. Freya zwinkerte ihr freundlich zu. Mit den Händen machte die Göttin eine abfedernde, beruhigende Geste. Sabrina verstand, dass es momentan nicht erwünscht war, den anderen von ihrer Bekanntschaft zu erzählen. Magni riss ebenfalls die Augen auf, als er Sabrina erblickte und sagte: „Ist das nicht ...". Dann traf ihn Modis Fußspitze am Schienbein und auch er begriff, dass er schweigen sollte.

„Können Sie ihn nicht wieder zum Leben erwecken?", lenkte Sabrina ab und schaute Freya hoffnungsvoll an.

„Wie kommen Sie denn darauf?", heuchelte die Göttin großes Erstaunen.

„Meine Verletzung haben Sie doch auch geheilt. Vielleicht können Sie ja noch mehr Wunder bewirken?", schaltete sich Fabian ein.

„Wunder?" Freya war sichtlich belustigt. „Wer glauben Sie denn, wer ich bin, dass ich Wunder bewirken könnte?"

„Eine Zauberin?", riet Fabian.

Freya schaute Fabian tief in die Augen und lächelte hintergründig. „Ja, so etwas Ähnliches bin ich vielleicht wirklich", hauchte sie verführerisch.

Sabrina hüstelte auffällig und rief mit möglichst fester Stimme: „Herr Ferber, können Sie mir bitte erklären, was hier vorgeht und wer mich entführt hat?"

„Jaha", flüsterte Fabian, „Das ist ganz einfach. Die beiden Zwerge da, die eben versteinert wurden, haben Sie mit der Sängerin Aase verwechselt, die eigentlich Skuld heißt."

„Machen Sie keine Witze!" Sabrina war wütend. Erst hielt man sie ewig in diesem stinkenden Sack gefangen und schwatzte dummes Zeug, anstatt sie zu befreien, und nun wollte sie dieser verräterische Polizist, der so schamlos mit ihrer Freundin Freya flirtete, auf den Arm nehmen. Dabei hatte Sabrina sich insgeheim Chancen bei ihm ausgerechnet und gemeint, er wäre an ihr interessiert. Da sollte nun eine schlau werden aus diesen Kerlen. Die ganze Situation und das Trauma der Entführung waren zu viel für Sabrina. Sie begann hemmungslos zu weinen. Fabian nahm sie tröstend in den Arm.

„Es ist wegen dem armen Hund", erklärte er den anderen Anwesenden.

‚Idiot', dachte Sabrina und schluchzte noch lauter auf. Skuld schob den Kommissar beiseite, hakte ihren Arm unter Sabrinas rechtem Arm ein und führte sie sacht aus dem Autofriedhof hinaus. Freya ging dicht hinter ihnen wie ein Bodyguard. ‚Außerdem muss es heißen: „Wegen des armen Hundes"', dachte Sabrina und jammerte unglücklich weiter.

Odin sitzt in der großen Halle auf seinem Lieblingsstuhl und trommelt mit den Fingern auf der Lehne. Das ist ein Zeichen von sehr guter Laune und wer ihn kennt, der weiß das. Thor lümmelt zu seinen Füßen auf den Stufen, die zum Thronpodest führen, und hält seinen Hammer Mjöllnir in der linken Hand, mit dem er so tolle Blitze zaubern kann. In der rechten schwenkt er fröhlich ein Kuhhorn, aus dem es appetitlich nach Met duftet.

Seine Mutter Fricka hockt wenige Baumlängen weiter mit einigen Walküren über Plänen für einen besonders eindrucksvollen Wirbelsturm. Sie kichern und gackern dabei so laut wie eine Gänseherde, durch die eine Meute Jagdhunde tobt.

Neben Odin steht eine junge Frau. Sie ist mit einem schlichten, weißen Gewand bekleidet, um die Taille hat sie einen Gürtel gebunden. Ihr Haar ist lang und selbstverständlich sehr blond, wie es sich für eine Walküre Odins gehört. Sie ist gerade mit einem längeren Bericht fertig geworden und dessen erfreuliche Quintessenz ist die Quelle für Odins Hochstimmung.

„Schön, schön", sagt der Göttervater vergnügt. „Da haben wir die Ragnarök aber gründlich abgewendet."

Die junge Frau blickt demütig zu Boden.

„Die beiden schlimmsten Riesen sind gefangen und die furchtbaren Zwerge versteinert, sagst du?"

„Ja, Odin."

„Und die Rune, diese Yagalaz, ist ausgemerzt für alle Zeiten?"

„Für alle Zeiten", sagt die junge Frau, ohne aufzublicken.

„Freya hat es Skuld von der Haut gebrannt und dafür kunstvolle Ornamente auf dem Oberschenkel angebracht?"

„So ähnlich", antwortet die Walküre. „Die Menschen nennen diese Technik Tätowieren."

„Aber es wird ins Fleisch eingebrannt, sodass nimmermehr irgendjemand die Rune darauf erkennen kann?"

„Nimmermehr."

„Das ist gut." Odin streicht sich zufrieden den Bart glatt. „Bei allem, was sie uns angetan hat, hätte ich trotzdem nur ungern ihr Bein abgehackt, um es zu verbrennen und diese verfluchte Rune zu zerstören."

„Ja, das wäre schade gewesen", stimmt die junge Frau dem Gott zu.

„Obwohl sie eine strenge Strafe verdient hätte", fährt Odin fort.

Seine Zuhörerin äußert keine Zustimmung, sodass Odin eine direkte Frage formulieren muss: „Oder meinst du, ich sollte sie unbestraft lassen für diese feige Flucht vom Brunnen der Urd?"

„Sie hat sich sehr tapfer verhalten in Midgard und die Ragnarök abgewendet, als sie die schrecklichen Zwerge Galar und Fjalar versteinerte."

Es tritt ein nachdenkliches Schweigen ein. Dann sagt Odin: „Du hast meine Frage nicht beantwortet. Skuld möchte in der Welt der Menschen bleiben.

Du, Gullveig, sollst entscheiden dürfen, welche der möglichen Zeitstränge die Zukunft wählen wird."

„Das ist eine große Ehre für mich, oh Vater der Götter", antwortet Gullveig.

„Ich staune immer wieder über deine Bescheidenheit. Genau betrachtet warst du es, die uns vor der Ragnarök bewahrt hat, weil du die Fäden souverän in der Hand hattest und selbst Freya geschickt genarrt hast."

Gullveig verbeugt sich knapp vor Odin.

„Es fällt mir wahrlich schwer, das zuzugeben, aber am Ende warst du es, die mit ihrem Geschick alles zum guten Ende geführt hat."

„Du übertreibst, oh Göttervater", wiegelt Gullveig ab.

„Nur einmal dachte ich, deine Tarnung fliegt auf."

„Als ich Freya meine eigene Geschichte von der Völva erzählen musste?" Gullveig lächelt. „Für einen Moment dachte ich, sie findet es heraus. Aber du hattest ihr kurz vorher von der Rune erzählt und das hat sie wohl so sehr beschäftigt, dass sie den Schwindel nicht bemerkte. Das war wirklich heikel. Aber auch diese Situation hast du bravourös gemeistert."

„Danke", sagt Gullveig.

„Diesen Spruch, den du in diese Esche gebrannt hast, woher hast du den eigentlich?"

„Ich weiß nicht. Er ist mir eingefallen."

„Es ist ein guter Spruch", lobt der Obergott.

„Danke", sagt Gullveig wieder.

„Du hast ihn doch später noch einmal niedergeschrieben?"

„Ja."

„Als du dieser Dichter warst? Dieser, wie hieß er noch...?"

„Er hieß..."

„Nein, warte, lass mich erinnern, ich komme gleich drauf. Er hieß Leimer, stimmt's?"

Gullveig lächelt und schüttelt den Kopf.

„Dann war es Kleber, richtig?"

Die Walküre verneint stumm.

„Irgend etwas zum Kitten war es aber", beharrt Odin. „Hieß er etwa Kleister? Ja, genau so hieß er", legt sich der Gott unwiderruflich fest. „Du hast dich dann erschossen, wenn ich mich recht entsinne. Mit dieser jungen Frau bei einem Picknick. Riesige Pistolen, die grässliche Löcher in die Köpfe gemacht haben."

„Du hast ein bemerkenswertes Gedächtnis", lügt Gullveig. „Er hieß Kleist, Heinrich von Kleist."

„Das habe ich doch gesagt", begehrt Odin auf. „Wo hast du diesen Spruch untergebracht?"

„Ach, in einem kleinen Schriftstück, einem Traktat über das Puppentheater."

„Und die Menschen haben nie bemerkt, was für ein großer und starker Spruch das ist?"

„Sie haben es vergessen, fürchte ich", seufzt Gullveig.

„Ja, das haben sie wohl. Erst uns und dann diesen von Kitt." Odin blickt nachdenklich zu Fricka und ihren Freundinnen.

„Meine Enkel waren wohl nie eine Gefahr für dein Inkognito?", erkundigt er sich.

„Sie sind gute Burschen und haben sich sehr bemüht, deinen Wünschen gerecht zu werden", weicht die Walküre aus.

„Ich verstehe", sagt Odin und wechselt das Thema. „Was soll jetzt also mit Skuld geschehen?"

„Erfülle ihren Wunsch und lass sie dort bleiben, wo sie ist. Sie ist sehr glücklich in Midgard. Sie kann in die Zukunft schauen und wird uns warnen, wenn die Sterblichen die Ragnarök versehentlich oder absichtlich auslösen wollen."

„Und an Urds Webstuhl bleibt ihre derzeitige Vertreterin Sigrun", fasst Odin zusammen. „Die macht den Eindruck, als würde sie ganz gerne eine Weile Zeit spinnen. Im Vertrauen gesagt: Sie kann es viel schneller und besser als die beiden Nornen. In der fürchterlich schnelllebigen Zeit der jetzigen Menschen ist das ein Vorteil. Stell dir bloß vor, die Nornen würden mit Spinnen nicht mehr nachkommen, weil die Menschen die Zeit zu schnell verbrauchen", philosophiert Odin. Er spricht aber nicht aus, was er wirklich denkt. Wenn die kleine Skuld sich in der Menschenwelt aufhält, dann gibt es in Asgard niemanden mehr, der über die Zukunft besser Bescheid weiß, als er selbst. Der Gedanke gefällt Odin außerordentlich. Nach einer kurzen Pause fährt er fort: „Weißt du, was ich mich schon die ganze Zeit frage?"

Gullveig blickt ihren Götterfürsten erwartungsvoll an.

„Wie bist du auf die Idee gekommen, dich in der Gestalt dieses scheußlich hässlichen Hundes...wie heißt er noch?"
„Chihuahua", hilft Gullveig aus.
„Genau. In die Gestalt dieses Viehs zu verwandeln."
„Ich glaube, anders hätte ich Freya nicht täuschen können. Ich bin davon ausgegangen, dass Freya niemals vermuten würde, dass sich eine Walküre freiwillig in einer so kümmerlichen Gestalt zeigen wird."
„Und damit hast du ja recht behalten."
„Ja."
„Während meine Befürchtungen sich als haltlos erwiesen haben", sagt Odin. „Freya war nicht die große Gefahr, die ich in ihr vermutet habe."
„Nein."
„Aber es hätte sein können, dass sie als Vertreterin des unterlegenen Göttergeschlechts der Vanen darauf sinnt, uns siegreichen Asen etwas anzutun. Und wenn ich nicht genau weiß, was passiert, dann sichere ich mich lieber nach allen Seiten ab."
„Ja, Odin."
„Schließlich kann ich dem alten Mimir nicht noch ein Auge bringen. Dann bin ich ja blind wie ein Lindwurm und stoße mich an jedem herumliegenden Fass Met."

Thor hat sich zu Füßen seines Vaters ausgestreckt und schläft. Das Kuhhorn liegt neben ihm, dickflüssige Tropfen ziehen langsam eine Spur über den Boden.

Markku bereute es inzwischen fast, als Tourmanager mit der Band WUNJO mitgefahren zu sein. Er hatte die ganze Arbeit und durfte nicht einmal mitmusizieren. Und wenn die schöne Aase nicht gewesen wäre, dann würde er jetzt wahrscheinlich den kurzen finnischen Sommer an irgendeinem See in wunderschöner Natur genießen können. Markkus Nervenkostüm, durch die vielen Stimulationsmittel ohnehin angeschlagen, zeigte jetzt extreme Auflösungserscheinungen. Er zitterte am ganzen Leibe, hatte sich eine riesengroße Tüte aus mehreren Zigarettenpapieren gedreht, sie angezündet und dann bemerkt, dass er gar kein Gras in den Tabak hineingekrümelt hatte. Der junge Finne ärgerte sich über diese Nachlässigkeit und bestrafte sich mit einem großzügigen Schluck Tequila aus der Flasche.

Jetzt lief das Konzert schon fast zwanzig Minuten und von Aase war immer noch nichts zu sehen. Die Band hatte das Line Up kurzfristig so umgestellt, dass sie eine halbe Stunde ohne Aase auskamen. Wenn sie dann immer noch nicht da war, mussten sie improvisieren.

Markku lief im Backstage-Bereich auf und ab, als bekäme er Geld dafür. Gleich hinter der Bühne war ein Zaun, der die nächste Straße von der Bühne trennte. Ein Mann wankte vorbei. Markku stürzte die Stufen an der Seitenbühne herunter und rief in seinem besten Deutsch: „He, du, gesehen hast Frau in langes, gelbes Haar?"

Der Passant sah ihn groß an und murmelte schwerfällig: „Ich kann nur mit Zwergen im Keller und schwebenden Säcken dienen, Frauen in gelbes Haar waren keine dabei."

Markku verstand kein Wort und wusste nicht, ob es an seinem schlechten Deutsch lag oder am Zustand des Mannes. Er zog in Erwägung, noch einmal auf Englisch zu fragen, aber der seltsame Fußgänger war schon wieder am Zaun vorbei hinter einer Hausmauer verschwunden.

Markku überlegte, welche Beruhigungsmittel er als Nächstes anwenden sollte, als ihm eine zierliche Hand auf die Schulter tippte. Er wusste sofort, dass es Aase war und wirbelte zu ihr herum.

„Wo hast du gesteckt? Wir warten schon ... geh nie mehr weg, bitte. Ich liebe dich", sprudelte er hervor.

Skuld lachte hell auf und sagte schelmisch: „Fast wäre ich für immer gegangen, aber die Götter waren mir gnädig. Jetzt bleibe ich bei dir. Wahrscheinlich länger, als dir lieb ist."

Sie küsste Markku fest und entschlossen auf den Mund und stieß ihn dann sanft von sich.

Wenig später stand sie auf der Bühne und sang göttlicher als jemals zuvor. Es wurde das beste Konzert der Gruppe WUNJO, an das sich Publikum und Musiker später erinnern konnten. Der Rudolstädter Neumarkt erbebte förmlich unter der geballten Kraft der wilden und schnellen, finnischen Musik.

„Was soll nun mit den Zwergen passieren?", fragte Alfred den Kommissar.

„Ich nehme sie als Beweisstücke mit", bestimmte Fabian Ferber, „und stelle sie im Museumsgarten auf. Ihr beiden kräftigen Burschen könntet mir eigentlich tragen helfen", wandte er sich an Magni und Modi. Die beiden Göttersöhne verstauten die steinernen Zwerge im Kofferraum von Fabians Kombi. Die kläglichen Überreste von Schiwa vergruben sie hinter dem alten Schuppen auf dem Autofriedhof.

„Er hat gesagt, er wäre ein Wiedergänger", tröstete sich Magni beim Graben.

„Aber das haben wir ihm nicht geglaubt", zerstörte Modi seine Hoffnungen. „Er war einfach ein Hund, der sprechen konnte. So eine Art Wunder. Wir werden Großvater Odin fragen, ob er jemals einen sprechenden Hund erschaffen hat."

„Oder einen Wiedergänger", beharrte Magni.

„Meinetwegen", knurrte Modi.

„Wovon sprecht ihr überhaupt?", fragte Alfred, der den beiden half.

„Von einem Wesen aus einer anderen Welt, das wir hier getroffen haben", erklärte Modi ganz selbstverständlich.

„Du meinst einen Außerirdischen?", fragte Alfred interessiert.

„So was ähnliches, ja. Sag, Freund, wo gibt es hier eine schöne, große Esche?"

Alfred beschlich das Gefühl, die beiden Elektrikerburschen hatten nicht mehr alle Forellen im Bach.

In einem kleinen Örtchen nahe Leipzig tobte in dieser Nacht ein schreckliches Gewitter, während die Großwetterlage ringsum einen sternenklaren Himmel zeigte. Ein gigantischer Kugelblitz raste in das mondäne Sommerhaus des Professors Gmeiner und setzte das Anwesen in Brand. Der Professor und seine Gattin gerieten nicht in Gefahr, denn sie weilten gerade auf den Malediven. Wenn er geahnt hätte, was passieren würde, wäre der Gelehrte wohl zu Hause geblieben, um den einen oder anderen Schatz aus seiner Bibliothek zu retten.

Gierig verschlangen die Flammen alles, was das Haus zu bieten hatte. Vorrangig handelte es sich um Bücher und wertvolle Handschriften, Aufzeichnun-

gen aus aller Herren Länder. Und eine uralte Truhe, auf deren Brettern im hellen Feuerschein ein letztes Mal der Spruch erschien, den einstmals die Walküre Gullveig in die ehrwürdige Esche eingebracht hatte.
DOCH DAS PARADIES IST VERRIEGELT UND DER CHERUB HINTER UNS. WIR MÜSSEN DIE REISE UM DIE WELT MACHEN UND SEHEN, OB ES VIELLEICHT HINTEN IRGENDWO WIEDER OFFEN IST. So hatte Professor Gmeiner den Spruch übersetzt, auch wenn die alten Germanen natürlich nichts vom ‚Paradies‘ wussten und der ‚Cherub‘ vielleicht besser mit ‚Walküre‘ hätte übersetzt werden sollen. Der Professor hatte das unbestimmte Gefühl, den Spruch zu kennen. Er war ihm eigenartig vertraut vorgekommen. Eine Weile hatte er in den hintersten Ecken seines Hirnkastens nach einer Schublade geforscht, die eine Antwort enthalten könnte, doch dann war er durch irgendein wichtiges Problem davon abgekommen. Den züngelnden Flammen waren solche dichterischen Überlegungen egal. Sie machten ein für alle Mal ein Ende mit der geheimen Rune ‚Yagalaz‘.

Aus den Lautsprecherboxen des kleinen Gartenlokals klang dezent die Stimme Calvin Russels, der gerade ‚Somewhere over the rainbow‘ sang. Kriminalkommissar Fabian Ferber saß an einem der Tische unter den Weinranken und wartete. Er war extra früher gekommen, um die verrückten letzten Wochen noch einmal in Ruhe zu überdenken. Zwei zwerghafte Psychopathen hatten einen Mord in seinem Distrikt verübt und er hatte sie schließlich gestellt. Die unglaubliche Geschichte nahm einen noch fantastischeren Ausgang, als die Mörder in Stein verwandelt wurden. Wie das genau geschehen konnte, wusste er nicht und wollte es auch nicht wissen. Er hätte es sich selbst nicht geglaubt. Seine beiden Helfer untermauerten die These, dass es sich bei den Steinzwergen wirklich um die Gesuchten handelte, denn Alfred erkannte sie eindeutig wieder und Joachim Steinheim konnte ihre letzten Worte rekapitulieren, die deutlich machten, dass die beiden bemerkten, wie sie versteinert wurden. Fabian war sich klar darüber, dass er auf dem besten Wege war seinen Verstand zu verlieren. Wären da nicht die beiden Hausmeister gewesen, die scheinbar unsichtbare Personen sehen bzw. unhörbare Worte hören konnten, hätte er sich in der nächstbesten psychiatrischen Klinik selbst gestellt. Fabian wusste nicht, was die beiden Mörder eigentlich gesucht hatten und er konnte sie nicht mehr danach fragen. Der Polizist beschloss, sich in Zukunft intensiver mit dem neuesten Stand grenzwissenschaftlicher Entwicklungen vertraut zu machen. Dass in Rudolstadt gleich eine ganze Hand voll Leute gewesen war, die von der realen Existenz der Zwerge ausging, begann er bereits erfolgreich zu verdrängen. Beruhigend war in dem Zusammenhang wenigstens die Befragung des Rudolstädter Hausbesitzers, der sich an keine Zwerge mehr erinnern konnte. Fabian hatte ihn verhört, nachdem er aus dem ‚Brummochsen' zurückgekehrt war und der Mann bestritt, jemals Zwerge oder grüne Männchen gesehen zu haben. Geschweige denn schwebende Säcke, hatte er merkwürdigerweise hinzugefügt. Der Mann war nur ein harmloser Spinner. Oder ein Trinker.

Die charmante, blonde Frau, die Fabians gebrochenes Steißbein mit Handauflegen geheilt hatte und ein so ausgeprägtes Charisma besaß, dass Fabian noch bei der Erinnerung eine Gänsehaut bekam, war mit den beiden merkwürdigen Elektrikern verschwunden. Das Einzige, was von ihnen blieb, war ein als gestohlen gemeldeter VW-Pickup, für den sich die Polizeiinspektion in Wernigerode im Zusammenhang mit einem Überfall auf zwei Beamte der Verkehrspolizei interessierte.

Alle Nachforschungen nach den drei wunderlichen Leuten hatten nichts ergeben. Es war so, als hätten sie nie existiert. Eine Weile glaubte er, dass Sabrina die drei kennen würde, aber sie bestritt das.

Die seltsame Sängerin Aase war mit der finnischen Band weitergezogen und wollte ihren Tourbegleiter, einen Kerl namens Markku, heiraten, den Fabian für einen durchgeknallten Freak hielt. Der junge Kommissar bestellte ein weiteres Mineralwasser und wartete darauf, dass Sabrina endlich den Garten betrat. Er war aufgeregt und hätte jetzt gern eine Zigarette geraucht. Aber Sabrina rauchte nicht. Und Fabian wollte nicht ihren ersten gemeinsamen Abend verderben, nur weil er stank, als hätte er in einem Kohlenmeiler übernachtet.

Ende.

Verschiedene Autoren

Die alten Götter

Kurze Geschichten von Asen, Vanen & Menschen

160 Seiten, 12 x 18 cm, Broschur
ISBN 978-3-939459-76-7
9.95 €

Frija und Wotan begleiten Jahwe zum Arbeitsamt, niemand bemerkt eine heilige Prozession außer einem neunjährigen Jungen, ein Schwur der Ahnen führt zu einem spannenden Rätsel, Loki und Thor treten als Comedy-Duo auf, es kommt zu einer schicksalhaften Begegnung mit den Nornen, und vom Schicksal handelt auch die Geschichte vom Fenriswolf. Dies ist nur ein kleiner Ausblick auf die abwechslungsreichen Erzählungen in diesem Buch ...
Die Geschichten dieser Anthologie sind:

Am Brunnen von Olaf Schulze
Rex Dildo von Luci van Org
Schicksal von Patricia Becker
Nichtraucher von Axel Hildebrand
Die Schwüre meiner Vorfahren von Knut Mende
Die Nornen und der Pilz von Petra Bolte
Loki und der Bauer Geiz von Voenix
Bielefeld von Sebastian Bartoschek
Vollversammlung von Fritz Steinbock
Hardmors Begegnung von Elfriede Lack
Die Lektion von Christopher McIntosh

Fritz Steinbock

Am Anfang war die Kuh

Kurze Geschichten von Göttern & Menschen

166 Seiten, 14,8 x 21 cm, Broschur
ISBN 978-3-939459-60-6
12.00 €

In der Mythologie der Germanen beginnt die Geschichte des Kosmos mit einer Kuh. Sie steht auch am Anfang des Reigens von kurzen Geschichten, in denen sich die alten Götter aus Asgard aller Welt einmal aus etwas anderem Blickwinkel zeigen. Mit Biss und Humor treten sie aus dem Fackelschein mythischer Zeitlosigkeit direkt ins grelle Neonlicht unserer Gegenwart. Sie haben alte und neue Probleme zu lösen und schlagen sich mit der verrücktesten Spezies auf Mutter Erde, den Menschen, herum. Das war schon mit den Helden der Vorzeit schwer und ist heute nicht leichter geworden. Und gerade mit denjenigen, die ihre Wiederkehr am meisten freut, haben die Götter oft ihre liebe Not...

Fritz Steinbock mischt moderne Nacherzählungen traditioneller Mythen mit fantastischen und satirischen Kurzgeschichten, in denen er auf vergnügliche Art ein paar Einblicke in die Vielfalt des alten und neuen Heidentums gibt. Dabei spart er nicht mit Selbstironie und Kritik an den Irrwegen, die manche gehen. Er zeigt aber auch, was die Heiden von heute bewegt, und stößt Türen in eine Welt auf, in der Mephistopheles nur ein Pudel ist, ein Rabe den Durchblick hat und ein Kind auf dem Schaukelpferd tiefer blickt als Philosophen und Priester auf hohem Ross.

Alex Jahnke

Neues aus Neuschwabenland

Aus den Tagebüchern des Führers (Adjutanten)

232 Seiten, 12 x 18 cm, Broschur
ISBN 978-3-939459-60-6
9.95 €

Wir befinden uns im Jahre 80 n.d.ZW*. Die ganze Welt ist von den Nazis befreit... Die ganze Welt? Nein! Ein von unbeugsamen Nazis bevölkertes Land hört nicht auf, den rassismusfreien Ideen Widerstand zu leisten. Und das Leben ist nicht leicht für Nationalsozialisten, die als Besatzung in den befestigten Lagern Neuschwabenlands leben ...

Seit unzähligen Jahren behaupten Verschwörungstheoretiker, dass in Neuschwabenland eine Kolonie von Nazis lebe, die auf ihre Rückkehr warte. Sie bewegen sich mit Reichflugscheiben fort, die von einer kosmischen Kraft namens Vril angetrieben werde. Was wäre, wenn diese Verschwörungstheoretiker Recht hätten, dürfte Mann sich dann über sie lustig machen? Mann darf! Zumindest wenn der Mann Alex Jahnke heißt ...

*nach dem Zweiten Weltkrieg

„Dieses Buch hat mein Leben fast verändert!"
Ein Beinahe-Käufer

„Ein überraschender Weise sehr witziges Buch."
Neuschwäbischer Kurier

Weitere Titel zu den Themen Ásatrú, Heidentum, Kelten, Magie, Okkultismus, Monografien, Belletrstik, Musikbücher, Poster, CDs etc. findet ihr auf unsere Homepage

www.roterdrache.org

Ein kostenloses Gesamtverzeichnis kann unter

edition@roterdrache.org

angefordert werden.